Friend Request

friend request
죽은 친구의 초대

로라 마샬 장편소설 | 백지선 옮김

BOOK PLAZA

❖ 일러두기

1. 본문에서 글자체가 다른 부분은 원서에서 볼드체나 이탤릭체 또는 대문자로 표시된 부분입니다.

2. 본문 속의 각주는 모두 옮긴이의 주석입니다.

1장
2016년

받은 편지함에 느닷없는 이메일이 도착했다.

마리아 웨스턴님이 회원님과 페이스북 친구가 되고 싶어 합니다.

순간적으로 '페이스북'이라는 단어는 보이지 않고 '마리아 웨스턴이 친구가 되고 싶어 합니다'라는 글귀만 보인다. 본능적으로 얼른 노트북을 닫는다. 물기를 빨아들여 부푼 스펀지가 목구멍을 틀어막기라도 한 듯 숨이 쉬어지질 않는다. 정신을 가다듬으며 심호흡을 해본다. 잘못 본 걸 거다. 아니, 잘못 본 게 분명하다. 있을 수 없는 일이니까. 천천히 의자에 몸을 기대고 다시 노트북을 연다. 떨리는 손으로 이메일을 클릭하자 부인할 수 없는 사실이 적나라하게 드러난다. 마리아 웨스턴이 나와 친구가 되고 싶어 한다.

조금 전까지는 특별할 것 없는 하루였다. 오늘 밤은 헨리가 샘의 집에 하룻밤 자러 가서, 나는 고객에게 보일 인테리어 기획서를 늦게까지 작성하고 있었다. 벽과 카펫, 소파는 물론이고 집 안 구석구석을 베이지색과 회색으로 꾸미면서도 밋밋해 보이지 않는 인테리어를 원하는 고객이다. 그러던 차에 이메일이 도착했다는 메시지가 떴다. 머리를 식힐 기회가 생겨 반가웠고, 스팸 메일이 아닌 누군가의 안부 메일이길 바랐다.

그러나 지금은 차라리 이 메일이 스팸 메일이었다면 얼마나 좋을까 싶은 마음뿐이다. 지루했지만 평화로웠던 몇 분 전으로 돌아가고만 싶다. 이건 분명히 누군가 고약한 장난을 한 게 틀림없다. 누가 그랬을까? 이런 걸 재미있어할 만한 사람이 누구일까? 이 이메일이 내게 미칠 영향을 알고 있을 사람이 누가 있을까?

물론 간단히 무시해버릴 수도 있다. 그냥 이메일을 지우고 친구 요청을 거절하면 된다. 내 마음은 당장 그렇게 하라고 소리친다. 그러나 마음속 깊이 자리한 또 다른 나는 그것을 보고 싶고, 알고 싶고, 파헤치고 싶다고 외친다.

나는 또 다른 나를 따르기로 한다. '친구 요청 수락' 버튼을 누르고, 곧바로 마리아 웨스턴의 페이스북 페이지로 넘어간다. 마리아의 프로필 사진은 디지털 시대 이전에 찍은 오래된 필름 사진을 스캔한 것이 분명했다. 녹색 교복 재킷을 입은 마리아가 긴 갈색 머리를 바람에 흩날리며 엷은 미소를 띠고 있는 사진이다. 뭔가 더 알 수 있을까 싶어 페이지를 훑어보지만 정보가 거의 없다. 친구 목록도 비어 있고 프로필 사진 외에는 등록된 사진도 없다.

화면 속의 마리아가 차분한 눈길로 나를 응시한다. 27년 만이다. 상대가 숨기고 싶어 하는 부분까지 꿰뚫어보는 그녀의 서늘한 시선이 떠오른다. 내가 자기한테 무슨 짓을 했는지 마리아는 알았을까?

사진 배경에는 붉은 벽돌로 지어진 학교 건물이 어렴풋이 보인다. 익숙하면서도 한편으로는 낯설어서, 마치 내가 아니라 다른 누군가의 기억 속에 있는 건물 같다. 매일 같은 장소에 5년 넘게 다니고도 졸업 후 그곳을 다시 찾지 않게 된다는 건 이상한 일이다. 마치 그곳이 존재하지도 않았던 것처럼.

마리아의 사진을 한참 들여다보던 나는 당혹스러운 이 현실을 잠시 잊게 해줄 일상적인 일을 찾아 주방으로 간다. 그리고 매끈하게 반짝이는 캡슐을 커피 머신에 넣고 거품기에 우유를 데운다.

식탁에 앉는다. 나는 지금의 평온한 삶을 드러내주는 물건들 가운데에 앉는다. 찬장에는 갖가지 주방 도구가 진열되어 있고, 냉장고에는 지난 여름 휴가 때 헨리와 사이좋게 찍은 셀카 사진이 붙어 있다. 둘 다 햇볕에 그을린 구릿빛 피부를 해변에서 뽐내고 있고, 헨리의 입가에는 아이스크림 자국 위로 모래가 달라붙어 있다.

테라스 밖 작은 정원은 음산한 늦가을의 옷을 걸치고 있고, 정원 바닥에 깔린 돌은 아까 내린 진눈깨비로 미끄러워 보인다. 지난 여름 키우려다 실패해 시들어버린 누런 허브 잎이 이 빠진 화분에 널브러져 있다. 오후가 되면서 하늘은 칙칙한 회색빛으로 어두워졌다. 곳곳에 우뚝 솟은 고층 건물들이 런던 남동부에 성냥갑처럼 줄줄이 들어선 빅토리아풍 테라스 하우스들을 사악한 거인처럼 내려다본다. 그 테라스 하우스들 중 하나는 우리 집이다.

이 집과 이 공간, 이 삶을 완성하기까지 나는 엄청난 공을 들였다. 우리 가족은 단 둘뿐이다. 한 명이 쓰러지면 남은 사람은 홀로 외로이 남게 된다. 이 작은 가족을 고꾸라뜨리려면 어느 정도의 힘이 필요할까? 어쩌면 생각만큼 어렵지 않을지도 모른다.

주방이 오늘따라 후덥지근하게 느껴진다. 커피 머신이 윙 하고 귀에 익숙한 소리를 내는 동안 라디오에서 이런저런 뉴스가 흘러나온다. 우승한 스포츠팀, 정치권의 개각, 남자 친구가 나체 사진을 인터넷에 올린 일로 자살한 열다섯 살 소녀 등등에 관한 뉴스다. 자살한 소녀를 생각하니 몸이 절로 움츠러든다. 안타까운 마음이 듦과 동시에, 내가 그 나이였을 때는 카메라 기능이 있는 휴대전화가 없었다는 사실에 안도감이 들어 부끄럽다. 신선한 공기를 마시고 싶어져 유리문 하나를 연다. 그러나 얼음장 같이 차가운 바람이 불어와 문을 다시 닫아버린다.

커피가 다 되자 더는 피할 도리가 없어, 마리아가 고집스레 기다리고 있는 노트북 앞에 다시 앉는다. 그리고 화면 속 마리아와 시선을 맞춘다. 무심한 관찰자의 시선으로 마리아의 사진을 보려 애쓴다. 하지만 그렇게 될 리가 없다. 마리아의 운명을 이미 아는 나는 마리아를 그런 시선으로 볼 수 없다.

마리아 웨스턴이 나와 친구가 되고 싶어 한다.

항상 그게 문제였다. 마리아 웨스턴은 나와 친구가 되고 싶어 했지만 나는 그 기대를 저버렸다. 마리아는 내가 어른이 된 후로도 줄곧 내 의식의 언저리를 맴돌았다. 마리아를 내 시야 밖의 흐릿한 어둠 속에 밀어두고는 있었지만 그래도 완전히 보이지 않게 된 것은 아니었다.

마리아 웨스턴이 나와 친구가 되고 싶어 한다.

하지만 마리아 웨스턴은 27년 전 이미 죽었다.

2장
1989년

어제 학교에서 일어난 일과 내가 저지른 짓에 대한 기억을 조금이나마 유지하려고 밤을 꼬박 새웠다. 충혈된 눈이 따끔거렸지만 잠을 청할 용기는 나지 않는다. 잠들었다 깨어나면 잠시나마 아무것도 기억나지 않아 마음이 편안하겠지만, 이내 충격적인 현실이 뒤통수를 후려칠 테니 말이다. 평온한 순간이 길어질수록 충격의 강도는 세질 것이다.

며칠 전 소피의 침대에 누워서 새벽을 맞았을 때가 떠오른다. 오늘 새벽은 그때보다 더 소란스럽고 음산하다. 여름비가 쉴 새 없이 내리고 있고, 집 근처의 나뭇가지 하나가 간간이 내 방 유리창을 때린다. 원치 않은 약물이 혈관 구석구석을 휘젓고 다니지만, 내가 잠들지 못하는 건 약물 때문만은 아니다.

어제 저녁, 파티를 위해 치열하게 준비했던 흔적이 주변에 어지럽게 널려 있다. 카펫의 얼룩을 멍하니 바라본다. 소피가 새로 산 내 파우더를 카펫에 떨어뜨린 흔적이다. 컵에 담긴 물로 휴지를 적셔 어설프게 닦아봤지만 얼룩이 남았다.

내가 지금 몇 시간째 바닥에 앉아 있는 것은 움직일 수가 없어서다. 지난 몇 달간을 느릿느릿 되짚어 보며, 어쩌다 상황이 이 지경에 이르렀는지 파악하려 애쓰고 있다.

모든 일은 몇 달 전 여학생 하나가 전학 온 날 시작되었다. 그날 나는 쉬는 시간에 소피와 클레어 반스, 조앤 커비가 떠들어 대는 수다를 말없이 듣고 있었다. 우리는 운동장 가장자리에 있는 벤치에 앉아 있었다. 나를 제외한 나머지 셋은 치마를 입었다고 말하기 민망할 정도로 교복 치마를 짧게 올려 입었다.

맷 루이스는 무슨 생각을 하는지 빤히 보이는 표정으로 운동장 건너편에서 소피를 바라보고 있었다. 공기에서 봄 내음이 나는 새 학년 첫날이었다. 놀랍도록 파랗게 물든 하늘 아래에서 소피와 클레어, 조앤의 미모는 빛을 발했다. 윤기가 자르르 흐르는 머리카락과 구릿빛 피부가 햇빛에 반들거렸다. 물론 그들도 자신들의 외모가 다른 학생들에게 미치는 영향을 잘 알고 있었다. 그걸 모를 정도로 바보는 아니었다.

소피가 마스카라를 덧칠하며 지난 주말에 클레어의 열여섯 번째 생일 파티에서 눈이 맞은 남자애에 대해 이야기했다. 나는 초대받지 못한 파티였다. 클레어와 조앤이 나를 자기들 무리에 끼워주는 건 내가 소피의 친구이기 때문이다. 가끔은 내가 그 얄팍한 우정에 끼워달라고 애걸복걸하고 있다는 생각이 든다.

"그래서 그 애랑 껴안고 키스하고 막 그러고 있는데 글쎄, 남자애들이 제일 창피하게 생각하는 일 있지? 그 일이 일어났다니까."

클레어와 조앤이 꺅 비명을 질렀다.

클레어가 말했다. "맙소사! 걔 진짜 쪽팔렸겠다! 전에 존이 열었던 파티에서 내가 마크랑 눈 맞았었을 때 있지? 그때 같이 런던 필즈 공원에 가서 걔 거기를 입으로 해주고 있는데 아무 일도 안 일어나는 거야. 고개를 들었더니 걔가 어쩌고 있었는지 알아? 자고 있었어!"

소피와 조앤은 배꼽을 쥐고 웃었고, 나는 그 말을 이해했다는 듯 미소를 지었다. 자세한 건 모르지만 '입으로 해주는 게' 무슨 뜻인지는 안다. 내가 누군가에게, 내가 정말 좋아하는 사람에게 그걸 하는 장면을 상상해보려 애쓰지만 잘 되지 않는다. 우선 그 행위가 어떤 식으로 이뤄지는지 전혀 감이 오지 않는다. 입과 혀로 도대체 무엇을 어떻게 한단 말인가. 생각만 해도 몸서리가 쳐졌다.

클레어가 무언가 아주 중요한 조언을 하려는 듯 소피와 조앤에게 몸을 기울였다.

"너희 둘은 아직 처녀 딱지를 뗀 지 얼마 안 돼서 괜찮을지 모르지만 나는 요즘 섹스가 좀 지겨워. 댄은 맨날 그 생각뿐이야. 나는 가끔 시내에 가거나 영화 보며 놀고 싶은데 말이야."

그러자 소피와 조앤이 앞 다투어 그 말에 동의했다. 늘 친구들에 둘러싸인 소피지만, 클레어에게만큼은 들키기 싫을 법한 속내도 드러내곤 한다.

얼마 전부터 소피, 조앤, 클레어는 방과 후 시내에 놀러 갈 때 나를 끼워주기 시작했다. 보통은 함께 무리 지어 나란히 걷지만, 한 번에 두 사람밖에 통과하지 못하는 좁은 길을 걸을 때는 소피와 조앤이 나보다는 클레어와 짝을 이루려고 은근한 몸싸움을 벌이는 게 느껴진다.

지금까지 나는 남자와 키스해본 적이 없다. 그날도 나는 친구들이 그 사실을 눈치채지 않기를 간절히 빌었다. 소피는 알고 있지만 말하지 않을 것이다. 다행히 소피와 클레어, 조앤은 그런

류의 대화에 나를 끌어들이는 법이 없다. 나는 내가 경험이 없다는 사실을 멍청하게 내 입으로 말해 버릴까 봐 늘 두렵다.

섹스에 대해 내가 아는 내용이라고는 '저스트 세븐틴'이라는 잡지에서 본 게 전부다. 그마저도 나에게는 별 도움이 되지 않았다. 그런 잡지에는 대부분 독자가 기본적인 지식은 있을 거라 가정하고 쓴 글들이 실려 있어서, 내가 잘 모르는 표현이나 단어가 나오기 때문이다. 수업 시간에 성교육을 받지 않느냐고 하겠지만, 학교에서는 1970년대에 찍은 산모의 분만 장면을 틀어 주거나 음경이 질 속에 삽입되는 과정 따위의 뻔한 이야기만 해준다. 그런 건 나도 안다. 바나나에 콘돔을 끼우는 법을 가르쳐 줄 거라는 쿡 선생님의 성교육 수업에는 그나마 관심이 갔지만, 하필 그날 선생님이 몸살이 나는 바람에 수업을 못 들었다. 그 전 주에 그 수업을 들은 다른 반 아이의 이야기를 전해 들었을 뿐이다.

새로 온 전학생의 이름은 마리아 웨스턴이었다. 세련되지도, 촌스럽지도 않은 평범한 외모였다. 앨런 선생님이 소피에게 전학생을 잘 챙겨주라고 했지만 소피는 화장실과 식당의 위치만 알려주고는 종일 그녀를 못 본 척했다.

에스더 하코트가 마리아와 친해지려고 다가갔지만 뜻을 이루지는 못했다. 물려받은 큰 옷을 입고 두꺼운 안경을 쓴 눈치 없는 에스더는 우리 학교의 대표적인 왕따였다.

나와 에스더가 늘 붙어 다녔던 초등학교 시절을 생각하니 우습다. 그때는 에스더의 집에 자주 놀러갔다. 에스더의 집에 가면

채식주의자였던 에스더의 엄마를 따라 숲에 가서 몇 시간씩 놀며 녹찻잎을 따는 재미가 있었다. 가끔 에스더와 깔깔대며 웃곤 했던 시절이 그립다. 그러나 촌스러운 에스더와 계속 친구로 지낼 수는 없는 노릇이다. 악몽과도 같은 학교생활이 펼쳐질 게 분명하기 때문이다.

어쨌든 점심시간에도 소피는 마리아 옆에 앉지 않았다. 그리고 에스더마저도 오전 쉬는 시간에 마리아에게 다가갔다가 냉담한 반응에 기가 죽은 뒤로는 마리아를 피했다.

나는 늘 그렇듯 식당 입구에서부터 어느 자리에 앉을지 탐색하기 시작했다. 마리아는 나타샤 그리피스를 비롯해 우리 학교의 유명한 공붓벌레들이 모여 앉은 테이블의 반대쪽 끝에 혼자 앉아 있었다. 나타샤 그리피스는 젠킨스 선생님이 낸 영어 과제물을 두고 장황하게 지껄이고 있었다. 젠킨스 선생님이 과제물을 극찬하면서 수업이 끝나도 남으라고 했다며 자랑을 늘어놓았다. 전교생에게 늙은 변태로 찍힌 선생이라 남으라고 했을 텐데 말이다.

소피는 인기 있는 애들이 앉는 테이블에서 클레어와 조앤과 함께 앉아 있었다. 점심으로 요구르트만 홀짝대는 그 아이들과 같이 앉으려니 내 식판의 메뉴가 부끄러웠지만, 별 수 없었다.

마리아를 지나쳐 소피에게 가려는 순간, 마리아와 시선이 마주쳤다. 마리아는 통감자 구이를 먹으며, 계속 잘난 체를 하는 나타샤의 허세를 진작에 간파했다는 듯 미소를 짓고 있었다. 나는 무언가에 이끌리듯 걸음을 멈추었다.

"여기 자리 있니?"

"아니, 없어!" 마리아가 내가 앉을 수 있도록 먹던 식판을 치우며 말했다. "앉아."

나는 소피가 보았다면 깔깔거리고 비웃었을 고칼로리의 라자냐를 테이블에 내려놓으며 앉았다.

"첫날인데 소감이 어때?"

"뭐, 괜찮아. 물론 적응하기 쉽지는 않겠지만…, 아, 내 말은…."

마리아가 말끝을 흐렸다.

"그러니까, 형편없다는 거지?" 내가 웃으며 말했다.

"맞아." 마리아가 안도의 미소를 지었다. "완전 형편없어."

"전에 다니던 학교는 어디야? 이사 온 거야?"

마리아는 감자 껍질을 벗기며 말했다. "응, 런던에 살았어."

"그렇구나."

중등 교육 자격 검정 시험(우리나라의 수능 시험에 해당-옮긴이)이 얼마 안 남은 4월에 전학을 오다니, 흔치 않은 경우라고 생각했다.

마리아가 주저하며 말했다. "이전 학교에서 애들이랑 문제가 좀 있었어."

무슨 이유일까 궁금했지만, 말하기 불편한 문제 같아 더는 묻지 않았다.

"여기 애들은 다 착해." 물론 거짓말이었다. "그런 문제는 전혀 없을 거야. 수업 끝나고 거의 매일 시내에 함께 가는 친구들이 있는데, 너도 갈래?"

"오늘은 안 돼. 오빠가 데리러 오기로 했거든. 다음에는 꼭 같이 갈게."

점심시간 후 첫 수업인 수학 시간에 소피가 내 옆자리에 털썩 앉았다. 늘 그렇듯 화장실에서 신나게 남 욕을 한 뒤 화장을 고치고 왔는지, 크리스찬 디오르의 쁘와종 향수 냄새가 진동했다. 나는 점심시간에 마리아와 이야기를 나눈 사실과, 시내에 같이 놀러가자고 제안한 사실을 소피에게 알렸다. 그러자 소피가 눈을 치켜뜨고 내 쪽으로 고개를 돌렸다.

"우리랑 같이 가자고 했다고?" 냉정한 말투였다.

"어…, 그러면 안 돼?"

나는 떨리는 목소리를 진정하려 애썼다.

"클레어도 알아?"

"아니…, 별 일 아니라 말할 필요 없을 거라고 생각했어."

"나한테 먼저 물어봤어야지, 루이즈."

"미안해. 나는 그냥…, 그 애가 전학 와서 낯설 거 같아서…."

나는 점점 커지는 공포를 억누르며 괜스레 책상에 놓인 책을 정리했다. 내가 무슨 짓을 한 거지?

"물론 그렇겠지. 하지만 그 아이에 대해 들은 이야기가 있어서 그래. 이전 학교에서 있었던 일 말이야."

"아, 그 일은 신경 쓸 거 없어. 그 애한테 직접 들었어." 나는 소피가 넘어가길 바라며 황급히 둘러댔다. "다 헛소문이래."

"그 애야 당연히 그렇게 말하겠지. 무슨 일인지도 들었어?"

"사실은…, 아니."

나는 얼굴을 붉히며 순순히 시인했다.

"그거 봐. 너 혼자도 아니고 누굴 초대할 때는 제대로 알아보고 하라고."

우리는 몇 분 동안 말없이 수학 문제를 풀었다. 소피가 어깨너머로 내 답을 베끼는 게 보였지만 못 본 척했다.

그러다 내가 어렵게 말을 꺼냈다. "어차피 오늘은 우리 따라서 못 올 거야. 자기 오빠랑 만나기로 했대."

"걔 오빠도 좀 괴짜래. 아무튼 나는 오늘 시내에 못 가. 클레어랑 뭐 좀 하기로 했어."

뭘 하기로 했는지 궁금했지만 초대받지 못한 나는 아무 말도 하지 못했다. 온몸의 땀구멍에서 충격과 공포가 빚어낸 열기가 뿜어져 나왔다. 바로 옆에 있는 소피가 그 사실을 알아채지 못하는 게 이상할 정도였다.

종이 울리자 소피는 짐을 챙겨 곧장 다음 수업이 있는 교실로 갔다. 수업이 모두 끝난 뒤에도 소피는 나에게 작별 인사조차 하지 않고, 클레어의 팔을 꼭 잡은 채 킬킬거리며 사라졌다. 이대로 소피와 영영 멀어질지도 모른다고 생각하니 너무나 무서웠다.

젠장, 젠장, 젠장. 이제 어떻게 하지?

3장
2016년

여전히 충격으로 맥이 풀린 채 마리아의 페이스북 페이지를 멍하니 바라본다. 머릿속에 온갖 의문이 떠오른다. 누가 이런 짓을 했을까? 왜 하필 지금이지? 마리아가 어떤 식으로든 어딘가에 살아 있을 섬뜩한 가능성을 고려해 본다. 그때 새로운 페이스북 알림이 뜬다. 떨리는 손으로 알림창을 클릭한다.

샨 베이 고교 동문회에서 회원님을 샨 베이 고등학교 1989년 졸업생 동창회에 초대했습니다.

동창회? 다급하게 링크를 클릭한다. 샨 베이 고등학교 1989년 졸업생 동창회가 2주 뒤 토요일에 학교 강당에서 열린다는 메시지였다. 마리아에게 친구 요청을 받기 무섭게 동창회 초대장이 날아오다니, 또다시 명치를 얻어맞은 기분이다.

마리아의 친구 요청과 동창회 알림이 같은 날 온 게 과연 우연일까? 동문회의 페이스북 페이지를 클릭한다. 페이지를 만든 사람에 대한 정보는 없지만 동창회가 정말 열리긴 하는 모양이다. 국어 교사였던 젠킨스 선생님의 게시물이 뉴스피드의 맨 위에 떠 있다. 보아하니 젠킨스 선생님은 아직도 샨 베이 고등학교에서 아이들을 가르치는 것 같았다. 당시 젠킨스 선생님은 온갖 소문을 몰고 다녔다. 여자애들을 꼭 방과 후에 남긴다거나 창문으로 탈의실 안을 들여다본다거나 하는 소문이 무성했지만 다 헛소문이었을 것이다. 체육 선생님의 한쪽 눈이 의안이라는 이유만으로 레즈비언이라고 단정하던 시절이었으니, 아이들 사이의 소문은 믿을 만한 게 못 되었다.

동창회에 참석하는 졸업생들이 몇 달 전부터 나눈 시끌벅적한 대화로 뉴스피드가 가득 차 있다. 나는 왜 이제야 초대받았을까? 얼굴이 달아오르더니, 내 의지와 상관없이 눈물이 맺힌다.

그리고 어이없을 정도로 쉽게 27년 전의 나로 되돌아간다. 한때 익숙했던 감정인, 버려지고 뒤처질 때의 소외감이 순식간에 온몸을 휘감는다. 27년이 지난 지금도 나는 여전히 무리에 끼지 못한다는 사실을 깨달았다.

참석자 명단을 클릭해 샘의 이름을 미친 듯 찾는다. 명단에 있다. 프로필 사진 속의 그가 사진에는 드러나지 않은 누군가의 어깨에 한쪽 팔을 두른 채 나를 향해 눈웃음을 친다.

전 남편 샘 파커도 동창회에 참석한다. 그런데도 샘은 왜 아무 말도 하지 않았을까? 다정하게 수다를 떠는 사이는 아니지만 헨리를 데려다줄 때 나에게 귀띔해 줄 수도 있었는데 말이다. 어쩌면 내가 모르고 넘어가길 바랐는지도 모른다.

익숙한 이름들이 금방 눈에 띈다. 맷 루이스, 클레어 반스, 조앤 커비.

명단에 있는 웨스턴을 보고 마리아인 줄 알고 순간 가슴이 철렁하지만, 다시 보니 팀 웨스턴이다. 팀은 일 년 선배이고, 3학년 때 다른 학교로 옮겨 우리와 같이 졸업하지는 않았지만, 샘을 비롯해 우리 학년의 남자애들과 어울려 다녔으니 동창회에 올 만하다. 또 다른 이름도 많다. 아는 이름도 있고 기억나지 않는 이름도 있다. 그러나 숱하게 많은 이름 중에 내 이름은 없다.

참석자 명단을 계속 뒤져 소피의 이름을 찾아내 소피의 페이스북에 접속한다. 소피의 페이스북은 전에도 들어가본 적이 있다. 매번 친구 요청을 하고 싶은 충동을 꾹 참았었다. 이번에는 곧장 소피의 '친구 목록'부터 확인해본다. 그러나 목록에 마리아는 없다. 그렇다고 소피가 마리아의 친구 요청을 받지 않았다고 장담할 수는 없다. 나처럼 요청을 받았지만 수락하지 않았을지도 모른다. 소피의 친구 목록에는 564명이 있다. 내 목록에는 62명뿐이고, 그나마 그중 상당수가 일과 관련된 사람들이다.

페이스북 계정을 삭제할까 생각한 적도 있었다. 업무 마감이 코앞인데 한 번도 만난 적 없는 사람의 결혼사진을 눈이 빠져라 뒤져보는 일이 많았기 때문이다. 끔찍한 시간 낭비의 소용돌이에 더는 휩쓸리기 싫었다. 그러나 페이스북 계정은 나에게 중요했다. 지난 몇 년 동안은 특히 더 그랬다. 샘이 떠난 뒤로 나는 나에게 가장 소중한 헨리와 일을 지키기 위해 주어진 모든 시간과 에너지를 그 둘에만 쏟았다. 그런 상황에서 페이스북은 오래 일한 동료나 친구들과의 관계를 조금이나마 유지할 수 있게 해주었다. 그들과 실제로 만날 때 페이스북이 없었다면 친밀감을 훨씬 덜 느꼈을 것이다. 그래서 나는 나의 세계가 완전히 쪼그라들지 않도록 계속 페이스북에 글을 올리고 '좋아요'를 누르고 댓글을 달았다.

바람이 점점 거세져 정원에 심은 등나무 가지 하나가 창문을 두드린다. 그 소리에 화들짝 놀란다. 등나무 가지라는 걸 알면서도 밖을 확인했지만, 그새 날이 어두워져서 눈앞에 보이는 것은 창에 비친 내 모습뿐이다. 그러다 갑자기 누가 자갈 한 주먹을 던진 듯 빗방울이 유리창에 투두둑 떨어진다. 그 소리에 놀라 얼른 뒤로 한 발짝 물러선다.

식탁에 다시 앉아 소피의 프로필 사진을 클릭한다. 믿기 어려울 정도로 아름답게 나온 사진이다. 대충 찍어 올린 듯한 사진이지만, 자세히 보면 자연스럽게 화장을 하고, 전문가 수준의 조명 아래에서 촬영한 뒤, 나중에 포토샵 필터를 적용해 편집했다는 것을 알 수 있다. 더 가까이 들여다보면 주름도 보인다. 그렇다 해도 소피가 원래 나이보다 젊어 보이는 것은 부정할 수 없다. 머리카락은 여전히 녹은 캐러멜이 흘러내리듯 반짝이며 출렁거리고, 몸매는 십 대 시절과 다름없다.

소피는 페이스북에서 나를 찾아보긴 했을까? 다시 내 페이스북으로 돌아와 소피의 시선으로 내 프로필 사진을 본다. 폴리가 찍어준 사진이다. 어느 술집에서 와인잔을 들고 앉아 있다. 비판적인 시선으로 다시 보니, 남의 이목을 의식해 '재미있는' 사람인 척 애쓰는 모습이 보인다. 사진을 보며 탁자 위에 두 팔을 올리고 몸을 앞으로 기울인다. 짧은 소매 아래로 드러난 팔뚝의 군살이 볼품없이 튀어나온다. 운동으로 다져진 사진 속 소피의 구릿빛 팔과 암울한 대비를 이룬다.

샘과 내가 아이를 낳았다는 걸, 아니 결혼했다는 걸 소피가 알긴 할까 문득 궁금해진다. 머릿속에서 헨리에 대한 생각을 밀어내려 애쓰지만, 지금 이 순간에도 샘의 집에서 헨리가 잘 지내고 있을지 걱정이 된다.

소피의 관점으로 내 페이지의 타임라인을 훑어본다. 헨리의 사진이 많다. 육아의 고충과 워킹맘의 죄책감에 관한 글이 있다. 헨리가 유치원에 입학하고 처음 2주 동안 오전 수업만 했을 때는 죄책감이 특히 심했었다. 소피도 아이가 있을까? 없다면 내 타임라인에 올라온 게시물이 무척 지루할 것이다.

스크롤을 계속 내리면 지난 여름휴가 때 내가 헨리와 찍은 사진을 발견할 것이다. 헨리와 함께 햇볕에 그을린 피부를 뽐내며 느긋하게 휴가를 즐기는 사진, 집을 떠나 야외에서 따뜻한 햇살을 받는 사진 등을 볼 것이다.

그러나 내가 샘과 결혼한 흔적은 찾지 못할 것이다. 아직 모르고 있다면 말이다. 나는 샘이 우리 둘의 이야기가 실린 페이스북 계정을 삭제했다는 사실을 안 2년 전, 내 페이지의 타임라인에서 샘의 흔적을 모두 지웠다. 샘은 추호의 미련도 없다는 듯계정을 아예 새로 만들었다. 결혼하고부터 몇 년에 걸쳐 정성껏스캔해 올린 결혼사진과 휴가 때 찍은 사진을 모두 없애고 그자리를 새로운 이야기로 채웠다. 마치 창문에 묻은 지저분한 얼룩을 지우듯 나를 깨끗이 지워냈다.

소피의 친구 목록에 샘이 있는지 확인한다. …있다!

샘의 페이지에 접속해본다. 샘은 개인 정보 공개 범위를 좁게설정해둔 모양이다. 페이스북 친구 관계가 아닌 내가 볼 수 있는건 샘의 프로필 사진이나 몇 장의 풍경 사진, 그리고 샘이 새로페이스북에 가입한 날짜뿐이다.

샘의 사진에서 간신히 눈을 뗀다. 내 삶은 샘이 떠난 뒤에 더 나아졌다. 그러나 여전히 마음 한구석에서는 따분한 세상에서 빛을 발했던, 그와 함께했던 시간이 몹시 그립다.

프로필에 올릴 더 나은 사진을 찾기 위해 노트북에 저장된 내 사진들을 클릭해본다. 새로 셀카를 찍어서 올려볼까 고민해봤지만, 가까이서 찍은 셀카는 늘 끔찍할 정도로 실물 그대로 나와 관두기로 한다. 그렇다면 뒤통수를 찍은 사진이나 흐릿한 사진처럼 장난스러운 사진을 올리면 어떨까?

아니다. 소피가 전에 내 페이지에 들어와 프로필 사진을 본 적 있다면 그래서는 안 된다. 프로필 사진을 바꾸고 친구 요청을 하면 내가 자기에게 잘 보이려고 사진을 바꿨다는 걸 눈치챌 것이다.

클릭하던 손이 멈칫한다. 잘 보이려 한다고? 맙소사, 그렇게 오랜 시간이 흘렀는데도 나는 아직도 소피에게 잘 보이고 싶나? 기억을 더듬어 과거를 들여다보니 소피가 본인의 자존감을 높이는 데 나를 이용했다는 사실이 분명해진다. 소피는 자기 옆에서 자신을 더 밝게 빛나게 해줄, 덜 예쁘고 덜 멋진 아이가 필요했을 뿐이다. 그때는 몰랐지만 소피도 서열의 사다리에서 몇 단더 높은 자리를 차지하기 위해 나 못지않게 치열하게 다툰 것이다.

마리아 웨스턴에게 친구 요청을 받으니, 친구와의 관계를 목숨처럼 여겼던 학창 시절로 다시 돌아간 기분이다. 나의 아들과 친구들, 직업적 성공과 그동안 쌓아올린 삶이 모래성처럼 느껴진다. 발이 계속 모래 속으로 미끄러진다. 얼마나 쉽게 나락으로 떨어질 수 있는지 새삼 깨닫는다.

결국 프로필 사진은 바꾸지 않은 채, 잠시 고민한 끝에 메시지 없이 친구 요청만 보낸다. 도무지 메시지 칸에 입력할 말이 떠오르지 않아서다. '안녕, 소피? 27년 동안 잘 지냈어?' 이상하다. '안녕, 소피. 죽은 지 오래된 동창이 페이스북으로 친구 요청을 보냈어. 너도 받았니?' 이건 더 이상하다. 소피가 친구 요청을 받지 않았다면 나를 더욱 이상하게 볼 것이다.

식탁에 앉아 페이스북 알림 아이콘에 눈을 고정한 채 멍하니 입술 안쪽을 잘근잘근 깨문다. 2분 뒤 '1'이 뜬다. 아이콘을 클릭한다.

소피 해니건 님이 회원님의 친구 요청을 수락했습니다.

역시 소피는 페이스북에 늘 접속해 있는 그런 부류였다. 소피가 따로 메시지를 보내지 않았다는 사실에 잠시 움찔하고 당황했지만, 소피가 그동안 올린 프로필을 샅샅이 뒤질 수 있게 됐다는 데 만족하기로 한다.

소피의 역대 프로필 사진을 보니, 소피가 실제로 어떤 삶을 살고 있는지는 몰라도 남들에게 어떻게 보이고 싶어 하는지는 정확히 알 수 있었다. 소피는 프로필 사진을 거의 이틀 간격으로 바꾸고 있었다. 그리고 소피가 타임라인에 수시로 올리는 셀카 사진에는 성별을 불문하고 꼭 칭찬의 댓글이 달린다. 짐 펫이라는 남자는 유부남으로 보이지만 모든 사진에 댓글을 달았다.

예쁘네요. 정말 예뻐요.

그런 댓글에 소피는 내심 즐기면서도 짜증나는 척 답했다.

짐, 아부 좀 그만해요.

페이스북에는 누구나 가장 좋은 모습, 한껏 꾸민 모습, 세상에 보이고 싶은 모습만 올린다는 걸 모르는 건 아니다. 그러나 여전히 빛나는 미모와 이국적인 여행지, 시끌벅적한 사교 모임, 잘나가는 친구들, 폭넓은 인맥을 뽐내는 사진과 수많은 댓글을 보니, 질투심이 치밀어 올라 가슴속을 후빈다. 배우자나 자녀의 흔적이 없다는 걸 깨달았을 때는 소피의 삶을 함부로 폄하하려는 마음이 고개를 쳐든다. 그간 여러 가지 일을 겪었음에도 나는 여전히 여자의 삶은 배우자를 찾고 가정을 꾸려야 완성된다고 믿는 모양이다.

소피에게 메시지를 보내야 하는데 손이 선뜻 움직이질 않는다. 오늘 일어난 일을 어떻게 설명한단 말인가! 그러나 소피 말고는 이 일에 대해 이야기할 사람이 없다. 예전이었다면 샘에게 말했겠지만 지금은 물론 불가능하다. 최대한 명랑한 말투로 간단한 메시지를 보내기로 한다.

안녕, 소피! 정말 오랜만이다! 너도 런던에 사는구나! 얼굴 한번 보자!

마디마디 배어나오는 절박함을 소피가 분명 감지하리라는 생각에 몸서리를 치며 자판을 두드린다. 느낌표가 너무 많지만 명랑한 느낌을 표현하려니 달리 방법이 없다. 곧바로 뜨는 소피의 메시지를 보니 괜한 걱정을 한 것 같다.

안녕! 진짜 반갑다!! 나도 보고 싶어!! 동창회 올 거야?

자판을 두드리는 내 손가락이 미끄러진다.

응, 나도 가고 싶어!
일정이 안 맞을 수도 있어서 조율 중이긴 한데 다들 만나면 재미있을 거 같아!

화면에 입력하는 말에서 느껴지는 명랑함과 내가 느끼는 혼란스러움 사이에 엄청난 간극이 느껴진다. 머릿속에서 그만하라는, 동창회 따위는 그냥 무시하라는 소리가 들리지만(아마 폴리의 목소리일 것이다), 멈출 수가 없다.

내 말이! 정말 재미있을 거야!!

소피의 답이 뜬다.
아, 느낌표 때문에 미칠 것 같다. 이메일로 마리아에 관한 이야기를 할 수는 없으니 직접 만나야 한다. 정신을 부여잡고 다시 자판을 두드린다.

그 전에 둘이 만나 밀린 얘기를 하고 싶은데, 한잔할래?

마음이 바뀌기 전에 얼른 보내기 버튼을 누른다. 지금까지는 바로바로 뜨던 답장 메시지가 갑자기 뜨지 않는다. 숨을 멈추고 기다린다.

안 될 거 없지! 우리 집에서 마시는 건 어때? 이번 주 금요일 괜찮아?

몸을 떨며 참았던 숨을 내쉰다.

소피의 집에 가다니, 기분이 묘하다. 집이 아닌 장소에서 만나면 좋겠지만 대화를 더 끌기 싫어서 그냥 좋다고 답한다. 소피가 켄싱턴에 있는 어느 아파트에 산다며 집 주소를 알려준다. 곧바로 알림이 또 뜬다. 소피의 게시물에 내 이름이 언급됐다는 알림이다.

금요일 밤에 오랜 친구 루이즈 윌리엄스를 만나기로 했다. 기대된다!

떨리는 손으로 '좋아요' 버튼을 누른다.

소피와의 재회가 온라인에서 이뤄진 덕분에, 페이스북 메신저 채팅을 끝내고 혼자 마음을 가라앉힌다.

나는 이제 어른이야. 소피의 인정 따위는 필요 없어.

그러나 확신은 없다.

밖은 어느새 밤이다. 노트북을 덮고 한참 동안 꼼짝하지 않고 식탁 앞에 앉아 있는다. 마리아로부터 온 친구 요청에 이어, 동창회에 초대하는 메시지를 받은 걸로도 모자라, 이제는 소피와 채팅까지 했다. 최종 행선지가 정해지지 않은 여행을 떠나는 기분이다. 지금 이 상황이 충격적이기는 하지만, 어쩌면 나는 이런 일이 언젠가는 일어나리라는 예상을 늘 하면서 살았는지도 모른다. 누가 운전하는지, 어디로 가는지는 모르지만 바퀴는 이미 굴러가기 시작했다. 멈출 방법은 없다.

4장
2016년

사진이 사라진 걸 발견한 것은 초인종이 울리기 직전이었다.

냉장고 옆 선반 위에 늘 있던 사진이 사라졌다. 푸르른 하늘과 눈이 시리도록 강렬한 햇살이 내리쬐던 해변을 배경으로 헨리와 함께 찍은 셀카 사진이다. 선반 위에는 밀린 고지서와 헨리가 유치원에서 가져온 가정 통신문, 쇼핑 목록과 할 일을 적은 쪽지들도 올려 둔다. 혼자 아이를 키우는 워킹맘으로 살아가기로 각오했을 때부터 힘들 거라는 것쯤은 예상했지만, 제일 먼저 피부에 와닿았던 것은 현실적인 문제들이었다. 가끔은 손톱 끝으로 아슬아슬하게 벼랑에 매달려 있는 기분이 들었다.

식탁에 앉아 포크로 파스타를 한 가닥씩 힘겹게 말아 먹고 있는 헨리를 두고, 나는 현관문을 열러 간다.

"일찍 왔네."

"뭐, 수백 번도 넘게 아이를 봐주러 왔는데도 주의 사항이 내 팔 길이만큼 길 게 분명하니까. 요즘 헨리가 제일 즐겨 읽는 책은 뭐고, 잘 때 방 문을 정확히 얼마만큼 열어둬야 하고, 껴안고 자는 인형은 어떤 순서로 배치해야 하는지 들으려면 시간이 꽤 걸리잖아. 이제 들어가도 되지?"

"아, 미안."

뒤로 물러서자 폴리가 나를 빠르게 지나치며 제 키만큼 긴 거대한 줄무늬 목도리와 두꺼운 패딩 점퍼를 벗는다. 지퍼를 열고 무릎까지 오는 가죽 부츠를 벗으니, 짝짝이 양말이 모습을 드러내고, 레깅스와 양말 사이에 제모하지 않은 다리가 보인다.

"요즘 어때?"

폴리의 코트와 목도리를 받아 걸며 묻는다.

"똑같지, 뭐. 매일이 악몽 같아. 그만두고 독립하라는 네 말 들었어야 했는데…."

3년 전 내가 '블루 도어 인테리어 디자인'이라는 회사를 그만둔 뒤로 만날 때마다 하는 소리다. 그러나 폴리가 나처럼 가끔 한 번씩 고객과 만날 때만 빼고 매일 혼자 재택근무를 한다면, 폴리의 성격상 하루도 못 버티고 미칠 거라는 걸 우리 둘 다 잘 안다. 폴리는 수다를 떨고 남 이야기하는 걸 좋아하며, 동료들과 함께 눈코 뜰 새 없이 바쁘게 일하는 분위기를 즐긴다. 반면, 나는 그 모든 게 조금도 그립지 않다. 동료들과 가끔 한잔하는 경우도 있었지만 친구라고 할 만한 사람은 폴리뿐이었다.

"그러게 말이야. 일손 딸리는 나 좀 도와주면 얼마나 좋아?"

나는 주방으로 걸어가면서 뒤따라오는 폴리를 힐끗 돌아보며 핀잔을 놓는다.

폴리가 그저 씩 웃는다. 나는 지금도 회사를 그만두고 동업하자고 폴리를 계속 설득하는 중이다. 그녀와 함께라면 일이 밀려 들어와도 거절할 필요가 없다.

독립하고 처음에는 힘들었지만, 달리 방법이 없었다. 헨리가 한 살이 되니, 출산 휴가를 다 써서 계속 회사에서 일하려면 복직을 해야 했다. 헨리가 잠들었을 시간에나 퇴근할 수 있는 전일제 근무를 다시 하려니 두려웠다. 샘은 내가 복직한 뒤의 상황을 진작부터 걱정했다. 사실 샘은 내가 일을 아예 그만두길 바랐지만 경제적 여건상 그건 불가능했다. 그렇지만 조직의 무한 경쟁에 다시 뛰어들기도 싫었다. 샘과 나는 내가 재택근무를 하면서 서서히 사업을 키워가면 여유로운 삶을 꾸려갈 수 있으리라 생각했다. 물론 생각대로 되지는 않았다.

그러던 차에 내가 다니던 회사의 고객이었던 로즈메리 라이트와 몇 년 전 연락이 닿았다. 로즈메리는 마침 자신이 보유한 건물의 인테리어를 맡길 사람을 찾고 있었다. 뛰어난 감각을 소유한 부동산 개발업자인 로즈메리를 첫 고객으로 유치한 것은 실로 대단한 일이었다. 내가 그 일을 맡았고, 그녀가 새 건물을 세울 때마다 지속적으로 나를 찾는다는 사실은 나에게 크나큰 자랑거리다. 로즈메리는 내 홈페이지에 극찬 일색인 후기를 올려주기도 했다. 그러나 그 덕에 나는 본격적으로 사업을 일으키고자 헨리를 맡길 곳을 찾아가며 직업 전선에 다시 뛰어들어야 했다.

"카로 때문에 미치겠어." 폴리가 말을 잇는다. "또 남자가 생겼는데, 10분마다 전화를 해서 그 남자가 보낸 문자 메시지의 뜻이 뭔지, 무슨 옷을 입어야 할지, 거기를 제모해야 되는지까지 물어본다니까. 대체 내가 전생에 무슨 죄를 지었길래 그런 친구를 만났는지 모르겠어. 아니, 요즘 여자들이 거기를 제모하는지 안 하는지 내가 어떻게 알아? 에런은 나랑 잘 수만 있다면 내가 머리끝부터 발끝까지 털로 뒤덮여 있어도 환장하는데…. 헨리! 우리 귀염둥이, 잘 있었어?"

폴리가 얼른 달려가 헨리의 이마에 입을 맞추자, 헨리가 토마토 소스가 묻은 입으로 활짝 웃는다.

"안녕, 이모."

"종일 너 오기만 기다렸어. 나보다 네가 책을 더 많이 읽어준다면서?" 내가 물었다.

"그게, 어릴 때는 내가 여자애라 관심 없었는데 지금 보니까 '꼬마 기관차 토마스'라는 동화 시리즈가 꽤 재밌더라고. 새로 나온 이야기 있니, 헨리?"

헨리의 표정이 밝아진다.

"네! 아빠가 토마스 시리즈 세 권을 새로 사주셨어요. 찰리, 아서, 디젤이 주인공이에요. 읽어주실 거예요?"

"그럼! 내가 여기 왜 왔는데!"

"엄마, 책 가져와도 돼?"

"그래, 아침 다 먹었으면 가져와. 엄마는 이모랑 잠깐만 얘기하다 갈게. 엄마가 출근하고 나면 다 읽어주실 거야."

"이러면 어떨까? 이모랑 엄마가 얘기하는 동안 네가 거실에서 기차놀이 장난감으로 기찻길을 만들고, 엄마가 출근하고 나면 나랑 같이 그걸로 놀자. 어때?"

"좋아요."

헨리가 상상만 해도 기뻐 어쩔 줄 모르겠다는 표정을 짓는다. 어떤 모양의 기찻길을 만들지 머리를 굴리며 종종걸음으로 주방을 나간다.

폴리가 헨리의 그릇에 남은 식은 파스타를 입속에 털어 넣는다. 나는 무릎을 꿇고 앉아 선반을 벽에서 약간 떼어놓는다. 그러자 위에 놓인 물건들이 위태롭게 흔들린다. 혹시 떨어진 것이 있나 해서 선반 뒤쪽 바닥을 더듬어보지만 아무것도 없다.

"뭐 하는 거야?"

"여기에 늘 있던 사진 액자가…, 왜, 헨리랑 해변에서 찍은 사진 말이야."

"아, 알아. 그런데…?"

폴리가 바닥에서 낑낑대는 나를 보며 묻는다.

"그게 사라졌어."

"사라졌다니?"

"치운 적이 없는데 사라졌어. 항상 여기 두거든."

"먼지 털려고 들었다가 딴 데 정신 팔려서 다른 곳에 둔 거 아니야? 너 원래 정신이 없잖아."

"다른 데 어디? 주방이 엄청 큰 것도 아니고."

주방 양쪽에 선반이 하나씩 있고 뒤쪽 베란다로 통하는 유리문 옆에는 작은 식탁이 하나 놓여 있는 것이 고작이다. 그 주변을 아무리 뒤져도 액자는 나오지 않는다.

"헨리가 가져간 거 아니야?"

"그런가? 헨리!"

헨리가 한 손에 플라스틱 코끼리를 들고 주방으로 들어온다.

"엄마랑 같이 찍은 사진 봤니? 저기 선반에 늘 올려두는 액자 말이야."

헨리가 어깨를 으쓱한다.

"아니. 이제 가도 돼?"

"그래, 가봐."

헨리를 보내고 다시 폴리에게 말한다.

"어디 갔을까?"

마리아의 친구 요청이 계속 머릿속을 맴돌아 마음이 계속 불안하고 심장이 뛴다. 며칠 전이었다면 사라진 사진 따위는 전혀 신경 쓰지 않았을 것이다. 지금도 이성은 쓸데없는 걱정 하지 말라고 충고한다. 그러나 마음 한구석에 자리 잡은 작은 두려움이 자꾸 의심의 목소리를 낸다. 누가 우리 집에 왔었나?

"아, 걱정 마, 나타날 거야. 어디 있겠지, 뭐. 참, 오늘 만난다는 동창은 누구야?" 폴리가 묻는다.

폴리의 질문에 대답할 시간을 벌기 위해 주전자에 물을 채운다. 폴리에게 어디까지 말해야 할지 모르겠다. 나는 폴리에게(사실 그 누구에게도) 마리아의 일을 말한 적이 한 번도 없다. 타인에게 설명하기에는 너무나 엄청나고 감당하기 힘든 이야기이기 때문이다. 샘과 함께 있으면 마음이 편했던 건 그 때문이기도 했다. 그 일이 있었던 그날, 그 자리에 샘도 있었기 때문이다. 샘이 내가 저지른 짓을 아는 몇 안 되는 사람 중 한 명이 아니었다면, 아마 그렇게 오랫동안 힘겨운 결혼생활을 참고 살 수 없었을 것이다. 샘은 나의 최악의 면을 보았고 그럼에도 그 나름대로 나를 사랑했다.

"아, 몇 년 전에 연락이 끊긴 애야. 페이스북으로 연락이 닿았는데 오랜만에 얼굴 한번 보자고 해서."

애써 가벼운 말투를 유지한다.

오늘은 털어놓을 때가 아니다. 마리아에게 있었던 일을 설명하려면 아무리 간단히 말하려 해도 밤을 새워야 한다.

"잘됐네." 폴리가 말한다.

폴리는 항상 나에게 다른 친구들과 만나서 놀라고 잔소리한다. 샘과 헤어진 뒤로 헨리에게 온 신경을 집중하느라 내가 친구 관계를 너무 등한시한다고 생각했다. 맞는 말이다. 늘 잔소리를 늘어놓지만 그럼에도 불구하고 끝까지 내 곁을 지킨 사람은 폴리뿐이다.

"그럼 오늘 만난다는 그 여자 친구도 샘을 알아?" 폴리가 얼굴을 찡그리며 묻는다.

"당연히 알지."

"그 자식이 그…, 그…, 걸레 같은 여자 때문에 널 떠난 것도 알아?"

폴리는 샘을 향한 분노와 샘의 젊은 새 아내 캐서린에 대한 경멸을 아직도 격하게 드러낸다. 그런 폴리가 새삼 너무 고맙고 사랑스러워 가슴이 찌릿하다. 이혼하기 전 샘과 나는 폴리와 에런 부부와 가끔 저녁을 먹었을 뿐 그 이상은 어울리지 않았다. 같이 휴가를 떠나는 친한 부부들처럼 넷이 더 친해지길 바란 적도 있지만, 샘과 에런이 죽이 맞았다면 폴리는 나만의 친구로 남지 못했을 것이다. 지금은 그것이 오히려 다행이다.

"나랑 샘이 결혼했다는 것조차 모를 수도 있어. 뭐, 걔가 다 알고 있대도 놀랍지는 않지만. 학교 다닐 때부터 소식통이었거든."

내가 말할 수 있는 건 여기까지다.

"흠, 그렇군. 그보다…," 잠시 뜸을 들이던 폴리가 우리 집에 오기 전부터 나에게 하려고 작정한 듯한 말을 꺼낸다. "그때 내가 한 말 생각해봤어? 인터넷 데이트 말이야."

"잘 모르겠어. 아직은 누군가를 만날 준비가 안 된 것 같아서." 티백을 찾아 필요 이상으로 오래 찬장을 뒤지며 내가 말한다. "너도 알다시피 나는 지금 헨리와 하는 사업 일만으로도 벅차. 다른 것에 신경 쓸 시간이 없어."

문제는 시간이 아니다. 고장이 나 버린 나 자신이다. 샘과 함께한 그 오랜 시간을 뒤로하고 누군가와 새로운 관계를 맺을 수 있을지 자신이 없다.

"그러니까 더 해야지! 너만을 위한 일도 좀 하란 말이야. 네가 왜 헨리에게 모든 에너지와 신경을 쏟는지는 나도 잘 알아. 올해 헨리가 유치원에 들어갔으니 더 그렇겠지. 그래도 이혼한 지 벌써 2년이 지났어. 시간이 흘렀다고, 루이즈."

나는 아직도 샘과 함께했던 시간에 머물 때가 많다. 시간이 지나면서 조금씩 둔해지고는 있지만 그때의 고통은 여전히 내 안에 남아 있다. 비록 나쁘게 끝나기는 했지만, 나는 샘과 함께한 시간을 잊을 수 없다. 우리는 둘이었지만 하나였고 서로에게 완전히 빠져 들어갔으며, 샘의 눈에 비친 내 모습은 그 어느 때보다 아름다웠다. 서로가 서로에게 전부였고 다른 누구도 필요하지 않았던 그 시간을 어찌 잊겠는가.

"알아." 내가 마지못해 인정한다. "네 말이 맞을지도 몰라. 하지만 나는 혼자 있어도 괜찮아. 아니, 더 좋아."

"당연히 그놈이랑 있는 것보다는 혼자 있는 게 낫지. 하지만 괜찮은 정도가 아니라 행복하게 살아야지. 너는 즐겁게 살 자격이 있어. 너를 가장 소중히 여기고 아껴줄 사람을 만날 자격이 있다고."

"샘도 처음에는 그랬어." 내가 방어적으로 대꾸한다.

폴리는 관계가 틀어지기 전인 몇 년 전까지만 해도 샘과 내가 얼마나 행복했는지 가끔 잊어버리는 것 같다. 샘이 나를 얼마나 많이 사랑했고 필요로 했는지도.

열여섯 살의 샘은 아무도 필요로 하지 않았다. 샘에게 대놓고 말한 적은 없지만 샘은 늘 자신감이 넘치다 못해 거만해 보일 정도로 멋진 남자애였다. 그 시절의 나는 샘을 좋아하는 마음을 숨겼다. 샘의 비웃음을 살까 두려웠기 때문이다. 그러나 10년 뒤 만났을 때 샘은 달라져 있었다. 열여섯 살의 샘보다 조금 더 나약하고 연약했다. 왜인지는 모르지만 어른이 된 샘은 십 대 시절부터 한결같은 나의 짝사랑을 받아들였고 고마워했다.

"말도 안 돼!" 폴리가 말한다. "아직도 그놈 편을 드는 거야? 너한테 그런 몹쓸 짓을 저질렀는데?"

"그래, 알아. 하지만 샘의 잘못만은 아니었어."

"아니긴 뭐가 아니야! 몽땅 다 그놈 잘못이었는데!"

폴리가 답답하다는 듯 머리카락을 흐트러뜨렸다. 전에도 수없이 나눈 대화라, 끝내 합의를 보지 못하리라는 걸 그녀도 알고 나도 안다. 결국 내가 화제를 바꾼다.

"그래서…, 인터넷 데이트라는 거, 내 소개는 대체 뭐라고 올려야 하는 건데?"

"아, 그거? 너는 걱정할 거 하나도 없어."

폴리가 비장의 카드를 뽑는 포커 플레이어처럼 미소를 짓는다. 폴리는 장점이 많지만 특히 부정적인 감정을 오래 품지 않는 게 가장 큰 장점이다. 화를 버럭 내다가도 웃을 일이 생기면 금방 잊어버린다.

"가입자의 친구가 나서서 대신 프로필을 올려주는 사이트가 있어. 이상형은 물론이고 모든 걸 다 대신 써줘도 돼. 너는 그냥 가만히 앉아서 데이트 신청이 오기만 기다리면 되고."

"그래서 그 친구가 누군데?"

나는 미소 띤 얼굴로 묻고는, 머그잔의 안쪽 벽에 티백을 꼭 눌러 넣는다.

"짜잔!" 폴리가 두 손으로 꽃받침을 만들어 자기 얼굴에 대고 말한다. "솔직히 밑져야 본전이잖아. 안 그래?"

밑질 건 없지만 얻을 것도 없다는 게 문제다. 다시 상처받을지도 모르는데 굳이 또 누군가에게 마음을 열어야 할까? 나는 지금의 이 자리에 오기까지, 그러니까 헨리와 둘만의 작은 보금자리를 만들어 행복하게 살기까지 누구보다 열심히 노력했다. 일을 빼고는 헨리의 건강을 챙기는 것이 내 유일한 관심사였다. 이제는 누군가와 함께하는 내 삶이 상상조차 되지 않는다. 물론 시간을 되돌려 내 심신이 건강하고 행복했던 시절로 돌아가고 싶을 때도 있지만 말이다. 어쨌든 이제 내가 망가진 것만 같아 두렵다. 어릴 때 엄마가 쓰던 단어가 귓전을 맴돈다. 파손품.

폴리가 계속 말한다. "좋아. 고백할 게 있어. 화내지 마! 실은 내가 벌써 그 사이트에 네 프로필을 작성했어. 일단 한번 보고 생각해봐."

맞은편에 앉은 폴리가 내 앞에 있던 노트북을 자기 쪽으로 끌어당긴다.

"잠깐만!"

내가 벌떡 일어나 노트북을 가로챈다. 마리아의 페이스북 페이지가 열려 있기 때문이다.

폴리가 어리둥절한 표정으로 뻗었던 손을 뒤로 뺀다.

"걱정하지 마! 프로필 아직 공개 설정으로 바꾸지 않았어. 너한테 확인받고 올리려고 작성만 해뒀다고."

"아, 미안, 그래서 그런 거 아니야." 폴리가 노트북을 여는 내 손의 미세한 떨림을 눈치채지 않길 바라며, 애써 덤덤하게 말한다. "바탕화면에 비밀번호가 걸려 있어서 그래. 내가 열어서 줄게."

페이스북 창을 닫고 노트북을 다시 폴리에게 건넨다. 폴리가 새 창을 열고 잠시 자판을 두드린다.

"자, 이거야. '독립적이고 재미있는 여성이, 독립적이고 재미있으며 교외 나들이와 맛집을 좋아하고, 안에서든 밖에서든 밤에 놀기 좋아하는, 35세에서 50세 사이의 남성을 찾습니다.'"

"나는 교외 나들이 진짜 싫어하는데?"

"알아. 그래도 다들 그걸 좋아하잖아. 너도 좋아한다고 하면 기회가 더 많지 않을까 해서."

"알았어. 그런데…, 맛집? 뚱뚱하다는 걸 암시한다고 생각하지 않을까?"

"상대방이 네 사진을 볼 수 있으니까 그럴 일은 없어. 자, 봐."

폴리가 사진을 클릭한다. 지난여름 폴리네 집에서 바비큐 파티를 할 때 찍은 모양인데, 나는 처음 보는 사진이다. 밝은색 무늬의 면 원피스를 입고 선글라스를 쓴 내가 와인잔을 들고 웃고 있다. 행복하고 느긋해 보이는 내 모습이 낯설다.

"어때?" 폴리가 희망에 찬 목소리로 묻는다. "올려도 돼?"

"몰라, 마음대로 해."

폴리의 성격상 끝까지 조를 테고, 프로필을 올리는 정도는 괜찮을 것 같아 허락한다. 데이트 신청이 들어와도 안 만나면 그만이다.

"야호!" 폴리가 신나게 클릭하며 외친다. "자, 이제 옷 갈아입어. 나는 이거 다 올리고 가서 헨리랑 놀게. 데이트 신청 받을 메일 계정, 새로 하나 만들었다. 따로 관리하는 게 편할 거 같아서. 자세한 내용은 네가 평소에 쓰는 메일 주소로 보낼게."

내 옷장에서 '제일 예쁜' 축에 드는 옷들을 골라 다섯 벌쯤 입어보지만 하나같이 너무 차려입으려고 애쓴 것처럼 보인다. 결국 청치마와 레깅스, 터틀넥 스웨터를 입는다. 헨리와 폴리에게 작별 인사를 하려고 거실로 머리를 빼꼼히 들이미니, 헨리는 이미 폴리와 함께 기차 놀이에 열심이다. 하지만 나를 보자마자 놀이를 멈추고 마땅히 그래야 한다는 듯 진지하게 작별의 말을 건넨다. 헨리에게 작별 인사는 결코 가볍지 않은 진지한 의식이다.

집을 나와 크리스털 팰리스 역을 향해 걸어가는데 주머니 속에서 휴대전화의 진동이 울린다. 꺼내 보니 페이스북 알림이다. 떨리는 손으로 알림 표시를 클릭하니 폴리의 상태 업데이트다.

matchmymate.com에서 루이즈 윌리엄스의 중매를 서니 대리 만족도 되고 재밌다.

폴리가 내 이름을 언급하는 바람에 내 뉴스피드에도 그 내용
이 뜬다.

나는 폴리의 상태 메시지에 "만천하에 공표해줘서 참 고맙구
나"라고 댓글을 단다. 화가 나지는 않았다는 걸 알리려고 웃는
얼굴 모양의 이모티콘도 덧붙인다. 요즘에는 너도나도 온라인 데
이트 사이트를 이용하는 것 같으니 다른 친구들이 알아도 상관
없다. 폴리의 글에 내 친구들이 어떤 반응을 보일지 상상하니
절로 미소가 지어진다. 벌써부터 댓글이 기대된다. 문득 나도 내
심 내 삶을 되찾을 방법을 찾고 있었다는 생각이 든다. 인터넷
데이트가 그 방법일지도 모른다.

5장
2016년

기차표 발매기 앞에 줄을 선 순간, 처음으로 누가 나를 지켜보고 있다는 느낌을 받는다.

꼬집어 말할 수는 없지만 묘한 느낌이 온다. 목덜미가 오싹하다. 주위를 둘러보지만, 보이는 건 퇴근하는 통근자와 런던 중심가로 놀러 가는 사람들뿐이다. 애써 숨을 고르며 마음을 진정시킨다. 상상력이 지나쳐 예민해진 것뿐이라고 스스로를 달랜다. 그러나 의지와 달리 주머니에 넣은 두 손이 단단한 공처럼 뭉쳐진다. 단단하게 쥔 주먹의 긴장감이 몸 위쪽으로 퍼져나가, 당장이라도 누군가를 공격할 수 있는 구부정한 복싱자세가 된다.

발매기에서 기차표가 나오기를 기다리며 주위를 둘러본다. 내 나이 또래의 여자에게만 눈길이 간다. 비싸 보이는 낙타털 외투를 입고 입구 쪽 벽에 기대서 있는 저 여자일까? 여자가 가방에서 콤팩트를 꺼낸 뒤 밝은 형광등 불빛 아래에서 화장을 고치려고 내 쪽으로 살짝 몸을 튼다. 아니다. 저 여자는 확실히 아니다. 문득 내가 얼마나 부질없는 짓을 하고 있는지 깨닫는다. 내가 기억하는 마리아의 모습은 몇십 년 전의 모습이다. 만에 하나 살아남았더라도 마리아가 세월의 풍파를 얼마나 겪었을지는 아무도 모른다. 내가 마리아를 알아볼 가능성은 지극히 희박하다. 그러나 눈은 여전히 발매기 주변을 훑는다. 저 여자는 아니다. 저 여자도 아니다.

얼른 개찰구에 표를 넣은 뒤 튀어나온 표를 들고 뛰다시피 계단을 내려간다. 누군가에게서 도망치는 게 아니라 기차를 놓치지 않으려고 서두르는 사람인 척 연기하며 승강장으로 향한다. 기차를 기다리는 승객들 사이를 뚫고 숨을 헐떡이며 플랫폼의 맨 끝으로 이동한다. 헐떡이는 숨이 어두운 밤공기 속으로 흩어지는 게 보일 정도로 쌀쌀한 날씨지만, 땀줄기가 등을 타고 흘러내린다. 기차가 도착하려면 5분은 더 기다려야 한다. 가방을 몸에 바싹 붙인 채로 벽에 등을 기대고 서서 북적이는 플랫폼을 유심히 살핀다. 기차가 도착하자마자 첫 번째 칸에 급히 올라타 두 번째 칸으로 넘어가는 연결 통로의 화장실 옆에 멈춘다. 벽에 등을 기대고 호흡을 진정하려 애쓴다. 그때 화장실의 전자식 문이 열리고 변기에 토하고 있는 젊은 남자가 보인다. 놀라서 움찔하고는 두 번째 칸으로 들어가 창가 자리에 앉는다. 창문에 머리를 기댄 채로 잠시 눈을 감는다. 차창 밖으로 휙휙 지나가는 집이 보기 싫기 때문이다. 불 켜진 창문 사이로 언뜻언뜻 보이는 아늑한 가족 풍경이 거슬린다. 그때 누군가가 옆자리에 앉는 게 느껴져 몸을 홱 돌린다. 젊은 여자가 전화기에 대고 분노의 말을 속사포처럼 쏟아낸다.

빅토리아 역에 내려 중앙 홀을 가로질러 걷는다. 말도 안 되는 생각이라고 스스로를 타이르며 두리번거리지 않으려 안간힘을 쓴다. 누가 따라왔더라도 혼잡한 기차역에서 나를 어떻게 하지는 못할 것이다. 나는 안전하다. 사람들 틈에 끼인 채로 지하철역으로 휩쓸려 내려가 플랫폼에 선다. 지하철에 올라타니 그 안은 발 디딜 틈 없이 사람들로 꽉 들어차 있어서 바로 옆에 있는 사람의 얼굴만 겨우 보인다. 지금 이 공간에 나를 미행한 사람이 있다 해도 너무 붐벼서 나를 찾지 못할 것이다.

지하철이 사우스 켄싱턴 역에 도착할 때쯤에는 내가 과대망상에 사로잡혔다는 결론을 내린다. 마리아의 친구 요청을 받고 느낀 공포의 그림자가 내 마음속에 드리워져 모든 것이 한 단계 어둡게 보인 것뿐이다. 아무도 나를 따라오지 않는다. 긴장이 조금 풀리는 걸 느끼며 차분한 걸음으로 플랫폼 계단을 올라간다. 소피의 아파트로 가는 지름길은 이미 찾아보았다. 박물관으로 이어지는 도로 밑에 난 터널을 통과해야 한다. 낮에는 공룡을 보러 자연사 박물관을 찾는 가족이나 빅토리아 앨버트 박물관을 찾는 관광객들로 터널이 붐빈다. 그러나 지금은 낮 시간보다는 많이 한산할 것이다. 지하철 입구로 줄지어 나가는 승객들을 뒤따라 큰길로 갈까 잠시 고민하지만, 이내 마음을 다잡는다. 더는 겁먹지 않기로 한다. 어리석은 생각은 그만하기로 마음먹고 터널 쪽으로 방향을 튼다.

터널을 반쯤 통과한 순간, 발자국 소리가 들린다. 몇 발자국 앞에서 걸어가고 있는 남자의 발자국 소리는 아니다. 누가 내 뒤를 따라오고 있다. 아주 살짝 걷는 속도를 높인다. 그러자 발자국 소리가 빨라진다. 운동화가 아니라 구두다. 또각거리는 구두 굽 소리가 터널에 울려 퍼진다. 조금 더 속도를 내자, 발자국 소리도 더 빨라진다. 용기를 내 뒤를 흘깃 보니 검은색 코트를 입고, 코트에 달린 모자를 쓴 사람의 형상이 보인다. 겁이 나서 아주 잠깐만 본 데다 거리가 멀어 성별을 확인하지는 못한다. 조금만 더 가면 터널이 끝난다. 어서 빨리 사람들이 있는 터널 밖으로 나가고 싶다. 급한 마음에 내가 뛰기 시작하자, 그 사람도 뛴다. 핸드백이 위아래로 마구 흔들리고, 어젯밤 슈퍼마켓에서 한참 동안 고민하다 고른 와인이 담긴 쇼핑백이 발을 내디딜 때마다 다리에 부딪친다. 피가 몰려 머릿속이 웅웅거리고 심장이 터질 것 같을 때쯤, 드디어 출구가 보인다. 정장 차림의 여자들이 웃고 떠들며 내 쪽으로 걸어온다. 그 모습에 숨을 거칠게 몰아쉬며 걸음을 늦춘다. 한 여자가 나에게 걱정스러운 눈길을 보낸다.

"괜찮으세요?"

억지로 미소를 짓는다. "네, 괜찮아요. 그냥… 급해서요."

여자가 나에게 미소를 지어보이고는 다시 일행들과 대화를 나눈다.

여자들을 지나쳐 출구에 거의 도착했을 때쯤, 나는 뒤를 돌아본다. 검은색 코트를 입은 사람의 형상은 흔적도 보이지 않는다. 방금 전 본 여자들 말고는 아무도 없다. 여자들의 웃음소리가 터널에 울려 퍼진다.

터널 밖으로 나와 헐떡이는 호흡이 정상으로 돌아올 때까지 잠시 벽에 기대선다. 사람과 자동차로 북적이고 가로등 불빛이 환한 세상으로 나오고 보니, 조금 전의 공포가 갑자기 터무니없게 느껴진다. 나는 도대체 무엇을 겁냈던 걸까?

휴대전화로 지도를 확인한 뒤, 여전히 떨리는 다리를 겨우 움직여 소피의 아파트를 향해 걸음을 옮긴다. 조금 걷자 건물 전면에 검은색 철제 난간과 화단이 있는 우아한 크림색 조지아풍 테라스 하우스가 줄지어 나온다. 평소였다면 비좁고 평범한 우리 집과 비교하며 부러운 듯 들여다보았을 것이다. 그러나 오늘은 머릿속이 마리아에 대한 생각으로 꽉 차 눈이 가지 않는다.

정장 차림의 직장인들이 찬바람을 피해 옷깃을 여미며 집을 향해 걸음을 재촉한다. 두꺼운 점프슈트를 입고 거대한 롤러로 머리를 만 한 무리의 십 대 소녀들도 지나간다. 그들은 추위 따위는 아랑곳하지 않고 깔깔거리며 춤추듯 뛰어간다. 나의 과거에 대한 수치심과 소녀들을 향한 부러움이 심장을 후빈다. 이대로 집에 돌아가 소파에 파묻혀 헨리에게 꼬마 기관차 토마스를 읽어주고 싶은 충동이 불쑥 치밀어 오른다.

소피네 집 현관에 다다르니, 어둠을 차단하겠다는 듯 굳게 닫힌 덧문 뒤로 불 켜진 창문이 보인다. 마음을 다잡고 초인종을 누른다. 잠시 후 경쾌한 발자국 소리가 들린다. 현관문의 스테인드 글라스 너머로 보이는 흐릿한 형상이 서서히 형체를 갖추며 다가온다. 문이 열리고 그녀가 모습을 드러낸다. 둘 다 이 상황에 어떻게 대처해야 할지 모르겠다는 듯 잠시 서로를 바라본다. 그러다 그녀가 예쁜 얼굴을 더욱 밝혀주는 환한 미소를 짓는다.

"루이즈!"

소피가 다가와 내 볼에 입을 맞추려다 말고 나를 끌어안는다. 소피의 두 팔과 향수 냄새, 그녀만의 독특한 기운이 내 몸을 휘감는다. 잊어버렸던 기억이 밀려들고, 형용할 수 없는 아찔한 기분에 사로잡힌다. 순간 과거를 잊으려고 발버둥쳤던 세월을 거슬러 올라가, 서툴고 우유부단했지만 열정적이고 활기찼던 열여섯 살 시절로 돌아간다.

가까이에서 본 소피는 눈이 부실 정도는 아니지만 페이스북에 올린 사진 속의 모습과 그리 다르지 않다. 혹독한 추위를 무시하듯 맨발을 드러낸 채로, 스키니 진과 거미줄처럼 고운 소재의 은색 민소매를 입고 두툼하고 화려한 목걸이를 두르고 있다. 부분 염색으로 금색 브릿지를 넣은 머리카락이 구릿빛 어깨에 흘러내리고 화장은 가볍지만 세련돼 보인다. 집을 나서기 전 거울에 내 모습을 비춰보았을 때는 꽤 자신이 있었지만 지금은 내가 너무 촌스럽게 느껴진다.

"안녕, 어서 와!" 소피가 큰 소리로 인사한다. "정말 반갑다!"

소피는 말할 때도 단어마다 느낌표가 붙는 것 같다.

"나도 반가워. 좋아 보이네. 잘 지내?" 가까스로 인사말을 내뱉는다.

"아, 그럼. 잘 지내지. 아주 아주, 잘 지내." 소피가 재잘거리며 타일을 깐 널찍한 복도로 나를 끌고 간다. 그러면서 머리를 한쪽으로 기울이고 나를 훑어본다. "어머, 너는 진짜 그대로다."

소피를 따라 맨 위층으로 올라가니 후덥지근하다. 하지만 추울 줄 알고 속에 낡은 셔츠를 받쳐 입어 스웨터를 벗지는 못한다. 원래 검은색이었지만 회녹색으로 색이 바랜 데다 소매 밑단이 탈취제로 얼룩진 셔츠를 소피에게 보여줄 수는 없다. 땀이 셔츠의 겨드랑이에 스며들고 가슴골에 고이기 시작한다.

천장이 높고 마룻바닥이 튼튼해 보이는 소피의 집은 그림처럼 완벽한 인테리어를 뽐내면서도 분위기가 아늑하다. 거실 중앙에는 호화스러운 크리스털 샹들리에가 매달려 있다.

"집이 정말 근사하다." 가져온 와인을 건네며 내가 말한다.

"아, 그래? 고마워. 주방으로 가자."

따라가니 고급스러운 붙박이 가구가 설치된 작지만 고상한 주방이 나온다. 소피는 내가 준 와인은 냉장고에 대충 넣고는 다른 병에 든 와인을 두 잔 따른다.

"여기… 혼자 살아?"

잠시 침묵이 흐른다.

"어…. 혼자 살아."

사진과 예약 카드가 자석으로 붙어 있는 냉장고 쪽으로 소피가 급히 시선을 돌린다. 어딘가 불편해 보인다. 아직까지 독신이라는 걸 인정하기 싫은 모양이다. 마음 한구석에 숨겨진 심술궂은 자아가 발동해 소피도 나처럼 40대의 독신녀라는 사실에 안도한다.

각자 와인잔을 들고 거실로 자리로 옮긴다. 소피는 자주색 벨벳 소파의 한쪽 끝을 가리키는 듯 나에게 손짓하고는 반대쪽 끝에 고양이처럼 웅크리고 앉는다. 소파가 워낙 깊숙해서 등받이에 등을 기대니 발이 바닥에 닿지 않는다. 그래서 두 다리를 얌전히 모은 채로 소파 가장자리에 반듯이 앉아 초조하게 와인잔을 이 손에서 저 손으로 옮겨 잡는다.

짐짓 태연한 척하지만 소피 역시 초조해 보인다. 소피가 나에게 무슨 일을 하는지, 일은 재미있는지, 어디에 사는지, 연달아 질문을 퍼부어 질문할 기회가 좀처럼 생기지 않는다.

"부모님은 잘 지내셔?" 질문할 거리가 떨어지자 소피가 묻는다.

"아주 잘 지내셔. 아직 맨체스터에 사시고."

더는 할 말이 없다. 소피와 나는 사이가 멀어진 게 아니다. 애초에 가까웠던 적이 없는 사람과는 사이가 멀어질 수 없다. 나의 진짜 모습, 그리고 과거에 내가 한 짓을 모르는 사람들과 그렇듯, 소피와 나 사이에도 벽이 있다.

"부모님 집에 자주 가?" 소피가 다시 묻는다.

"별로. 일이다 뭐다 해서 자주는 못 가."

사실 가려면 언제든 갈 수 있다. 맨체스터와 런던은 기차로 두 시간이면 가는 거리다. 하지만 부모님과 시간을 보내려면 상당한 노력을 기울여야 한다. 부모님과 나는 본질적인 문제는 절대 건드리지 않고 늘 겉도는 대화만 나누는, 피상적인 관계다. 가끔 한 번씩 몇 시간 정도면 몰라도 그 이상 가면을 쓰고 있기란 고역이다.

"네 부모님은?" 내가 묻는다.

"아, 두 분 다 돌아가셨어. 아빠는 내가 스물한 살 때, 엄마는 몇 년 전에."

여전히 밝고 명랑한 어조였지만, 금방이라도 부서질 듯한 연약함이 목소리에 묻어난다. 열여섯 살의 소피는 보여준 적 없는 모습이다.

"저런, 많이 힘들었겠다."

"그래, 하지만 지금은 괜찮아." 소피가 나의 위로를 깔끔하게 받아친다. "그보다 하는 일은 어때? 혼자 일하니 힘들지 않아?"

내가 인테리어 디자인 사업을 시작하면서 어떤 위험을 감수했고 어떤 상을 받았는지 길게 늘어놓자, 소피의 눈빛이 멍해진다. 그러다 디자인 상을 받아 샌 베이의 지역 신문에 실린 적 있다는 말에는 눈빛이 다소 살아난다. 그러나 그건 나에게 관심이 있어서라기보다는 본인이 주최한 자선 모금에 관한 기사가 그 신문에 실렸기 때문이었다.

"너는?" 드디어 내 차례다. "너는 무슨 일 해?"

"패션 쪽에서 일해."

"와, 멋지다. 무슨 일인데?"

"아, 그냥 이런저런 일. 판매도 하고 홍보도 하고. 이것저것 해."

이유는 모르겠지만 일부러 애매하게 말하는 것 같아 더는 캐묻지 않는다. 그런데 소피는 왜 배우자나 자녀에 관한 질문은 하지 않을까? 나와 샘의 사연을 알아서? 이야기를 꺼내면 제 상황도 말해야 하니까? 소피의 표정이 어딘가 초조해 보인다. 대화가 원치 않는 방향으로 흘러갈까 봐 일부러 계속 질문을 던지는 것 같다. 질문할 거리가 떨어졌는지 소피가 입을 다문다. 새로운 화제를 찾기 위해 머리를 쥐어짜보지만 나도 딱히 할 말이 없다. 소피가 고개를 숙이고 그녀답지 않게 머뭇거리며 와인잔을 만지작거린다.

"너 보니까 정말 반갑다, 루이즈." 소피가 다시 입을 연다. "너는 나에게 아주 중요한 친구였어. 마음을… 털어놓을 수 있는 친구였다고나 할까. 너는 다른 애들과 달리 나를 진심으로 좋아하는 것 같았거든."

말문이 막힌다. 나는 학창 시절 우리의 우정이 일방통행이라고 생각했다. 소피는 내가 에스더 하코트처럼 되지 않게 해준, 나를 다른 세계로 안내한 고마운 존재였다. 소피에게도 자신을 무조건적으로 동경하는, 나 같은 만만한 친구가 절실하게 필요했다는 사실을 그때는 몰랐다. 소피가 나를 버릴까 봐 전전긍긍했을 뿐 우리의 관계에서 소피도 얻을 게 있으리라는 생각은 한 번도 하지 못했다.

답을 하려는데 소피가 괜한 말을 했다는 듯 급하게 말을 이었다.

"그보다… 어때, 동창회 기대되지 않아?"

소피는 동창회가 열린다는 사실을 내가 최근에야 알게 되었다는 걸 잘 안다는 듯 묘한 미소를 짓는다. 열여섯 살의 소피가 다시 돌아왔다. 순식간에 그녀가 바라는 쪽으로 대화의 방향이 틀어졌고, 소피가 진심을 드러냈던 방금 전이 꿈만 같았다.

"아, 그럼. 재미있을 거 같아. 엄청 기대돼."

"샘도 오는 거 알지? 너희 이야기는 들었어. 진짜 안타깝다."

역시 소피도 알고 있었다. 정말 안타까울까? 나는 지금껏 학창 시절의 소피와 샘의 관계를 늘 의심하며 살았다. 내 안에 잠들어 있던 질투심 많은 십 대 소녀가 깨어난다. 소피가 걱정이 돼 죽겠다는 듯 감정이 가득 담긴 눈빛으로 나를 바라본다.

"좀 어색하지 않겠어?"

"아니, 괜찮아. 좋게 헤어졌어."

영화의 대본을 읽듯 무덤덤하게 답한다. 영화의 제목은 '내 인생이니 신경 꺼'쯤 될 것이다. 여전히 과거의 장막을 걷지 못한 나는 소피의 입에서 샘의 이름이 나오는 걸 들으니 마음이 차갑게 굳는다.

"어떻게 알았어?"

"아, 소문 빠른 거 알잖아. 그때 같이 다니던 애들 중에 맷이랑 클레어는 아직도 만나거든. 나는 맷한테 들었어. 네 결혼식에도 갔었다던데?"

기억난다. 정장을 입고 혼자 온 맷은 아는 사람이 아무도 없어 어색하게 우두커니 서 있었다. 맷에게 말을 걸어본 폴리가 마음에 들었던지, 나중에 나에게 좋은 사람 같더라고 칭찬했던 기억도 난다. 물론 폴리가 결혼하기 전 일이다.

맷은 나와 샘에 대해 소피에게 무슨 말을 했을까? 누구도 샘과 나의 관계를 속속들이 알지는 못한다. 샘과 내가 서로에게 푹 빠져 친구들의 초대도 거절하고 주말 내내 침대에서 뒹굴었던, 서로에게 서로가 전부였던 시절을 아는 사람은 아무도 없다.

"아기도 있지 않아?"

"맞아." 이를 악물고 답한다. "있어. 아기는 아니고 지금은 네 살이야."

지금 당장 집으로 달려가 잠든 헨리에게 입을 맞추고 헨리의 살 냄새를 맡고 싶은 충동이 솟구친다.

"아, 그렇구나."

소피가 손톱만큼도 관심이 없어 보일 뿐더러, 나도 헨리를 화제로 삼고 싶지는 않다.

"팀은? 팀 웨스턴 말이야." 방금 생각난 척 소피에게 묻는다. "본 적 있어?"

소피의 눈빛이 날카로워진다.

"아니, 못 본 지 몇 년 됐어. 왜?"

"아, 페이스북에 올라온 동창회 참석 명단에 팀의 이름이 있어서. 팀이 맷의 형이랑 친하기도 했고, 그래서…"

소피의 차가운 반응에 말끝을 흐린다. 본론을 말하기 전에 팀에 대한 이야기로 서두를 떼려 했는데 완전히 실패다.

소피가 동창회에 참석하는 다른 친구들의 이름을 하나하나 대며, 1989년에 졸업한 뒤로 소식조차 들은 적 없는 동창들의 근황을 자세히 알려준다. 샨 베이 고등학교에는 대입 시험 대비 과정이 없었다. 있었다고 하더라도 그날 이후 계속 그 학교를 다닐 수는 없었겠지만 말이다. 어쨌든 나는 이웃 도시에 있는 대입 시험 대비 학교에 진학했고, 대학 기숙사에 들어간 뒤로는 한 번도 노퍽을 찾지 않았다. 부모님은 내가 고향을 떠난 첫해에 조부모님이 사는 곳과 더 가까운 맨체스터로 이사했다. 그 뒤로 나는 한 번도 노퍽에서 휴가를 보내거나 동창들과 연락하지 않았고, 그다지 신나지는 않았지만 마음을 다잡고 대학 생활에 집중했다. 대학을 졸업하고 한참 뒤에 샘과 만나 사귈 때쯤에는 동창들과 완전히 연락이 끊겼다. 샘이 맷 루이스와 가끔 만나는 건 알고 있었지만 아주 가끔이었고, 나도 같이 만난 적은 없었다.

마리아의 친구 요청에 대한 생각이 덜 익은 파스타 덩어리처럼 가슴에 얹혀 소피와의 대화에 제대로 집중할 수가 없다. 어차피 나는 말할 기회가 거의 없지만 말이다. 곧 거대한 폭탄이 터질 텐데도 상대방은 전혀 모르는, 숨 막히는 시간이 이어진다. 내가 수류탄의 안전핀을 막 잡아 빼려 하고 있는데도 소피는 눈치조차 못 채고 있다.

드디어 대화가 소강상태에 접어든 순간, 기회를 놓치지 않고 폭탄을 터트린다.

"소피, 실은 너한테 연락한 이유가 따로 있어… 너도 알아야 할 것 같아서."

"그래?" 소피가 와인을 한 모금 마시며 조심스럽게 말한다.

"얼마 전에 페이스북으로 좀… 이상한 친구 요청을 받았어."

평범한 대화를 몇 초라도 더 연장하고 싶어 잠시 말을 멈추며 시간을 끈다. 입 밖으로 꺼내는 순간, 끝이다. 이 말을 하기 전으로는 절대 돌아갈 수 없다.

"보낸 사람은 마리아 웨스턴이야."

금방 원래의 얼굴로 되돌아가긴 했지만, 아주 잠깐 안색이 창백해지면서 소피의 눈이 휘둥그레진다.

"아, 너도 받았어?" 소피가 웃는다. "물에 빠져 죽은 애한테?"

나만 받은 건 아니었다. 그 사실이 조금은 위로가 된다. 그러나 소피는 마리아의 일을 웃어넘길 만큼 냉혈한이 아니다. 마리아라는 여자애가 자기 인생과 아무 상관이 없는 척 태연을 가장하는 게 틀림없다.

"그래. 물에 빠져 죽은 애한테."

내가 생각보다 단호한 말투로 답하자 소피가 놀란 표정을 짓는다. 금방 사라지기는 했지만 소피의 얼굴에 약간의 두려움이 스친다.

"그 일 때문에 온 거야?" 소피가 다시 웃으며 말한다. "당연히 동창회에 참석하는 애가 장난친 거겠지. 다른 애들도 다 친구 요청 받았을걸?"

"그럴 수도 있지." 나도 지난 나흘 동안 이런 가정에 매달렸다. "하지만 누가 왜, 그런 장난을 치는데? 게다가 나는 친구 요청을 받았을 때 동창회가 열리는 줄도 몰랐어. 물론 이유야 뻔하지만."

"무슨 이유?"

소피가 소파에서 일어나 커피 테이블에 놓인 와인병을 들어 내게는 권하지 않고 제 잔에만 따른다. 그러고는 맞은편에 있는 안락의자에 앉아 와인을 홀짝인다. 조명이 어두운 자리라 소피의 표정을 읽을 수가 없다.

"알잖아. 내가 마리아를 어떻게 대했는지…, 우리가 무슨 짓을 했는지…." 더듬거리며 계속 말한다. "하지만 그 일을 아는 사람은 거의 없잖아, 안 그래?"

"나는 네가 무슨 말을 하는지 모르겠어, 루이즈. 내가 그 애를 잘 아는 것도 아니고."

소피가 커피 테이블에 와인잔을 내려놓으며 말한다.

소피의 말이 믿기지 않는다. 나는 지난 27년 동안 우리, 혹은 내가 저지른 짓의 그늘에 숨어 살았다. 물론 삶은 계속 이어졌다. 공부하고 일하고 쇼핑하고 요리하며, 누군가의 친구이자 아내이자 엄마로 살았다. 그러나 마음 한구석에는 살면서 단 한 번 저지른 용서할 수 없는 짓에 대한 죄책감이 늘 도사리고 있었다. 순간 저녁 내내 나를 괴롭히던 어색함이 분노로 뒤바뀐다. 나는 적어도 소피에게는 마리아에 관한 이야기를 솔직히 털어놓을 수 있을 줄 알았다.

"알지 왜 몰라?! 우리가 무슨 짓을 했는지, 우리가 마리아의 인생을 얼마나 비참하게 만들었는지 너도 알잖아. 졸업 파티가 열린 날 밤, 기억 안 나?"

"나는 진짜 네가 무슨 말을 하는지 모르겠어."

소피가 단호하게 말하며 일어나 잔을 집어 든다. 그러고는 아직 와인이 조금 남은 내 잔까지 들고 주방 문 쪽으로 걸어간다.

"저기, 오늘 만나서 정말 반갑고 나도 더 놀고 싶지만 그만 가줬으면 좋겠…, 아."

초인종 소리에 소피가 말을 멈춘다.

"피트일 거야."

"누구?"

당황스럽다. 사진이 사라졌고, 오는 길에 누가 나를 따라왔다는 이야기는 아직 하지도 못했다.

"피트. 내 데이트 상대."

내가 멍한 표정으로 묻자 소피가 답한다.

"미안, 잠깐 한잔하는 거 아니었어? 저녁 시간을 다 내줄 수는 없다고, 내가 말한 거 같은데."

소피가 잔을 내려놓고 소파 위에 걸린 거울을 본다. 테두리에 금박을 입힌 화려한 거울에 얼굴을 비춰 보고 머리를 털어 어깨 너머로 넘기고는 경쾌한 걸음으로 계단을 내려간다. 나는 빨갛게 달아오른 얼굴로 계속 소파에 앉아 있다. 왜 나는 아직도 소피 앞에서 이렇게 초라한 기분을 느낄까? 소피의 무례함에 분노보다 수치심을 느끼는 내가 한심하다. 남자의 목소리와 소피의 웃음소리에 이어 두 사람이 계단을 올라오는 발자국 소리가 들린다.

"얘는 내 친구, 루이즈예요."

"아! 제가 방해했군요. 죄송합니다."

남자가 난처한 표정을 지으며 말한다. 키는 크지도 작지도 않고 희끗희끗한 머리를 짧게 깎은, 40대 초반쯤 돼 보이는 남자다. 태도와 옷차림 모두 꾸밈이 없고 자연스럽다. 블랙 진과 빛바랜 청색 데님 셔츠를 입고 검은색 모직 롱코트를 걸쳤다.

"아, 괜찮아요. 갈 거예요. 그렇지, 루이즈?"

얼굴이 빨개진 나는 필요 이상으로 부산스럽게 가방을 챙기며 서둘러 소파에서 일어난다.

"맞아요. 신경 쓰지 마세요." 남자에게 내가 말한다. "간단하게 한잔한 거예요. 갈 데가 있어서 일어나려던 참이었어요. 만나서 반가웠어요."

손을 내밀자 남자가 다소 길게 악수를 한다.

"배웅해 줄게."

소피가 서둘러 나를 밖으로 안내하며 계단을 내려간다. 현관에 다다르자 나에게 외투를 건네주고는 현관문을 연다.

"만나서 정말 즐거웠어." 소피가 밝은 목소리로 말한다. "동창회에서 보자!"

짐짓 명랑한 어조로 말하지만 나와 잠시라도 눈을 마주치지 않으려고 애쓰는 게 보인다. 간단히 작별 인사를 나눈 뒤, 나는 소피를 만나기 전보다 더 외롭고 혼란스러운 상태로 밖으로 나온다. 과거를 잊은 척하는 소피를 어떻게든 이해해보려고 애쓴다. 그래서는 안 되지만 나도 지금껏 그랬기 때문이다.

길을 따라 몇 걸음 걷다가 뒤를 돌아본다. 현관문의 스테인드글라스 너머로 소피의 형체가 보인다. 곧바로 위층으로 올라가지 않고 기댈 곳이 필요한 듯 현관문에 등을 기대고 서 있다. 30초쯤 그 상태로 꼼짝하지 않고 서 있다가 단호하게 머리를 한 번 획 털고는 사라진다.

6장
1989년

그날 이후 몇 주째 소피는 마리아를 화제에 올리지 않았고, 나도 소피의 뜻대로 아무 말도 하지 않았다. 학교에서 가끔 마리아를 만나 수다를 떨긴 했지만 "들은 이야기가 있어서 그래"라는 소피의 말이 귓전을 맴돌아 깊은 대화를 나누지는 않았다. 마리아가 에스더 하코트와 점심을 먹는 걸 몇 번 보긴 했는데, 그때마다 둘 다 배꼽을 잡고 웃고 있었다. 에스더는 초등학교 때 이후 그 어느 때보다 행복한 표정을 지었다.

학교 식당에서 마리아와 처음으로 대화를 나누고 3주가 지난 어느 날이었다. 점심시간이라 식당에 들어서니 줄 맨 끝에 혼자 서 있는 마리아가 보였다. 그냥 점심을 거르려다 그날은 마리아와 같이 먹기로 했다. 소피는 두 시간 연속 이어진 프랑스어 수업이 끝나고 아무 말 없이 클레어와 함께 교실을 나갔다. 말하자면, 소피가 나와 함께 밥을 먹지 않는 날이었다. 내가 정면을 보고 서 있는 마리아의 팔을 살짝 건드리자, 마리아가 깜짝 놀라며 몸을 뒤로 홱 돌렸다.

"어! 안녕."

마리아의 눈빛이 밝아졌다.

"안녕. 잘 지내?"

"그럭저럭. 고마워."

소피와 클레어가 줄 맨 앞에 서 있었다. 소피가 고개를 젖히며 웃자 찰랑거리는 머리카락이 그녀의 어깨 뒤로 넘어갔다. 갑자기 분노가 치밀었다. 소피가 같이 앉아주지 않는 날에는 늘 혼자 앉았던 내가 한심했다. 나는 다시 마리아에게 시선을 돌리고 미소를 지었다.

후식 코너에서는 마리아가 도넛을 하나 담길래 나도 따라 담았다. 소피와 있을 때는 절대 하지 않는 짓이었다. 먹고 싶은 걸 마음대로 고르니 정말 좋았다. 계산대에서는 무료 급식 교환권을 내면서 민망해하는 마리아를 못 본 척했다.

내가 다른 데 앉자고 말할 겨를도 없이, 마리아가 소피와 클레어, 샘과 맷이 앉아 있는 테이블에 식판을 내려놓았다. 넷은 지난 주말에 한 약을 주제로 수다를 떨었다. 듣자 하니 늘 그렇듯 클레어의 집 근처에 있는 농장에 가서 엑스터시와 스피드에 취해 광란의 파티를 연 모양이었다. 어차피 부모님이 허락하지 않아 가지도 못했겠지만, 나는 한 번도 초대받은 적이 없는 파티였다. 내심 궁금하기는 했지만, 약을 할 기회가 있어도 나는 겁이 나서 못할 것 같았다. 마리아가 눈알을 굴리며 말했다.

"나는 약 하는 애들, 진짜 시시하더라." 마리아는 굳이 목소리를 낮추지 않았다. "걔들은 할 얘기가 그것밖에 없거든."

나의 착각이었을지도 모르지만, 순간 소피의 등이 살짝 경직되는 게 보였다.

"해 본 적 있어?" 마리아가 물었다.

"마리화나는 한 번 해 봤어." 나는 소곤거리는 목소리로 답했다. "구역질만 나고 별로였어."

"나도 그랬어." 마리아가 씩 웃으며 말했다. "아까도 말했지만, 진짜 시시했어."

배 속이 간질거렸다. 마리아와 나는 이유도 모르고 계속 키득거렸다. 소피가 우리 쪽으로 몸을 반쯤 돌리는 게 몇 번 보였지만 웃음은 멈추지 않았다. 드디어 웃음이 잦아들자 마리아가 말했다.

"괜찮으면 이따 수업 끝나고 시내에 갈래? 오늘은 오빠가 데리러 안 오거든."

가벼운 말투였지만 기대하는 목소리였다.

"샘!"

그때 소피가 호들갑을 떨며 외치는 소리가 들렸다. 힐끗 보니 소피가 보란 듯 큰 소리로 웃으며 샘의 팔을 밀고 있었다. 그러자 샘이 소피의 손을 잡아 소피의 등 뒤로 꺾었다. 소피가 손을 빼려고 아무리 꿈틀거려도 샘은 놓아주지 않았고, 나른하게 웃으며 소피의 눈을 똑바로 바라보았다.

"둘이 그냥 방 잡아라."

맷이 장난스럽게 말했다. 그러나 가벼운 말투와 달리, 맷은 소피의 얼굴에 시선을 고정한 채 뼈마디가 하얗게 질리도록 주먹을 꼭 쥐고 있었다.

"나야 좋지."

나는 마리아의 제안을 받아들였다.

그날은 마침 시내에 이동식 놀이공원이 개장하는 날이었다. 수업을 마치고 가보니 평소에는 싸구려 옷이나 혼합 견과를 파는 노점이 늘어서는 시장 광장이 갖가지 색과 불빛으로 가득 차 있었다. 우리는 각종 놀이기구를 구경하며 여기저기 돌아다녔다. 놀이공원의 온갖 소음이 불협화음을 이루며 요란하게 귓속을 울렸다. 마리아는 제 머리 크기만 한 솜사탕을 샀고, 나는 사과에 설탕 시럽을 입힌 캔디 애플을 샀다. 아직 오후 4시밖에 안 돼 대부분 어린애들만 놀이기구를 탔지만, 그래도 우리는 '왈처'를 탔다. 회전목마처럼 기구 전체가 회전하는 동시에 사람이 타는 강낭콩 모양의 마차들이 저만의 축을 따라 빙글빙글 도는 놀이기구였다. 기구가 멈춘 뒤 비틀거리며 마차에서 내린 우리는 서로를 붙잡고 숨이 넘어가도록 웃었다.

"코코아 마실래?"

마리아가 때아니게 부는 찬바람을 피하려 외투의 지퍼를 잠그며 물었다. 우리는 '오븐 도어'라는 식당의 창가 자리에 앉아 친밀하고 다정한 침묵을 즐기며 창밖을 내다보았다.

"저기 네 친구다."

마리아가 창밖을 가리켰다. 소피가 맷과 샘의 손을 하나씩 잡고 장난치면서 보란 듯 공원을 배회하고 있었다. 그 모습을 보니 가슴 한편이 저릿해졌다. 그때 마리아가 웃으며 말했다.

"어머, 쟤 너무 밝히는 거 아니야? 자기가 엄청 예쁜 줄 아나 봐."

"그러게."

나는 마리아의 말에 맞장구치는 나 자신에 놀라며 미소를 지었다. 이제까지 소피를 비웃는 사람은 마리아가 처음이었다.

"톱숍 매장에 구경 갈까?" 코코아 잔을 다 비우고 내가 물었다.

"그래, 좋아."

대수롭지 않게 답했지만 마리아는 나의 제안이 무척 반가운 눈치였다.

우리는 옷을 한 아름 골라 탈의실로 가져갔다. 나는 마리아의 부추김에 새빨간 미니스커트를 입어보았지만 전혀 어울리지 않았다. 마리아는 챙이 좁은 중절모를 써보고는 마이클 잭슨 흉내를 냈다. 깔깔거리며 탈의실에서 나온 우리는 두 남자를 양옆에 끼고 벤치에 앉아 있는 소피를 보았다. 이번에는 소피가 먼저 우리를 발견했다.

"안녕, 얘들아!" 소피가 히죽거리며 인사했다. "재밌나 봐?"

내가 우물거리며 대꾸하려는 순간 마리아가 경쾌하지만 날 선 목소리로 말했다.

"응, 재밌어! 너는?"

소피는 잠시 당황한 기색을 보이더니 다시 능글맞게 웃었다.

"나도 재밌어." 양쪽에 앉은 맷과 샘의 어깨에 팔을 휙 두르며 소피가 답했다. "엄청."

샘이 소피의 어깨에 머리를 기대고 반쯤 감긴 눈으로 우리를 올려다보며 히죽 웃었다. 반면에 맷은 두 팔을 어색하게 양쪽 옆구리에 붙이고 다소 경직된 자세로 앉아 있었다.

마리아가 눈썹을 치켜세우며 말했다. "음, 그런 것 같네. 네가 재밌다고 생각하는 게 뭔지 잘 알겠어. 너 같은 애를 뭐라고 부르는지 알지? 가자, 루이즈."

마리아가 내 팔을 잡아 자기 집이 있는 방향으로 나를 끌어당겼다. 그날에야 알았지만 마리아의 집은 우리 집 가는 길에 있었다. 소피와 충분히 멀어진 것을 확인한 나는 존경과 두려움이 뒤섞인 눈빛으로 마리아를 보며 말했다.

"그런 말은 왜 했어?"

"아, 그런 못된 애 신경 쓰지 마, 루이즈. 전학 온 지 몇 주밖에 안 된 내 눈에도 다 보이더라. 걔는 그런 말 들어도 싸. 걔는 그냥 너를 이용하고 있는 거야. 클레어에게 무시당하는 날에는 같이 다니면서 자기 말을 열심히 들어줄 애가 필요하니까. 네가 소피한테 어떤 취급을 당하는지 다 봤어. 걔, 어떤 날은 너랑 꼭 붙어 다니다가 다음날은 완전히 무시하지? 네가 좋아하는 남자애랑 일부러 시시덕거리고?"

"그게 무슨 말이야?"

모르는 척 물었지만, 점점 빨개지는 목은 감출 수 없었다. 샘에 대한 감정을 잘 숨기고 있다고 생각한 건 나만의 착각이었던 모양이다. 무엇보다 소피와 나의 관계를 꿰뚫어본 사람은 마리아가 처음이었다. 지금 생각해보면, 마음 한구석으로는 늘 불공평하다고 느끼면서도 인기 많은 아이와 친구가 되기 위해 치르는 대가로 받아들였던 것 같다.

"왜 이래, 나 그렇게 바보 아니야. 너 샘 파커 좋아하잖아, 아니야? 그리고 나도 벌써 눈치챈 걸 소피가 모를 것 같아?"

나는 인정했다. "너 나 따라다니니? 그래, 뭐. 좋아하긴 해. 하지만 그런다고 뭐가 달라져? 그리고 소피도 샘을 좋아해. 나를 골탕 먹이려고 그러는 건 아닐 거라고. 솔직히 소피가 더 어울리긴 하잖아. 샘은 절대 나랑은 사귀지 않을 테니까."

"사귈지도 모르지."

"아니, 그럴 리 없어. 샘 같은 남자애는 나 같은 애 절대 안 만나. 그게 현실이야. 친구는 될 수도 있겠지. 물론 나랑은 친구 사이도 아니지만. 샘은 내가 존재하는지도 모를걸."

"그럼 알게 하면 되지." 마리아가 말했다. "해보기 전에는 모르는 거잖아."

나는 얼른 화제를 바꿨다. 마리아가 뭐라고 하든, 샘은 내가 감히 넘볼 상대가 아니었다. 내가 샘에게 미소 짓는 것 이상의 표현을 할 용기가 있더라도 그 사실이 바뀌지는 않았다.

우리는 마리아의 집으로 걸어가면서 배가 아프도록 웃었다. 마리아는 우리 학교에 온 지 몇 주 만에 내 눈에는 질투가 날 만큼 멋져 보이기만 했던 아이들의 약점과 불안과 모순을 놀랍도록 정확히 간파했다. 또한 '에세이 숙제에 대해 할 말이 있다'며 음탕한 말투로 방과 후에 남으라고 한 젠킨스 선생님의 흉내까지 똑같이 냈다. 그러다 보니 어느새 마리아의 집 앞이었고, 집에 도착하자 마리아가 갈등하는 표정으로 문 앞에서 머뭇거렸다.

"저기…, 잠깐 들어왔다 갈래?"

잠시 망설이던 나는 고개를 끄덕였다. 마리아와 함께 집에 들어가니, 먼지로 뒤덮이고 테두리가 닳아빠진 카펫이 현관에 깔려 있고 베이컨 기름 냄새가 희미하게 났다. 낡아서 벗겨지기 시작한 벽지가 덜렁거렸고, 집 안은 무척 조용했다. 마리아의 부름에 그녀의 엄마가 낡아빠진 마른 행주로 손을 닦으며 주방에서 모습을 드러냈다. 두 모녀는 놀랍도록 외모가 비슷했다. 직모와 곱슬머리의 중간쯤 되는, 숱이 적고 긴 갈색 머리와 황금색과

초록색을 섞은 녹갈색 눈동자가 똑같았다.

"안녕! 내 이름은 브리짓이야." 마리아의 엄마가 말했다. "마리아의 친구를 만나다니 정말 반갑구나. 환영한다!" 그녀가 과장된 몸짓으로 두 팔을 벌리자 손에 들려 있던 행주가 벽에 부딪쳤다. "너는 이름이 뭐니?"

"루이즈예요. 안녕하세요."

"아, 루이즈구나! 네 이야기 많이 들었어!"

나는 마리아가 나에 대해 무슨 말을 했을지 궁금했다.

"차 한 잔 마시고 가렴! 아니, 저녁도 먹고 가!" 부담감에 집에 가야 할 핑계를 대려는데 마리아가 적절하게 끼어들었다.

"엄마! 창피하게 왜 그래. 내 방에 가자, 루이즈."

마리아가 서둘러 이층으로 나를 끌고 올라가자 브리짓이 우리의 등 뒤에 대고 말했다.

"차랑 쿠키 좀 갖다줄까?"

"아니. 아무것도 가져오지 마."

방으로 들어온 마리아가 침대에 털썩 앉았다. 페인트칠이 군데군데 벗겨지고 촌스러운 카펫이 바닥에 깔려 있었지만 최선을 다해 방을 꾸민 흔적이 보였다. 침대에는 북미 원주민의 전통 문양을 수놓은 담요가 깔려 있었다. 페인트칠이 제일 흉하게 벗겨진 벽은 인쇄한 살바도르 달리의 그림으로 가려져 있었고 허름한 포마이카 선반에는 책이 가득 채워져 있었다.

"엄마가 저래서 미안해."

"괜찮아." 마리아 옆에 앉으며 내가 말했다. "…친구들이 오면 늘 저러셔?"

"익숙하지 않아서 그래. 전에는… 이전 학교에서 일어난 일을 겪기 전에는 괜찮으셨어. 물론 지금도 괜찮으시지만. 내 말은… 아니야, 신경 쓰지 마."

마리아가 하트 모양의 펜던트가 달린 금색 목걸이를 만지작거리며 낮게 중얼거렸다.

"무슨 일인데? 말해도 돼. 네가 싫으면 아무한테도 말하지 않을게."

"그 이야기는 하고 싶지 않아. 그 일 때문에 많이 힘들었거든. 전학 온 첫날 점심시간에 말했지만 너무 힘들어서 학교도 옮기고 이사했어. 나도 진짜 힘들었지만, 엄마는 더 힘들어했어. 엄마한테 들었는데 '부모는 자녀 중에 가장 불행한 아이가 느끼는 만큼만 행복하다'는 말이 있대. 정말 그렇다면 우리 엄마는 엄청나게 불행했을 거야."

잠시 침묵이 흘렀고, 나는 난처해하는 마리아를 위해 화제를 바꿨다.

"목걸이 예쁘다. 어디서 난 거야?"

"아빠가 주셨어." 마리아가 손가락으로 줄을 꼬면서 다시 목걸이를 만지작거렸다. "아빠가 나한테 뭔가를 사준 건 이게 처음이야. 선물은 항상 엄마가 사줬거든. 그때만 해도 아빠가 떠날 줄은 몰랐는데. 너희 부모님은 같이 사셔?"

"응."

부모님이 헤어지는 건 상상조차 되지 않았다. 나는 엄마와 아빠를 별개로 생각해본 적이 없었다. 나에게 부모님은 '엄마-아빠'로 묶인 하나의 존재였다.

"우리 부모님은 아니야. 런던을 떠나 여기로 이사 오기 전에 헤어지셨어. 아마 그때 있었던 일… 때문일 거야."

도대체 무슨 일이기에 부모님이 이혼까지 했을까? 마리아는 정말 그 일을 말하고 싶지 않은 걸까? 아니면 내가 더 물어주길 내심 바라며 말할 기회를 엿보고 있는 걸까?

"무슨 일이… 있었는데?" 내가 물었다.

마리아는 금방이라도 털어놓을 것처럼 나를 바라보더니, 이내 입을 다물었다.

"다른 이야기 하자."

눈치를 살피던 나는 대화의 방향을 틀어, 교사들의 소문이나 학교에서 누가 누구와 사귀는지 따위의 소문을 들려주었다. 이번에는 성공적이었다. 중간에 브리짓이 차와 초콜릿 쿠키를 가져와 흐름이 잠시 끊기긴 했지만, 우리는 한 시간이 넘도록 수다를 떨었다. 브리짓은 방문 앞에 한참을 서서 마리아와 내가 함께 웃는 모습을 지켜보더니 저녁을 먹고 가라고 또 한 번 나를 설득했다. 하지만 나는 부모님이 기다리실 걸 생각해 정중히 거절했다.

우리는 현관문 앞에서 작별 인사를 나눴다. 배가 아프도록 웃고 나니 무언가 따뜻하고 기분 좋은 뻐근함이 밀려들었다. 인정하기 싫었지만, 오후 내내 어떤 말을 할지 한 번도 고민하지 않았다는 사실도 깨달았다. 소피와 있을 때는 어떤 말을 할 때마다 그 말이 창피한 말인지 머릿속으로 일일이 따져본 뒤에야 입밖에 냈다. 그러나 마리아와 함께한 그날 오후는 달랐다. 연기할 필요가 없으니 전혀 긴장되지 않았다. 마리아 앞에서는 나 자신을 그대로 드러낼 수 있었다.

마리아와 인사하고 대문으로 걸어가다 어떤 소년과 맞닥뜨렸다. 피부가 가무잡잡하고 작달막하지만 체격이 다부진 소년은 마리아와 브리짓처럼 눈동자가 녹갈색이었다. 소년은 자기소개는 하지 않고 나를 의심스러운 눈초리로 쳐다보았다. 나는 소년의 시선에 당황하며 애써 미소를 짓고 대문을 나섰다. 뒤돌아보지는 않았지만, 대문을 나가 모퉁이를 돌 때까지 계속 나를 뚫어지게 바라보는 시선이 느껴졌다.

그날 저녁 내 방에서 빈둥거리고 있는데 전화벨이 울렸다. 나는 급하게 달려 나가 방 밖의 층계참에 있는 전화의 수화기를 들었다.

"여보세요?"

"루이즈? 나 소피야."

아까 시내에서는 오만할 정도로 당당해 보이더니 딴사람이 된 양 조심스럽고 머뭇거리는 목소리였다. 나에게 사과하려고 전화한 눈치였다. 나는 손가락으로 전화선을 배배 꼬며 소피가 하는 말에 귀를 기울였다.

"걱정돼서 전화했어. 너 요즘 나랑 다른 여자애들이랑은 거의 안 놀잖아."

다른 여자애들? 그 무리에서 나에게 조금이라도 관심을 보이는 사람은 소피뿐이었다. 나머지 애들은 내 숙제를 베낄 때 말고는 나에게 전혀 관심이 없었다. 마음 한편으로는 늘 그랬듯 내가 먼저 사과하고 모든 걸 원래대로 되돌려놓고 싶었다. 그러나 그날은 마리아가 한 말이 계속 귓전을 맴돌았고, 마리아와 오후 내내 놀며 생긴 자신감이 흐릿하게나마 남아 있었다.

"내가? 학교에서 나한테 말도 걸지 않은 건 너잖아."

"말도 안 돼." 소피가 상처받았다는 듯 말했다. "네가 나를 계속 무시했잖아. 오늘은 수업 끝나고 같이 시내에 놀러갈 사람이 아무도 없었단 말이야. 클레어도 괜히 나한테 못되게 굴고. 내가 너를 얼마나 찾아다녔는데."

"맷이랑 샘은 어쩌고? 내 눈에는 너, 아주 좋아 보이던데?"

"아, 그 둘? 그 애들은 같이 놀 사람이 없을 때만 다니는 애들이고. 그러는 너야말로 꽤 즐거워 보이던데?"

"그래…, 즐거웠어." 처음의 의지가 꺾이기 시작했다. 소피가 정말로 상처받았으면 어쩌지? 내가 오해한 건 아닐까? "하지만… 우리랑 같이 가고 싶었으면 말하면 됐잖아."

"글쎄, '우리'는 좀…." 소피가 조심스럽게 말했다. "나는 너랑만 가고 싶었어."

"마리아가 어때서? 진짜 좋은 애야."

"그래, 좋은 애겠지. 그런데 이런 말 해서 미안하지만 솔직히 아까 걔, 나한테 무례했잖아. 그리고 너 그 애에 대해 잘 알아? 어디서 어떻게 살다 갑자기 나타났는지 아느냐고. 내가 들은 바로는… 아니다, 흉보는 거 같으니까 말 안 할래. 아무튼 네가 그 애랑 친해지고 싶다면 말리지는 않을게. 그건 네 마음이니까. 그래도 루이즈, 오랜 친구들을 버리지는 마. 그러다 친구들 다 잃을 수도 있어. 설마 에스더 하코트처럼 되고 싶은 건 아니지?" 소피가 피식 웃으며 말한다. 장난스럽게 말했지만 뼈가 담긴 농담이었다. "누구랑 놀지는 당연히 네가 결정할 문제지만, 내가 너라면 누구에게 의리를 지키는 게 나을지 아주 신중하게 고민할 거야."

전화를 끊고 나는 계속 수화기를 든 채로 멍하니 층계참에 앉아 있었다. 소피의 뜻을 거스르면 내가 친구들 사이에서 어떤 대접을 받게 될지 생각했다. 조금만 더 있으면 초대받을 것 같은 생일 파티와 파자마 파티를 내가 얼마나 간절히 원하는지도 생각했다. 괜찮은 아이이긴 하지만, 아직 잘 모르는 여자애를 위해 그 모든 걸 포기할 수 있을까? 그랬다가는 그 아이가 내 유일한 친구가 될지도 모르는데 말이다.

다음 날 학교에 가니 다행히 오전에는 마리아와 함께 듣는 수업이 하나도 없었다. 생물 수업이 끝나고 쉬는 시간이 되자마자 나는 곧장 도서관으로 가 20분 동안 앵글로색슨 잉글랜드에 관한 책을 펼쳐놓고 읽는 척했다. 점심시간에도 끼니를 거르고 도서관에 가려 했지만 도중에 소피에게 잡혀 식당으로 끌려갔다. 푸석푸석해 보이는 통감자 구이에 끈적하게 뒤엉긴 삶은 콩을 조금 추가하며(물론 버터는 넣지 못했다) 곁눈으로 뒤쪽을 슬쩍 보니, 마리아가 몇 사람 뒤에 서 있었다. 내가 계산을 마치자 소피는 단호한 몸짓으로 식당의 왼쪽 끝 구석 자리에 있는 테이블로 나를 끌고 갔다. 자리에 앉자 소피는 내 오른쪽 옆자리에 앉아 나를 보호하겠다는 듯이 내 팔을 꼭 잡았다. 보이지는 않았지만, 마리아가 내 뒤로 다가오는 게 느껴졌다. 마리아가 내 왼쪽에 있는 의자에 손을 올리자, 소피가 기다렸다는 듯 환하게 웃으며 말했다.

"미안하지만 그 자리, 주인 있어."

"없는 것 같은데." 마리아가 말했다. "아무도 없잖아. 혹시 삐쩍 마른 네 친구 하나가 앉아 있는데 너무 말라서 보이지도 않는 건가?"

내가 웃거나 아는 척이라도 해주길 바라는 마리아의 시선이 느껴졌지만, 나는 내 앞에 놓인 식판만 뚫어져라 보았다. 마치 시각 장애인이 점자책을 읽듯, 갈색 플라스틱 식판의 오돌토돌한 면을 손가락으로 계속 문질렀다.

"맡아놓은 거야. 친구가 부탁해서." 소피가 '친구'를 유독 강조하며 말했다.

마리아가 용기를 내 나를 한 번 더 힐끗 보았지만, 나는 쟁반에서 눈을 떼지 않았다.

"그래. 알았어. 그럼 어쩔 수 없지."

마리아가 우리 자리와 최대한 먼 테이블로 식판을 가져갔다.

식당을 나오면서 나는 마리아가 있는 쪽을 돌아보았다. 지금도 그날 마리아의 모습이 어땠는지 생생히 떠오른다. 음식은 거의 손도 안 대고 혼자 구부정하게 앉아 창백한 얼굴로 수학 교과서를 멍하니 보고 있었다. 그리고 에스더 하코트 역시 다른 테이블에 혼자 앉아 읽지도 않을 책을 들고 마리아를 보고 있었다.

7장

흐린 겨울날, 그녀가 다리 위에 서서 칙칙한 강물을 내려다본다. 나무로 된 난간을 꽉 움켜잡은 그녀의 손에서 뼈마디가 하얗게 불거진다. 물에 둥둥 뜬 빈 음료수 깡통 하나가 까닥거리며 흘러가 다리 아래로 자취를 감춘다. 도시를 가로지르는 거무칙칙한 강물에서 유일하게 반짝이던 점이 사라진다. 그녀는 차들이 씽씽 달리는 다리 위의 도로를 쏜살같이 건너보고 싶은 충동이 솟구친다. 음료수 깡통이 다리 건너편에 도착했는지, 저도 살아서 도착할 수 있는지, 확인해보고 싶다.

자살 충동은 그녀와 오랜 세월을 함께한 익숙한 충동이다. 오래전 그날 밤 처음 자살의 유혹을 느낀 뒤로 그녀는 주기적으로 그 충동을 느꼈다. 그날 밤 그녀가 다른 선택을 했다면 그녀와 그녀 가족의 삶은 지금과 어떻게 달랐을까? 그날 이후 그녀의 가족은 힘든 삶을 살았다. 이전의 삶으로는 절대 돌아갈 수 없었다. 그녀의 가족은 온 힘을 다해 그녀를 돕고 그녀의 곁을 지켰지만 그녀의 마음을 진정으로 이해하지는 못했다. 그들이 어떻게 이해할 수 있겠는가?

그녀가 다리 밑을 지나 멀어지는 강물을 다시 내려다본다. 늘 그렇듯 그녀는 지금도 시공간을 거슬러 올라가 과거의 그날, 그 장소를 떠올린다. 자신이 어떤 선택을 했고, 그 선택이 지금껏 제 삶에 어떤 영향을 미치고 있는지 등을 생각한다.

그녀가 무엇보다 간절히 바라는 건 바로잡을 기회다. 기울어진 저울의 수평을 맞출 기회. 그날 밤 그녀의 세상은 무너졌다. 무너진 세상을 복원할 방법을 찾을 수만 있다면, 그녀도 남은 생은 사람답게 살 수 있을 것이다.

　그녀가 난간을 움켜쥔 손을 풀고 소용돌이치는 강물을 뒤로하며 천천히 걸음을 옮긴다. 아직은 죽을 때가 아니라고 생각하면서. 다음을 기약하면서.

8장
2016년

소피의 집에 다녀온 지 사흘째 되는 날이자 마리아의 친구 요청을 받은 지 딱 일주일 된 월요일 아침, 그 일이 또 벌어진다. 계절은 가을이지만 여름이 아직 물러가지 않은 듯 햇살이 눈부시다. 창문을 뚫고 들어온 햇살이 내가 앉아 있는 식탁을 따뜻하게 데운다. 아무리 애써도 일에 집중할 수가 없다. 두 명의 잠재 고객에게 보일 제안서를 작성해야 하지만 이미 약속한 기한을 넘겼고, 로즈메리가 맡긴 일도 일정을 맞추지 못하고 있다. 메시지가 또 올지 모른다는 두려움에 끊임없이 페이스북을 확인한다. 그동안 나는 마리아의 메시지가 한 번으로 끝나기를, 동창회에 참석하는 누군가의 경솔한 장난이길 간절히 기도했다. 무사히 하루를 넘길 때마다 마리아의 메시지가 다시는 오지 않으리라는 희망이 싹텄다.

그러나 메시지는 또 왔다. 마리아 웨스턴이 페이스북으로 메시지를 보냈다는 알림이 뜬다. 빨리 확인하고 싶지만 손이 내 의지대로 움직이지 않는다. 필사적으로 손가락을 움직여 가까스로 자판을 누른다.

도망치고 싶으면 어디 도망쳐봐, 루이즈. 어차피 내 손에 잡히겠지만. 모든 상처는 흉터를 남기기 마련이야. 에스더 하코트에게 물어봐.

쿵쾅대는 가슴을 진정하며 잠시 그대로 앉아 있었다. 누가, 왜 이런 짓을 하는 것인지 단서를 찾아내려는 헛된 희망을 품고 메시지를 읽고 또 읽는다. '도망치고 싶으면 어디 도망쳐봐.' 역시 그날 밤 나를 따라온 사람이 있었다. 내 생각이 맞았다.

'에스더 하코트에게 물어봐.' 그 일이 있고 나서 시내에서 에스더를 한 번 본 적이 있었다. 에스더는 내 죄책감이 저에게 옮기라도 할 것처럼, 내 수치심이 전염병이라도 되는 듯 내 눈을 피했다. 에스더는 그날의 진실을 모른다. 알았다면 시선을 피하는 정도로 끝내지 않았을 것이다.

에스더는 마리아가 전학 온 날부터 졸업 파티가 열린 날까지 몇 달 동안 마리아가 유일하게 말을 건 아이였다. 내가 아는 마리아와 진짜 마리아 사이에는 엄청난 간극이 있다. 에스더는 그 간극을 메울 수 있을지 모른다. 소피에게 연락할 때는 사소한 부분까지 일일이 따져보며 신경을 곤두세워야 했다. 그러나 마리아를 진심으로 아끼는 사람에게 연락한다고 생각하니 이상하게도 마음이 편안해진다.

검색창에 에스더의 이름을 입력하니 페이스북에는 가입되어 있지 않다. 내 안에 남아 있는 못된 소녀가 에스더는 친구도 없는 모양이라며 성급한 결론을 내리려 하지만, 바로 떨쳐낸다. 다양하고 타당한 이유로 페이스북에 가입하지 않는 사람이 많다는 것쯤은 나도 안다. 별수 없이 구글로 검색하자 링크가 여러 개 뜬다. 맨 위에 뜬 링크드인에 접속해보니 내가 아는 에스더가 맞다. 사무 변호사고 아직 노픽에 살고 있다. 프로필 사진을 보니 나이에 비해 젊어 보인다. 솔직히 학창 시절보다 훨씬 근사해 보인다. 동그란 안경테 대신 세련되게 각진 고급 안경테를 쓰고, 덥수룩하고 칙칙했던 갈색 더벅머리 대신 윤기가 흐르고 풍성한 적갈색 머리를 길게 늘어뜨리고 있었다.

직함은 노픽에서 이름난 대형 법률 회사의 유언장 및 공증 전담 파트너다. 에스더는 학회에서 연설도 하고 논문도 쓰고 모교의 초대를 받아 후배들에게 영감을 주는 연설도 하는, 우수한 인재였다. 최근에 인테리어 디자인 상을 받아 샨 베이 신문에 실렸을 때 학교에서 나를 연사로 초대할지도 모른다는 생각을 잠시 한 적은 있지만, 그런 일은 없었다.

직장을 알았으니 전화하거나 메일을 보낼 수도 있지만, 오래전 눈이 마주쳤을 때 에스더가 외면했던 일이 마음에 걸린다. 순간 말도 안 되는 생각이 떠올라 수화기를 든다. 2분 뒤 나는 '세리나 쿡'이라는 이름으로 에스더 하코트 변호사와 유언장을 작성하는 문제로 약속을 잡는다. 상담원이 나의 세부 정보를 듣고는 다른 변호사와 연결해주려 했지만, 꼭 하코트 변호사를 만나고 싶다고 내가 고집을 부렸다. 평소 같으면 기다려야 했겠지만, 마침 에스더의 내일 아침 일정이 막판에 취소돼 약속을 잡을 수 있었다. 어차피 나를 보면 바로 알아보겠지만, 예상하지 못한 상황이라 만나줄 수밖에 없을 것이다.

다음 날 아침, 일찍 일어나 헨리를 깨운다. 안 그래도 화요일은 헨리가 유치원에서 아침을 먹는 날이라 평소보다 빨리 등교시키지만 오늘은 조금 더 일찍 데려다줄 생각이다. 헨리가 잠옷 차림으로 식탁에 앉아 숟가락으로 시리얼을 떠 입에 넣는다. 침대의 온기가 채 가시지 않아 볼이 발그레하고 눈은 잠이 덜 깨

게슴츠레하다. 몸을 숙여 헨리에게 입을 맞추고는 마음속으로는 계속 챙길 것과 할 일을 나열한다. 책가방, 도시락, 물통, 책, 수학여행 신청서, 직물 견본, 로즈메리에게 메일 보내기.

"엄마."

헨리가 시리얼을 한 입 가득 떠먹고 나를 부른다.

"왜?"

오늘 하루 나와 헨리에게 필요한 것들을 챙기느라 여기저기 뒤지면서 건성으로 답한다.

"어제 유치원에서 재스퍼랑 딜런이 나랑 안 놀아줬어."

그 말에 나는 하던 일을 제쳐두고 헨리 옆에 앉는다.

"그게 무슨 말이야?"

가슴이 철렁 내려앉는다.

"자유 놀이 시간에 내가 기차 놀이를 하자고 했는데 싫다고 했어. 계속 놀자고 해도 밖에서 놀고 싶다고 했어."

"네가 하고 싶은 놀이를 친구들한테 억지로 시킬 수는 없어, 헨리. 너랑 놀기 싫어서가 아니라 그냥 다른 놀이를 하고 싶었을 거야."

"아니야, 엄마. 나랑 놀기 싫댔어. 내가 아무리 부탁해도 싫댔어. 딜런이 나는 맨날 기차 놀이만 하려고 한대. 그래서 재미없대."

헨리가 숟가락을 내려놓고 내 무릎 위에 올라와 내 목에 뜨거운 얼굴을 파묻으며 팔다리로 나를 감싸 안는다. 나는 헨리를 부드럽게 안으며 재스퍼와 딜런에 대해서는 너무 깊이 생각하지 않기로 한다. 겨우 네 살밖에 안 된 아이들 아닌가.

"오늘은 엄마랑 있으면 안 돼?" 작지만 기대감이 어린 목소리로 헨리가 묻는다.

죄책감이 심장을 옥죈다. 오늘은 처리할 일이 그렇게 많지 않다. 고객에게 보여주기로 한 직물과 페인트 색 견본도 어차피 오늘 안에는 마무리할 수 없다. 이미 늦었는데 하루 더 미룬다고 대수겠는가? 에스더와의 약속은 취소하면 그만이다. 유치원에는 아파서 결석하겠다고 알리고 종일 헨리와 소파에서 뒹굴며 디즈니 영화를 보면 된다. 그러나 지금은 페이스북 친구 요청의 진실을 알아내는 일이 다른 무엇보다 중요하다.

가까스로 헨리를 떼어내 옷을 입게 한다. 대신 유치원에 다녀오면 오랫동안 함께 기차 놀이를 하겠다고 헨리와 약속했다.

"아주 오랫동안?" 헨리가 두 눈을 반짝이며 묻는다.

"아주 아주 오랫동안."

아이를 유치원에 내려주고 납빛 하늘이 내려앉은 동쪽으로 차를 몬다. 고속도로를 벗어나자 A11 도로가 서서히 모습을 드러낸다. 오랜만에 왔는데도 지루할 정도로 풍경이 익숙하다. 드넓은 하늘에 금방이라도 비를 뿌릴 것 같은 구름이 물결치고, 완만하게 굽이치는 들판이 끝도 없이 펼쳐진다. 황량하게 홀로 서 있는 전쟁 기념관 옆으로 자동차들이 굉음을 내며 지나간다. 곧이어 신비로운 이름의 엘베든 숲이 나온다. 이름만 들으면 반지의 제왕에 나올 법한 요정들이 짜릿한 모험을 펼칠 것 같지만, 실제로는 가족끼리 놀러와 자전거를 대여하고 암벽을 등반하는 평범한 숲이다. 바람에 차체가 흔들려 엘베든 숲을 몇 미터 지난 갓길에 차를 세우고 잠시 호흡을 고른다. 습관처럼 휴대전화를 확인해보지만, 진작 처리하지 못한 일에 대해 묻는 로즈메리의 메일이 한 통 와 있을 뿐이다.

에스더의 회사에 도착하니, 직원이 광택이 도는 마룻바닥과 깔끔하게 천을 씌운 고풍스러운 의자가 완비된 우아한 대기실로 안내한다. 마치 미국 영화에 나오는 전형적인 영국의 법률 회사 같다. 수놓은 천을 씌운 긴 의자의 모서리에 걸터앉아 자세를 이리저리 바꾸며 다리를 꼬았다 풀기를 반복한다.

에스더를 만나면 잠시 주위를 살피고 생각을 정리할 작정이었지만, 우아하게 단장한 비서의 안내를 받아 에스더의 사무실에 들어선 순간, 그럴 여유 따위는 없으리라는 걸 깨닫는다. 에스더가 고개를 들며 미리 준비한 환영의 미소를 짓는다. 하지만 잠시후 미소가 점점 옅어지고 값비싼 귀갑(龜甲)테 안경을 쓴 눈이 충격으로 얼어붙는다. 비서가 나간 뒤 에스더가 직설적이고 쌀쌀맞은 말투로 입을 연다.

"너는 세리나 쿡이 아니잖아."

"그래, 알아. 네가… 네가 나를 만나주지 않을 것 같아 그랬어."

"그럼 유언장을 작성하러 온 것도 아니겠네?"

"그래."

"그럼 왜 왔어?"

앉으라는 말이 없어 계속 문가에서 서성인다. 흘러내리지도 않는 머리카락을 자꾸 귀 뒤로 넘긴다. 어릴 때부터 있었던 습관이다. 그 모습을 보고 아주 조금이지만 에스더의 표정이 부드러워진다. 어릴 때 에스더의 집 근처에 있는 숲에서 함께 진흙탕을 튀기며 신나게 뛰어다니던 날들이 떠오른 모양이다. 에스더가 책상 앞에 놓인 푹신한 가죽 의자를 가리키며 앉으라고 손짓하자, 기다렸다는 듯 의자에 털썩 주저앉는다.

"달리 갈 데가 없어서."

에스더가 이유를 캐묻듯 눈썹을 치켜세운다.

"일이 있었어."

에스더가 또 한 번 눈썹을 올린다. 마음을 다잡고 드디어 그 말을 내뱉는다.

"페이스북으로 친구 요청을 받았어. 보낸 사람은 마리아 웨스턴이야."

누가 봐도 불편해 보이는 내 모습에 에스더가 저도 모르게 연민이 어린 표정을 짓는다. 그러다 곧이어 당혹감과 뭐라 말할 수 없는 감정이 그녀의 얼굴에 스친다. 두려움인가?

"마리아가? 그럴 리가 없잖아."

늘 유지하는 평정심이 깨져 당황한 기색이 엿보인다.

"알아, 불가능한 일이라는 거. 그런데 그 일이 일어났어. 그래서 말인데…, 혹시 뭐 아는 거 있어? 짚이는 데가 있다거나."

"대체 내가 왜 뭔가를 알아야 하지?" 에스더가 얼굴을 붉히며 말한다. "내가 오래전에 죽은 동창의 페이스북 페이지나 만들고 있을 것 같아? 나는 페이스북에 가입조차 안 했어."

"아닌 거 알아. 네가 그 페이지를 만들었다는 뜻이 아니야. 그냥… 겁이 나서 그래. 누가 우리 집에 몰래 들어왔었던 것 같아. 며칠 전에는 누가 나를 따라왔고."

"뭐?" 에스더가 걱정스러운 듯 이맛살을 찌푸린다. "경찰에 신고했어?"

"경찰이 뭘 어쩌겠어? 증거가 없는데. 그리고… 어제 메시지가 또 왔어. 같은 사람이 보낸 거야. 한번 볼래?"

어차피 자기는 선택권이 없다는 듯 어깨를 으쓱하는 에스더에게 휴대전화를 건넨다. 속에 있는 말이 엉겁결에 튀어나오지 않게 하려는 듯 입을 꾹 다물고 에스더가 메시지를 읽는다. 화면을 터치하고 나서는 표정이 부드러워진다. 에스더가 느리고 길게 숨을 내쉰다. 마리아의 사진을 본 게 틀림없다.

"너한테 물어보라는 게 무슨 뜻일 것 같아?"

"뻔하지 않아? 마리아랑 나, 둘 다 학교 다닐 때 괴롭힘을 당했잖아. 누군지는 몰라도 그걸 아는 사람이겠지."

내가 반박하려 하자 에스더가 끼어든다.

"알아, 알아. 너는 나, 괴롭히지 않았어. 그냥 중학교에 입학한 순간 나를 버리고 말도 걸지 않았을 뿐이지. 하지만 너랑 소피가 마리아한테 한 짓은 괴롭힘 말고는 표현할 방법이 없지 않나?"

수치심으로 얼굴이 화끈거린다. 에스더의 눈을 똑바로 볼 수가 없다.

"괜히 왔나 보다." 고개를 들지 못한 채 내가 말한다. "누구든 의논할 사람이 필요했어. 소피는 도움이 안 되고, 왠지 너는 나를… 도와줄 것 같아서 왔는데 내가 잘못 생각했나 봐."

"소피 해니건한테 이 일을 말했다고? 너 아직도 그 애랑 연락해?"

그렇다고 답하면 이미 낮은 나에 대한 평가가 더 낮아질 것 같다.

"아니, 졸업하고 한 번도 연락 안 했어. 연락처도 뒤져서 알아낸 거야."

"페이스북으로?"

"그래."

"알 만하네. 그 애, 페이스북에서 살다시피 하지? 내가 얼마나 예쁜지, 내 삶이 얼마나 멋진지 보여줄게, 이러면서. 한심하게 말이야. 그래서 나는 페이스북 안 해. 다 가짜잖아. 진짜 자기 인생은 쓰레기가 되는 곳이지."

에스더는 내가 이 방에 들어선 순간부터 저와 나 사이에 벽을 세웠다. 저 벽을 넘을 방법이 있긴 할까?

"내가 마리아에게 못되게 굴었다는 거 알아."

에스더가 코웃음을 친다.

"알아, 못되게 굴었다는 말로는 부족하다는 거. 그때 일을 생각하면 정말 부끄러워. 나도 내가 왜 그랬는지 모르겠어. 지금의 나라면 절대 안 그랬을 거야. 그날 이후 하루도 마리아를 생각하지 않은 날이 없어. 하지만 과거의 나를 바꿀 수는 없어."

아, 바꿀 수만 있다면 얼마나 좋을까. 게다가 에스더는 내가 저지른 진짜 나쁜 짓이 무엇인지조차 모른다.

"내가 바꿀 수 있는 건 지금의 나뿐이야. 이해가 안 가는 건 왜 하필 지금 이런 일이 벌어지느냐는 거야. 혹시 동창회와 관련이 있을까? 그때 모일 아이들의 마음을 뒤흔들려고?"

"동창회가 열려?"

순간 에스더의 가면이 벗겨지고 나에게는 들키기 싫었을 속마음이 드러난다. 동창회가 열린다는 걸 처음 알았을 때 내가 느낀 실망과 수치심, 자기혐오가 잠깐이지만 에스더의 얼굴에도 스친다. 물론 혼자였던 나와 달리 에스더는 관객이 있어 곧바로 감정을 추스른다.

"나야 돈을 줘도 안 가겠지만 너는 어때? 안 갈 거지?"

"가볼까 해."

웅얼거리듯 내가 답한다. 나는 이 말이 왜 이렇게 부끄러울까? 왜 나는 아직도 과거에 머물며 십 대 시절의 나에게서 벗어나지 못할까?

"아직도 쫓아다녀, 루이즈? 설마 하나도 안 변한 거야?"

"저기, 그냥 다 잊어버려." 어서 빨리 에스더에게서 도망치고 싶다. "어차피 너는 나를 도와줄 수 없을 것 같으니까. 도와주고 싶지 않거나."

그러자 에스더의 표정이 부드러워진다.

"도와주고 싶고 말고의 문제가 아니야. 나는 정말 그 일에 대해 아무것도 몰라. 졸업한 뒤로 고등학교 동창은 한 번도 만난 적 없어. 작정하고 안 만난 건 아니지만. 아무튼 연락처 남기고 가. 뭔가 떠오르면 연락할게."

"고마워."

메모지에 내 연락처를 갈겨쓰며 내가 차분하게 말한다.

에스더가 주먹을 꼭 쥔 제 손을 내려다본다. 손톱으로 손바닥을 꾹 누르고 있는 것 같다.

"너, 엄청 많이 놀랐겠다. 친구 요청도 그렇지만 마리아의 사진을 봤을 때 말이야."

"맞아. 그 일이… 일어나기 바로 전에 찍은 사진 같더라."

더 할 말이 없어 자리에서 일어나 곧장 집에 가기로 굳게 마음먹고 회사를 나온다. 그러나 사거리에서 나도 모르게 우회전을 해 급커브를 돌고 나니, 어느새 내 주위로 샨 베이의 근교 풍경이 펼쳐진다. 많이 달라지지는 않았지만, 처음 보는 집이 줄지어 서 있고 사탕을 사먹곤 했던 구멍가게가 있던 자리에는 테스코 메트로가 들어서 있다. 해변과 멀지 않은 곳이라 그런지 창문을 내리니 짭짤한 바다 내음이 차 안에 퍼진다.

아픈 기억을 떠올리게 하는 익숙한 건물과 방향 감각을 잃게 하는 낯선 건물들 사이를 달리며, 에스더와의 만남을 되짚어본다. 무언가가 자꾸 거슬린다. 무의식적으로 곧장 우회 도로를 타고 샨 베이 고등학교가 있는 길로 들어서는 순간, 그것이 무엇인지 깨닫는다. 에스더의 얼굴에 잠시 스쳤던 두려움이다. 에스더는 무엇이 두려운 걸까? 누군가가 나를 벌하기 위해 지독한 장난을 치는 거라면 에스더는 걱정할 필요가 전혀 없다. 마리아를 친절하게 대했던 아이는 오직 에스더뿐이었다. 게다가 마리아를 두려워할 이유도 전혀 없다. 마리아는 27년 전에 물에 빠져 죽었으니까.

그렇지 않은가?

9장
1989년

그날 이후 나는 학교에서 마리아와 말을 하지 않았다. 사실은, 마리아가 나를 계속 피했다. 수업을 같이 들을 때를 빼고는 일주일이 넘도록 마리아를 한 번도 보지 못했다. 수업 시간에도 마리아는 나와 눈이 마주칠 일이 없는 자리에만 앉았다.

그러던 어느 날 소피가 맷의 파티에 함께 가자고 했다. 맷의 파티에 한 번도 초대받은 적이 없어 가도 될까 싶었지만, 소피는 맷이 분명 허락할 거라고 했다. 물론 맷은 내가 누군지 잘 몰라도 소피의 부탁이라면 무엇이든 들어주었을 것이다. 맷의 부모님이 주말 동안 집을 비운 사이에 여는 파티라고 했다. 맷의 엄마는 학부모 간담회 때 한 번 본 적 있었다. 젠킨스 선생님을 만나려고 기다리는 동안 우리 엄마와 수다를 떨었는데 두 사람의 모습이 너무 대비돼 실소가 나왔었다. 값비싼 부분 염색과 완벽한 화장으로 단장하고 선명한 강청색 바지 정장을 뽐내듯 입은 맷의 엄마에게서는 세련미와 매력이 뿜어져 나왔다. 반면 A자형 치마와 촌스러운 베이지색 반코트를 입은 우리 엄마는 이상하게 생긴 작은 핸드백을 무릎에 올려둔 채 맷의 엄마가 하는 말을 하나라도 놓치지 않으려 안간힘을 썼다.

파티에 갈 준비는 소피네 집에서 했다. 소피는 텔레비전으로 '블라인드 데이트'를 시끄럽게 틀어 놓고(우리 엄마는 절대 보지 못하게 하는 프로그램이다), 고데기로 내 머리를 손질해주었다. 나는 집에 있는 옷장을 털다시피 해 가져온 옷들을 전신 거울 앞에서 다 입어보았다. 소피가 제 옷장을 뒤져 내가 입을 만한 옷을 골랐다.

"이건 어때?"

몸에 꼭 맞는 까만 벨벳 미니 원피스를 나에게 획 던지며 소피가 말했다.

"들어가지도 않을걸." 나는 반대했다.

"설마…. 들어갈 거야."

소피가 원피스를 벌려 잡고 있다가 내가 다리를 넣자 원피스를 엉덩이 위로 잡아올렸다. 그러고는 내 양쪽 어깨를 잡고 돌려 세웠다.

"이런. 지퍼가 안 올라갈 거 같은데? 그냥 벗자. 억지로 올리다 찢어질지도 모르니까…."

나는 얼굴을 붉히며 겨우 원피스를 벗었다.

"아, 이건 어때?" 빨간 튜브 치마였다. "예쁘고 잘 늘어나. 저기 있는 긴 남색 티셔츠랑 입어봐. 이것도 좀 작을 것 같긴 하지만."

"그냥 내 옷 입을게."

"어, 그럴래? 그래, 그럼."

소피는 어깨를 으쓱하고는 빨간 튜브 치마 속에 미끄러지듯 제 다리를 넣었다. 그러고는 엉덩이에 진 주름을 펴고 옆으로 돌아서서 거울에 비친 완벽하게 납작한 제 배를 못마땅한 눈초리로 바라보았다.

"어때? 좀 작나?"

나는 결국 검정색 원피스를 입었다. 검정색 옷을 입으면 날씬해 보이기도 하지만 너무 튀지 않아 나중에 후회할 일이 없기 때문이다. 우리는 준비하는 동안 소피가 옷장에 숨겨둔 술을 벌컥벌컥 마셨다. 술병에는 소피가 엄마의 주류 보관함에서 슬쩍한 갖가지 술이 뒤섞여 있었다. 진과 럼, 보드카는 물론이고 소피의 엄마가 휴가 때 샀다는 이상한 노란 술과 맛을 좋게 한다는 콜라까지 섞여 있었다.

　맷의 집은 새로 조성된 대형 단독 주택 단지에 있었다. 시골의 커다란 별장 분위기가 나도록 지어진 집이었다. 맷의 집에 가까워지자 쿵쾅거리는 베이스 음이 귓전을 울렸다. 우리 말고도 많은 아이들이 맷의 집을 향해 걸어갔다. 집 전면에 있는 유리창으로 눈부신 빛이 뿜어져 나왔다. 남자애들과 여자애들이 담배꽁초와 빈 병이 널브러진 앞마당으로 삼삼오오 모여들었다. 우리는 살짝 열려 있는 문을 통과해 흑백 타일이 깔린 널찍한 현관홀에 들어섰다. 오른쪽에는 위층으로 이어지는 넓은 계단이, 왼쪽에는 주방으로 이어지는 복도가 보였다. 우리는 아이들 사이를 뚫고 주방으로 걸어갔다. 처음 보는 남자애들이 소피에게 인사했다. 주방은 크고 무척 더웠다. 맷이 큼지막한 오크 나무 식탁에 앉아 마리화나를 말고 있었고 맷의 오른쪽 자리에는 샘이 앉아 있었다.

　"소피!" 맷이 불렀다. "왔구나!"

　"당연히 와야지." 소피가 몸을 숙여 둘을 껴안으며 말했다. "안녕, 얘들아."

　착각이었을지도 모르지만, 나는 소피의 손이 맷보다 샘의 어깨에 더 오래 머물렀다고 확신했다.

맷이 머뭇거리며 나를 빤히 바라보았다.

"잘 왔어. 반가워, 어…"

"안녕."

나는 얼굴을 붉히며 중얼거리듯 인사했다. 맷은 내 이름조차 몰랐다. 그래도 상관없었다. 나에게는 인기와 아름다움으로 빚어낸 반짝이는 티타늄 방패, 소피가 있었다.

"한잔해."

맷이 대리석으로 된 조리대를 손으로 가리켰다. 음료가 엎질러져 끈적거리는 조리대 위에는 담배꽁초는 물론이고 증류주와 사과주, 그리고 알 수 없는 새파란 액체가 담긴 갖가지 병과 립스틱 자국이 묻은 플라스틱 컵이 어지럽게 흩어져 있었다.

이런 파티에 처음 와본 나는 이 자리에 와 있다는 사실만으로도 가슴이 미친 듯 두근거렸다. 무리의 일원으로 인정받았다는 뿌듯함과 멍청한 말실수나 행동을 해서 내 진짜 모습이 까발려질지 모른다는 두려움이 계속 교차했다.

"와, 멋지다." 소피가 조리대로 나를 끌고 가며 말했다. "다 어디서 났어?"

"손님들이 선물로 가져온 것도 있고, 형이 많이 사다줬어." 맷이 답했다. "마시고 싶은 거 다 마셔, 소피. 그리고… 어, 너도…" 맷이 내 쪽을 가리키며 말했다.

"바보야, 루이즈잖아." 소피가 웃었다. "세상에, 루이즈. 애가 네 이름 모르나 봐! 맨날 학교에서 보는데도 몰라?"

"미안해." 맷이 우물거리며 나에게 사과했다.

"아, 괜찮아." 소피가 웃으며 말했다. "뭐 마실래, 루이즈? 보드
카 콕?"

아까 소피의 집에서 마신 혼합주 때문에 벌써 머리가 어지러
웠지만, 소피는 아랑곳하지 않고 플라스틱 컵 두 개에 보드카를
한 모금씩 따르고 콜라를 가득 부었다.

"자, 또 누가 왔는지 보러 가자."

우리는 애틋한 눈길로 소피를 뚫어지게 바라보는 맷을 남겨두
고 주방을 나갔다. 현관홀에서 오른쪽으로 난 복도를 따라 가니
거실이 나왔다. 거실은 음악 소리의 진원지였다. 학교에서 가끔
본 남자애가 디제잉을 하고 있었다. 거실 한가운데에서는 낯익
은 여자애들 몇 명이 춤을 추고 있었다. 모두 심장 박동처럼 반
복적이고 집요하게 쿵쿵거리는 비트에 맞춰 자연스럽게 몸을 움
직였다. 구석에 있는 안락의자에서는 클레어와 우리보다 한 학
년 높은 남자 선배가 입을 맞추고 있었다. 선배는 한 손으로는
제 무릎 위에 다리를 벌리고 올라탄 클레어의 엉덩이를 만지고,
다른 손으로는 클레어의 가슴을 애무했다. 둘 다 자기들만의 세
계에 빠져 주위의 시선을 전혀 의식하지 않았다. 클레어는 온몸
을 비틀었고 남자 선배는 한층 더 다급해진 손길로 클레어를 더
듬었다.

"방해하지 말고 가자!"

소피가 큰 소리로 말하며 몸을 돌려 거실을 나가려고 하자 맷
이 우리 쪽으로 슬금슬금 다가왔다. 음악 소리가 잠시 낮아졌
다.

"한 알 할래, 소피?" 맷이 물었다.

"좋지. 있어?"

"지금은 없는데 이따가 맥스가 와서 주기로 했어."

맷이 고개를 돌려 나를 봤다.

"너는 어때?" 맷이 정중하게 물었다. "너도 할래?"

"어, 음… 아니. 고맙지만 괜찮아."

나는 속으로 움찔했다. 고맙지만 괜찮다고? 그런 인사는 누가 차를 권할 때나 하는 말 아닌가. 맷은 어깨를 으쓱하고는 소피의 손을 잡고 거실 한가운데로 끌고 갔다. 두 사람은 음악 소리가 다시 커지면서 휘몰아치는 강렬한 리듬에 맞춰 춤을 추었다. 소피가 같이 추자고 나에게 손짓했지만 그런 음악, 아니 어떤 음악에 맞춰서도 춤을 춰본 적 없는 나는 고개를 젓고 술만 들이켰다. 나는 잠시 멍하니 서서 둘을 바라보았다. 도대체 저런 춤은 어디서 배우는 건지, 어떻게 그렇게 남의 시선을 의식하지 않고 자유롭게 움직일 수 있는 건지 궁금했다. 맷은 리듬에 맞춰 움직이는 소피에게서 잠시도 눈을 떼지 않았다. 소피의 윗옷이 올라가 탄력 있는 구릿빛 피부가 유혹하듯 살짝 드러날 때도 소피의 움직임을 하나라도 놓치지 않겠다는 듯 소피를 뚫어지게 응시했다. 술잔을 비운 나는 달리 할 일이 없어 한 잔 더 마시기로 했다.

주방에 가니 샘이 아직도 식탁에 앉아 있었다. 나는 정확한 비율이 무엇인지도 모르면서 보드카와 콜라를 잔에 부었다.

"이런, 보드카가 그렇게 좋아?"

샘의 목소리가 들렸다. 보드카를 너무 많이 따른 모양이었다.

"나는 이 비율로 마셔."

나는 도도하게 말한 뒤 얼굴을 찡그리지 않으려 애쓰며 보드 카 콕을 한 모금 마셨다.

"적당히 마시고 앉지 그래, 루이즈." 샘이 작게 웃으며 말했다.

나는 터질 듯 뛰는 심장을 달래며 샘의 맞은편에 앉았다. 고 민 끝에 고른 검정색 원피스 밑으로 볼록한 뱃살이 느껴졌다. 식탁 위에 올린 손이 한없이 어색하고 거추장스러워 보였다. 샘 은 목둘레가 좁은 하얀색 브이넥 티셔츠를 입고 있었다. 티셔츠 의 삼각형 목둘레를 따라 햇볕에 살짝 탄 피부가 드러났다. 나 는 손을 뻗어 부드러워 보이는 그 피부를 쓰다듬고 싶은 이상한 충동에 휩싸였다. 샘과 이렇게 긴 대화를 나눠본 적이 없는 나 로서는 엄청난 충동이었다.

"그런데 루우우이즈." 샘이 또 웃었다. 취한 게 분명했다. "지 난번에 시내에서 너, 전학생이랑 같이 있었지?"

"마리아? 맞아. 걔… 괜찮은 애야."

나는 최근에 소피와 전화로 한 이야기를 떠올리며 자신 없게 말끝을 흐렸다.

"그 애 말이야… 재미있는 소문이 돌던데, 알아? 맷 루이스의 사촌이 런던에서 전학생이 다니던 학교의 학생을 안대."

"소문이 있다는 건 나도 들었어. 무슨 내용인데?"

술기운에다 마리아에 대한 호기심이 더해지니 나도 긴장이 풀 렸다.

"그 애, 엄청 방탕하대. 남자애도 좋아하고 여자애도 좋아하고 가리지 않는대. 무슨 뜻인지 알지?"

완전히는 아니지만 대충은 알 것 같았다. 나는 보드카를 억지로 삼켰다.

"아무튼 너무 문란하게 놀다 보니 남자애 하나가 그 애한테 완전히 빠져서 막 쫓아다니며 괴롭혔나 봐. 그래서 전학까지 온 거고."

나는 내 또래의 사람들을 만나면 나와 비슷한 사람과 비슷하지 않은 사람, 두 부류로 나누곤 했다. 마리아는 안 지 얼마 안 되기는 했지만 당연히 나와 같은 부류라고 생각했었다. 그래서 마리아에 대한 새로운 정보는 다소 역겨웠지만 매우 흥미로웠다.

"정말이야? 그런 애로 안 보이던데."

"아, 원래 말 없는 애들이 무서운 법이야, 루이즈. 아직도 그 걸 몰랐단 말이야?" 샘이 씩 웃으며 말했다. "너도 말이 없지 않나?"

얼굴을 붉히며 적당한 답을 찾아 허우적대고 있는데, 다행히 맷과 소피가 주방으로 들어와 대화가 끊겼다. 소피가 샘의 옆자리에 털썩 앉아 과장된 몸짓으로 샘의 어깨에 머리를 기대며 목이 마르다고 하소연했다. 둘을 언짢은 표정으로 바라보던 맷이 소피에게 보드카 콕을 따라주고는 내 옆자리에 앉았다. 맷은 샘의 팔을 장난스럽게 계속 쿡쿡 찌르는 소피의 손에서 눈을 떼지 못했다. 세 사람은 나는 안중에도 없는 듯 최근에 갔던 파티에서 복용한 약물에 대하여 집중적으로 토론하기 시작했다. 나는 낄 수 없어서 오히려 다행인 대화였다.

주방이 연기로 자욱해 정신이 점점 멍해졌다. 나는 화장실에 가야겠다는 말을 웅얼거리며 일어나 주방을 나갔지만, 세 사람은 고개조차 들지 않았다.

　나는 입을 맞추느라 여념이 없는 연인들과 무슨 이야기를 하는지 심각한 얼굴을 한 여자애들을 이리저리 피하며 위층으로 올라갔다. 계단 꼭대기에 다다르니 문이 여러 개 나왔다. 왼쪽에 있는 문은 안방으로 통하는 문인 듯했는데 문틈 사이로 은밀한 신음 소리가 새어 나왔다. 오른쪽에는 문이 두 개 있었다. 첫 번째 문은 열어보니 건조용 장롱이었고, 두 번째 문은 잠긴 걸 보니 화장실이 분명했다. 나는 바닥에 주저앉아 책상다리를 한 채 문이 열리길 기다렸다.

　아래층의 음악 소리가 잠시 잦아들다 다시 커지려는 순간, 화장실에서 희미한 소리가 들렸다. 처음에는 토하는 소리인 줄 알았지만 잘 들어보니 우는 소리였다. 여자애였다. 눈물을 참으려고 애쓰고 있었지만 소용없었다. 이윽고 흐느끼는 소리가 점차 가라앉고 변기의 물을 내리는 소리가 들렸다. 취기가 상당히 오른 상태였지만, 아무 소리도 듣지 못한 척 태연한 표정을 지으려 애썼다. 그러나 문이 열리는 순간 나는 표정 관리에 실패했다. 화장실에서 나온 아이는 마리아였다.

　마리아는 수치심과 반항심이 뒤섞인 눈빛으로 나를 쏘아보았다.

　"왜, 뭐 문제 있어?" 말할 테면 말해보라는 듯 마리아가 말했다.

　"아니." 나는 잠시 머뭇거리다 물었다. "괜찮아?"

　"어, 괜찮아. 아주 좋아." 나보다 더 취했는지 발음이 불분명했다. "빌어먹게 좋아. 너를 보니까 훨씬 더 좋아졌어."

나는 얼굴이 빨개졌다.

"그날 식당에서 모르는 척해서 미안해. 소피가 어떤 아이인지, 네가 몰라서 그래. 소피의 눈 밖에 나면 내 인생은 끝나."

"그래서? 그 애를 졸졸 쫓아다니지 않고도 학교 잘만 다니는 애들, 엄청 많던데?"

"소피는 내 친구이기도 하니까. 제일 오래된 친구야."

"제일 오래된 친구는 에스더 아니었어? 지금은 친구가 아니지만 말이야."

"그게 무슨 뜻이야? 에스더가 너한테 뭐라고 했는데?"

"비밀이야."

마리아는 비밀을 뜻하는 몸짓으로 손가락을 입으로 가져가려 했다. 그러나 너무 취해 의도와 달리 자기 눈을 찔렀다. 순간 울 것 같은 표정을 지었지만 마리아는 이내 발작적인 웃음을 터트리며 내 옆에 주저앉았다. 마리아가 내 팔을 움켜잡고 웃자 내 안에서도 웃음이 끓어올랐다. 결국 나도 눈물을 흘리며 배를 잡고 웃었다.

한참을 웃던 마리아가 간신히 웃음을 진정시키고 재킷에서 병을 하나 꺼냈다. 병에는 소피의 방에서 같이 마셨던 혼합주와 비슷한 액체가 담겨 있었다. 나는 마리아가 건네는 병을 받아, 이번에는 찡그리지도 않고 벌컥벌컥 마셨다.

"왜 그랬어?" 내가 물었다. "화장실에서 말이야."

"오늘 아빠를 만났어." 목걸이에 달린 하트 모양의 금색 펜던트를 만지작거리며 마리아가 말했다. "기억나는지 모르겠지만 이거 아빠가 준 거야. 떠나기 전에."

기억났다. 아빠에게 처음으로 받은 선물이라고 했다.

"이제 오빠랑 나, 자주 보러 오지 못할 거래. 런던을 아예 떠난대. 새로 잡은 직장이 북쪽 어디에 있나 봐."

마리아가 목걸이를 앞으로 세게 당기며 말했다. 목걸이를 쥔 손에 힘을 빼자 마리아의 목덜미에 붉은 줄 자국이 희미하게 남았다. 마리아는 무언가를 더 말하려다 생각이 바뀌었는지 그만두었다.

"그 이야기는 하기 싫어."

"좋아. 그럼 무슨 이야기 할래?"

"네가 왜 그렇게 못됐는지에 대한 얘기 할까?"

마리아는, 농담이지만 나를 완전히 용서한 건 아니라는 듯 팔꿈치로 나를 찌르며 제안했다.

"정말 미안해. 소피가 그동안 나한테 잘해준 게 많아서 그래."

마리아가 냉소적인 눈빛으로 나를 바라보았다.

"그렇겠지! 여기저기 초대도 해주고. 이런 데 말이야."

나는 초조하게 주변을 힐끔거렸다. 온 집 안을 울리며 지칠 줄 모르고 쿵쾅거리는 음악 소리 사이로 누군가의 요란한 웃음소리가 들렸다. 소피인가? 나는 소피가 위층에 올라올 이유가 생기지 않기를, 그래서 나와 마리아가 같이 있는 걸 볼 일이 없기를 바랐다.

"그나저나 너는 여기 왜 온 거야?" 내가 물었다.

"너무하는 거 아니야?"

"내 말 무슨 뜻인지 알잖아. 소피가 없었다면 나도 이런 파티에 못 와. 누구 따라온 거야?"

"우리 오빠, 팀." 마리아가 순순히 인정했다. "맷의 형이랑 같은 대학에 다니거든. 지금 저 방에 있어. 웬 걸레 같은 여자랑."

마리아가 안방을 가리켰다. 신음 소리를 내던 사람이 마리아의 오빠였다니.

"오빠랑 사이 좋아?"

"뭐, 나쁘지는 않아. 오빠라 그런가 챙겨주기는 해. 보호해주려고 하고."

오빠나 언니가 없는 나는 잘 모르는 관계였다.

"좋겠다." 내가 부러운 듯 말했다.

"나쁘지는 않아. 가끔 너무 간섭을 해서 문제지만."

마리아가 계속 말을 하려는데, 안방 문이 삐걱거리며 열리고 마리아의 집 정원에서 마주친 짙은 색 머리의 남자가 티셔츠를 입으며 나왔다. 청바지의 맨 위 단추가 풀려 있어서 배꼽 아래로 이어지는 검은 체모가 어쩔 도리 없이 눈에 들어왔다. 옷을 다 입은 팀이 우리를 향해 걸어왔다.

"너 괜찮아?"

나는 보이지도 않는 듯 팀이 마리아에게 물었다.

"괜찮아."

마리아는 고개를 들지 않았다. 팀에게 운 얼굴을 들키지 않으려고 계속 머리카락으로 얼굴을 가렸다.

"나 좀 내버려 둬. 애인한테나 가 봐."

"정말 괜찮은 거야?" 팀이 의심스럽다는 듯 나를 노려보며 물었다. "이 애는 그때…."

"괜찮다니까."

마리아가 벌떡 일어서며 말했다. 나도 팀과 둘만 남기 싫어 얼른 따라 일어섰다.

"우리는 바람 쐬러 나갈 거야. 이따 봐."

"집에 갈 거면 말하고 가, 알았지?"

팀이 우리 뒤에서 외쳤다. 마리아가 손가락 욕인지 아닌지 모를 애매한 모양으로 손을 흔들었다.

아래층으로 내려간 우리는 천만다행으로 소피가 없는 주방을 지나 뒷문으로 나갔다. 저녁 내내 뒤뜰에 누가 가는 걸 본 적이 없어서, 거기라면 사람들의 눈을 피할 수 있을 것 같았다.

뒤뜰에는 갈빗살 모양의 일광욕 나무 의자가 두 개 있었다. 우리는 하나씩 의자를 차지하고 드러누워 별이 우수수 박힌 밤하늘을 바라보았다. 쿵쿵대는 음악 소리와 수다 떠는 소리, 간간히 터지는 웃음소리가 여전히 들렸지만, 멀고 먼 세상에서 나는 소리처럼 아득하게 느껴졌다. 시원하고 깨끗한 공기 덕분에 저녁 내내 불편했던 호흡이 처음으로 편해졌다.

우리는 잠시 아무 말 없이 누워 있었다. 그러다 마리아가 옆으로 휙 돌아누워 나를 바라보았다.

"자, 말해 봐. 애들이 뭐라고 말해?"

나는 애써 태연한 말투로 되물었다.

"무슨 말?"

"무슨 말이긴, 나에 대한 말이지. 엄마는 전학 오면 다 끝날 거라고 했지만, 그럴 리가 없잖아. 소문이 여기까지 따라왔다는 거, 나도 알아."

"아무 이야기도 못 들었어. 진짜야." 나는 거짓말을 했다.

마리아는 런던에서의 일을 털어놓고 싶어 하는 기색을 보였다. 이미 새 학교의 아이들마저 그 일에 지대한 관심을 보이거나 비난을 퍼붓고 있었다. 그러나 그 일의 진실이 무엇이든 나는 초조하고 불안했다. 그녀의 세계에 끌려 들어가도 될지 확신이 없었다. 그래서 주저하는 마리아를 격려하는 대신 잠자코 있었다.

마리아는 몸을 돌려 잠시 나를 바라보다가 마음의 결정을 내린 듯 다시 하늘을 향해 돌아누웠다. 평화로운 침묵이 흘렀다. 의자 옆으로 내려뜨린 내 손이 마리아의 손에 살짝 닿자 마리아가 새끼손가락을 내 새끼손가락에 걸었다. 우리는 우리가 내쉰 입김이 밤공기 속으로 하얗게 피어오르는 모습을 보며 새끼손가락이 걸린 두 손을 가볍게 흔들었다.

"안녕, 둘이 연애해?" 소피가 기묘하게 의기양양한 목소리로 외쳤다.

심장이 철렁했다. 나는 얼른 마리아의 손을 뿌리치고 다리를 의자 옆으로 홱 내려 똑바로 앉았다. 얼마나 급하게 일어났는지 머리가 핑 돌 지경이었다. 활짝 열린 뒷문으로 쏟아져 나온 빛줄기가 마리아와 내가 앉아 있는 두 개의 의자 사이를 비쳤다. 소피가 뒷문 문간에서 불빛을 등지고 서 있었다. 소피의 검은 윤곽 뒤로 맷과 샘의 형체가 어른거렸다. 언제부터 우리를 봤을까? 음란한 호기심이 어려 있던 맷의 표정이 걱정스러운 얼굴로 바뀌는 걸 보니, 내가 휘청거린 모양이었다.

"너 괜찮아? 토할 거 같아?"

"괜찮아." 의자의 모서리를 꽉 붙잡으며 내가 말했다.

"가서 물 마시자."

갑자기 소피가 친절을 베풀었다. 나를 일으켜 세운 뒤 한쪽 팔을 내 어깨에 두르고는 집 안으로 나를 안내했다. 나는 순순히 소피를 따라갔다. 그러다 뒷문을 반쯤 통과했을 때 용기를 내 뒤를 돌아보았다. 분노나 경멸, 연민이 어린 얼굴을 볼 각오는 되어 있었다. 그러나 소피의 손에 이끌려 파티장으로 돌아가면서 내가 마리아의 얼굴에서 읽은 건 뜻밖에도, 노골적인 절망이었다.

10장
2016년

에스더와 나눈 불편한 대화의 여운을 떨쳐내지 못한 채, 학교를 향해 핸들을 돌린다. 학교에 도착하자 익숙한 풍경이 하나씩 눈에 들어온다. 버스 정류장의 바닥에는 담배꽁초가 잔뜩 깔려 있고, 운동장 둘레에는 여전히 높은 울타리가 쳐져 있다. 정문 옆에 걸린 게시판에는 뭔지 모를 내용을 알리는 닳아빠진 벽보가 붙어 있다. 건물도 거의 그대로다. 앞면이 붉은 벽돌로 된 오래된 빅토리아풍 건물이 여전히 근사하다. 1960년대 건축 양식에 따라 콘크리트 블록을 쌓아 만든, 당시에는 지극히 현대식이라고 뽐냈을 회색 건물도 보인다.

한 번 쓱 보고 지나칠 생각이었지만, 게시판의 오래된 벽보들 사이로 현란한 포스터 하나가 시선을 잡아끈다. 무슨 포스터인지 보려고 속도를 줄이니 무지개 색깔의 말풍선 속에 적힌 글자가 보인다. 1989년 졸업생 동창회.

급브레이크를 밟고 차를 돌려 인도에 바퀴를 반쯤 걸친 채로 대충 차를 세운다. 나를 피하느라 급히 차를 돌려 몹시 화가 난 운전자가 팔을 휘두르며 욕설을 내뱉지만, 무시하고 황급히 길을 건너 포스터를 꼼꼼히 읽는다. 디스코텍 장비와 유료 주류 코너와 뷔페 음식을 제공하니, 1980년대 음악을 들으며 오랜 친구들을 만날 기회를 놓치지 말라는 내용이다. 에스더의 목소리

가 귓전에 아른거린다. '아직도 쫓아다녀, 루이즈?'

길을 건너 차에 올라탄다. 핸들을 잡고 학교를 멍하니 바라보며 내 안에 차오르는 감정을 수습하려 애쓴다. 나는 이제 그때의 소녀가 아니다. 완전히 다른 사람이 됐다. 정말 그럴까? 내 안에서 가장 중요한 부분은 바뀌지 않았다. 그날 그 사건을 저지른 소녀는 나다. 그날 내가 한 짓을 알고도 나를 사랑한 유일한 사람, 샘이 떠오른다. 그와 있으면 안심이 됐다. 샘은 나의 진짜 모습을 알았고, 나는 내가 한 짓을 그가 누구에게도 말하지 않으리라는 확신이 있었다. 세상과 분리된 둘만의 세상에서 나란히 누워 뒹굴던 시절, 샘은 종종 나에게 비밀을 꼭 지키겠다고 말했다. 내가 아무리 끔찍한 짓을 저질렀어도 절대 내 곁을 떠나지 않겠다고 약속했다. 물론 결국에는 나를 떠났지만 말이다.

시동을 걸어 차를 출발시킨다. 도로 끝에 다다르자 시내를 벗어나는 왼쪽 길과 샨 베이의 주요 주택가로 향하는 오른쪽 길로 나뉘는 갈림길이 나온다. 오른쪽으로 핸들을 돌리니 눈에 익은 길이 나온다. 27년이 지난 지금도 내 몸은 여전히 이 길을 기억하고 있다. 나도 모르게 우회전을 한 번 더 해 예전에 살던 집 쪽으로 차를 몬다. 여전히 도로의 양 옆으로 모양이 엇비슷한 1970년대 집이 줄지어 서 있다. 달라진 점이 있다면 진입로마다 차가 최소한 두 대씩은 주차되어 있고, 석 대까지 세워 놓은 집도 간간이 보인다는 것이다.

그만 돌아갈 생각에 차를 돌리려고 하니 도로가 좁다. 큰길로 빠지는 교차로가 나올 때까지 직진하기로 한다. 그러나 얼마 안 있어 나온 교차로에서 우회전을 하려고 하니 일방통행로라 진입이 불가능해 어쩔 수 없이 계속 직진한다. 언젠가는 큰길로 빠지는 곳이 나오겠거니 하며 되는 대로 우회전과 좌회전을 반복한다. 샨 베이는 작은 도시니 길을 잃을 일은 없을 것이다. 그러다 익숙한 풍경이 눈에 들어오기 시작한다. 벽돌담에 설치된 우체통과 길모퉁이에 심어진 키 높은 회양목 울타리를 보는 순간 제대로 찾아왔다는 사실을 깨닫는다. 이곳은 마리아가 살던 곳이다. 좁은 인도 뒤로 빅토리아풍 테라스 하우스들이 다닥다닥 붙어 있다. 진입로가 없는 구조라 주차된 차들로 도로가 비좁지만, 마침 33호 집 건너편에 빈 공간이 있어 그곳에 차를 세운다. 33호 집에 들어갔던 날이 떠오른다. 그날 우리는 마리아의 침대에 함께 누워 배가 아프도록 깔깔대며 웃었다. 최근에 그렇게 웃은 적이 있는지 기억을 더듬어보지만 딱히 떠오르지 않는다. 어른이 되면 그렇게 웃는 것이 불가능한 일일지도 모르겠다.

33호 집을 멍하니 바라보고 있는데 머리가 벗겨진 내 또래의 남자가 유모차에 아기를 태우고 집에서 나온다. 길을 건넌 뒤 내 차 옆을 지나가던 남자가 차 안을 흘깃 보고는 다시 들여다본다. 당황한 표정으로 쳐다보자 남자가 입을 연다. 창문이 닫혀 있어 남자의 목소리가 작게 들린다.

"루이즈? 루이즈 윌리엄스?"

맙소사. 등 뒤로 식은땀이 흐른다. 모습은 달라졌지만 그의 목소리는 어디에서 들어도 알 수 있었다. 마리아의 오빠, 팀 웨스턴의 목소리다. 나는 조심스레 창문을 내린다.

"어머, 세상에. 못 알아봤어요."

귀 뒤로 머리를 넘기고 떨리는 두 손을 핸들에 올려 고정한다.

"여긴 웬일이에요? 어머니가 아직 여기…?" 33호 집을 가리키며 내가 묻는다.

"아, 아니야. 지금은 내가 살아. 너는 여기 웬일이야, 루이즈?"

"근처에서 고객을 만났거든요." 급하게 둘러댄다. "그런데 길을 잃어서 차 세우고 휴대전화로 지도를 보고 있었어요."

"…그래." 팀이 의심스러운 눈초리로 나를 본다. "고객이 어디 사는데?"

머릿속이 새하얘져 내가 살던 동네의 이름만 떠오른다.

"터너가(街)요. 신기하지 않아요?" 의심을 피하려 애쓰며 미소를 짓는다. "어머니에게서 집을 산 거예요?"

"응."

구구절절 설명하기 싫다는 듯 무뚝뚝한 표정으로 팀이 답한다.

"그럼 어머니는 이사하셨어요? 아니면…."

"몇 년 전에 단층집으로 옮기셔서 나랑 아내가 샀어. 안 그랬으면 집 못 샀을 거야."

"아, 잘됐네요!"

고동치는 심장을 달래며 과장되게 반응한다.

"딸이에요?"

팀의 표정이 조금 풀린다.

"응. 유모차에 태워서 밖으로 나와야 잠들거든. 이러면 아내도 좀 쉴 수 있고. 아내가 복직해서 요즘 많이 피곤해해. 사업을 하는데 잘하고 있긴 하지만 쉽지 않은 일이라…."

나에게 하기에는 너무 속 깊은 이야기라고 생각했는지 말끝을 흐린다.

분홍색 방한복을 입고 깊이 잠든 아기를 내려다본다. 볼이 온통 발그레하고 속눈썹이 길다.

"예쁘네요." 나는 살짝 미소 지으며 낮게 말했다.

샘과 나는 헨리를 낳기까지 엄청난 시간과 노력을 들였고 고통을 감수했다. 그래서 헨리가 태어나면 매 순간이 즐거울 줄 알았다. 아기가 태어나면 잠을 못 잔다는 말은 비유적인 표현인 줄 알았지, 한숨도 못 자는 밤이 그렇게 많을 줄은 꿈에도 몰랐다. 아이를 낳고 금세 깨달았지만, 샘은 육아의 혹독한 현실을 감당할 능력도, 의지도 없었다. 결국 나는 샘이 떠날까 두려워 육아의 모든 의무를 홀로 짊어졌다. 그뿐만이 아니었다. 샘이 나를 떠날까 봐 최선을 다해 샘의 비위를 맞췄다. 그때는 샘과의 이별을 감히 상상조차 할 수 없었다.

팀이 어정쩡한 미소를 짓는다.

"고마워."

어색한 침묵이 흐른다. 할 말을 찾아 열심히 머리를 굴린다. 27년 만에 만난 사람에게는 무슨 말을 해야 할까? 게다가 이 사람은 너무나 마땅한 이유로 나를 증오한다.

"무슨 일 해요?"

고민 끝에 가장 무난한 질문을 던진다.

"IT 업계에서 일해. 일주일에 사흘만 런던으로 통근하고 주로 집에서 일해. 그래서 이러고 있지."

팀이 유모차를 가리킨다.

"너는 어때? 인테리어 디자이너지?"

"네."

그의 목소리를 들은 순간부터 내 안에서 끓어오르던 불안이 한층 커진다.

"어떻게 알았어요?"

"글쎄…, 누구한테 들었는데…."

누군지 떠올리려고 팀이 이마를 찡그린다.

"아, 알았다. 지역 신문에서 봤어. 무슨 상인가 타지 않았어?"

"아, 맞아요."

상을 탈 때는 자랑스러웠다. 그러나 지금은 과거에 알던 사람들이 내가 모르는 사이에 나의 근황을 알았다고 생각하니 왠지 모르게 꺼림칙한 기분이다. 그만 집에 가야 한다는 말을 내뱉으려 하는데, 팀이 끼어든다.

"동창회 소식 들었어?"

"네, 페이스북에서 봤어요."

"갈 거야?"

"잘 모르겠어요. …오빠는요?" 알지만 묻는다. 페이스북에 뜬 참석자 명단에 분명 팀의 이름이 있었다. 나는 왜 동창회에 가는 걸 이렇게 부끄러워할까? 소피도 아무런 부끄러움이 없고, 다른 아이들도 거리낌 없이 명단에 이름을 올렸는데 말이다.

"한번 가 보려고." 팀이 고개를 숙이고 답한다. "89년 졸업생은 아니지만 너희 학년 애들이랑 어울려 다녔고… 마리아가 그해 졸업생이잖아. 마리아 대신 가는 셈이지."

마리아의 이름을 듣는 것만으로도 숨이 막힌다. 지난 시간 동안 내 마음 한구석을 늘 차지하고 있긴 했지만, 며칠 전까지는 마리아의 이름을 듣거나 말한 적이 한 번도 없었다. 지금 팀과 나누고 있는 이 지극히 껄끄러운 대화도 마리아를 언급하지 않고 무사히 끝낼 수 있을 줄 알았다. 그러다 불현듯 이 순간을 흘려보내서는 안 된다는 생각이 든다. 적어도 내가 얼마나 미안하게 생각하는지 정도는 그에게 알려야 할 것 같다.

"잘 생각하셨어요. 저기, 오빠. 마리아의 일 말인데요." 용기를 쥐어짜내 입을 연다. "내가 마리아에게 못되게 굴었다는 거 알아요. 정말 미안해요. 나는… 시간을 돌릴 수만 있다면 과거를 바꾸고 싶어요."

학창 시절, 팀은 나를 좋게 보지 않았다. 그가 제대로 본 것이다. 나도 그 시절의 나를 좋게 보지 않으니까.

팀이 고개를 돌려 먼 곳을 응시한다.

"너를 탓할 생각은 없어, 루이즈." 경직된 말투다.

"정말요? 에스더 하코트는 그렇게 생각하지 않던데요."

내 입에서 생각지도 못한 말이 튀어나온다.

"에스더 하코트? 아직도 그 애 만나? 걔는 변호사 되지 않았나?"

"맞아요. 에스더가 어떤 아이였는지 기억나요?"

우리 학년과는 같이 학교에 다니지도 않은 팀이 에스더를 기억하다니, 내심 놀랍다.

"기억나. 마리아의 추모식 때 추도사도 했고, 그 일이… 있기 전에 마리아가 자주 만난 아이라서. 엄마도 그 애 이야기를 하셔. 그 아이가 어떤 일을 하는지도 지켜보셨고. 에스더는 마리아에게 좋은 친구였으니까…"

팀의 입에서 미처 나오지 못한 뒷말이 고약한 냄새처럼 허공을 맴돈다. 어떤 애들과는 달랐지.

"어머니는 좀 어떠세요?"

내가 브리짓을 마지막으로 본 건 마리아가 사라진 날 밤이었다. 브리짓이 공포에 사로잡힌 눈빛으로 나를 빤히 바라보던 그 순간이 아직까지도 생생하다.

"솔직히 좋지는 않아. 최근까지도 많이 힘들어하셨고, 외롭게 지내셔. 손녀가 태어나 조금 나아지긴 했지만 마리아에게 일어난 일을 아직 잊지 못하셔."

당연하다. 어떻게 잊겠는가?

"저기, 루이즈. 그날 무슨 일이 있었는지는 아무도 몰라."

나는 애써 무덤덤한 표정을 짓는다. 내가 팀보다 많은 걸 안다는 사실을 숨기기 위해서다.

"엄마는 마리아가 자살했다고 믿지만 글쎄…, 마리아는 보기보다 강한 애야. 아니, 강한 애였어. 그날 밤 마리아는 술을 마셨어. 취하고 혼란스러운 상태로 혼자 돌아다녔다면 절벽에서 발을 헛디뎠을 가능성도 얼마든지 있어."

아기가 잠시 칭얼거리자 팀이 유모차를 앞뒤로 부드럽게 흔든다. 아기는 숨을 한 번 내쉬고는 다시 잠에 빠져든다.

"그때 내가 너한테 심하게 굴었다는 거 알아. 마리아를 지켜야 한다는 생각에 그랬어. 런던에서 마리아가 그런 일을 겪은 뒤에는 더 그랬지. 그 당시에 나는 화가 많이 나 있었어. 우리를 떠난 아버지에게도 화가 났고, 가끔은 그런 남자애랑 엮인 마리아에게도 화가 났어. 마리아의 잘못이 아닌데도 말이야. 물론 나 자신에게도 화가 났어. 동생을 지키지 못한 내가 미웠지. 다 내 잘못이라고 생각했어. 내가 얌전히 굴었으면, 런던을 떠나자고 그렇게 난리를 치지 않았으면 아버지가 떠나지 않았을 거라는 생각도 했어."

마리아에게 들어서 나도 런던에서 있었던 일을 안다고 생각하는 모양이다. 나는 들은 적이 없지만 이제 와 물어볼 용기는 나지 않는다.

"오빠 잘못이 아니에요."

"네 잘못도 아니지." 팀이 힘겹게 말한다. "네가 마리아에게 못되게 굴긴 했지만 그런 일이 생길 줄은 너도 몰랐을 거 아니야. 너뿐 아니라 아무도 몰랐지. 졸업 파티 때 내가 더 마리아를 챙겼어야 했어. 마리아와 나는 가까운 사이였으니까."

얼마나 가까운 사이였을까? 팀이 마리아를 얼마나 챙겼는지는 익히 알고 있었다. 팀은 오래된 상처를 다시 들쑤시고 싶어졌을까? 여동생의 불행에 책임이 있는 여자애들을 벌주고 싶어졌을까? 혹은 27년 동안 동생을 숨겨줄 만큼 가까운 사이일까?

"마리아가… 학교에서 문제가 있었다는 건… 알아." 팀이 말을 잇는다.

문제가 있었다고? 돌려서 말해주니 고맙긴 하지만, 나는 진실을 안다. 우리는 마리아의 삶을 비참하게 만들었다.

"그 일에 책임을 질 수 있는 사람은 아무도 없어. 자살이었다면 마리아의 책임이고, 백만 분의 일 확률로 일어나는 사고나 실수였다면 누구의 책임도 아니야." 나를 유심히 바라보는 팀의 시선이 부담스럽다. 나는 속으로 팀과 빨리 헤어지게 되기를 빌었다.

틀린 줄 알면서도 팀의 말이 위로가 된다. 팀의 말이 사실이길 온 마음을 다해 빌고 싶다. 그게 불가능하다면(당연히 불가능하다), 늘 내 심장을 옥죄는 매듭을 조금이라도 풀고 싶다. 그러나 이 매듭은 너무나 복잡하고 단단히 묶여 있어서 아무리 안간힘을 써도 풀 수 없을 것 같다.

팀은 진실을 모른다. 우리는 대화를 하고는 있지만 서로 딴 생각을 하고 있다. 팀은 내가 소피와 친분을 유지하고 인기를 얻기 위해 마리아를 배신한 것으로만 알고 있다. 그는 마리아가 학교에서 따돌림을 당하는 데 내가 일정 부분 책임이 있다고만 생각한다. 때리지는 않지만 말로 상처를 입히는 여학생들의 학교 폭력 정도로 생각하고 있을 것이다. 그것도 맞다. 나는 마리아를 무시하고, 배신하고, 실망시켰다. 그러나 내가 한 짓은 그뿐만이 아니다. 나는 마리아에게 훨씬 더 나쁜 짓을 저질렀다.

팀과 헤어진 나는 집으로 향한다. 팀이 한 말 중에 무언가가 계속 마음에 걸린다. 한참 생각을 곱씹다가 한참 뒤에야 그 말이 무엇인지 깨닫는다. 팀은 분명 '마리아는 보기보다 강한 애야'라고 현재형으로 말했다가 과거형으로 정정했다. 단순한 말실수였거나, 나를 보자 1989년으로 되돌아간 기분이 들어 그렇게 말했을 수도 있다. 그러나 이유가 무엇이든 그 사실은 바뀌지 않는다. 팀은 마리아를 '현재형'으로 묘사했다.

11장

그녀는 그냥 집에 있을 때도 가끔 갇힌 기분을 느낀다. 물론 그녀가 밖으로 나가지 못할 이유는 하나도 없다. 겉으로는 전혀 티가 나지 않는다. 그러나 오늘처럼 빨간 속살이 다 드러나도록 피부가 한 꺼풀 벗겨져 세상 모든 것으로부터 스스로의 몸을 지키지 못할 것 같은 날에는, 밖에 나갈 엄두가 나지 않는다. 그녀는 이런 날 집 안에 숨는다. 다시 세상과 마주할 수 있을 때까지 가면을 다시 쓰고, 미소 띤 얼굴을 유지할 수 있을 때까지 기다린다.

가끔은 언제까지 이렇게 살 수 있을까, 궁금해진다. 평생 이렇게 살아야 하는 걸까? 이제는 너무 익숙해져서 비밀을 품고 사는 게 쉽게 느껴질 때도 있다. 게다가 차라리 마음과 입을 활짝 열어 비밀이 쏟아져 나오게 내버려두고 싶어질 때면, 지금껏 늘 그랬듯 그가 곁에서 일깨워준다. 계속 입을 다물라고. 말하지 말라고. 입을 열면 다른 누구보다 그녀가 대가를 치러야 한다고 경고한다. 그는 그녀를 보호하려고 애쓰는 것뿐이다. 그녀도 그걸 알아 그에게 감사하게 생각한다.

그래서 그녀는 자신을 괴롭히는 과거의 망령을 떨쳐내며 계속 비밀을 지킨다. 그녀가 두려워하는 건 과거뿐만이 아니다. 어떨 때는 현재도 두렵다. 그런 날은 집 안에 숨어도 두려움이 가시질 않는다. 가끔은 바깥세상에 있을 때보다 집에 있을 때 숨이 더 막히는 것 같다.

그녀는 사람을 좀처럼 믿지 못해 인간관계가 좁다. 그녀가 마음을 연 사람들조차도 그녀의 사연을 전부는커녕 반도 알지 못한다. 그녀를 이해하고 도운 사람은 오직 그뿐이다. 그래서 그녀는 자신 말고는 누구의 말도 믿어서는 안 된다는 그의 말을 따른다.

사실 그의 말이 아니더라도 그녀는 겉과 속이 다른 사람이 있다는 사실을 누구보다 잘 안다. 그녀 자신이 그렇기 때문이다.

12장
2016년

노픽에 다녀온 다음 날, 집에서 평범한 아침을 맞으니 마음이 놓인다. 물론 내 삶이 다시 평범해질 수 있을지는 의문이다. 폴리는 내가 이혼한 뒤로 연락을 끊은 친구들도 다시 만나고, 나 자신을 위한 시간을 늘려야 한다고 주장했다. 그러나 나는 내 삶에 새로운 무언가를 추가할 여력이 없다. 지금의 삶도 간신히 버티고 있기 때문이다.

헨리가 샘의 집에 하룻밤 자러 가는 수요일이다. 헨리의 속옷과 여분의 교복, '꼬질이'를 찾아 헨리의 작은 배낭에 던져 넣는다. 꼬질이는 헨리가 아기 때부터 덮고 자는 담요다. 낡아서 가장자리가 해지기 시작할 때쯤, 샘과 내가 그 담요를 꼬질이라고 불렀는데 그게 이름이 됐다. 샘의 집과 나의 집을 헨리가 오가다 보니, 헨리의 물건을 찾을 때 그 물건이 어느 집에 있는지 헷갈릴 때가 많다. 그러나 그 무엇으로도 대체할 수 없는 '꼬질이'는 어디 있는지 헷갈린 적이 한 번도 없다. 여벌로 헨리의 교복 스웨터를 쑤셔 넣는데 배낭 앞주머니에서 뭔가 딱딱하고 날카로운 물건이 만져진다. 지퍼를 열고 앞주머니 속을 들여다본 후, 정체를 확인한 나는 헨리의 침대에 털썩 주저앉았다. 헨리와 함께 해변에서 찍은 사진이 꽂혀 있는 액자다. 둘 다 햇빛에 눈이 부셔 실눈을 뜬 채로 환한 미소를 짓고 있다.

"헨리, 잠깐만 와볼래?" 헨리를 부른다.

주방에서 뛰어 오던 헨리는 내가 들고 있는 걸 보고는 우뚝 멈춰 선다.

"이게 왜 네 가방에 들어 있어?"

"꺼내 보려고." 헨리가 속삭이듯 말한다.

"언제?"

헨리의 몸이 한층 작게 느껴진다.

"아빠네 집에 있을 때 가끔 엄마가 보고 싶거든."

눈물이 차올라 목이 메이고 눈가가 따끔거린다.

"이리 와."

헨리가 얼른 달려와 내 무릎 위로 깡충 뛰어올라 나를 꼭 감싸 안는다. 헨리의 작고 순수한 몸이 내 몸 속으로 녹아든다.

"엄마도 너 보고 싶어." 애써 태연하게 말한다. "아빠랑 놀면 재미없어?"

"재미있어." 헨리가 내 어깨에 얼굴을 파묻고 말한다. "그래도 가끔 엄마 얼굴을 보고 싶어."

"그랬구나." 목소리가 갈라져 마른침을 삼키며 내가 말한다. "그럼 이거 가져가지 말고 엄마한테 말하지 그랬어. 이러면 어떨까? 엄마랑 찍은 사진을 여러 개 붙인 큰 액자를 만들어서 아빠 집에 있는 네 침실에 붙여놓는 거야."

"좋아!"

헨리가 나를 한 번 꼭 껴안고는 먹던 토스트를 마저 먹으러 간다. 사진을 제자리에 두니 절로 마음이 놓인다. 내가 너무 예민했었나 보다. 아무도 우리 집에 몰래 들어오지 않았다.

이제 한동안 방치했던 고객들에게 집중해야 한다. 자칫 고객을 잃을지 모르니 말이다. 오늘은 헨리가 샘의 집에 가니, 드디어 로즈메리 라이트가 최근에 나에게 맡긴 일을 진척시킬 수 있다. 그녀가 없다면 내 사업은 휘청거릴 것이다. 샘은 내가 로즈메리의 일에만 너무 목을 맨다며 달걀을 한 바구니에 모두 담는 실수를 하지 말라고 충고했었다. 내가 그녀의 요구 조건을 모두 들어주고 동시에 다른 고객들까지 챙기느라 한꺼번에 너무 많은 일을 한다고 생각했다. 분명 샘은 내 사업이 잘되기 시작했을 때 기뻐했다. 그러나 샘은 나를 버리고 나보다 훨씬 어리고 직업적으로 훨씬 별 볼 일 없는 여자에게 갔다.

금요일이 되고, 방과 후 클럽이 끝날 때쯤 유치원에 가서 헨리를 데려온다. 나는 나무로 된 헨리의 기차 놀이 세트로 크고 복잡한 기찻길을 만든다. 헨리가 농장 놀이 세트의 암소가 기찻길에 끼여 기차가 그 암소를 구하는, 꽤 난해한 상황을 설정한다. 문제를 어떻게든 해결해 이야기를 끝내려 해보지만, 그때마다 헨리가 도저히 해결할 수 없을 것 같은 새로운 문제 상황을 만들어 놀이를 연장한다.

한참을 헨리와 놀다 간신히 헨리를 잠자리에 눕히고 레드 와인을 한 잔 따라 주방 식탁에 앉는다. 구석에 있는 램프에서 잔잔한 빛이 흘러나온다. 컴퓨터로 이메일을 훑어본다. 집에서 일하면 이게 문제다. 24시간 직장에 있는 셈이라 컴퓨터를 끌 수가 없다. 창을 하나 더 열어 페이스북에 접속한다. 노트북과 휴대전화를 수시로 확인했지만 더 이상의 메시지는 없었다. 메시지가 없는 걸 확인할 때마다 실낱같은 희망이 점점 커진다. 이걸로 정말 끝일지 모른다는 희망 말이다. 페이스북을 확인하다 헨리와 같은 유치원에 다니는 아이의 엄마가 올린 글을 본다. 이미 최근에 두 번째 이혼을 한 모양인데 이혼하기까지의 사연이 시시콜콜 공개되어 있다. 게다가 친구 목록에 등록된 전남편의 친구들이 여자의 입장을 반박하면서 여자를 욕한 댓글이 주르르 달려 있다. 드라마 못지않게 흥미진진한 이야기이다. 이 여자와는 유치원 정문에서 가끔 마주치는데 우리는 서로에게 아는 체도 하지 않는다. 그런데 그런 여자의 지극히 사적인 애정사를 이토록 속속들이 알 수 있다니 기분이 묘하다.

마리아의 페이지에 접속했다. 소피가 마리아의 친구 요청을 수락했는지 친구 목록에 소피의 이름이 있다. 창을 닫으려는 순간 목록에 새로운 친구가 한 명 더 등록돼 있는 걸 발견한다. 이름은 네이선 드링크워터다. 기억을 더듬어보지만 전혀 모르는 이름이다. 동창의 이름이 아닌 건 확실하다. 그의 페이지를 클릭해보지만 아무것도 없다. 친구 목록에도 마리아뿐이다.

페이스북으로 내 이름이 포함된 단체 메시지가 온다. 오래 알고 지낸 동료들끼리 만나 하룻밤 놀자는 메시지다. 늘 그랬듯 못 본 척하고 싶다. 이번에도 헨리와 일 때문에 너무 바빠 참석하지 않겠거니 생각할 것이다. 그러나 오늘은 마우스의 커서를 답장 버튼 근처에 갖다 댄다. 초대에 응하라고 자신을 설득하며 와인을 한 잔 더 따르려 하는 순간, 초인종이 울린다. 화들짝 놀라 손에 든 와인 병을 놓칠 뻔했고, 결국 빨간 와인이 잔 밖으로 흘러넘쳐 오크 나무 탁자에 피처럼 붉게 스며들었다. 병을 내려놓고 조심스럽게 복도를 따라 걷는다. 현관문의 불투명 유리창 너

머로 사람의 형체가 보이지만 누군지는 모르겠다. 주방에서 새
어나오는 불빛을 등지고 어두운 현관홀에 서서 유리창 너머를
주시한다. 튀어나올 듯 쿵쾅대는 심장을 달래며 한 발 뒤로 물
러선다. 문을 열지 않고 살금살금 주방으로 돌아가 집에 없는
척한다. 그때 우편물 투입구가 열리고 목소리가 들린다.

"루이즈? 집에 있어?"

얼른 달려가 문을 활짝 열어젖힌다.

"폴리!"

반가운 마음에 있는 힘껏 폴리를 껴안는다.

"왜 그래, 너 괜찮아?"

입술을 깨물고 눈물을 참으며 애써 미소를 짓는다.

"괜찮아. 너 보니까 반가워서. 웬일이야?"

"뭐야, 저녁 먹으러 오라면서. 지난주 금요일에 헨리 봐주러
왔을 때 네가 초대했잖아."

"아, 맞다! 그랬지. 진짜 미안해. 완전히 잊어버렸어. 경황이 없
어서…."

"경황이 없다니, 왜? 무슨 일 있어?"

폴리는 아직 아무것도 모른다는 사실을 잠시 잊었나 보다. 어
디서부터 말해야 하지? 폴리에게 말해도 될까?

"아, 별거 아니야. 그냥 일도 많고 이런저런 일로 바빴어. 너는
어때?"

"나야 늘 똑같지, 뭐."

폴리가 식탁 의자에 털썩 앉으며 말한다.

"맛있는 냄새 나네."

"코티지 파이 데우는 중인데 1인분밖에 안 돼." 순순히 털어놓는다. "미안해. 샐러드랑 빵 있으니까 2인분으로 늘릴 수 있을 거야."

"괜찮아. 내가 와인이랑 감자 칩 가져왔어."

폴리가 선반을 힐끗 보다 나와 헨리의 사진을 발견했다.

"사진 찾았구나? 그거 봐, 내가 뭐랬어! 어디 다른 데 두고 잊어버린 거지?"

"아니. 실은 헨리가 가져갔었어. 샘의 집에 갈 때 챙겼대. 내가 보고 싶을 때 보려고."

"아, 저런."

헨리가 측은해 못 견디겠다는 듯, 폴리가 한쪽 손을 가슴에 올린다.

"마음 아프니까 그 얘기는 그만하자."

파이가 다 데워질 때쯤, 우리는 감자 칩을 다 먹고 두 번째 와인병을 땄다. 폴리는 여동생의 애정사와 '블루 도어'를 함께 다녔던 옛 동료들 근황을 시시콜콜 쏟아냈다. 그러고는 아까 내가 갈까 말까 고민했던 술자리에 자기도 가니 꼭 오라고 거듭 강조했다. 폴리는 마야와 피비, 헨리는 화제에 올리지 않았다. 서로의 자녀를 무척 아끼지만 우리는 아이들 이야기는 별로 하지 않는다. 헨리의 친구 엄마들과 친해지긴 했지만 그들과 만나면 대화의 소재가 늘 편식과 훈육, 수영 강습의 장단점 따위로 한정된다. 하지만 폴리와 만나면 그렇지 않아서 정말 좋다. 폴리는 말 그대로 진짜 친구다.

은박지 접시에 담긴 파이를 숟가락으로 떠서 두 개의 접시에 나눠 담는다. 바게트 몇 조각과 샐러드 한 줌을 추가로 담고 나서야, 내가 아이들의 안부를 묻는다.

"마야는 잘 지내?"

마야는 놀라울 정도로 남의 눈을 의식하지 않는 원기 왕성하고 활기 넘치는 여덟 살 소녀다. 반면 열두 살인 언니 피비는 말이 없고 내성적인데, 볼 때마다 그런 성향이 더 심해졌다. 나는 그저 피비가 사춘기의 자연스러운 과정을 겪고 있는 줄로만 알았다. 그 시기에는 부모나 부모와 관련된 어른을 기피하기 마련이라고만 생각했다.

"피비는?"

"얼마 전부터 학교에서 문제가 좀 있었어. 다른 여자애들하고."

순간 배 속이 차갑게 얼어붙어 입맛이 뚝 떨어진다.

"그게 무슨…, 누가 피비를 괴롭힌다는 뜻이야?"

"그걸 괴롭힌다고 할 수 있을지 잘 모르겠어. 너무… 교묘하거든. 그 나이 때 여자애들이 어떤지 알잖아. 작정하면 엄청 못된 짓도 할 수 있다는 거."

그건 누구보다 내가 잘 안다.

"무슨 짓을 했는데?"

질문은 했지만 알고 싶지 않다는 마음이 든다. 하루 중 가장 편한 시간에 다루기에는 어려운 주제이기도 하고, 무엇보다 그 얘기를 듣고 마음의 평정을 유지할 자신이 없다.

"구체적으로 말하기가 어려워. 뭐 할 때 끼워주지 않고, 어디 갈 때 너무 늦게 알려줘 못 가게 하고, 외모에 대해 지적하고, 뭐 그런 거야. 피비가 나한테 말하지 않은 일도 있을 거야. 학기 중

반쯤 전학생이 왔는데 그 애가 원흉이야. 걔가 이간질하는 바람에 제일 친한 친구랑 사이가 멀어졌대. 완전 보통내기가 아니야." 폴리가 잠시 말을 멈춘다. "아니, 그 정도가 아니라 아주 빌어먹게 못된 년이야."

폴리의 목소리에 섬뜩할 정도로 강한 증오심이 묻어난다. 내 앞에서 욕을 한 적조차 없는 폴리라 더욱 놀라운 일이었다.

"요즘은 늘 유쾌하고 발랄했던 피비가 점점 쪼그라드는 것 같아. 내가 알던 피비가 사라지는 것 같다고 할까? 물론 나이가 들수록 성격도 달라지겠지. 그래도 피비만의 본질은 바뀌지 않을 줄 알았어. 그런데 그게 점점 사라지고 있어. 그 애 때문이야. 그 애가 피비의 본질을, 피비를 죽이고 있어."

폴리가 울지 않으려고 안간힘을 쓴다. 그녀가 미치도록 안쓰럽지만 어떤 반응을 보여야 할지 모르겠다. 내게는 너무나 민감한 주제라 정상적인 반응이 무엇인지조차 모르겠다. 엄마로서 내가 겪은 비슷한 경험이라고는 자유 놀이 시간에 재스퍼와 딜런이 같이 기차 놀이를 해주지 않았다는 말을 헨리에게서 들었을 때뿐이다. 그때도 마음이 찢어질 듯 아팠지만 폴리가 겪고 있는 일과는 비교조차 할 수 없는 일이다.

"학교에는 가봤어?"

가까스로 할 말을 찾아낸다.

"어, 몇 번. 교사들은 나름대로 최선을 다하고 있어. 하지만 아까 말했듯이 너무 교묘해서 학교 차원에서 할 수 있는 일이 딱히 없나 봐. 교우 관계 문제. 교사들은 그렇게 부르더라고. 참 웃기는 교우 관계지."

나는 내가 그녀의 심정을 이해한다는 걸 어떻게든 알려주고 싶다. 조금이라도 위로가 되는 말을 해주고 싶다.

"나도… 학교 다닐 때 비슷한 일이 있었어."

머뭇거리며 말을 꺼낸다.

"정말?" 폴리가 고개를 든다. "무슨 일이었는데?"

"아, 지금 자세히 할 이야기는 아니고…, 아무튼 피비의 마음, 이해해. 나도 십 대 소녀일 때가 있었으니까."

"아, 잘됐다. 피비한테 얘기 좀 해 주라. 걔, 너 존경하잖아." 내가 못 믿겠다는 표정을 지었는지 폴리가 설명을 덧붙인다. "진짜야. 혼자 힘으로 사업도 하고 헨리도 키우는 네가 정말 멋지대."

"글쎄. 내가 도움이 될 말을 해줄 수 있을까…."

맙소사, 내가 무슨 짓을 한 거지?

"당연히 해줄 수 있지. 너도 비슷한 일을 겪었다면서. 경험담을 듣는 것만으로도 피비에게는 도움이 될 거야. 부탁해."

물론 나는 비슷한 일을 '겪었다'고 말하지 않았다. 그러나 나와 피비의 입장이 정반대라는 사실을 폴리에게 말할 수는 없다.

"알았어. 내일 전화해볼게."

더는 피할 방법이 없다.

"고마워. 정말 고마워."

내 팔에 가볍게 손을 얹으며 폴리가 말한다.

"아무튼 그 얘기는 그만하자. 생각만 해도 지긋지긋해. 네 이야기나 해봐. 오늘따라 말이 없네. 무슨 일 있어?"

이번에는 내가 고개를 숙인다. 그냥 폴리에게 다 털어놓고 싶다. 나를 진심으로 아끼는 사람에게 비밀을 털어놓으면 마음의 짐을 덜 수 있을 것 같다. 나는 너무 지쳤다. 과거에서 벗어나지 못한 채 비밀을 꽁꽁 숨기고 사는 지금의 삶이 너무 지겹다.

"아니…, 별 일 없어."

"뭐 있구나? 뭐야. 누구 만났어?"

기대에 찬 폴리의 표정을 보니 거짓말을 해서라도 기대에 부응하고 싶은 마음이 잠깐 들었지만, 그러지 않았다.

"아니, 그런 거 아니야. 솔직히 네가 만들어준 이메일, 열어보지도 않았어. 사실은 다른 일 때문에…."

"메일은 이따 확인해보면 되고. 무슨 일이 있었는지 말해봐."

나는 최대한 희석해서 말하기로 한다.

"얼마 전 동창한테서 페이스북으로 메시지를 받았어."

"알아, 지난 금요일에 만나러 갔잖아. 소피 맞지?"

"아니, 그 애 말고 다른 애. 너한테는 처음 하는 말인데, 고등학교 졸업을 앞두고 학교 강당에서 파티가 열렸었어. 그때 죽은 애야."

"뭐? 강당에서 죽었다고?"

"아니. 그게…, 사람들… 사람들 말로는… 그때 걔가 좀 취했었어. 우리 학교 근처에 절벽이 있었는데, 마리아를 마지막으로 본 사람의 말에 따르면, 휘청거리면서 그쪽으로 갔대. 그 뒤로 자취를 감췄고."

고통스럽게도, 방금 내가 한 이야기에는 이 빠진 자국처럼 검게 벌어진 구멍이 곳곳에 뚫려 있다. 폴리가 궁금해 못 견디겠다는 듯 다시 묻는다.

"그래서 시신은 찾았어?"

"아니. 그런데 그게 드문 일은 아니었어. 그 절벽에서 뛰어내린 사람들의 시신을 못 찾은 경우가 몇 번 있었거든. 비치 헤드처럼 자살 명소가 되었다고나 할까. 조류나 날씨, 뭐 그런 이유로 시신이 쓸려가는 거지."

"그럼 그 메시지는 누가 보낸 거야?"

"그게 문제야. 그 애가 보냈어. 마리아가."

"죽은 여자애가?" 폴리가 포크를 입으로 가져가려다 멈춘다. "진짜 끔찍하네. 대체 누가 그런 짓을 했을까?"

"모르겠어."

"그리고 왜 너한테 그런 메일이 온 거야? 마리아라는 애, 너랑 친했어?"

어떻게 답해야 할지 모르겠다. 부모님과 헨리를 빼면, 폴리는 이 세상에서 나를 사랑하는 유일한 사람이다. 어릴 때 나는 다른 아이들처럼 부모님과 그다지 친하지 않았다. 마리아가 사라진 뒤로는 소통이 더욱 단절됐다. 게다가 그 일이 일어났을 때 나는 자녀가 부모와 멀어지기 시작한다는 십 대 중반이었다. 나의 마음은 이미 부모님을 떠나 친구들과 내 '진짜' 삶에 쏠려 있었다. 그 일이 일어나지 않았다면 어른이 되고 다시 부모님과 가까워졌겠지만, 마리아의 죽음으로 부모님과 나 사이에는 메울 수 없는 간극이 생겼다. 물론 나는 지금까지도 부모님에게 내가 무슨 짓을 저질렀는지, 왜 그렇게 마음의 문을 닫았는지 말하지 못했다. 부모님은 부모님대로 당황했다. 부모님이 아는 한 마리아는 딸이 잘 알지도 못하는 아이였다. 그런 아이가 사라졌다고 죽도록 힘들어하는 내가 이해되지 않았을 것이다.

샘과 헤어지고 그 어느 때보다 나약해져 있는 나에게 폴리는 손을 내밀었다. 폴리는 내가 샘과 헤어지기까지의 과정을 전부 다는 아니더라도, 그 누구보다도 잘 안다. 그녀는 다시는 일어서지 못할 줄 알았던 나를 일으켜 세웠다. 그런 사람을 잃을 수는 없다. 피비가 겪고 있는 일을 생각하면 더더욱 내 진짜 모습을 보여줘서는 안 된다.

"조금. 그 애가 죽었을 때는 별로 안 친했었고. 아무튼 그 애 이름으로 친구 요청을 받은 애가 나 말고 또 있어. 지난주에 네가 헨리를 봐주러 온 날, 내가 만난 애도 친구 요청을 받았어. 그뿐만이 아니야." 심호흡을 한 번 한다. "그날 저녁 소피네 집에 갈 때 누가 나를 따라온 것 같아."

"뭐? 대체 누가, 왜?"

"잘은 모르겠지만… 친구 요청을 받은 뒤로 사진도 사라지고…."

"사진은 헨리가 가져간 거라면서."

"그래, 맞아. 하지만 그날 사우스 켄싱턴 역 근처에 있는 터널을 지날 때 분명 누가 내 뒤를 따라왔어. 내가 뛰니까 그 사람도 뛰었고."

나와 보조를 맞춰 걷는 또각거리는 구두 굽 소리, 터질 듯 뛰는 심장 소리, 다리에 부딪치는 와인병의 느낌이 생생히 떠오른다.

"글쎄, 급한 일이 있었던 거 아닐까?" 폴리가 어깨를 으쓱하며 말한다. "솔직히 내가 보기에는 별 일 아닌 거 같아, 루이즈."

내 말을 믿지 않는 게 당연하다. 내가 마리아에게 한 짓을 말하지 않는 이상, 내 이야기는 설득력을 잃을 수밖에 없다. 물론 폴리에게 그 일을 말할 수는 없다. 하지만 누군가가 마리아 웨스턴의 이름으로 페이스북 페이지를 만들었고, 누군가가 크리스털 팰리스 역에서 사우스 켄싱턴 역까지 나를 따라왔다. 그건 틀림없는 사실이다.

"그래도 페이스북 페이지는," 폴리가 내 생각을 읽기라도 한듯 덧붙인다. "그건 좀 이상해. 대체 누가 그런 짓을 했을까? 짐작 가는 사람도 없어?"

"다음 주말에 동창회가 열리는데 가볼까 해. 혹시 비슷한 일을 겪은 애가 있나 보려고."

폴리가 엄한 눈빛으로 나를 바라본다.

"동창회? 진심이야? 샘도 와?"

"모르겠어."

페이스북 이벤트 페이지에서 본 참석자 명단을 떠올리며, 내가 답한다.

"가기 전에 확인해보는 게 낫지 않아? 술자리에서 샘을 만나는 건 좋은 생각이 아닌 것 같은데. 안 그래?"

가끔은 샘이 떠났을 때 폴리에게 다 털어놓은 게 후회된다. 나를 보호해주고 나를 대신해 샘에게 화를 내주는 폴리가 고맙지만, 이번만큼은 폴리도 나를 말릴 수 없다.

"알았어. 누가 가는지 알아볼게. 동창한테 물어보든, 페이스북에 참석자 명단이 올라왔으면 확인해보든 할게. 샘이 가면 안 갈게."

폴리를 속이기는 정말 싫지만 폴리와 싸우기는 더 싫다. 그래서 일단은 폴리의 동의를 받아야 한다. 그리고 폴리의 말이 맞다. 술을 마시고 추억담을 나누고 감정이 고조되는, 편안한 분위기의 사교 모임에서 샘을 만나는 건 좋은 생각이 아니다. 폴리는 그 이유를 잘 안다. 폴리에게 그때 일을 말하는 게 아니었다. 샘과 헤어진 지 얼마 되지 않은 어느 날, 샘이 헨리가 잠든 시간에 집에 들른 적이 있었다. 혼자 술을 마시고 있던 나는 샘에게 한 잔 따라주었고, 샘은 내 옆에 앉았다. 그렇게 한 시간쯤 함께 술을 마셨다. 마치 샘이 떠나기 전으로 돌아간 것 같았다. 그러다 서랍에 들어 있는 코르크 따개를 꺼내려고 잠시 몸을 기울였을 때였다. 순간 시간이 멈췄다. 코앞까지 다가온 샘의 얼굴이 흐릿하게 보였다. 샘의 입김이 뺨에 닿는 게 느껴졌고 아랫도리가 뜨겁게 녹아내릴 것만 같았다. 벌떡 일어나 떨리는 다리로 주방을 가로질러 걸어갔다. 내일 일찍 일어나야 할 일이 갑자기 떠오른 척하며 샘에게 가달라고 했다. 그렇게 상처를 받았는데도 그날 나는 그에게 끌렸다. 내 안의 나는 아직도 그렇다.

"흠, 좋아." 한층 누그러진 표정으로 폴리가 말한다. "자, 그럼 이제 메일 열어보자. 누가 관심을 보였는지 한번 볼까?"

노트북을 건네자 폴리가 얼마 전 내 이름으로 만든 이메일 계정에 접속한다.

"오, 꽤 많은데?"

나도 같이 화면을 보려고 의자를 옮겨 앉자, 폴리가 메일을 하나씩 열어보기 시작한다.

"아."

첫 번째 메일에는 폴리가 쓴 내 자기소개 중 '안에서든 밖에서든 밤새 노는 걸 좋아한다'는 문장이 음란하게 해석되어 있다.

"'원하시면 밤새 들어갔다 나왔다 해 드리죠.' …흠, 이건 삭제하고 다음 거 보자."

다음 메일에는 어디를 들어갔다 나왔다 하고 싶은지, 그러면 어떤 느낌일 것 같은지 더 구체적으로 묘사되어 있다.

"이런. 내가 단어를 잘못 썼나 봐." 폴리가 의기소침한 표정으로 말한다. "온라인 데이트라는 거 만만하게 볼 게 아니네. 십대 애들한테 부탁했어야 하는데. 이 분야는 걔들이 훨씬 똑똑하거든."

표현은 조금씩 다르지만 대부분 그 이야기뿐이다. 진지한 메일이 몇 개 있긴 하지만, 그들도 소개 중 교외 나들이를 좋아한다는 부분을 확대해석했다. 대부분 암벽 등반이나 철인 3종 경기를 즐기는 스포츠맨들이었다.

"이런 남자들은 싫어. 나는 런던을 벗어나기만 해도 불안해서 심장이 뛴다고."

"기다려 봐. 방금 하나 더 왔어. '안녕하세요.' …시작은 좋은데? '고백하자면 교외 나들이를 엄청 좋아하지는 않지만 맛집은 좋아합니다. 괜찮으시면 밖에서 저녁을 대접하고 싶은데 어떠세요?' 이거야! 이 사람도 교외 나들이, 별로래!"

"데이트할 남자를 고르는 기준으로는 너무 약하지 않아?"

"알아. 그래도 또 모르잖아. 일단 프로필부터 보자."

부담스럽지 않게 잘생긴 42세의 남자, 그레그가 사진 속에서 활짝 웃고 있다.

"셔츠 예쁘네." 폴리가 말한다.

"아까도 말했지만 폴리, 그런 기준으로 내 평생의 행복을 결정할 사람을 만날 순 없어."

"아, 됐어. 자꾸 안 만날 핑계 만들지 마. 답이나 보내보자."

한숨이 나오지만, 잘생기고 평범해 보이는 남자인 건 맞다. 이 정도 정보로 남자에 대해 많은 걸 알 수 없긴 하지만 말이다. 결국 답장을 써서 보내는 폴리를 말리지 않는다. 곧바로 답이 오는 걸 보니 접속해 있는 모양이다. 생각해보거나 반대할 겨를도 없이, 그레그와 다음 날 저녁 7시에 런던 중심가의 술집에서 만나는 데이트 약속이 잡힌다. 폴리가 그냥 술 한잔하는 것뿐이라며 부추긴다. 마음에 안 들면 한 잔 마시고 나서 자연스럽게 헤어지면 그만이고, 마음에 들면 저녁까지 먹으면 된다고 설득한다. 친절하고 평범해 보이는 남자지만 잘될 거라는 생각은 조금도 들지 않는다. 마지막으로 한 데이트가 언제인지 기억도 나지 않는다. 분명히 내가 다 망칠 것이다.

폴리를 배웅한 뒤 두 번째 병에 남은 와인을 마저 잔에 붓고 노트북을 연다. 닫지 않은 페이스북 창이 아직 열려 있었고, 새로운 메시지가 와 있었다. 폴리와의 대화에 긴장이 풀렸는지 아무런 두려움 없이 메시지를 클릭한다.

그러나 메시지를 보는 순간 얼굴의 핏기가 싹 가신다. 마리아 웨스턴이 보낸 메시지다.

노퍽에는 잘 다녀왔어? 나는 네가 한 짓, 잊지 않았어, 루이즈. 계속 너를 지켜볼 거야. 너는 내게서 절대 도망 못 쳐.

13장
1989년

마리아는 맷의 집에 오래 머물지 않았다. 소피는 주방 테이블 의자에 나를 앉히고 옆자리에 앉아 내 머리를 쓰다듬었다. 얼마 뒤 팀이 주방에 들어와 바닥에 산처럼 쌓인 외투를 뒤졌다. 마리아의 청재킷을 들고 주방을 나가던 팀이 잠시 나를 돌아보았다. 증오와 비난이 가득 담긴, 차갑고 냉정한 눈빛이었다. 온몸에 소름이 돋았다. 주방 문이 열려 있어 내가 앉은 자리에서 현관이 보였다. 고개를 숙인 마리아가 머리카락을 커튼 삼아 얼굴을 가리고 계단에 기대서 있었다. 마리아는 어린 아이처럼 재킷을 입혀주는 팀의 손길을 순순히 따랐다. 재킷을 다 입히고 팀이 마리아의 머리를 뒤로 넘기며 낮은 목소리로 마리아에게 무언가를 말했다. 그러고는 호위하듯 마리아에게 팔을 두른 채 현관문 밖으로 마리아를 안내했다.

두 사람이 간 뒤로 파티 분위기가 고조되면서 나는 내 인생에서 가장 신나는 시간을 보냈다. 기분이 좋아져 보드카를 실컷 마시고 춤까지 추었다. 생전 처음 어색한 느낌 없이 춘 춤이었다. 소피가 엑스터시를 권할 때는 겁이 나서 거절했지만 고맙게도 소피는 이해해주었다. 자기도 처음에는 무서웠다며 억지로 할 필요는 없다고 다정하게 말했다. 나중에는 소피의 제안을 받아들이지 않은 게 내심 후회되었다.

새벽 4시쯤 소피와 나는 맷의 집 근처를 산책하러 나갔다. 타운하우스 단지 내 집들이 희미한 가로등 불빛을 받아 작은 성처럼 보였다. 믿기 힘들 정도로 사방이 고요했다. 소피와 나의 발자국 소리와 대화 소리가 이따금 정적을 깰 뿐이었다. 소피는 부드러운 목소리로 속내를 털어놓았다.

"2년 전, 그러니까 너랑 친해지기 얼마 전까지만 해도 나는 클레어와 조앤이랑만 붙어 다녔어."

기억났다. 셋이서 매일 운동장 한구석에 옹기종기 모여 자지러지게 웃으며 립글로스와 비밀을 공유했다. 그들과 친해지고 싶어 하는 아이들이 많았지만 세 사람의 유대가 너무 강해 아무도 낄 수 없었다.

"알지 모르겠지만 같이 어울려 다니기에 셋은 정말 끔찍한 숫자야. 사이가 항상 좋으면 아무 문제가 없겠지만, 우리는 툭하면 싸웠고 그럴 때마다 따돌림을 당하는 건 나였어. 디에프로 수학여행 갔을 때 기억나?"

1987년 여름이었다. 그때 나는 에스더와 같은 방을 써서 수학여행을 간 첫째 날 밤, 몇 년 만에 처음으로 에스더와 이야기를 나눴다. 집이 그립다는 나를 위로하고 웃겨주는 에스더를 보니 에스더와 관계를 완전히 끊지는 말걸 하는 후회가 조금 들었다. 그러나 다음 날 너무 짧은 청바지와 새파란 색 바람막이 재킷을 입은 에스더를 본 순간 내 결정이 옳았다는 확신이 다시 들었다. 그날 나는 낮에는 로나 식스미스와 다녔고 밤에는 같은 방을 쓰는 다른 아이들과 수다를 떨었다.

"그때 우리 셋은 완전히 틀어졌었어."

소피가 한쪽 팔을 내 팔에 끼우며 말을 이었다. 단지 안에 있는 작은 가게를 지날 때였는데, 가로등 불빛을 받으니 으스스한 폐가처럼 보였다.

"엄밀히 말하면 클레어와 조앤이 나를 따돌렸지. 이유는 지금도 모르겠어. 아무튼 그때 나는 수랑 같이 다녀서 혼자는 아니었어. 그래도 클레어와 조앤이 구석에서 소곤거리고 자기들끼리 농담하며 킥킥거리는 게 계속 신경 쓰였어. 집에 돌아오는 버스에서는 둘이 내 바로 뒤에 앉았는데 글쎄, 자기들만 뜻을 아는 단어를 쓰는 거야. 다 못 알아들은 건 아니지만, 아무튼 사물이나 사람을 암호로 바꿔 말하더라고."

아, 불쌍한 소피. 2인석에 혼자 앉아 유리창 냉기 때문에 이마가 시려도 꾹 참고 창문에 얼굴을 기대고 있는 소피의 모습이 그려졌다.

"지금은 다시 친하게 지내지만 클레어는 여전히 좀… 까다로워. 걔는 늘 나보다 한 발 앞서려고 해. 내가 뭘 하든 자기가 조금이라도 더 잘해야 직성이 풀리지. 맨날 자기 뜻대로만 하려고 하고. 디에프에 다녀온 뒤부터 내가 너랑 가까워지기 시작했는데 기억나?"

어떻게 잊겠는가. 소피가 처음으로 나와 같이 점심을 먹은 그날 밤 나는 너무 황송해 잠을 설쳤었다.

"그래서 너랑 마리아한테 심술을 부린 거야. 유치한 거 알아. 네가 누구와 친하게 지내든 내가 상관할 바가 아닌데 말이야. 하지만 또 그때처럼 될까 봐 불안했어. 너를 마리아에게 뺏길까 봐."

"그런 일은 없어, 소피. 너는….

이렇게 말해도 될까? 나는 숨을 깊이 들이쉬었다.

"너는 내 단짝 친구잖아."

소피가 나를 더 가까이 끌어당겼다.

"고마워. 역시 너는 믿음직한 친구야."

우리는 팔짱을 끼고 계속 걸으며 속 깊은 대화를 나누었다. 단, 남자 이야기는 하지 않았다. 소피는 나에게 좋아하는 남자가 있는지 묻지 않았다. 진지한 이야기를 하고 있었으니 남자 이야기를 할 때가 아니라고 생각했는지도 모른다.

도리어 부모님에 관한 이야기는 했다. 내가 말했다.

"부모님이 나를 사랑하는 건 알겠어. 하지만 내 인생이 진짜 어떻게 돌아가고 있는지는 전혀 몰라서. 나는 집에 있으면 나갈 때만 기다리면서 죽은 듯이 지내. 집 밖에 나와야 숨통이 트여. 부모님은 나를 하나도 몰라."

"우리 엄마는 내가 자기랑 엄청 친한 줄 알아." 소피가 말했다.

소피와 꼭 닮은 소피의 엄마는 늘 단정하고 차분해 보였고, 귀티가 흘렀다. 자기 엄마는 일주일에 한 번씩 피부 관리실에 다닌다는 말을 소피에게 들은 적이 있다. 문득 나는 엄마의 화장기 없는 얼굴과 싸구려 신발이 떠올라 가슴 한구석이 아렸다. 엄마는 아마 피부 관리실 같은 데는 한 번도 가보지 못했을 것이다.

"나한테 무슨 일이 생길 때마다, 자기도 비슷한 일을 겪었다면서 자꾸 조언을 해주려고 해. 내가 그 조언을 따르기라도 할 것처럼. 자기도 제대로 살지 못하면서 말이야." 소피가 계속 말했다.

"무슨 뜻이야?"

"아빠랑 맨날 싸우거든. 부모님은 내가 잠든 줄 알지만, 다 들려."

"이혼하실 거 같아?"

"했으면 좋겠어." 소피가 웃으며 말했다. "그럼 뭐든 두 배로 받을 거 아니야. 물론 그렇게 안 되는 경우도 있지만. 참, 샘 파커네 엄마 이야기 들었어?"

"아니." 애써 표정 관리를 하며 내가 물었다. "샘네 엄마가 어쨌는데?"

"몇 년 전에 갑자기 샘의 아빠랑 샘을 버리고 떠났대. 웬 남자랑 눈이 맞아 도망갔다나 봐. 샘은 그 뒤로 엄마를 한 번도 못 봤고."

"저런, 진짜 끔찍하다. 안됐다, 샘."

"그러게 말이야. 샘은 엄마 이야기를 절대 안 하지만, 딱 봐도 엄청 심란해 보여."

우리는 잠시 말없이 걸으며 정적을 음미했다. 모든 집이 어둠에 잠겼고, 차가운 밤공기에서 깨끗하고 상쾌한 냄새가 났다. 소피와 팔짱을 끼고 있으니 세상에 오직 우리 둘만 남은 것 같았다.

맷의 집으로 돌아가는 길에, 모퉁이에 있는 어느 집 현관 앞 계단을 유심히 보던 소피가 내 팔을 잡았다.

"목마르지 않아?" 소피가 씩 웃으며 말했다.

"뭐?"

나는 당황한 표정으로 소피를 바라보았다. 소피가 내 손을 잡아 현관 앞으로 끌어당겼다. 현관문에 가까워지자 방범등의 노란 불빛이 우리를 휘감았다. 소피가 계단 옆에 있는 우유병을 들자마자 우리는 키득거리며 미친 듯이 맷의 집을 향해 도망쳤다. 돌이켜보면 내 인생에서 가장 행복한 순간이었다.

다음 주 월요일, 오전 수업 쉬는 시간에 소피가 담배를 피우러 가자고 했다. 우리는 교사들의 눈을 피해 숲으로 이어진 길을 뛰다시피 걸어갔다. 가면 안 되는 곳이라 불안했지만 소피에게 한심해 보이기 싫어 평소와 다름없이 굴려고 애썼다. 우리는 학교 뒤에 있는 작은 숲을 통과해 더더욱 가서는 안 되는 절벽 쪽으로 걸어갔다. 거침없이 절벽 끝으로 간 소피는 '접근 금지' 팻말 옆에 있는 이끼 긴 석회암에 걸터앉아 절벽 밑으로 두 다리를 내려뜨렸다. 내가 쭈뼛거리자 소피가 웃으며 오라고 손짓했다.

"겁쟁이처럼 굴지 말고 어서 와."

나는 소피 옆에 앉았다. 절벽에 난 풀이 허벅지 뒤를 간질였고, 두 발이 허공에 대롱거렸다. 담배를 피우지 않았지만 소피가 불을 붙여 건네는 담배를 받았다. 담배 밑동에 소피의 립스틱이 희미하게 묻어 있었다. 한 모금 빨아들여 혀를 지나 목을 타고 내려가는 씁쓸한 맛을 음미했다.

"애들이랑 생각한 건데," 소피가 지평선을 바라보며 말했다. "장난 한번 쳐보려고. 마리아한테."

"장난?"

풀을 한 무더기 뽑아 절벽 가장자리에 뿌리며 내가 물었다.

"무슨 장난?"

"걔, 좀 거만한 거 같지 않아?"

나는 아무 말도 하지 않았다.

"뭐, 클레어는 그렇게 생각해. 그 애가 이전 학교에서 얼마나 걸레였고 무슨 짓을 하고 다녔는지 소문도 다 퍼졌고. 소문 들었어?"

"아니."

샘이 한 말이 기억났지만, 그건 그저 말도 안 되게 부풀려진 소문일 뿐이었다.

"엄청 역겨우니까 각오하고 들어. 소문에 따르면 걔가 어떤 남자애랑 자고 나서 남자애한테 우편으로 다 쓴 탐폰을 보냈대. 그것도 자기 몸에 넣었던 걸. 남자애가 그걸 보면 흥분할 거라고 생각했겠지? 아무튼 그래서 클레어가 장난을 하나 생각해냈어. 걔 가방에 다 쓴 탐폰을 넣는 거야. 물론 진짜 피를 묻히지는 않고, 점심시간에 미술실에 가서 탐폰을 빨간 물감에 적실 거야. 내 생각에는 그 탐폰, 네가 걔 가방에 넣는 게 좋을 거 같아." 소피의 말이 이어졌다. "네가 걔 뒷자리에 앉으니까 우리보다는 네가 넣기 쉬울 거야."

"아. 그런가?"

순간 내가 앉은 자리가 갑자기 위험하게 느껴져, 절벽 끝에서 몸을 뒤로 조금 빼고는 무릎을 끌어당겼다.

"내 옆에 앉는 네가 해도 되잖아."

"내가 하려면 오른쪽으로 몸을 기울여야 하잖아. 네가 바로 뒤에서 넣으면 눈치채지 못할 거야."

"그렇기는 한데…, 걔가 예전에 탐폰으로 정말 그런 짓을 했는지, 확실한 건 아니잖아."

반쯤 피운 담배를 비벼 끈 뒤 남은 꽁초를 옆에 있는 돌멩이에 문지르며 말했다.

"맷 루이스의 사촌이 아는 애가 마리아가 전에 다니던 학교에 다닌대. 확실해."

"하지만 진짜 그런 짓을 했다 해도…"

나는 아무리 그래도 너무 끔찍한 장난 같다고 말하고 싶었다.

소피가 담배를 한 모금 깊이 빨아들이고 내쉬자, 짠내 나는 공기 속으로 하얀 연기가 피어올랐다.

"뭐, 물론 하기 싫으면 안 해도 돼. 그런데 나는 네가 걱정돼. 이번 일에 끼지 않으면 소외감을 느낄지도 몰라. 애들은 네가 우리와 한패가 맞는지 의심할 거야. 나는 그러지 않겠지만 다른 애들은 그럴 거라고."

우리는 잠시 말없이 그대로 앉아 있었다. 소피가 피우던 담뱃불을 새 담배에 옮겨붙였다. 이번에는 나에게 담배를 권하지 않았다.

"자, 이제 그만 가자."

자리에서 일어나 위로 조금 올라간 치마를 끌어내리며, 소피가 말했다. 소피가 내게서 점점 멀어지고 있었다. 소피가 클레어와 샘에게 내가 겁먹고 꽁무니를 뺐다고 말하는 장면이 눈앞에 아른거렸다. 소피의 뒤를 따라 절벽을 벗어나 그늘진 숲 속으로 들어섰을 때, 나는 마음을 정했다.

"좋아, 할게."

그러자 소피가 내 손을 꽉 잡았다.

"야호! 역시 할 줄 알았어. 역시 넌 내 친구라니깐."

몸이 들썩거리며 웃음이 터져나왔다. 우리는 팔짱을 끼고 가는 내내 계속 키득거렸다.

점심시간을 알리는 종이 울리자마자 소피와 나는 미술실로 올라갔다. 내가 망을 보는 동안 미술실에 들어간 소피가 잠시 후 히죽 웃으며 나왔다.

"빨리 나왔네. 그건 어디 있어?"

"비닐봉지에 싸서 가방에 넣었지. 온 복도에 피를 뚝뚝 흘리며 돌아다닐 수는 없잖아, 안 그래?"

"피? 물감 아니었어?"

순간 끔찍한 생각이 뇌리를 스쳤다.

"그래, 물감. 그거 말한 거야."

"그런데 왜 손에 물감이 하나도 안 묻었어?"

"내가 그렇게 멍청해 보여? 마리아가 선생님한테 이르면 빨간 물감이 묻은 아이부터 찾을 거 아니야. 엄마가 일할 때 쓰는 장갑, 지난번에 챙겨놨었어."

소피의 엄마는 치과 간호사였다.

"지난번이 언젠데? 예전부터 계획한 일이야?"

온몸의 피가 차갑게 식는 기분이었다. 단순한 장난이 아니라 계획적이고 악의적인 공격일지 모른다는 불안감이 엄습했다.

"아, 그만 좀 해, 루이즈. 그게 그렇게 중요해?"

소피가 나를 끌고 근처에 있는 화장실 건물로 갔다. 그러고는 칸막이 안으로 들어가 투명하고 작은 비닐봉지를 나에게 건넸다. 나는 비닐 속을 자세히 들여다보지 않았다.

"점심시간이 끝나고 교실로 돌아갔을 때 넣는 게 좋을 거야. 수학 수업을 들으러 이동하기 전에 말이야. 그냥 그 애 가방 속에 툭 털어 넣어. 지퍼도 없고 입구가 열려 있으니까 잘 들어갈 거야. 다 끝나면 비닐봉지는 교실에서 나갈 때 쓰레기통에 버려. 그러면 우리가 한 짓이라는 건 아무도 모를 거야."

나는 교실로 돌아가 내 자리에 앉았다. 나와 통로를 사이에 두고 나란히 앉은 클레어와 조앤은 들뜨고 상기된 표정으로 수다를 떨었다. 그때 교실로 들어온 마리아와 에스더가 웃으면서 내 옆의 통로를 지나갔다. 마리아는 나와 눈을 마주치지 않으려고 애썼지만, 의자 등받이에 가방을 걸고 내 앞자리에 앉을 때 목 주변이 붉어지는 건 감추지 못했다.

가방에 손을 넣어 비닐봉지를 더듬으니, 물기를 질퍽하게 머금은 탐폰이 만져졌다. 정말 이런 끔찍한 일을 해야 하나? 내 옆자리에서 웃음을 참고 있는 소피가 곁눈으로 보였다. 이 일을 해낸 뒤에 소피의 인정을 듬뿍 받고 뿌듯해하는 내 모습이 그려졌다. 이제 시내에 놀러갈 때 소피가 팔짱을 낄 사람은 클레어가 아니라 내가 될 것이다. 소피가 자기 집에서 같이 자자고 할 수도 있다. 공범 의식으로 똘똘 뭉쳐 함께 이불을 뒤집어쓰고 우리가 한 짓을 되새기며 키득거릴 것이다. 그렇게 생각하니 비닐봉지와 그 안에 든 섬뜩한 내용물을 쥔 손에 저절로 힘이 들어갔다.

나는 마리아를 애써 외면하며 비닐봉지를 꺼내려고 가방에 손을 넣었다. 이 일을 하지 않을 때 벌어질 상황을, 소피가 나를 비웃는 장면을 계속 떠올렸다. 보란 듯 클레어의 팔짱을 낀 소피를 못 본 척하며 혼자 집으로 걸어가는 내 모습을 떠올렸다. 나는 잠시 눈을 감았다. 눈을 떴을 때 제일 먼저 보인 건 마리아의 연약한 목덜미와 목 중앙쯤 있는 금색 하트 목걸이의 걸쇠였다.

순간 따뜻한 물이 담긴 욕조에 몸을 담글 때처럼 마음이 편안해졌다. 이 짓은 절대 해서는 안 되는 일이라는 사실을 깨달았기 때문이다. 그러자 안도감마저 밀려들었다. 이미 마리아에게 못되게 굴었고 마리아와의 우정을 냉담하게 내팽개친 나지만 이 짓만큼은 도저히 할 수 없었다. 너무나 역겹고 악의적인 짓이기 때문이다. 내가 안도감을 느낀 건 마리아뿐 아니라 나 자신 때문이기도 했다. 마리아가 끔찍한 일을 겪지 않아도 된다는 사실뿐 아니라 내가 이 일을 저지르지 않으리라는 사실이 너무나 감사했다. 나는 한때나마 내가 그런 짓을 할 수 있는 사람이라고 생각했다는 게 끔찍했다.

수학 수업이 시작되기까지 몇 분도 채 안 남았을 때였다. 소피가 책상 밑에서 한쪽 다리로 내 다리를 미는 게 느껴졌다. 클레어와 조앤은 내가 계획을 실행하길 애타게 기다리며 나를 빤히 바라보았다. 그러나 나는 담임 선생님에게 시선을 고정하고 선생님의 말에 귀를 기울였다. 물론 맥박이 고동치는 소리가 귓전을 때려 선생님의 말은 아무런 의미 없는 소음처럼 들리긴 했지만.

내 다리에 가해지는 압박이 줄어들었다. 소피가 직접 실행하기로 한 것이다. 소피가 내 가방에 손을 넣어 그것을 잡고는 주먹 쥔 손을 꺼냈다. 마리아가 가방을 의자 등받이의 오른쪽, 그러니까 소피와 가까운 쪽에 걸지 않았다면, 소피의 행동은 눈에 띄었을 것이다. 그러나 가방은 소피와 가까운 쪽에 걸렸고, 덕분에 소피는 물 흐르듯 매끄러운 연결 동작으로 비닐봉지의 내용물을 마리아의 가방 속에 넣었다. 그러고는 나를 노려보며 비닐봉지를 다시 내 가방에 넣는 마지막 동작까지 잊지 않고 수행했다.

소피가 마리아에게 어떤 반응을 기대했는지는 아직도 모르겠다. 어쨌든 소피가 계획한 장난을 실행에 옮긴 직후였다. 마리아가 에스더에게 수학 교과서를 가져왔는지 확인해 봐야겠다고 말하는 소리가 들렸다. 나는 나도 모르게 손을 불쑥 내밀어 마리아의 어깨를 두드렸다.

"마리아. 할 말이 있는데…."

말을 꺼냈지만 마리아가 곧바로 말허리를 잘랐다.

"말 걸지 마."

마리아는 가방에 시선을 고정한 채 냉랭하고 낮은 목소리로 말했다.

"저기, 네 마음 아는데 그래도…."

"말 걸지 말라고."

이번에는 고개를 들고 굳은 표정으로 나를 바라보았다.

나는 어쩔 수 없이 의자에 기대 앉아 가방을 여는 마리아를 무력하게 지켜보았다. 온 세상이 숨을 죽이고 있는 것 같았다. 마리아의 손이 멈췄다. 돌아보지는 않았지만, 소피가 기대에 찬 표정을 짓고 있는 게 느껴졌다. 그러나 소피가 기대했을 비명이나 과장된 몸짓은 없었다.

마리아는 몇 초 동안 가방 속을 응시했다. 붉게 물들었던 얼굴이 핏기가 점점 사라지더니 이윽고 믿기 어려울 정도로 창백해졌다. 마리아는 가방에 넣었던 손을 서서히 뺀 뒤 느린 동작으로 자리에서 일어섰다.

"나, 화장실에 좀 다녀올게. 수학 시간에 보자." 마리아가 에스더에게 말했다. 놀랍도록 침착한 목소리였다.

마리아는 잠시 고개를 돌려 무표정한 얼굴로 나를 바라보았다. 금방이라도 울 것 같은 심정이었을 텐데 얼굴에는 드러나지 않았다. 드러난 감정은 오로지 강력한 분노였다. 마리아는 온몸으로, 이제 나의 인간성을 확실히 알았으며 이날을 평생 후회하게 만들어 주겠다고 말했다. 나는 꼼짝도 하지 않고 앉아 있었다. 오싹한 공포가 등골을 타고 흘러내렸다.

14장
2016년

나는 보통 헨리가 방문을 열고 들어올 때 아침잠에서 깼다. 그러나 간밤에 폴리와 술을 마셔서 그런지 오늘은 내 품에 파고 드는 헨리의 몸을 느끼며 눈을 떴다. 헨리의 머리카락이 얼굴을 간질인다. 사방이 환해 시계를 보니 벌써 아홉 시다. 헨리가 평소보다 훨씬 늦게 일어난 모양이다. 헨리를 끌어당겨 목덜미에 코를 파묻자, 헨리가 행복에 겨운 한숨을 짓는다.

"오늘 무슨 요일이야?"

"토요일."

"아빠네 집에 가는 토요일?"

"그래."

"와, 신난다."

내가 샘에게 고맙게 생각하는 몇 안 되는 것 중 하나는 그가 우리를 떠난 시기다. 샘은 헨리가 두 살 때 떠났다. 그래서 헨리는 샘과 내가 함께 산 기억이 전혀 없다. 최근에 헨리가 유치원에서 새로 사귄 친구네 집에 초대를 받아 놀러 간 적이 있었다. 나 없이 혼자 친구네 집에 놀러 간 건 그때가 처음이었다. 헨리는 조쉬의 엄마와 아빠가 함께 있었고 세 명이 다 같이 산다는 사실을 아주 놀랍다는 듯 말했다. 나는 헨리가 머물 수 있는 집이 두 개나 되고, 헨리를 사랑하는 사람도 많으니 얼마나 좋으

나며 헨리에게 환상을 심어주려고 노력했다. 물론 나조차도 그 말이 공허하게 느껴졌지만.

어제 폴리와 마신 와인 때문에 목이 마르고 머리가 아프다. 헨리는 내 침대에서 텔레비전을 보게 두고, 토스트를 만들러 비틀거리며 주방으로 걸어간다. 식탁 위에 놓여 있는 노트북이 내가 과거에서 벗어날 수 없다는 엄연한 사실을 상기시킨다. 지금 당장 폴리에게 전화해 전부 다 털어놓고 싶다. 가슴에 얹힌 바윗돌을 치우듯 마음의 짐을 내려놓고만 싶다. 그러나 폴리와 멀어질 수는 없다며 계속 마음을 다잡는다. 피비가 지금 겪고 있는 일을 생각하면, 폴리가 나를 이해해줄 가능성은 전혀 없다.

우유 거품이 일고 커피가 다 되었음을 알리는 불빛이 깜빡인다. 그때 가방 속에서 휴대전화 벨소리가 울린다. 다 쓴 휴지와 기차표, 고장난 펜 사이를 뒤져 음성 메시지로 넘어가기 직전에 간신히 전화를 받는다.

"여보세요?"

주소록에 없는 전화번호다.

"루이즈? 나 에스더야. 에스더 하코트."

온몸이 얼어붙는다. 심장이 입 밖으로 튀어나올 것 같다. 마리아에게 두 번째 메시지를 받은 바로 다음 날 전화가 오다니, 우연일까? 안 그래도 에스더가 계속 마음에 걸리던 참이었다. 그날 마리아의 메시지에 대해 말했을 때 에스더의 얼굴에 스친 공포가 떠오른다. 에스더는 진심으로 놀란 눈치였다. 목소리를 들으니, 에스더를 다시 보고 싶은 마음이 한층 간절해진다. 그러나 에스더가 왜 그렇게 보고 싶은지는 잘 모르겠다. 페이스북으로 메시지를 보낸 사람이 에스더일 수도 있어서일까? 아니면 그날의 진실을 알지 못해도 나를 이해해줄 사람이 필요해서일까?

"생각해 보니 그날 너한테 하지 않은 말이 있어서 전화했어. 그 일과 관련이 있는지는 모르겠지만."

"정말? 뭔데?"

"오늘 오후에 런던에서 친구를 만날 건데, 저녁을 일찍 먹을 예정이라 늦어도 8시에는 헤어질 거야. 혹시… 그 이후에 시간 돼? 자세한 얘기는 그때 만나서 하면 좋겠는데."

오늘 저녁에 만날 데이트 상대와 일찍 헤어질 진짜 핑계가 생겼다는 데 감사하며, 세븐 다이얼스 근처의 호프집에서 8시 30분에 만나기로 약속을 잡는다. 나는 고급스러운 와인 바보다 평범한 호프집이 더 편하다. 그날 입고 있었던 비싼 정장과 높은 사회적 지위를 고려하더라도, 왠지 에스더도 그럴 것 같다.

토스터에 헨리에게 줄 빵을 넣은 뒤, 이미 식은 빵에 버터를 바른다. 조리대 앞에 서서 버터를 바른 빵을 먹으며 창밖을 멍하니 내다본다. 비둘기 한 마리가 정원을 돌아다니며 뭔지 모를 부스러기를 쪼아 먹는다. 무엇을 먹고 있는 걸까 하는, 막연한 호기심이 든다.

토스트를 먹이려고 헨리를 주방으로 부른다. 헨리가 꼬질이 담요를 들고 느긋하게 걸어 나온다. 머리카락 한 가닥이 뿔처럼 삐죽 뻗쳐 있고 잠옷은 안팎과 앞뒤가 뒤집어져 있다. 마음 가득 헨리를 향한 사랑이 부풀어 오른다.

"토스트 만들어주셔서 정말 감사합니다, 엄마."

헨리가 옆자리에 꼬질이를 조심스럽게 올려둔 뒤 자리에 앉으며 근엄하게 말한다. 요즘 유치원에서 예의범절을 배우다 보니, 뭘 할 때마다 아주 진지하다.

"별말씀을요."

나도 똑같이 진지하게 답한다. 헨리에게 형제자매가 많았다면 집 안 풍경이 얼마나 달라졌을까, 잠시 상상해본다. 찬장에 있는 시리얼 상자를 멋대로 꺼내고, 음료수 잔을 엎지르고, 저들끼리 싸우며 온 집 안을 뛰어다녔을 것이다. 헨리에게 형제자매를 선물하고 싶었던 적도 있었다(샘도 나도 외동으로 자라 헨리는 다르게 키우고 싶었다). 그러나 헨리를 임신하기까지 들인 시간과 돈, 갖은 고생을 생각하니 섣불리 덤빌 수 없었다. 그 여정을 다시 거쳐야 한다고 생각하니, 덜컥 겁이 났다. 내 자궁이 아기를 기를 능력이 없다는 사실을 처음 알았을 때 나는 패배감에 휩싸였다. 여자라면 누구나 힘들이지 않고 하는 일인 줄 알았지만, 나는 아니었다. 아이들에게 성교육을 시킬 때 사람들은 임신이 얼마나 쉽게 되는지만 강조하지, 임신이 어렵다는 말은 누구도 하지 않는다. 샘은 겉으로는 티를 내지 않았지만 속으로는 분명 나를 원망했을 것이다. 임신 테스트기에 선명한 두 줄이 뜨지 않는 달이 끝없이 이어지는데 어찌 원망하지 않을 수 있었겠는가.

헨리가 태어나기 전에는 좋은 엄마가 될 자신이 없었다. 그러나 헨리가 태어나자 나는 나에게 있는 줄도 몰랐던 능력을 발휘했다. 경험이 전혀 없는데도 헨리에게 필요한 것을 알았고, 헨리를 어떻게 달래야 할지 본능적으로 알았다. 나에게는 없을까 봐 전전긍긍했던 모성애가 넘쳐흘렀다.

그런데 어쩌면 나의 모성애가 너무 넘쳤는지도 모른다. 나는 나와 샘의 욕구보다 헨리의 욕구를 늘 우선시했고, 샘은 내가 너무 지나치다고 생각했다. 헨리가 태어난 뒤로 샘은 그 어느 때보다 나를 필요로 했지만, 나에게는 샘까지 신경 쓸 여력이 없었다. 우리는 스스로를 돌볼 수 있는 어른이니 우리의 행복은 중요하지 않다는 걸, 이상하게도 샘은 이해하지 못했다. 그때의 나에게 중요한 건 헨리의 행복이었다. 여전히 나는 그게 제일 중요하다.

"이제 가서 옷 입을래?" 위로 삐친 헨리의 머리카락을 매만지며, 내가 묻는다. "그럼 아빠네 집에 가기 전에 엄마랑 기차 놀이 할 시간 있을걸?"

헨리의 표정이 환해진다.

"아주 큰 기찻길 만들 수 있어?"

"그럼, 엄청 큰 거 만들 수 있지."

내가 웃으며 말한다. 헨리가 나를 껴안는다. 잼이 묻어 끈적거리는 헨리의 손가락이 내 머리카락 속을 파고들지만, 아랑곳하지 않고 헨리를 꼭 안아준다. 이따가 샘의 집에 헨리를 두고 올 생각을 하니, 주머니에 돌덩이를 잔뜩 넣은 듯 몸이 축 처진다.

헨리가 옷을 입는 동안 무거운 마음으로 휴대전화의 주소록을 뒤져 피비의 번호를 찾는다.

"안녕하세요."

내 전화를 받아 반갑고 놀란 목소리다. 문자는 가끔 주고받지만 내가 피비에게 직접 전화를 거는 건 처음이다.

"안녕, 피비. 잘 지내니?"

"네."

조심스러운 목소리다.

"엄마한테 내가 전화할 거란 말 들었니?"

"아뇨. 아직 침대에 있어서 엄마 못 봤어요."

"아, 그렇구나."

아기 때 품에 안곤 했던 피비에게 거짓말을 하려니 긴장된다.

"엄마한테 들었는데 학교에서 어떤 여자애랑 문제가 있다면서?"

"젠장! 엄마는 대체 이모한테 왜 그런 말을 했대요?"

피비가 확실히 사춘기에 접어들긴 한 모양이다.

"엄마가 걱정이 많으셔. 아무튼 네 이야기를 하다가… 이모도 학교 다닐 때 비슷한 일이 있었다고 했더니 엄마가 너랑 이야기를 해보라고 하셨어."

비슷하긴 하지만 입장은 전혀 다르다. 물론 피비에게는 그 사실을 숨길 것이다.

"그랬군요."

피비가 여전히 납득이 안 된다는 말투로 말한다.

"아무리 그래도 나 없는 데서 내 이야기를 한 거잖아요."

"너를 돕고 싶은 마음에 그러셨을 거야. 나도 그렇고."

정말이다. 도울 수만 있다면 돕고 싶다. 말도 안 되는 생각이지만, 그렇게 한다면 내가 마리아에게 한 짓을 조금이라도 속죄할 수 있을 것 같다.

"그래서 무슨 일이 있었는데요?" 피비가 호기심을 못 이기고 묻는다.

"아, 지금 구구절절 할 이야기는 아니야." 최대한 명랑한 말투로 내가 말한다. "이거 하나만 기억해. 남을 괴롭히는 아이들은 대부분 자신감이 없어서 그래. 그 여자애도… 이름이 뭐니?"

"아멜리아요."

"아멜리아도 겉으로는 당당하고 강해 보이겠지만 아마 속으로는 엄청 불안해하고 있을 거야. 그래서 너와 다른 아이들을 이간질하는 거고."

학창 시절에 내가 이 사실을 알았다면 얼마나 좋았을까. 소피의 불친절한 행동이 불안감에서 비롯되었다는 걸 알았다면 소피의 감정에 휘말리지 않고 더 현명하게 대처할 수 있었을 것이다. 나도 자신감이 더 있었다면, 남을 잔인하게 괴롭히자는 꼬드김에 그렇게 쉽게 넘어가지 않았을 것이다.

"그 애는 그럴 리 없어요." 피비가 단호하게 말한다. "진짜예요, 이모. 걘 자신감이 넘친다고요."

"뭐, 아무튼. 그리고 이것도 명심해. 다른 여자애들도 너와 같은 마음일 거야. 아멜리아의 눈 밖에 나서 소외당할까 두려운 마음 말이야. 네가 그런 애들과 뭉쳐서 무리를 이루면 힘이 생길 거야. 아멜리아가 너를 고립시킬 수 없게 되지. 그러면 너를 제 마음대로 휘두르지도 못할 테고. 다른 여자애들 중에 너랑 의기투합할 만한 친구가 있니? 아멜리아를 다른 애들보다 덜 동경하는 친구 말이야."

늘 활기와 자신감이 넘쳤던 클레어와 조앤이 떠오른다. 그 애들도 소외당하지 않으려고 발버둥쳤을까? 보이는 모습만큼 내면도 늘 자신만만했을까?

"글쎄요." 피비가 천천히 말한다. "에스미가 그래요. 샬럿도 조금 그렇고요."

"잘됐네! 그거야. 아멜리아는 빼고 그 애들을 집에 초대하거나 밖에서 만나 놀면 어떨까? 너희 셋만큼은 자기가 시키는 대로 하지 않을 거란 걸 아멜리아에게 보여줘. 그러면 다 사이좋게 지낼 수 있을 거야."

문득 궁금해진다. 마리아는 제가 겪고 있는 일을 털어놓을 사람이 있었을까? 마리아에게 위로해주고 진심 어린 조언과 위로를 건넬 어른이 있었다면 어땠을까?

"잘 모르겠어요. 아멜리아는 평범한 인간이 아니거든요. 완전 못된 년이에요."

킥킥거리는 웃음소리에서 예전의 피비가 언뜻 비친다. 내가 그네를 높이 밀어주면 자지러지게 기쁨의 비명을 지르던, 그 피비 말이다.

"그래도 에스미랑 샬럿이랑 이모가 한 말대로 해 볼게요."

피비가 잠시 말을 멈추더니 수줍게 말한다.

"감사합니다."

"천만에. 하나만 더 말할게. 학창 시절이나 학교 친구들은 네 인생에서 아주 작은 부분일 뿐이야. 물론 지금은 그것이 전부처럼 느껴질 거야. 하지만 어른이 되면 네가 아멜리아보다 훨씬 멋진 삶을 살게 될 거야."

에스더의 높은 사회적 위치와 완벽하게 손질된 머리가 떠오른다. 그리고 아무도 동창회에 저를 초대하지 않았다는 사실을 알았을 때 에스더의 얼굴에 스친 표정도 떠오른다. 학창 시절에 입은 상처는 평생 치유되지 않는 걸까?

피비에게 작별 인사를 하고 휴대전화를 조심스럽게 내려놓는다. 내가 좋은 조언을 했다는 사실을 애써 되새긴다. 그런데 왜 이렇게 죄책감이 들까? 나는 그 이유를 안다. 내가 피해자가 아니라 가해자라는 사실을 피비에게 숨겼기 때문이다. 에스더처럼 학창 시절에 다른 아이들에게 괴롭힘을 당했고, 그 상처를 여전히 안고 사는 척했기 때문이다. 사실은 그 반대이면서 말이다.

피비와 통화를 하고, 기차 놀이에 열중하고 있는 헨리를 달래느라 출발이 늦어진다. 차까지 막혀 오전 11시 30분이 넘어서야 겨우 샘의 집에 도착한다. 차에서 내려 헨리의 카시트를 풀고, 꼬마 기관차 토마스가 그려진 배낭을 헨리의 작은 등에 걸어준다.

"꼬질이도 넣었지, 엄마?"

"그럼. 엄마가 꼬질이 안 챙긴 적 있어?"

초인종을 직접 누를 수 있게 헨리를 들어올려 준다. 늘 그렇듯 샘이 나온다. 부스스한 머리를 하고 부드러운 면 소재의 빛바랜 티셔츠와 청바지를 입고 있다. 내가 수천 번 머리를 기댔던 셔츠다. 샘의 집이지만 나의 집은 아닌 이 곳에서 의례적인 인사말을 주고받으며 우리의 아이를 그에게 건네주는 이 상황이 여전히 믿기지 않는다.

"바로 들어가도 돼?" 헨리가 나에게 말한다.

"그럼."

내가 무릎을 꿇어 헨리를 껴안으려 하지만, 쭉 뻗은 두 팔이 무색하게 헨리가 뱀장어처럼 쏙 빠져나간다. 나는 아직도 헨리를 샘의 집에 두고 가는 것이 끔찍하게 싫다. 헨리를 샘에게서 건네받을 때까지 고통스러우리만큼 느리게 가는 시간을 원망하며 계속 애를 태운다.

헨리는 엄마와 아빠가 따로 사는 상황에 잘 적응하고 있는 것 같지만, 나는 나를 떠나 내가 전혀 모르는 세계로 가는 헨리를 지켜보는 일이 여전히 낯설다. 헨리를 맞으러 현관에 나온 적이 한 번도 없는 계모와 얼굴 한 번 본 적 없는 헨리의 여동생이 있는 저 집에 정말 헨리를 두고 가도 괜찮을까?

"좀 늦었네." 샘이 말한다.

"알아, 미안해. 기차 놀이가 길어진 데다 차가 너무 막혀서…."

"괜찮아, 상관없어." 샘이 나를 유심히 바라본다. "그보다… 무슨 일 없어? 내가 알아야 할 일 같은 거."

샘이 두 손을 주머니에 넣은 채로 문설주에 기대선다.

"무슨 일?"

샘도 페이스북으로 친구 요청을 받았나?

샘이 무언가를 따져보는 듯 잠시 말을 멈춘다.

"아니, 그냥. 요즘 당신이 좀… 정신이 없어 보여서. 몇 번 안 되지만 헨리도 자꾸 늦게 데려다주고. 당신한테 별일이 없나 걱정돼서."

"어, 별일 없어."

집 안으로 뛰어들어가 헨리를 들쳐 안고 도망치고 싶은 충동을 간신히 참는다.

"정말이야, 루이즈? 내가 보기에는…."

샘이 말끝을 흐린다.

"괜찮아. 그리고 당신이 무슨 상관이야? 내가 어때 보이든…."

과민 반응인 걸 알지만 멈출 수가 없다.

"그래, 알았어. 그냥 물어본 거야. 나, 아직 당신이 걱정돼."

뻔뻔한 샘의 말에 눈살이 찌푸려진다. 그러나 샘은 아랑곳하지 않고 말을 잇는다.

"당신이 좋든 싫든, 나는 늘 당신을 걱정해."

폴리가 있었다면 코웃음을 치며 비웃을 말이다. 걱정? 걱정한다는 사람이 그런 짓을 했대? 샘의 휴대전화에서 캐서린의 문자 메시지를 발견하지 않았다면, 나는 도대체 언제까지 아무 문제 없는 척 살았을까?

나는 어깨를 으쓱하고 뒤돌아섰다. 그때 샘이 나를 불러세웠다.

"잠깐만, 루이즈."

혼란스러운 표정으로 내가 돌아선다.

"왜?"

"동창회 소식 들었어?"

"어, 들었어."

왜 갑자기 그 이야기를 꺼낼까?

"갈 거야?"

샘의 목소리에 내가 가길 바라는 마음이 비친다.

"몰라. 당신은?"

페이스북에 올라온 참석자 명단에 샘의 이름이 있는 걸 보았으면서도, 모르는 척 묻는다.

"가 보려고. 재밌을 거 같지 않아?"

샘은 농담처럼 말하지만 속내가 보인다. 열여섯 살의 샘은 누구보다 멋지고 인기가 많았다. 그날 하룻밤이라도 남부러울 것 없던 그 시절로 돌아가고 싶은 마음이 왜 없겠는가?

나는 심드렁한 얼굴로 중얼거렸다.

"그럴지도. 아무튼 내일 다섯 시에 봐."

"그래, 그때 봐."

가만히 문을 닫는 샘을 뒤로하고 호흡을 가다듬는다. 나는 왜 아직도 샘에게 상처를 받을까? 샘이 무슨 말을 하든 아무렇지 않게 흘리는 단계는 도대체 언제쯤 도달할 수 있을까? 샘의 집에서 멀어지면서 문득 그런 의문이 든다. 헨리를 샘의 집에 두고올 때마다 엄습하는 이 끔찍하고 고통스러운 두려움에서 벗어나는 날이 과연 오긴 올까?

15장
2016년

남은 하루가 느리게 흘러간다. 나는 아직도 한가한 주말이 낯설다. 샘과 함께 살 때는, 드물게 찾아오는 혼자만의 시간이 무척 즐거웠다. 헨리가 태어나면서 새롭게 부여된 엄마의 역할을 벗어던지고 나의 본모습을 드러낼 수 있는 유일한 시간이었기 때문이다. 그러나 지금은 헨리가 샘의 집에 있는 이 시간을 어떻게 써야 할지 모르겠다. 박물관이나 영화관에 갈 수도 있지만, 그런 데서는 단란한 가족을 만나기 십상이다. 행복한 웃음을 짓는 다른 가족들을 보면 늘 내 손에 쥐어져 있던 고사리 같은 손의 부재가 실감 나 고통스럽다.

친구를 만날 수도 있지만, 폴리는 주말에 두 딸을 데리고 다니며 다양한 활동을 하느라 바쁘다. 폴리가 바쁘지 않더라도, 가족끼리 보내는 시간을 방해하기는 싫다. 다른 친구들도 있지만, 애써 관계를 유지해봤자 결국에는 무서울 정도로 쉽게 멀어질 것이다. 초대를 거절하는 일이 반복될 테고, 그러면 어떻게든 연락을 이어가려고 노력했던 친구들마저 더는 나를 초대하지 않을 것이다. 다시 그들의 삶 속으로 들어가려면 엄청난 노력을 기울여야 할 텐데 나에게는 그럴 여력이 없다. 그저 페이스북으로 친구들의 바비큐 파티나 생일 파티, 여행 사진에 '좋아요'를 누를 뿐이다. 물론 그 사진들 속에 내가 없는 건 순전히 내 탓이다.

그래서 나는 혼자만의 시간에 주로 밀린 일을 한다. 오늘은 로즈메리가 새 프로젝트와 관련해 보낸 몇 통의 메일에 답장을 보낼 생각이었다. 그러나 내 답장을 로즈메리가 기다린다는 걸 알면서도 좀처럼 집중이 되지 않는다. 결국 일을 끝내지도 못하고 오후 1시쯤 집을 나선다. 옷을 고르고 화장에 공을 들이고 머리를 매만지느라 몇 시간 전부터 바빴어야 하지만, 대충 나갈 채비를 끝낸다. 건성으로 머리를 말리고 마스카라와 립스틱을 찍어 바르고 청바지와 몇 안 되는 '외출용' 윗도리를 걸친다. 데이트를 앞두고 딱히 좋은 징조는 아니다.

버스를 타고 피카딜리역에서 내려 소호 거리를 걷는다. 시골에서 자라서 그런지 몰라도 나는 아직도 밝게 빛나면서도 음습한 런던에 사는 게 설렌다. 비록 차 서빙이 주된 업무긴 했지만, 디자인 회사에 취직이 돼 처음 런던에 상경했을 때, 나는 흥분을 주체하지 못했다. 약속이 없을 때도 무작정 소호 거리를 배회하며 마늘빵과 와인, 담배 연기와 쓰레기, 하수구의 구정물이 빚어내는 자극적인 냄새를 음미했다. 레 미제라블 뮤지컬을 보러 온 외지인들, 회식하는 직장인들과 소호의 한구석을 오랫동안 차지해온 매춘부와 범죄자들 사이에서 익명성을 유지하며 소속감과 살아 있음을 느꼈다.

지난 20년 동안 소호는 달라졌다. 프랜차이즈 식당과 관광객이 늘어났고 겉보기에는 한결 깨끗해졌다. 나도 달라졌을까? 아마 소호보다는 덜 변했을 것이다. 나는 변화를 그다지 좋아하지 않아 시종일관 경계 태세를 유지한다. 그리고 자기 삶에 만족하며 안정적으로 사는 평범한 영국 여자의 가면을 만들어 썼다.

나의 진짜 모습을 아는 사람은 샘뿐이었다.

약속 시간보다 조금 일찍 도착했는데 그레그가 보이지 않는다. 사진을 자세히 봐 두었기 때문에 그의 존재를 알아보았을 것이다. 와인 한 잔을 시켜 들어오는 사람이 잘 보이는 창가 자리에 앉는다. 의욕은 그다지 없지만 14년 만에 처음 하는 데이트라고 생각하니 긴장이 된다. 짙은 색 머리의 남자가 다가올 때마다 속이 울렁거리다, 그레그가 아닌 걸 확인하고 흥분이 가라앉기를 반복한다. 7시 15분이 되자 울렁거리던 속이 뒤틀리기 시작한다. 만나기도 전에 연락처를 주기는 꺼림칙해 번호를 알려주지는 않았지만, 늦는다는 이메일 정도는 보낼 수 있지 않은가…. 휴대전화를 확인해 보지만 새로 온 이메일은 없다. 7시 25분, 기다릴 만큼 기다렸다고 판단한다. 옆 테이블에 앉은 젊은 여자들이 내가 바람맞은 걸 눈치챘는지 저희들끼리 킥킥거린다. 솔직히 놀랍지는 않다. 내 주제에 남자와 정상적인 관계를 맺을 수 있다는 환상에 빠지다니, 어리석었다. 과거가 나를 그렇게 쉽게 놓아줄 리 없는데 말이다.

잔을 비우고 수치심으로 빨개진 얼굴을 하고 자리에서 일어선다. 술집에서 나올 때 휴대전화에서 알림이 울린다. 폴리가 만든 이메일 계정을 휴대전화에 등록해 둔 터라 이메일 알림이겠거니 하고 전화기를 확인한다. 아니다. 페이스북 알림이다. 마리아의 메시지다.

벌써 가게, 루이즈?

인도 위에 그대로 멈춰 선다. 맥없이 꺾이려는 다리에 가까스로 힘을 준다. 사방이 시끄러운데도 내 숨소리와 심장 박동 소리가 귓전을 울린다. 누가 나를 지켜보고 있다. 주위를 둘러보지만 친구나 연인을 만나는 사람들로 거리만 북적였을 뿐 나를 눈여겨보는 사람은 아무도 없다. 건너편 식당의 테라스에서 히터의 온기를 쐬며 밥을 먹는 사람들이 보인다. 그들의 얼굴을 유심히 살펴보지만 사람들이 너무 많아 일일이 얼굴을 구분할 수 없다. 게다가 어떤 얼굴을 찾아야 하는지도 모르겠다. 그때 휴대전화의 알림이 또 울린다.

너는 행복할 자격이 없어. 네가 한 짓을 생각해 봐.

외투의 모자를 뒤집어쓰고 서둘러 자리를 벗어나 뛰다시피 걷는다. 맞는 말이다. 나는 행복할 자격이 없다. 그레그는 처음부터 없었다. 애초에 착하고 평범한 남자가 나에게 관심을 보일 리가 없다. 관심을 보였더라도 나는 어차피 정상적인 관계를 맺지 못했을 것이다.

그런데 어떻게 알았을까? 문득 폴리가 가벼운 마음으로 올린 페이스북 상태 메시지가 떠오른다. 'matchmymate.com에서 루이즈 윌리엄스의 중매를 서니 대리 만족도 되고 좋다.' 그걸 본 게 틀림없다. 잘생긴 남자의 사진을 내려받는 건 쉽다. 메일도 누구나 쓸 수 있다. 물론 '그레그'의 메일 말고는 다 형편없었던 건 조작할 수 없는 것이긴 하지만 말이다.

끊임없이 주위를 둘러보면서 붐비는 길만 찾아 걷는다. 건너편 인도에 있는 사람이 나와 속도를 맞춰 걷는 것 같다. 몇 분 뒤 그 사람이 내 쪽은 보지도 않고 골목길로 들어서는 걸 본 뒤에야 안심한다. 도로 양쪽의 인도를 일부러 왔다 갔다 한다. 다시 건너편 인도로 가려고 차도에 발을 디딘 순간 택시 한 대가 코앞에서 끼익 시끄러운 소리를 내며 멈춰선다. 화난 운전사가 손가락질을 하며 죽고 싶냐 소리친다.

어둡고 조용한 골목길은 모두 피해 간다. 그러나 불빛이 환하고 사람들로 붐비는 곳도 무섭기는 마찬가지다. 위험이 어디에 도사리고 있을지 모르기 때문이다. 게다가 나는 지금 누구를 무서워해야 하고 누구로부터 도망치고 있는지조차 모른다.

8시, 폴리에게서 문자가 온다.

'어때? 급한 일이 있는 척하면서 내가 전화라도 걸어줘야 할 상황이야?'

답 문자를 보낸다.

'바람 맞았어. 집에 가는 길이야.'

에스더를 만나러 가는 길이지만 폴리에게는 말할 수 없다.

'어떡해….' 폴리의 답이 온다. '집에 도착하면 전화해.'

집에 가는 게 아니라 그럴 수 없다.

'이불 뒤집어쓰고 숨을 거야. 내일 아침에 전화할게.'

답이 곧바로 오지 않는다. 장문의 답을 입력하고 있거나 기대고 울 어깨를 빌려주러 우리 집에 와야 하는지 고민하고 있을 것이다. 곧이어 온 답을 보니 집에 오지는 않기로 한 모양이다.

'알았어. 나 필요하면 전화해. 사랑해.'

에스더와 만나기로 한 시간까지 30분 남았다. 사정이 생겨 못

간다는 문자를 보내고 지금 당장 집으로 달려가 숨고 싶다. 그러나 나에게 하지 않은 말이 있다고 할 때 미묘하게 달라진 에스더의 목소리가 마음에 걸려 취소하지 못한다. 쿵쾅대는 심장을 달래며 하염없이 걸어 약속한 호프집에 도착한다.

에스더가 아직 오지 않은 걸 확인한 나는 와인을 한 잔 주문해 구석 자리에 앉는다. 등을 기댈 벽이 있고 술집 안이 훤히 보이는 자리다. 웅웅대는 대화 소리 사이로, 스피커에서 '그대의 발밑에 엎드릴 때'라는 제목의 노래가 흘러나온다. 어딘가에 있을 영혼의 단짝을 만나길 꿈꾸던 시절에 내가 좋아하던 노래다. 문득 샘이 아닌 다른 남자와 짝이 됐다면 어떤 삶을 살았을지 궁금해진다. 어쩌면 그럴 기회조차 없었을지 모르지만 말이다.

첫 모금을 마시자마자 출입문을 들어서며 나를 찾는 에스더를 발견한다. 새빨간 롱코트 차림에 윤기 나고 풍성한 머리는 올려서 쪽을 졌고 찬바람을 맞은 볼은 발그레하다. 본래 나이보다 열 살은 젊어 보인다. 에스더는 눈치채지 못하지만 몇몇 중년 남자가 그녀를 감탄하는 눈빛으로 쳐다본다. 에스더가 나를 발견하고는 손을 흔들며 주문을 했는지 묻는 몸짓을 한다. 내가 고개를 끄덕이자 카운터로 가서 마실 술을 주문한다. 잠시 후 에스더가 거품이 올라오는 진토닉을 테이블에 내려놓으며 맞은편 자리에 앉는다.

"오늘 어땠어?"

궁금해서라기보다는 자연스럽게 대화를 시작하려고 에스더가 묻는다.

"아, 그게…"

에스더의 눈을 피하며 입을 열지만 무슨 말을 해야 할지 모르겠다.

"너는?"

"좋았어. 고마워."

구구절절 말하고 싶지 않다는 듯 에스더는 짧게 답한다. 두 번째 만남인데도 여전히 내 앞에서 경계를 풀지 않는다. 에스더가 나에게 마음을 열지 않는 걸 탓할 수는 없다. 그래도 못다 한 말을 털어놓고 에스더와의 거리를 조금이라도 좁히고 싶다.

"저기, 에스더. 지난번에 만났을 때 내가 한 말 있잖아. 내가 마리아에게 못되게 굴었다는 말. 네가 나를 나쁘게 생각할까 봐 한 소리가 아니라 진심이야. 내가 마리아에게 끔찍하고 용서할 수 없는 짓을 했다는 거 잘 알아. 마리아의 인생을 비참하게 만들었다는 것도. 할 수만 있다면 시간을 돌려 과거를 바꾸고 싶지만, 알다시피 그건 불가능해. 지금 내가 할 수 있는 건 그저 잘못을 인정하고… 더 나은 사람이 되려고 노력하는 것뿐이야."

에스더가 진토닉 잔에 꽂힌 빨대를 만지작거리자 얼음이 잔에 쟁그랑 부딪친다.

"알아." 에스더가 드디어 입을 연다. "네 마음 이해해. 사실 나도 학창 시절을 떠올리면 가끔 이성적인 사고가 마비돼."

학창 시절이라는 말에 또다시 공포가 엄습해 주위를 둘러본다. 카운터에 앉아 있는 남자가 나와 눈이 마주치자 미소를 짓는다. 가슴이 조여오지만 가까스로 에스더에게 시선을 돌린다.

"나는 그 시절을 생각하면 왜 그런지 다시 그때의 나로 되돌아가. 지금껏 내가 이룬 것들은 다 배경처럼 흐릿해지고 학교 식당에서 혼자 앉아 책을 읽는 척하고 있는 나로 말이야. 그런 경험은 평생 남아. 사람을 바꿔놓지. 지금은 직업적으로도 성공했고, 또…."

말로 하기는 내키지 않는지, 에스더가 손짓으로 자신의 외모를 가리킨다.

"그런데도 마음 한구석은 여전히 그곳을 맴돌며 식당에 혼자 앉아 있는 나를 안쓰럽게 바라봐."

에스더와는 입장이 전혀 달랐지만, 나도 같은 기분을 느끼기에 그녀의 마음이 이해된다.

"사회에서 만난 여자들과 이야기할 때도 가끔 그래." 에스더가 말을 잇는다. "학부모나 직장 동료가 지나가는 말로 학창 시절을 이야기할 때가 있는데, 들어보면 그들도 인기 많은 아이들 중 하나였다는 걸 알게 돼. 파티에 갔다거나 축구부 주장과 사귀었다거나 하는 이야기를 들으면 답이 딱 나오지. 그런 이야기를 들으면…."

에스더가 얼굴을 붉히며 더듬거린다.

"과거의 내가 부끄러워져. 그래서 나는 학창 시절의 내 진짜 모습을 말하지 않아. 그냥 따라 웃으면서 나도 그들과 같았던 척하지. 나도 술을 마시고 무모한 장난을 치고, 친구네 집에서 자면서 키득거리고, 임신이 될까 봐 겁내며 사춘기를 보낸 척하는 거야. 실제로는 아니면서 말이야. 나의 십 대 시절은 그 사람들에게는 너무나 낯설 테니까."

"그러니까… 네 인생에서 제일 행복한 시절은 아니었다는 거네?"

말하고 난 뒤에야 적절한 질문이 아니라는 걸 깨닫는다.

다행히 에스더가 미소를 짓는다. 습기 찬 유리잔의 표면을 위아래로 문지르는 에스더의 손끝을 따라 투명한 길이 생긴다.

"그런 셈이지. 그런데 네가 다녀가고 나서 생각해 봤는데, 네십 대 시절도 그랬을 거 같아."

"무슨 뜻이야?"

시간이 느려진다. 뭘 알고 하는 말인가? 뭘 본 거지?

"나는 초등학교 때 네가 어떤 아이였는지 아니까. 기억나?"

"그래, 기억나."

노퍽의 파란 하늘을 떠다니던 가느다란 구름이 기억난다. 숨이 가쁘도록 뛰어 숲을 가로지르면 바다까지 죽 이어진 드넓은 모래밭이 나왔고, 그 너머로는 바다와 하늘이 만나는 신비하고 푸른 수평선이 펼쳐졌다. 우리는 수없이 많은 날을 해변에서 보냈다. 실컷 놀다 어두워지면 땀으로 범벅이 된 얼굴로 모래가 잔뜩 들어간 신발을 신은 채 집으로 돌아갔다. 또 어떨 때는 에스더네 집 정원에 나란히 드러누워 끝없이 이어지는 파란 하늘을 올려다보았다. 곤충들이 윙윙거렸고 햇볕에 그을린 팔다리에 따뜻한 햇살이 비쳤다. 에스더네 집 그림자가 정원의 잔디를 뒤덮어 태양의 온기가 사라지고 땅과 몸을 차갑게 식힐 때까지, 우리는 그렇게 누워 있었다. 기억난다. 그 기억을 어찌 잊겠는가.

"샨 베이 고등학교에 입학하면서 네가 어떻게 달라졌는지도 기억나." 에스더가 말한다. "너는 나보다 빨리 컸어. 나는 열한살, 열두 살, 심지어 열세 살이 되도록 여전히 어린애였지만 너는 아니었어. 고등학교 1학년 때 벌써 내면의 자아를 발견하기 시작했지. 그리고 의식적으로 다른 사람이 되기로 결심한 것 같았어. 예전의 너를 아는 사람은 누구든… 접근할 수 없게 말이야. 소피와 그 패거리만 중요시했지. 하지만 그들과 진짜로 섞이지는 못하고 언제나 겉도는 것 같아 보였어. 그런데 졸업 파티 때는 달랐지. 그날 너는 뭔가가 달랐어. 맞지?"

말이 나오지 않아 간신히 고개를 끄덕인다. 에스더와 멀어진 뒤로, 아니 에스더의 말대로 의식적으로 다른 사람이 되기로 결심한 뒤로, 나는 에스더와의 과거가 최대한 알려지지 않도록 조심하는 것 말고는 에스더를 거의 신경 쓰지 않았다.

"맞아, 그날 나는 달랐어. 달라진 기분이었어. 또 한 번 더 내가 달라졌다고 생각했어. 내가 늘 되고 싶었던 사람이 된 기분이었어."

진실이 불쑥 튀어나오지 않도록 조심하며 더듬더듬 낯선 말을 내뱉는다. 아직도 누가 나를 지켜보고 있을지 모른다는 두려움이 계속 되살아나 머릿속이 어지럽다.

"됐어?" 에스더가 묻는다. "그런 사람이 됐느냐고."

와인잔을 빤히 들여다보며, 내가 답한다.

"아니, 되지 못했어. 그리고 결국 모든 게 달라졌지. 그날 밤 이후로."

"그랬지."

이번에는 에스더가 고개를 숙인다. 내 눈을 피하는 것 같다. 도대체 뭘 알고 있는 걸까?

진실이 점점 가까워진다. 진실이 어두운 밤바다의 빙산처럼 어렴풋이 보인다. 내가 어둠에 숨겨진 진실과 불시에 충돌해 찢어지고 가라앉을까 봐 너무나 두렵다. 그냥 이대로 에스더에게 모든 걸 말하고 싶다. 진이 빠지는 이 끔찍한 공포를 에스더에게 털어놓고 싶다. 에스더를 붙잡고 외치고 싶다. '누가 나를 지켜보고 있어.'

다시 카운터로 눈을 돌리니 나에게 미소를 지었던 남자가 보이지 않는다. 지금은 그 자리에 긴 갈색 머리를 하나로 묶은 여자가 우리 쪽으로 등을 돌리고 앉아 있다. 여자가 옆으로 고개를 돌리려 한다. 내 심장이 밖으로 튀어나올 듯 쿵쿵거린다. 그러나 얼굴을 보니 매끈한 피부의 이십 대 여자다. 여자가 술집에 막 들어온 친구를 보고 미소를 짓는다. 나는 다시 에스더를 향해 고개를 돌린다.

"팀 웨스턴을 봤어."

예상치 못한 말이 내 입에서 불쑥 튀어나온다.

"뭐? 어디에서?"

"지난번에 노픽에서 너를 만나고 나서 샨 베이로 갔었어. 나도 모르게 내가 그쪽으로 차를 몰고 있더라고. 팀 웨스턴이 아직도 그 집에 사는 거, 넌 알고 있었어? 몇 년 전에 자기 엄마한테서 그 집을 샀대. 엄마는 단층집으로 이사했고."

"아니, 몰랐어. 그래서 그 집 앞에서 만났어?"

"어. 예전에 살던 집을 찾아가다가…. 길을 잃어 엉뚱한 데로 갔는데 알고 보니 그 집 근처더라고."

말하고 보니 나조차도 믿기 어려운 이야기다. 마리아가 살던 집 앞에 간 게 정말 우연이었을까?

"어때 보였어?" 에스더가 호기심 어린 표정으로 묻는다. "볼 때마다 느꼈지만 나는 팀이 좀 별나다고 생각했어. 마리아를 너무 과잉보호했잖아."

"뭐…, 그럴 수밖에 없었겠지. 그런 상황에서는. 아무튼 그날 나에게 뭐랄까… 아주 친절했어. 나를 탓하지 않는다고 했어."

팀과 나눈 대화가 떠오른다.

"그런데 나에 대해 많이 아는 것 같아서 조금 이상했어. …그리고 너에 대해서도."

"그게 무슨 소리야?"

"아, 별거 아니야. 그냥 우리 직업이 뭔지 알고 있더라고. 우리 둘을 계속 주시하고 있었던 것 같았어."

"우리가 마리아와 관련이 있어서 그랬겠지. 잊기 힘들 테니까. 한순간에 여동생을 잃었으니 얼마나 힘들었겠어."

"그랬겠지."

둘 다 자기만의 생각에 빠져 잠시 침묵이 흐른다.

"이상한 점이 하나 더 있어." 내가 머뭇거리며 말을 꺼낸다.

"뭔데?"

"별거 아닐 수도 있지만…, 팀이 이상한 말을 했어. 마리아에게 일어난 일을 이야기하다 나온 말인데, '마리아는 보기보다 강한 애야.'라고 했어. '보기보다 강한 애였어.'가 아니라. 꼭 지금도 살아 있는 것처럼."

에스더가 말실수일 거라며 웃어넘길 줄 알았는데 그러지 않는다. 그냥 창백한 얼굴로 나를 빤히 바라본다. 에스더의 하얀 피부에 대비되는 귀갑 안경테가 유난히 도드라져 보인다. 잠시 이어지던 불길한 정적을 깨며 에스더가 입을 연다.

"내가 하려던 이야기가 바로 그거야."

"무슨 뜻이야?"

무슨 말을 할지 불안하지만, 에스더에게서 눈을 떼지 못한다.

"마리아가 사라진 뒤로 매년 내 생일에 우편으로 선물이 와."

"그래?"

"양초나 목욕용 오일, 스카프 같은 작은 선물이야. 발신인 주
소나 카드는 없고 늘 상자에 이렇게 적힌 라벨만 붙어 있어. '에
스더에게. 생일 축하해. 너를 사랑하는 마리아가.'"

나도 모르게 와인잔을 세게 내려놓는다. 그 바람에 잔에 담긴
와인이 흘러넘칠 뻔했다. 주변에서 웃고 떠드는 소리가 아득해지
고 에스더의 얼굴만 뚜렷이 보인다.

"그때부터 매년…?"

"응."

"발신지는?"

"그때그때 달라. 런던에서 올 때도 있고 브라이튼에서도 한 번
왔어. 노퍽에서도 가끔 오고."

"노퍽?"

에스더가 잔을 비우며 어깨를 으쓱한다.

"응, 가끔."

"도대체 누가…. 설마 정말 그 애가 보낸 거라고 생각하는 건
아니지?"

어느새 작아진 목소리로 내가 속삭이듯 묻는다. 손바닥이 아
프다. 나도 모르게 손톱으로 손바닥을 뚫을 듯 누르고 있었다.

"처음에는 나도 이리저리 알아봤어. 어느 순간부터는 포기하

고 내버려뒀지만. 그러던 차에 네가 내 사무실에 나타난 거야. 그날 내가 그렇게 매몰차게 군 건 그 때문이기도 해. 뭐랄까… 너무 충격적이었어. 마리아가 아직 살아 있고 그 선물이 정말 마리아가 보낸 걸 수도 있다는 생각을 하니까 말이야."

"누구한테 말한 적은 없어? 경찰에 신고하거나."

"처음에 한두 번 받았을 때는 경찰서에 가져갔었어. 물론 경찰은 대수롭지 않게 생각했어. 협박을 당한 것도 아닌데 경찰이 뭘 어쩌겠어?"

의자 등받이에 몸을 깊숙이 파묻는다. 머릿속이 핑핑 돈다. 마리아가 살아 있는 게 정말 가능한 일일까? 그리고 그때부터 계속 에스더에게 선물을 줬다면, 왜 나는 이제야 괴롭히는 걸까? 혹시 별일이 아닌데 내가 너무 예민한 걸까? 하지만 분명 오늘도 누가 나를 지켜보고 있었다. 주변 사람들을 재빨리 둘러본다. 빨간 머리의 저 여자가 마리아일까? 아니면 카운터 옆에 있는 여자들 중 한 명일까?

에스더가 안절부절못하는 나를 보고 말한다.

"불안하게 만들 생각은 없었는데, 미안해. 그냥 네가 알아야 할 것 같아 말한 거야. 매년 오는 거라 익숙해질 만도 한데 아직도 마리아의 이름이 적힌 라벨을 보면 소름이 끼쳐. 나도 그런데 너는 얼마나 놀랐겠어."

에스더에게 모든 사실을 말하고 싶은 충동이 강하게 치솟는다. 가슴속의 매듭이 점점 팽팽하게 조여든다. 친구 요청을 받은 날부터 시작된 스트레스가 쌓이고 쌓여 이대로 두면 머리가 터질 것만 같았다.

"친구 요청뿐만이 아니야, 에스더."

"아니라니?"

에스더가 잔을 비우고 손목시계를 힐끗 보며 묻는다.

"그 뒤로도 메시지가 몇 번 더 왔어. 소피를 만나러 간 날은 누가 나를 쫓아왔고, 또…."

인터넷 데이트 사이트를 이용하다 속았다는 사실은 인정하기 싫어서 말끝을 흐린다. 그러다 그냥 화제를 돌리기로 한다.

"한 잔 더 할래?"

한 잔 더 마시면 내가 마리아에게 한 짓을 털어놓고 마음의 짐을 조금이라도 덜 수 있을 것 같다.

"아니, 나는 그만 마실래." 에스더가 소지품을 챙기며 말한다. "리버풀가에 가려면 지금 일어나야 해. 남편이 늦는 거 엄청 싫어하거든. 그런데 누가 너를 따라왔다니, 무슨 소리야?"

"어, 아무것도 아니야. 그냥 내가 착각한 것 같아."

에스더가 의심스러운 표정을 짓는다.

"진짜야, 괜찮아!"

애써 밝은 목소리로 말한다. 화제를 바꿔야 한다.

"결혼한 줄 몰랐어."

에스더도 나처럼 혼자일 거라고 생각한 내가 바보 같다.

"이거 못 봤구나?"

에스더가 왼손을 흔들어 보이며 활짝 웃는다. 네 번째 손가락에 다이아몬드가 박힌 백금 반지가 끼워져 있다. 에스더를 만날 때는 늘 감정이 고조된 상태라 미처 주의 깊게 못 본 모양이다.

"남편은 무슨 일 해?"

혼자 남는다고 생각하니 덜컥 겁이 나 에스더를 더 잡아두기 위하여 애써 묻는다.

"나처럼 변호사야." 에스더가 미소를 지으며 말한다. "재미없게!"

물론 진심으로 하는 말은 아닐 것이다.

"멋지네. 남편도 파트너급 변호사야?"

아주 잠깐이지만 에스더의 얼굴에 왠지 모를 그늘이 스친다.

"아니, 아직 아니야."

"애들은?"

질문을 계속하면 가지 않을지도 모른다.

"있어, 두 명. 아들 하나, 딸 하나. 너는?"

에스더가 반지 없는 손가락을 흘깃 보고는 묻는다.

"있어, 한 명."

늘 그렇듯 가슴이 아린다. 그래도 이혼한 뒤로는 둘째는 언제 가질 거냐는 마음 아픈 질문은 더 이상 받지 않아서 다행이다.

"이름은 헨리고 네 살이야."

문득 나와 샘의 관계를 에스더가 모른다는 사실을 깨닫는다. 에스더에게 말하기에는 왠지 부끄럽다. 에스더가 코트를 입는다. 더는 막을 방법이 없다. 조금 있으면 나는 다시 혼자가 될 것이다. 혼자 텅 빈 아파트로 돌아가야 한다. 누가 또 나를 따라올까 봐 두렵다.

"괜찮으면 이제 그만 가 볼게. 기차 시간에 늦을까 봐. 오늘… 만나서 반가웠어, 루이즈."

에스더로서는 꽤 큰 용기가 필요했을 작별 인사를 건넨다. 멀어지는 에스더의 등을 보니, 쫓아가 다시 친구가 될 수는 없는 지 묻고 싶다. 하지만 그러지 못한다. 오늘 에스더는 내가 마리아 와 자신에게 한 모진 짓을 용서할 마음이 있어 보였다. 그러나 진실을 알면 나를 절대 용서하지 않을 것이다. 꿈에도 그런 일 은 없을 것이다.

16장

그는 언제나 그녀를 보호했다. 그는 그녀가 어떻게 살아왔는지 안다. 그녀의 어린 시절과 사춘기가 안락함과는 거리가 멀었다는 걸 안다. 그는 그저 그녀가 남은 생은 행복하게 살길 바란다. 아무도 해치지 못하게 그녀를 가까이 두고 싶다. 제 곁에 있는 한 그녀는 안전할 것이다.

그녀가 임신했을 때 그는 형편이 안 되더라도 내심 그녀가 일을 그만두길 바랐다. 그녀는 그가 출세한 아내보다 저녁상을 차리는 평범한 주부를 원한다는 사실을 알지만 애써 모른 척한다. 그러면서도 자신이 직업적으로 더 성공하는 걸 그가 견디지 못할까 봐 늘 전전긍긍한다. 사실 그는 직장에서 그다지 인정을 받지 못하고 있다. 그래서 그녀는 일이 잘돼도 마음껏 자랑하지 못한다.

임신은 부부 관계에도 영향을 미쳤다. 출산과 모유 수유는 그녀의 몸이 쇠약해지게 만들었을 뿐 아니라 그녀가 오르가슴을 느끼는 방식도 바꿔놓았다. 그녀는 이제 그와의 잠자리가 즐겁지 않았다. 예전에는 교성을 질렀던 행위들이 이제는 그녀에게 아무런 감흥도 일으키지 않았다.

그녀는 그가 여전히 자신을 원한다는 사실에 감사해야 한다고 생각했다. 그녀의 친구들은 유혈이 낭자하고 살이 찢어지는 고통과 비명이 가득한 분만 과정을 남편이 목격한 뒤로 자기들 몸에 손도 대지 않는다며 불평했다. 늘어진 뱃살과 젖이 새는 가슴에 혐오감을 느낀다고 했다.

무엇보다 그는 그녀를 이해한다. 그녀를 안다. 이 세상에 그녀의 진짜 모습을 아는 사람은 오직 그뿐이다. 그런 사람은 앞으로도 절대 없을 것이다. 그녀가 그 사실을 잊을 가능성은 없다. 잊으려 할 때마다… 그가 일깨워주기 때문이다.

17장
1989년

소피는 겁이 나 탐폰 장난에서 발을 뺀 나를 용서해주었다. 아니, 다정하게 위로했다. 내키지 않는 일은 할 필요가 없다며 나를 이해한다고 했다. 소피는 나와 항상 붙어 다녔다. 클레어나 조앤의 허락을 받고 나와 같이 걸었고 점심시간마다 나와 같이 앉았다. 그리고 다행히 마리아는 계속 우리를 피했다. 수업 때 외에는 그녀를 본 적이 거의 없었다. 6월 말이 되자 학교는 몇 주 뒤에 열릴 졸업 파티 이야기로 시끄러웠다. 대부분 파티에 금지된 물건을 교사들에게 들키지 않고 어떻게 파티장에 들여갈지에 대한 이야기였다. 소피는 대미를 장식해야 한다며 말도 안 되는 장난을 치밀하게 구상했다. 소피는 내 역할이 아주 중요하다고 했다. 클레어와 조앤조차 소피의 계획을 몰랐다. 계획을 아는 사람은 소피와 나, 샘과 맷뿐이었다. 소피는 물건을 조달해줄 사람이 필요해 남자애들을 끼워주었다고 했지만, 내 눈에는 소피가 둘 중 한 명에게 잘 보이려고 애쓰는 걸로 보였다. 하지만 그게 누군지는 생각하고 싶지 않았다.

다시 발을 빼 소피를 실망시킬 수는 없었다. 그때는 소피를 배신하지 않는 것이 옳은 일이라고 확신했다. 마리아가 에스더와 거의 매일 같이 점심을 먹는 걸 보았다. 마리아는 괜찮을 것이다. 어차피 마리아에게는 나보다 에스더가 더 좋은 친구가 되어

줄 거라고 생각했다.

맷의 파티에 이어 샘의 집에서 또 큰 파티가 열렸다. 이번에는 소피의 친구로서가 아니라 제대로 된 초대를 받았다. 소피의 말에 따르면 나를 데려올 수 있는지 샘이 따로 물어봤다고 했다. 확대 해석은 하지 않으려 했지만 무척 기뻤다. 이번에도 소피네 집에서 단장을 하고 샘의 집까지 걸어갔다. 샘이 어디에 사는지 전혀 몰랐던 나는 쿰 거리에 들어서는 순간 놀라움을 금치 못했다. 우월감에서 하는 말이 아니라 나는 샘이 그렇게 열악한 곳에 살 줄은 꿈에도 몰랐다. 우리는 길거리에서 축구를 하는 꾀죄죄한 어린 남자애들을 지나쳤다. 남자애 한 명이 우리를 보고 저속한 말을 했지만 무시했다.

샘이 현관문을 열고 우리를 맞았다. 동공이 확장돼 눈동자가 유난히 검게 보였다. 샘은 소피와 나를 동시에 꼭 껴안고는 춤을 추며 거실로 갔다.

"와, 벌써 시작했나 본데?" 내가 말했다.

약에 취한 샘을 보고도 놀라지 않은 척 태연하게 말했지만, 소피는 뾰로통한 표정을 지었다. 바닥에는 칙칙한 녹색 양탄자가 깔려 있었고, 벽지는 1970년대에 바른 듯 오래돼 보였다. 소피가 복도를 지나 집 뒤쪽에 있는 주방으로 나를 데려갔다. 주방은 벽지보다 더 오래돼 보였다. 소피가 군데군데 탄 자국이 있고 먼지로 뒤덮인 의자에 나를 앉혔다. 그리고 진지한 표정으로 심각하게 말했다.

"할 말이 있어."

나는 식탁 표면에 난 흠집을 손톱으로 만지작거리기만 할 뿐 아무 말도 하지 않았다. 설마 다시 친해진 지 얼마 되지도 않았는데 또 나를 버리려는 건 아니겠지?

"우리 생각에는 네가 마약을 너무 부정적으로만 보는 것 같아."

'우리가 누군데?'라고 묻고 싶었지만 잠자코 있었다.

"할지 말지는 당연히 네 마음이야. 하지만 우리랑 더 친해지려면 너도 약을 하는 게 좋지 않겠어? 우리는 약을 하니까. 나는 네가 소외감 느끼는 거 싫어."

나는 재빨리 머리를 굴렸다.

"부정적으로 보는 거 아니야. 마리화나 말고는 약을 해본 적이 없어서 좀 불안한 것뿐이야. 엑스터시 하면 기분이 어때?"

"아, 진짜 끝내줘. 너도 해보면 완전 반할 거야. 온 세상이 형형색색 아름다워 보이고 누구나 다 사랑스러워 보여. 얼마나 황홀한지 몰라. 그냥 즐겁고 행복해져. 날아갈 것처럼."

"좋겠네."

나는 나의 순진함이 부끄러워 작은 목소리로 말했다.

"좋은 정도가 아니라니까. 오늘 한번 해볼래?"

"오늘? 어디, 여기서? 아, 글쎄…."

나는 약이 두려웠다. 약에 취하면 자제력을 잃고 부끄러운 짓을 할 것 같았다.

소피는 냉담한 표정으로 어깨를 으쓱했다.

"뭐, 아까도 말했지만 네 마음이니까. 나는 가서 클레어 찾아볼게."

소피는 나를 혼자 남겨두고 주방을 나갔다. 창밖으로 초라한 뒤뜰이 보였다. 부서지고 녹슨 일광욕 침대 두 개가 있었는데 하나는 옆으로 쓰러져 있었다. 맷의 집 뒤뜰에서 두서없는 잡담과 편안한 침묵 사이를 느긋하게 오가며 마리아와 나란히 누워 있었던 그날 밤이 떠올랐다. 나는 어금니로 입속의 여린 살을 잘근잘근 깨물며 고민했다. 마리아와의 관계를 되살리기에는 너무 늦었을까? 있는 그대로의 나를 좋아해주는 진짜 친구를 이대로 놓치기는 싫었다. 마리아가 전처럼 나를 또 용서해줄지도 모른다. 어쨌든 나는 가방에 탐폰이 있다는 걸 마리아에게 알려주려 하지 않았는가. 어쩌면 지금 당장 집에 가서 마리아에게 전화를 걸기만 하면 될지 모른다. 더 늦기 전에 마리아에게 용서를 빌고 싶다. 마리아라면 받아줄 것 같았다.

그때 주방 문이 휙 열렸다. 소피이길 바라며 고개를 들었지만, 팀 웨스턴이었다. 가슴이 철렁 내려앉았다. 바로 뒤에 맷 루이스의 형이 따라 들어왔다. 팀이 나를 보고 우뚝 멈춰 섰다.

"아, 너도 있는지 몰랐네."

"이거 좀 냉장고에 넣어줘."

맷의 형이 맥주 상자 두 개를 팀에게 떠안기고는 파티장으로 돌아갔다.

식탁과 벽 사이를 비집고 지나가는 팀과 부딪치지 않도록 의자를 식탁 쪽으로 최대한 붙여 앉았다. 맥주 상자에서 캔 하나를 빼내고 나머지를 냉장고에 넣은 팀이 주방을 나가려다 불현듯 뒤돌아섰다.

"이봐, 너. 내 동생 건드리지 마. 알았어?"

"걱정 말아요. 그럴 거니까."

생각보다 쌀쌀맞게 나간 내 목소리에 스스로 깜짝 놀란 나는 고개를 숙이고 윗도리의 지퍼를 만지작거렸다.

"마리아도 왔어요?"

한결 부드러워진 목소리로 내가 물었다.

"아니, 당연히 안 왔지."

팀이 맞은편에 있는 의자에 털썩 앉으며 말했다. 식탁에 거칠게 내려놓은 캔 입구에서 맥주 방울이 튀었다.

"네가 한 짓을 몰라서 하는 소리야?"

"무슨 뜻이에요?"

차마 시선을 맞추지는 못하고 다시 물었다.

"다 들었어. 네가 내 동생한테 무슨 짓을 했는지 안다고. 너는 모르겠지만, 마리아는 런던에서 힘든 일을 겪었어."

"그래도 지금은 에스더가 옆에 있잖아요."

볼멘소리로 중얼거렸다.

"그래. 천만다행이지. 하지만 알다시피 에스더와 친하게 지내려면 1년 내내 딴 애들이랑은 멀어질 각오를 해야 해. 게다가 마리아는 너를 원했어. 널 좋아했다고. 그런 애를 너는 배신했어. 누구 때문에? 저 걸레 같은 여자애 때문에!"

팀이 음악 소리가 요란하게 들리는 거실 쪽을 휙 가리키며 말했다.

"나중에 멍청한 후회나 하지 마."

팀이 일어나 의자를 거칠게 밀어넣자 의자 다리가 타일에 쓸려 끼익 소리를 냈다.

나는 잠시 그대로 앉아 있었다. 다리에 힘이 풀려 일어날 엄두가 나지 않았다. 결국 집에 가기로 결정한 나는 소피에게 말하고 갈지, 그냥 갈지 고민하면서 주방 문 쪽으로 발걸음을 옮겼다. 그냥 소피 모르게 슬쩍 빠져나가기로 결심하는 순간, 주방 문이 다시 열렸다. 팀이 되돌아 온 줄 알았는데, 들어온 이는 뜻밖에도 샘이었다. 바보처럼 심장이 두근거렸다. 지저분한 금발 머리가 제멋대로 흘러내려 샘의 파란 눈을 반쯤 가리고 있었고, 동공이 확대돼 눈빛이 심하게 흐리멍덩했다.

"사랑하는 루이즈! 여기 있었구나!"

나에 대한 애정이 순전히 약물의 효과 때문이라는 걸 알면서도 샘의 말에 목이 빨개졌다. 샘이 나를 끌어안았고, 나도 샘을 껴안았다. 두 손이 그의 등에 밀착되었고, 그의 따뜻한 체온이 가슴으로 느껴졌다. 나는 눈을 감고 숨을 들이쉬었다. 샘의 낡은 가죽 재킷 냄새와 달콤하고 톡 쏘는 오렌지 향수 냄새, 그리고 알 수 없는 냄새가 뒤섞여 코끝을 간질였다. 내 안에서 낯선 감정이 부풀어 올랐다. 그것은 어떤 간절한 욕망이었다.

"앉자." 샘이 말했다.

우리는 식탁을 사이에 두고 마주 앉았다. 샘이 미소를 지으며 내 손을 잡았다. 심장이 너무 빨리 뛰어 몸 밖으로 튀어나올 것 같았다.

"꼴이 이래서 미안해."

샘이 주방을 둘러보며 말했다.

"무슨 뜻이야?"

샘의 시선을 따라가니 녹슨 싱크대와 오래돼서 누리끼리해진 부엌 세간, 흠집이 나고 얼룩진 조리대가 보였다.

"무슨 뜻인지 알면서. 거지 소굴 같잖아."

"괜찮아." 나는 샘의 손을 과감하게 꼭 쥐며 말했다. "무슨 상 관이야. 그래도 너는 하룻밤 집을 독차지할 수나 있지. 우리 부 모님은 통 어딜 안 가. 어디 가더라도 내가 파티를 열었다간 날 죽이려 들걸."

"우리 아빠는 신경도 안 써." 샘이 어두운 표정으로 말했다. "아무튼 네가 오니까 좋다."

샘의 미소로 가슴속에 따뜻한 기운이 퍼졌다.

샘의 다정한 말에 답하려는 순간 문이 홱 열리면서 소피가 들 어왔다. 소피는 겹쳐진 샘과 나의 손을 날카롭게 쳐다보며 미소 를 지었다. 샘이 손을 빼고 일어나 나에게 미소를 던졌다.

"이따 보자."

샘이 지나치려 하자 소피가 두 팔을 뻗었다.

"나 안 안아줄 거야, 샘?"

샘이 두 팔로 감싸 안자 소피가 샘의 허리에 팔을 두르고 샘 의 어깨 너머로 보란 듯이 나를 바라보았다. 샘이 거실로 돌아가 자 소피가 폴짝 뛰어 샘이 앉았던 의자에 앉았다.

"둘이 분위기 좋던데?"

소피가 짓궂은 미소를 지으며 말했다.

"어때, 생각해 봤어? 한번 해볼래?"

나는 식탁 밑에서 두 주먹을 움켜쥐었다.

"내가 할 게 있긴 해? 오늘 당장 말이야."

소피가 미소를 지었다. 나는 내가 시험을 통과했다는 걸 깨달 았다. 마리아와의 관계가 나에게 어떤 의미가 있든, 그걸 되찾을 기회는 영영 사라졌다는 것도 알았다. 이제 더 이상의 기회는 없었다.

한참 뒤, 나는 소피의 2인용 침대 위에서 소피 옆에 누워 두꺼운 이불을 덮고 있었다. 새벽 동이 터 어스름한 햇빛이 커튼을 뚫고 들어왔고, 새들이 재잘거리며 지저귀는 소리가 들렸다. 나는 소피의 계획을 이리저리 곱씹느라 한숨도 자지 못했다. 결국 불안을 떨쳐내고 약효가 절대 오래 가지 않는다는 소피의 말을 믿기로 했다. 소피는 오히려 긴장이 풀려 마리아도 좋아할 거라고 했다. 샘과 맷도 재미있을 것 같다며 찬성했다. 우리는 심지어 클레어와 조앤에게조차 말하지 않고, 우리 넷만의 비밀로 하기로 했다. 이번 일을 잘 해내면 아이들 사이에서 나의 위치는 확고해질 것이다. 그 일을 할 수 있는 사람은 나뿐이었다. 그저 평정심을 유지하기만 하면 됐다.

18장
2016년

오전 내내 불을 켜놓았는데도 암회색 빛 하늘에서 비가 쏟아지면서 내려앉은 10월의 어둠이 걷히질 않는다. 일주일 내내 동창회에 갈지 말지 고민만 하다 동창회 당일인 오늘까지도 나는 참석 여부를 밝히는 페이스북 페이지에 접속하지 않았다. 폴리는 내가 간다고만 하면 헨리를 봐주려고 대기 중이다. 설사 동창회에 가더라도 폴리에게는 비밀로 하고 싶었지만, 폴리 말고는 하룻밤 동안 헨리를 맡아줄 사람이 없다. 폴리는 페이스북에 올라온 참석자 명단을 직접 보고 싶어 했고, 나는 그녀를 말릴 수 없었다. 그래서 샘도 동창회에 간다는 사실을 폴리도 알았다. 폴리는 내게 실망한 눈치였다. 나를 보호하려는 폴리의 마음은 알지만, 폴리는 내가 동창회에 가야 하는 진짜 이유를 모른다. 당연하다. 내가 살아온 이야기를 그녀에게 들려줄 때 가장 중요한 부분은 숨겼기 때문이다. 나에게는 샨 베이가 가려운 흉터와 같다는 걸 폴리는 모른다. 나으려면 가만히 둬야 한다는 걸 알면서도 저절로 손이 가는 흉터 말이다.

나는 헨리를 폴리에게 맡기는 데 전혀 불만이 없다. 그러나 유치원 정문에서 헨리의 반 친구들이 저들을 데리러 온 할머니, 할아버지를 스스럼없이 맞는 모습을 보면 가슴이 미어진다. 그 아이들에게 조부모는 자연스러운 삶의 일부다. 그러나 헨리에게는 조부모를 만나는 일이 특별한 행사다. 나의 부모님도 헨리를 돌보는 일에 관심을 보인 적이 없다. 헨리가 아주 어릴 때, 내가 고된 육아로 지쳐 쓰러질 지경일 때도 그랬다. 힘들어하는 나를 동정하긴 했지만, 몇 시간만이라도 헨리를 데려가 돌봐줘야겠다는 생각은 전혀 하지 않았다. 부모님과의 관계가 돈독했다면 필요할 때 도움을 청할 수 있었겠지만, 헨리가 태어날 때쯤 나와 부모님의 사이는 이미 돌이킬 수 없을 만큼 멀어져 있었다.

샘의 부모님 역시 헨리를 돌봐줄 형편이 아니었다. 샘의 아빠는 샘이 대학에 다닐 때 돌아가셨고, 엄마는 샘이 어른이 된 뒤로 가끔 나타났다 사라지곤 했지만 딱히 가까운 사이는 아니었다. 엄마와 어떻게, 언제 다시 연락하게 됐는지 속 깊은 대화를 나눠보려 했지만 샘은 입을 다물었다. 헨리에게 조부모는 몇 번밖에 만나지 못한 일종의 상상 속의 존재다.

동창들의 페이스북 페이지를 훑어본다. 소피를 빼고는 아무에게도 친구 요청 메시지를 보내지 않았다. 소심하게 동창들의 페이지에 공개된 정보만 훔쳐볼 뿐이다. 대부분 프로필 사진 정도만 볼 수 있지만, 소피가 '좋아요'를 누르고 댓글을 단 사진이나 상태 메시지는 볼 수 있었다. 맷은 친자식은 아니지만 어린 자녀가 새로 생긴 것 같다. 샘과 맷은 가끔 만났던 것으로 알고 있다. 그때는 맷에게 아이가 없었는데, 아이가 있는 여자를 만난 모양이다. 소피와 주고받은 댓글을 보니 클레어는 아이들이 많이 컸고 배우자와는 헤어진 것 같다.

나는 식탁에서 노트북을 보고 헨리는 열심히 땅콩버터 샌드위치를 먹는다. 한 입 먹을 때마다 집게손가락에 침을 묻혀 접시에 떨어진 빵 부스러기를 일일이 찍어 먹는다.

"내 여동생은 땅콩버터를 못 먹어." 헨리가 진지하게 말한다. "불룩해질까 봐."

헨리가 내가 낳지 않은 아이를 '내 여동생'이라고 부르는 걸 듣는 건 여전히 괴롭다. 헨리는 데이지나 새엄마인 캐서린을 언급하는 일이 거의 없다. 물론 샘이 캐서린 때문에 나를 떠났다는 사실도 모른다. 그러나 헨리는 내 앞에서 데이지나 캐서린에 관한 이야기를 하면 안 된다는 걸 무의식적으로 깨달은 것 같다.

"불룩해진대." 헨리가 다시 말한다. "풍선처럼."

"그렇구나."

페이스북에 정신이 팔려 건성으로 답한다. 이리저리 클릭하다 보니 클레어의 직장 동료가 휴가 사진을 올린 페이지까지 흘러 들어왔다. 그때 조리대 위에 있던 휴대전화의 진동이 울리고, 페이스북 알림이 뜬다. 알림을 클릭하자마자 주변의 모든 것이 아득해지고 나와 노트북의 화면만 남는다. 마리아의 메시지다.

범죄 현장에 다시 가려고? 내가 지켜보고 있다는 거 잊지 마, 루이즈.

그녀에게 메시지를 받을 때마다 괴한에게 뒤통수를 얻어맞은 듯 어지럽고 혼란스럽다.

정면으로 맞서기 전에는 절대 끝나지 않을 것이다. 그녀가 원하는 게 뭔지는 모르지만 주방에 앉아 메시지를 계속 지우기만 해서는 무엇도 해결할 수 없다. 곧바로 침실로 가서 옷장을 뒤진다. 너무 정장 같거나 촌스럽거나 아줌마 같은 옷은 탈락시킨다. 헨리가 폴리네 집에서 하룻밤 보낼 때 필요한 짐을 챙긴 뒤 인터넷으로 산 베이 근교의 호텔 방을 예약한다. 동창회에 가면 술을 마실 수밖에 없을 텐데, 기차를 타려면 너무 이른 시간에 자리를 떠야 한다. 노픽에서 런던으로 돌아오는 막차는 밤 10시쯤 끊긴다.

마음 한구석으로는 동창회에 갈지 말지 계속 고민한다. 그러다 정신을 차리고 보니 차에 올라타 있다. 고민될 때마다 입는, 평범하지만 몸매를 살려주는 검은색 원피스를 입고 공들여 화장한 얼굴로 시동을 건다. 조수석의 발밑 공간에는 하이힐이 놓여 있고 뒷좌석에는 헨리가 안전벨트를 매고 앉아 있다. 이제 동창회에 가는 건 기정사실이다. 샘을 만날 생각을 하니 떨린다. 오늘 밤 나는 헨리를 데려다 줄 때와는 다른, 특별한 자리에서 샘과 한 공간에 있을 것이다. 와인에 취하고 향수에 젖고 감정이 고조되는 자리에서 말이다.

폴리네 집에 도착하니 헨리가 뒤도 돌아보지 않고 집 안으로 뛰어들어간다. 배낭에 가득 넣어온 토마스 그림책을 즐겁게 읽어줄 피비를 찾기 위해서다.

"누나 곧 나갈 거야."

폴리가 헨리에게 미리 경고한 뒤 나에게 말한다.

"오늘 친구네 집에 자러 간대. 그 못된 년도 올 거고."

"못된 년? …아, 그 애."

"그래. 그 애. 저기, 피비한테 조언해 줘서 정말 고마워. 큰 힘이 된 거 같아. 어제 다른 친구 둘이랑 영화관에 다녀왔는데 진짜 재미있었대. 저랑 같은 일을 겪은 사람의 조언이라 효과가 있었나 봐."

괴롭힘을 당한 소녀인 척 연기한 게 죽도록 후회되지만, 힘없이 미소를 짓는다.

"그보다," 폴리가 엄한 눈빛으로 바라보며 말을 잇는다. "정말 갈 거야? 간섭하는 거라고 생각해도 좋아. 네 마음을 바꿀 수만 있다면 뭐든 할 테니까. 너를 비난하려는 건 절대 아니야. 그냥 네가 걱정돼서 그래. 그동안 진짜 굳세게 잘해왔잖아. 나는 네가 다시 휩쓸리는 거 보기 싫어. 내 말 무슨 뜻인지 알지? 그냥 우리 집에 있어도 돼. 와인도 있고. 마야랑 다 같이 '댄싱 위드 더 스타'나 보자."

잠시 그러고 싶은 충동이 든다.

"아니, 갈 거야. 걱정 마, 괜찮을 거야. 샘 때문에 가는 거 아니야. 샘한테는 말도 걸지 않을 거야. 굳이 동창회까지 안 가도 늘 보는 사이잖아."

"알아. 하지만 평소에는 제대로 얘기할 일이 거의 없지. 주로 헨리에 대한 이야기만, 그것도 문자로 하잖아. 직접 볼 때도 이어달리기에서 배턴 넘기듯 헨리를 넘기는 게 다고. 물론 그래서 다행이라고 생각하지만. 아무튼 상황이 달라. 사교 모임이라고. 술에 취하고 감정이 고조될 테고, 무엇보다 둘이 처음 만난 곳에 가는 거잖아."

"학교 다닐 때는 만나지 않았어. 스물여섯 살이 돼서야 사귀기 시작했지."

"내 말 무슨 뜻인지 알잖아. 샘이 떠났을 때 어땠는지 잊어버렸어? 샘이 어떤 사람이고 네가 어떤 일을 겪었는지 생각해 봐. 나는 네가 또 그때로 돌아갈까 봐 걱정돼."

"네 마음 알아. 고마워, 폴리. 하지만 그런 일은 없을 거야. 절대로."

내 확고한 태도에 그제야 폴리가 마지못해 나를 보내준다. 대신 무슨 일이 생기거나 기분이 나빠지면 곧바로 돌아오겠다는 의미 없는 약속을 억지로 받아낸다. 뜻밖에도 길이 막히지 않아 학교로 가는 길이 꿈결처럼 느껴진다. 학교 앞 도로에 차를 세울 때까지 시간이 거의 흐르지 않은 것만 같다. 호텔에 차를 세우고 택시를 타고 오려다, 그냥 학교 앞에 주차하기로 한다. 그러면 한 잔만 마시고 일어날 때 곧바로 차에 올라타 폴리네 집으로 갈 수 있다. 호텔에 묵더라도 내일 아침에 택시를 타고 와 차를 가져가면 된다.

오직 교사들만 쓸 수 있었던 주차장에 주차하는 건 왠지 꺼려져 도로의 빈 공간에 차를 세운다. 선바이저를 내려 마지막으로 한 번 더 거울에 얼굴을 비춰본다. 지금이라도 차를 돌릴 수 있다. 아직 늦지 않았다. 폴리네 집에서 '댄싱 위드 더 스타'를 보거나 호텔에 숨을 수도 있다. 휴대전화를 손에 들고 잠시 앉아 있다. 엄지손가락이 폴리의 전화번호가 떠 있는 화면 위를 서성인다. 낯선 여자 둘이 신이 난 목소리로 웃고 떠들며 내 차를 지나 걸어간다. 정문을 통과하던 여자들 중 하나가 "어떡해!"라고 소리지르자 다른 여자가 킥킥대며 조용히 하라고 쉿 소리를 낸다. 누구지? 동창이 틀림없는 저 여자들이 누군지도 모르면서 나는 왜 여기 있는 걸까?

그때 샘이 홀로 당당히 교내로 걸어 들어가는 게 보인다. 입이 바짝 말라 입 속에 혀가 꽉 찬다. 잠시 구역질이 나다 가라앉았고, 곧이어 분노가 치민다. 샘은 아무 걱정 없이 태연히 들어가는데 왜 나는 점점 추워지는 차 안에 앉아 벌벌 떨며 우물쭈물하고 있는 걸까? 나의 과거는 곧 그의 과거이기도 한데 말이다. 휴대전화를 끄고 차에서 내려 단호한 걸음걸이로 교문을 향해 걸어간다.

건물 입구에서 어떤 남자가 참석자들을 맞이하고 있다. 놀랍게도 그는 젠킨스 선생님이다. 생각보다 별로 늙어 보이지 않는다. 그 시절 우리 눈에는 엄청 늙어 보였지만, 그때 당시 많아야 이십 대 후반이었을 테니 지금 그는 오십 대 초반밖에 안 됐을 것이다.

"아, 어서 오렴!"

선생님이 나에게 인사한다.

"네 이름이…?"

"루이즈 윌리엄스요."

혹시나 알아볼까 하는 기대감으로 입이 마른다.

"아, 맞아."

전혀 기억나지 않는 눈치지만 선생님이 내 이름표를 건네며 말한다.

"예전 친구들 만나려니 기대되지?" 미소를 지으며 말한다. "몇몇은 하나도 안 변했단다!"

옷에 이름표를 달면서 시간을 끈다. 더 지체하면 정말 민망할

지경이 되어서야 로비를 지나 강당으로 들어간다. 제일 먼저 와 닿는 건 냄새다. 여느 학교와 다르지 않은, 고무와 소독약 냄새에 쿠쿠한 땀내가 뒤섞인 냄새지만, 너무나 익숙해 얼굴을 한 대 얻어맞은 기분이다. 잊고 있었던 기억이 물밀듯 되살아난다. 쉬는 시간에 학교 앞 제과점에서 초콜릿을 사려고 줄을 섰던 기억, 자판기에서 뜨거운 오렌지 과즙 음료를 뽑아 마시다 음료가 담긴 베이지색 플라스틱 컵이 너무 얇아 손가락을 덴 기억이 떠오른다. 물론 이 강당에서 있었던 또 다른 일도 떠오른다. 사라지기는커녕 뇌에 각인돼 흉한 상처를 남긴 그 기억을 어찌 잊겠는가.

공포에 가까운 불안에 휩싸인 채 둘러보니 혼자 멀뚱히 서 있는 사람은 나밖에 없다. 다들 여기저기서 무리를 짓고, 때로는 무리를 바꿔가며 아는 얼굴을 발견할 때마다 반가운 비명을 지르고 과장된 포옹과 입맞춤을 퍼붓는다. 친구라는 안전장치 없이 혼자 온 사람은 나뿐이다. 내 쪽으로 등을 돌리고 카운터에 서 있는 샘이 보이지만 오자마자 샘에게 제일 먼저 말을 걸기에는 내 자존심이 허락하지 않는다. 아까 내 차 옆을 지나간 두 여자가 내 쪽을 가리키며 귓속말을 한다. 그들이 내 이야기를 하고 있다는 생각에 잠시 소름이 끼친다. 그러나 이내 그들이 관심을 보인 사람은 적갈색 머리의 아름다운 여자라는 사실을 깨닫는다. 여자의 옆에는 한쪽 팔로 여자의 어깨를 꼭 감싸고 있는, 키가 크고 눈부시게 잘생긴 남자가 서 있다. 현실에서 이렇게 영화배우처럼 잘생긴 남자를 보는 게 얼마나 드문 일인지 생각하며 남자를 빤히 바라본다. 그리고 그제야 남자의 옆에 있는 여자가 에스더라는 걸 깨닫는다. 에스더를 보니 터무니없고 한심할 정도로 반가운 마음이 솟아 얼른 다가간다.

"안 올 거라더니 왔네?"

껴안고 싶지만, 에스더가 부담스러워할 것 같아 그만둔다.

에스더가 민망한 표정을 짓는다.

"나도 인간이더라고."

에스더가 남편을 힐끗 보며 말한다.

"내가 여기 온 결정적인 이유가 뭔지 알아? 내가 결혼했다고 했을 때 네가 너무 놀란 표정을 지어서야. 참, 소개가 늦었네. 브렛이야. 얘는 루이즈."

남자는 한 손을 계속 에스더의 어깨에 두른 채로, 다른 손으로 나와 악수한다.

"반갑습니다. 마실 것 좀 갖다 드릴까요?"

"네, 반가워요. …그럼 화이트 와인으로 부탁해요."

"자기도 같은 거?"

남자가 묻자 에스더가 웃으며 고개를 끄덕인다.

남자가 에스더의 어깨에 두른 손을 풀고 카운터로 가는 걸 보고는, 내가 에스더에게 묻는다.

"너도 인간이라니, 그게 무슨 뜻이야?"

"나는 내가 동창들이 나를 어떻게 볼지 전혀 신경 쓰지 않는 줄 알았어. 아니, 신경 쓰고 싶지 않았지."

에스더가 속마음을 적나라하게 털어놓는다.

"그런데 그거 알아? 나, 그동안 죽을 만큼 노력했어. 출세도 했고 근사한 남편도 있고 사랑스러운 아이도 둘 있어. 괜찮게 살지. 아니, 괜찮은 정도가 아니라 아주 행복해. 하지만 속으로는 조금, 아니 많이 두려워. 아직도 나를 비웃거나 더 심하게는 마음 한구석으로 나를 불쌍하게 여길 사람들이 있을까 봐. 그들에게 내가 성공한 거 보여주고 싶어서 왔어."

"뭐, 아무튼 잘 왔어. 넌 여기 아는 얼굴 있어?"

에스더와 함께 주위를 둘러본다. 낯이 익은 얼굴도 있지만 잘 알거나 같은 반이었던 동창은 아무도 없다. 우리 학년에만 서른 명씩 네 개 반이 있었으니 모르는 얼굴이 많은 게 당연하다.

"아. 아는 얼굴 저기 있네." 에스더가 말한다.

누가 왔는지, 벌써부터 입구에서 반가움의 비명과 포옹을 주고받는 소리가 요란하게 들린다. 새로 도착한 주인공의 주위로 몰려든 사람들에게서 멀찌감치 떨어져 있는 남자가 보인다. 남자는 당황한 표정으로 소피의 거대한 흰색 모피 코트를 들고 엉거주춤 서 있다. 낯이 익은데 누군지 모르겠다. 몇 분 뒤에야 동창이 아니라는 걸 깨닫는다. 소피네 집에 간 날 밤에 본 소피의 데이트 상대, 피트였다.

입구 쪽을 보다 피트와 눈이 마주쳐 그에게 미소를 지어 보인다. 잠시 후 피트가 내 얼굴을 알아보고는 고맙다는 듯 미소를 지으며 손을 살짝 흔든다. 소피는 비슷하게 차려입은 금발 머리의 여자 서넛과 이야기꽃을 피우고 있다. 소피가 대화를 멈출 생각이 없어 보이자 피트가 에스더와 내가 있는 쪽으로 다가온다. 브렛도 우리가 부탁한 술을 들고 돌아온다.

"안녕하세요. 루이즈 맞죠?" 피트가 인사한다.

"네, 맞아요. 기억력이 좋으시네요."

"아, 제가 원래 이름을 잘 기억해요. 한 번 들은 말도 절대 잊어버리지 않죠. 그래서 친구들은 미치겠대요."

나는 피트에게 에스더와 브렛을 소개하려다, 모르는 여자가 다가와 두 사람에게 말을 걸어 그만둔다. 그 순간에도 브렛이 에스더의 허리에 두른 팔을 절대 풀지 않는 모습이 눈에 띈다.

"소피와 이렇게 깊은 사이인 줄 몰랐어요. 만난 지 얼마나 됐어요?"

딱히 이유를 댈 수는 없지만, 그날 밤 소피의 집에서 내가 느낀 게 맞다면 두 사람은 만난 지 얼마 안 된 관계였다. 관계라고 할 게 있다면 말이다. 피트가 집에 올 때까지 소피는 그의 이름조차 언급하지 않았다.

"얼마 안 됐어요." 피트가 민망한 표정을 짓는다. "이번이 세 번째 데이트예요."

"세 번째요? 그런데 동창회를 따라왔어요? 맙소사, 참 부담스러운 데이트겠네요."

"그러게 말이에요." 피트가 고개를 저으며 말한다. "무슨 생각으로 따라왔는지 모르겠어요. 아니, 실은 알아요. 그게 사실은… 저만의 규칙이 하나 있거든요."

"규칙이요?"

볼수록 이상한 남자다. 지금까지 본 바로는 소피와 어울리는 남자가 아니라는 생각이 들었다.

"네. 사실 저, 2년 전에 이혼했습니다. 정말 끔찍했죠."

"아, 그 마음 알아요. 저도 이혼했거든요."

나도 솔직하게 털어놓는다. 평소였다면 마흔 살에 이혼했다는 사실을 잘 알지도 못하는 남자에게 털어놓지 않았겠지만, 상대가 먼저 인정하니 용기가 생겼나 보다. 물론 전남편도 동창회에 왔다는 말까지는 하지 않을 것이다.

"정말요?"

피트의 표정이 풀린다.

"그럼 아시겠네요. 아무튼 1년 전쯤 연애를 다시 해보기로 마음먹고 온라인 데이트 사이트에 자기소개 글을 올렸어요."

"인터넷으로 만났어요?"

순간 피트가 방어적인 표정을 짓는다.

"네. 데이트한 지 오래됐으면 모르시겠지만 요즘에는 많이들 그렇게 만나요."

"알아요."

왜 모르겠는가.

"그냥… 소피라서요. 소피가 인터넷으로 사람을 만난다는 게 상상이 안 가서요."

말 한마디로 수많은 남자들을 울리고 웃기던 소피가 아닌가.

"말했지만 요즘에는 인터넷으로 많이 만나요. 어쨌든 처음에는 사소한 이유로 여자들을 찼어요. 목소리가 이상해서, 손톱이 너무 길어서, 뭐 그런 이유로요. 그러자 여동생이 그러더군요. 제가 진지한 관계를 맺기 싫어서 일부러 트집을 잡는 거라고요. 그래서 스스로 규칙을 하나 정했어요. 누구와 데이트를 하든 최소한 세 번은 만나보기로요. 물론 여자가 원할 경우에요. 그래서 여자가 뭘 제안하든 일단 하겠다고 해요. 불법적이거나 위험한 일만 아니면요."

"그래서 따라왔다고요? 잘 알지도 못하는 여자의 동창회에?"

"네. 그래서 그쪽이 그렇게 반가울 수가 없었어요. 오랜 친구를 만난 기분이랄까?"

그의 농담에 웃으며 술을 한 모금 마신다. 잠시 침묵하던 나는 딱히 할 말이 없어 뻔한 질문을 던진다.

"무슨 일 하세요?"

"건축가예요. '포스터 앤 라임'이라는 회사에 다닙니다."

"아, 알아요. 전에 저한테 일을 맡긴 회사네요. 존 풀러라는 분 아직 다니세요?"

"제가 입사하기 전에 다니던 분이라고 얘기는 들었어요. 그럼 하시는 일이…?"

"인테리어 디자이너예요. 지금은 프리랜서고 전에 다니던 회사는…."

소피가 피트의 뒤쪽에서 불쑥 나타난다. 심사가 단단히 뒤틀린 표정이다.

"여기 있었네요." 피트에게 말한다. "안녕, 루이즈. 신수가 훤하네?"

소피가 기계적으로 내 양쪽 볼에 입을 맞춘다.

"진짜 멋지지 않니? 세상에, 저기 엠마 프로스트 좀 봐. 엄청 살쪘어! 그레이엄 스콧, 쟤는 저렇게 흉한 수염을 왜 길렀대? 참, 입구에서 젠킨스 선생님 봤지? 이름표 다는 거 도와줄 때 말이야. 글쎄, 내 가슴을 더듬으려고 했다니까. 안 그래요, 피트?"

피트가 어깨를 으쓱한다.

"그 선생님 소문 기억하지, 루이즈? 나타샤 그리피스랑 관련된 소문 말이야. 아, 나타샤도 왔는지 모르겠네. 피트, 우리 술 좀 갖다줄래요? 와인 더 마실래, 루이즈?"

피트가 느릿한 걸음으로 카운터로 가자, 소피가 내 쪽으로 몸을 돌린다.

"샘은 봤어?"

호기심 어린 표정을 감추지 못하고 소피가 내게 묻는다.

"아니, 아직. 하지만 평소에는 자주 봐. 아이가 있다고 했잖아. 잊었어?"

와인을 급하게 들이켠 덕분인지 내가 대담하게 쏘아붙인다.

"그런데 너는 왜 잘 알지도 못하는 사람을 데려왔어?"

소피가 풀 죽은 표정을 짓는다.

"피트한테 들었어?"

"그래. 내가 만난 지 얼마나 됐는지 물어보니까 그러더라."

소피의 얼굴에 당황한 기색이 역력하다. 나는 내 앞에서 나약한 모습을 드러내는 소피가 낯설다.

"다른 사람한테는 말하지 말라고 해야겠다. 비밀 지켜줄 거지, 루이즈? 다들 남편이나 천사 같은 아이들 사진을 뽐낼 텐데 혼자 올 자신이 없었어."

목소리에 진한 슬픔이 묻어난다.

"왜 그래, 나도 혼자 왔잖아. 혼자 온 사람 많아."

손을 내밀어 소피의 팔을 쓰다듬는다. 소피도 나와 같은 과거를 공유하고 있다는 생각에 마음 한편이 저릿해진다. 이제 나는 학창 시절 소피가 제 자존감을 높이려고 못난 나를 이용했다는 쓰라린 진실을 안다. 그리고 소피의 그런 행동이 다름 아닌 불안감에서 비롯되었다는 뜻밖의 깨달음도 얻었다.

"알아. 뭐, 너야 괜찮겠지."

소피가 어깨를 으쓱하며 내 손을 떨쳐낸다.

"너한테는 아무도 기대하지 않으니까."

나약한 모습은 어느새 사라지고 태연하게 나를 모욕하는 소피로 돌아온다.

"뭐야, 술 가져온다더니 왜 안 와?"

씩씩거리던 소피는 나에게 잠시 기다리라고 말한 다음, 카운터로 성큼성큼 걸어간다.

나도 어서 빨리 술을 더 마시고 싶다. 나만 그런 게 아닌 것 같다. 다 같이 적당하게 취한 뒤에야 비로소 파티가 시작된다는 걸 아는 듯, 다들 급하게 술을 마신다.

그때 누가 내 어깨를 두드린다. 피트나 소피가 내 술을 가져온 줄 알았지만 둘 다 아니었다. 뒤를 돌아본 순간, 심장이 철렁 내려앉는다.

"안녕, 루이즈."

샘이 내 눈치를 살피며 미소 띤 얼굴로 인사한다. 지난번에 안좋게 헤어져 내 반응이 걱정되는 모양이다. 내가 자기를 원망하거나, 쌀쌀맞고 가시 돋친 말을 던질까 봐 두려운 표정이다.

그러나 나는 미소를 지으며 샘의 볼에 입을 맞춘다.

"안녕. 잘 지냈지?"

"그럼, 좋아."

샘이 안도하는 표정을 짓는다.

"헨리는?"

헨리가 강당 한쪽에 차려 놓은 감자 칩이라도 집어먹고 있을 것처럼 주위를 둘러본다.

"폴리네 집에 있어. 걱정 마, 거기서 노는 거 좋아하니까."

벌써부터 발끈해 신경질적으로 답한다.

"알아, 알아. 설명할 필요… 아니, 됐어."

주변의 시선을 의식했는지 샘이 화제를 돌린다.

"맷 기억하지? 맷 루이스."

샘이 옆에 있는 남자를 가리킨다. 13년 전 결혼식 때 보고 처음이다. 살이 찌고 머리가 희끗희끗하지만 예전의 모습이 분명 남아 있다.

"그럼! 반가워."

예의상 맷의 볼에 입을 맞추려고 몸을 기울이는데 뒤에서 소피가 요란하게 달려든다. 소피의 뒤에는 술잔을 든 피트가 서 있다.

"어머나! 너희구나!"

소피가 친근하게 "어이, 멋쟁이"라고 부르며 맷의 품속으로 뛰어든다. 세 사람은 서로가 낯설지 않을 것이다. 아직까지도 셋은 여전히 만나고 있었다. 소피에게 나와 샘의 관계를 말한 것도 맷이었다. 이제 샘의 차례다. 소피가 샘의 목에 두 팔을 두르고 샘의 볼에 꽤 오래 입을 맞춘다.

"와, 오늘 예쁜데?" 샘이 말한다.

"여전하지?"

소피가 윙크하며 유혹하듯 엉덩이로 샘을 슬쩍 민다.

나는 피트가 건네는 와인을 받아 벌컥벌컥 마신다. 시큼하고 미지근하지만 계속 들이켠다. 지금 나에게 필요한 건 술이다.

"들은 얘기 없어?" 소피가 말한다. "너희는 누구누구 봤어? 참, 그레이엄 스콧 수염 기른 거 봤어?"

맷이 나와 힐끗 눈을 맞추고는 못 말리겠다는 듯 눈살을 살짝 찌푸리며 미소를 짓는다. 하지만 곧바로 소피에게 시선을 돌린다.

"들은 얘기 같은 거 없어, 소피. 시간을 좀 줘. 우리, 이제 막 왔잖아." 샘이 미소를 짓는다. "정보에 빠삭한 건 언제나 너 아니었나?"

"하긴, 나는 뭐든 다 알고 다 봤지."

소피가 손가락을 흔들며 웃는다.

"나한테는 숨길 생각 하지 말라고!"

피트가 윗도리 주머니를 뒤져 말보로 라이트 한 갑을 꺼낸다. 내가 탐나는 눈빛으로 쳐다보자 담뱃갑을 내민다.

"피울래요?"

"좋죠. 가요." 내가 미소 지으며 답한다.

"끊은 줄 알았는데." 샘이 놀란 목소리로 말한다.

당신이 나를 다 아는 건 아니라고, 보란 듯 말하고 싶다. 당신이 나에게 한 짓 때문에 나는 이제 완전히 다른 사람이 됐다고 말해주고 싶다. 물론 입 밖으로 내지는 않는다. 그저 어깨를 으쓱하고 피트를 따라 나간다.

피트와 함께 나지막한 담장 위에 걸터앉는다. 몸이 오슬오슬 떨려 외투를 갖고 나올까 고민한다. 바람 때문에 성냥이 계속 꺼져 피트가 몇 번 만에 간신히 담배에 불을 붙인다. 후끈한 열

광의 도가니에서 빠져나와 맞는 찬바람이 상쾌하다. 느긋하게 담배 연기를 내뿜은 뒤 내가 먼저 입을 연다.

"어디서 자랐어요? 그쪽도 이런 촌구석에서 컸어요?"

"아뇨. 런던 토박이예요. 그래서 이런 데 오면 불안해져요."

"동창회에 가본 적은 있어요? 인터넷에서 무작위로 만난 여자의 동창회 말고 본인 동창회요."

"설마요. 그런 데를 왜 가겠어요."

"아, 그렇군요."

기분이 나빠 퉁명스럽게 대꾸한다.

"미안해요, 동창회에 가는 사람들을 나쁘게 보는 건 아니에요. 그냥 나랑은 안 맞는다는 뜻이에요. 학교 다닐 때 별로 즐겁지 않았거든요. 외톨이에 가까웠죠."

"그랬군요."

피트의 해명에 마음이 누그러진다.

"저도 기분이 좀 묘하긴 해요. SNS가 없었다면 다들 동창 소식 같은 건 모르고 살았을 테니까요. 각자 자기 인생에 신경 쓰며 살았겠죠. 페이스북으로 연락이 닿은 첫사랑 때문에 이혼한 사람들도 있다잖아요."

"그래서 나는 그런 거 안 합니다." 피트가 말한다. "SNS보다 더 큰 시간 낭비는 없는 거 같아요."

"정말 그럴지도 몰라요."

잠시 침묵이 흐른다. 내가 페이스북을 하지 않았더라도 마리아는 나를 찾아내 첫값을 치르게 했을까?

"참,"

피트가 의도적으로 화제를 바꾼다.

"전에 그쪽이 어떤 회사에서 일했는지 말하다 말았죠?"

그러나 이번에도 대화가 끊긴다. 학교로 들어오는 진입로 입구에서 누군가가 목청을 높여, 그쪽으로 관심이 쏠린다. 입구에 있는 가로등 아래에서 어떤 남자가 마주 선 사람에게 손을 휘두르며 무언가를 항의하고 있다. 그는 바로 팀 웨스턴이다. 등을 돌리고 팀과 마주 선 사람은 모자가 달린 검은색 코트를 입고 있다. 내 위치에서는 성별을 확인할 수 없다. 팀의 목소리가 언뜻언뜻 들리긴 하지만 바람 소리에 묻혀 무슨 말을 하는지는 모르겠다. 나처럼 피트도 진입로에서 눈을 떼지 않는다. 피트는 아마 저속한 호기심 때문일 것이고, 나는 점점 커지는 두려움 때문이다. 둘 다 있는 힘껏 귀를 기울이지만, 여전히 팀이 무슨 말을 하는지 들리지 않는다.

나는 구역질 나는 공포에 휩싸인 채, 검은색 코트를 입은 사람이 어른이 된 마리아인지 확인하려고 실눈을 뜬다. 정말 마리아가 모든 게 시작된 이곳에 돌아온 걸까? 그게 동창회의 목적이었을까? 문득 동창회를 주최한 사람이 누군지 아무도 모른다는 사실이 뇌리를 스친다. 적어도 조금 전 내가 만난 동창들은 몰랐다. 한 걸음 앞으로 다가가 눈을 가늘게 떠보지만, 팀이 검은 옷을 입은 사람에게 팔을 두르고 함께 시내 쪽으로 걸어가 버린다.

"무슨 일인지 궁금하네요." 피트가 말한다. "악취미 같지만 나는 싸움 구경하는 걸 좋아해요. 다들 최고의 모습만 보여주려고 안달이잖아요. 완벽한 인생, 멋진 가족, 직접 공들여 구운 케이크를 자랑하기 바쁘죠. 그래서 저런 사람들을 보면 나만 개판을 치고 사는 게 아니라는 생각이 들어 마음이 놓여요."

속에서 끓어오르는 불안을 억누르며 애써 미소를 짓는다. 마지막 한 모금을 빨고 일어서서 하이힐의 뒷굽으로 꽁초를 비벼 끈다.

"자, 그럼 다시 전장으로 돌진해 볼까요?" 피트가 일어서며 말한다.

피트와 함께 강당을 향해 걷는다. 닿을락 말락하는 피트의 팔에서 온기가 느껴진다.

19장
1989년

시작은 아주 좋았다. 소피가 우리 집으로 내가 입을 만한 드레스를 몇 벌 가져왔다. 그중 하나를 내 옆 바닥에 아무렇게나 놓았다. 몸에 꼭 맞는 에메랄드색 새틴 드레스(소피는 본인에게 너무 안 어울리고 자꾸 흘러내려 안 입는 옷이라고 했다)였는데, 나는 한 번도 입어본 적 없는 스타일이었다. 입어 보니 목둘레가 깊이 파여 어깨가 다 드러나고, 허리가 잘록한 옷이라 몸의 곡선이 강조됐다. 왠지 섹시하고 대담한 여자가 된 기분이었다. 여기에 아찔한 높이의 검은색 하이힐(역시 소피가 안 신는)을 신고 열여섯 번째 생일에 부모님에게 받은 목걸이를 걸었다. 목걸이의 다이아 펜던트가 가슴골 바로 위에서 유혹하듯 반짝거렸다.

나는 인형처럼 침대 가장자리에 앉아 소피의 마법에 몸을 맡겼다. 소피는 먼저 내 머리카락의 대부분을 매끈하게 뒤로 빗어 하나로 모은 뒤, 모은 머리를 빙빙 꼬아 올려 모조 다이아 핀으로 고정했다. 그러고는 남은 머리 몇 가닥을 능숙하게 내 얼굴 주변에 늘어뜨렸다.

다음으로, 파운데이션과 파우더, 브론징 파우더, 블러셔를 순서대로 바른 뒤 며칠 전 내가 산 녹색 펄 아이섀도를 발랐다. 검은색 리퀴드 아이라이너로 고양이처럼 눈꼬리를 올려 그린 뒤 마무리로 위아래 속눈썹에 노련하게 마스카라를 칠했다. 그러고는 눈이나 입, 둘 중 하나만 강조하라는 '저스트 세븐틴' 잡지의 조언을 무시하고, 내 입에 통통한 진자주색 립스틱을 발랐다. 입술이 통통한 블랙 체리처럼 반짝였다.

침대에서는 거울이 보이지 않아 일어서니, 거울 속에서 웬 낯선 여자가 나를 보고 있었다. 숨이 멎을 것 같았다. 칙칙한 갈색 머리의 땅딸막한 소녀는 희미한 흔적만 남아 있었고, 소녀의 눈빛에 어려 있던 불안도 사라지고 없었다. 나는 배를 집어넣고 어깨를 펴며 똑바로 섰다. 거울에 비친 호리병 모양의 몸매와 반짝이는 고양이 눈매, 램프의 불빛을 받아 반짝거리는 다이아몬드 목걸이를 한 나. 찬찬히 뜯어볼수록, 칙칙한 갈색 머리의 소녀는 점점 더 멀리 사라졌다.

"걔가 엄청 좋아할걸?" 소피가 말했다.

이번에는 소피가 누굴 말하는지 애써 모르는 척하지 않았다.

너무 짧아 속바지가 보일 듯 말 듯한 검은색 라이크라 드레스를 입은 소피가 먼저 계단을 내려갔다. 아빠의 입이 떡 벌어지는 게 보였다. 역겹지만 흥미롭게도 아빠의 얼굴에는 놀라움 말고도 다른 감정이 스쳤다. 소피가 계단 맨 아래 칸에서 멋지게 차려 입은 나를 공개하자, 엄마의 표정이 묘하게 바뀌었다. 놀라움과 뿌듯함에 약간의 부러움이 뒤섞인 표정이었다.

아빠는 벌어진 입을 다물고는 "숙녀분들, 마차에 올라타시죠!"라고 말하며 운전사 흉내를 냈다. 그러고는 걱정스러운 눈빛으로 엄마를 힐끔 보았다. 내가 부모님을 걱정시키다니, 신이 났다. 부모님을 쥐고 흔드는 기분을 느낀 건 그때가 처음이었다. 짜릿했다. 그 순간 부모님은 분명 내가 무슨 짓을 할지 몰라 겁에 질려 있었다.

"조심하렴."

아빠가 교문 앞에 우리를 내려주면서 걱정스럽게 말했다.

"데려다 주셔서 정말 감사합니다, 아저씨."

소피가 애교 섞인 인사를 하며 자동차 뒷좌석 문을 열었다. 은색 클러치백을 한 손에 들고 훤히 드러난 다리를 뻗으며 차에서 내렸다.

"별말씀을."

아빠는 의도적으로 정면을 바라보았다.

차가 멀어지자 우리는 서로를 바라보았다. 나는 숨이 넘어갈 듯 웃었고, 소피는 내 손을 잡고 말했다.

"가자!"

우리는 하이힐을 신어 비틀거리는 걸음으로 음악 소리가 쿵쿵 울리고 있는 강당 건물로 향했다. 젠킨스 선생님이 너무나 촌스러운 셔츠를 입고 입구에 놓인 작은 탁자 뒤에 서서 아이들을 맞고 있었다. 콧수염과 턱수염을 다듬은 것 같았는데, 본인의 모습이 아주 멋지다고 생각하는 눈치였다.

"어서 오렴. 가방 좀 보자."

소피를 위아래로 훑어보며 선생님이 말했다.

"네?"

당황한 소피가 내 쪽으로 눈알을 빠르게 돌리며 물었다.

"가방 좀 보자고." 선생님이 다시 말했다. "탁자에 내려놓고 가방 열어 봐."

선생님에게 들리지 않는 게 이상할 정도로 심장이 요란하게 쿵쿵거렸다. 나는 소피를 보지 않으려고 애쓰면서 작은 검은색 숄더백의 걸쇠를 간신히 풀었다. 내 가방 속에는 스팽글로 장식된 작은 지갑과 거울, 진자두색 립스틱뿐이었다. 선생님은 나에게 가방을 돌려준 뒤 소피에게 고갯짓을 했다. 소피는 제 다리로 내 다리를 지그시 누르며 천천히 은색 클러치백을 탁자 위에 놓았다. 젠킨스 선생님이 클러치백의 덮개를 올리고 한 손가락으로 가방 속을 뒤적이기 시작했다. 그러다 잠시 멈추더니 얼굴을 붉히고 소피에게 가방을 돌려주었다.

"즐거운 시간 보내렴."

나는 강당 건물의 입구에 들어서자마자 소피의 팔을 잡고 물었다.

"그거 어디 뒀어? 다리는 왜 자꾸 밀었는데!"

그러자 소피가 씩 웃더니 드레스 앞자락을 아래로 당겼다. 검은색 레이스 브라 안에 파란색 알약이 든 작은 비닐봉지가 숨겨져 있었다.

"다리 민 건 그냥 장난친 거야! 지금 네 표정이 어떤지 알아? 아무튼 그 변태가 몸수색이라도 했으면 어쩔 뻔했어. 이게 있어서 살았지만!"

소피가 가방에서 콘돔을 꺼내 흔들었다.

"이게 없었으면 좋다고 우리 몸 더듬었을걸?"

나는 못 말리겠다는 듯 고개를 흔들며 소피와 함께 강당으로 들어가 안을 둘러보았다. 아직 7시 30분밖에 안 돼 어두워지기 전이지만 커튼을 다 내리고 디스코텍 조명을 켜놓으니 강당에 묘한 어스름이 깔려 있었다. '네네 체리'의 '맨차일드'가 흘러나

오고 있었고, 두어 명의 아이들이 노래에 흠뻑 빠져 가사를 따라 부르며 춤을 추고 있었다.

"저기 맷이다."

맷을 발견한 소피가 과일 주스나 콜라 등을 파는 카운터로 나를 끌고 갔다. 맷은 카운터 옆 벽에 기대서 있었다. 정장 바지와 흰 티셔츠를 입고 컨버스 운동화만 신었는데도 맷은 제법 근사했다.

"진짜 시시하다." 맷이 소피에게 말했다. "진짜 계속 여기 있을 거야?"

"당연하지!" 소피가 말했다. "그리고 걱정 마. 너랑 샘이 구해 준 게 있잖아."

소피가 다시 브라 속에 숨긴 걸 보여주려고 드레스를 아래로 당겼는데, 맷을 애태우고 싶었는지 아까보다 더 천천히 잡아당겼다. 맷은 소피의 의도에 넘어가지 않으려 애쓰는 눈치였지만 소피의 가슴에서 눈을 떼지 못했다.

"정말 괜찮겠어?"

맷이 소피의 가슴골에서 가까스로 시선을 떼 나에게 돌렸다.

"문제가 생길지도 모르잖아. 진짜 심각한 문제."

"뭐야, 겁쟁이처럼 왜 그래!" 소피가 말했다. "괜찮아. 겨우 엑스터시잖아. 우리도 맨날 하는 거라고. 루이즈, 너 걱정돼?"

소피가 조바심을 내며 나에게 물었다.

"아니."

거짓말이었다. 사실은 잔뜩 겁에 질려 있었다. 그러나 나는 불편한 진실을 보관하는 마음속 금고 안에 좀처럼 사라지지 않는 두려움을 넣어두기로 했다.

"실행하는 사람은 루이즈잖아." 맷이 집요하게 말했다. "너야 말만 하니 쉽지."

소피를 좋아하는 맷이 나를 위해 소피에게 맞서다니, 감동적이었다.

"아니야, 괜찮아." 내가 말했다. "나도 하고 싶어."

또다시 소피를 실망시킬 수는 없었다. 탐폰 사건은 용서해주었지만 이번 일까지 망치면 소피는 다시는 나와 말도 하지 않을 것이다.

"자, 이제 됐지? 이따 봐, 겁쟁이."

소피가 내 손을 잡고 댄스홀 건너편에 있는 클레어와 조앤에게 다가가 말을 걸었다. 대화가 이어지는 내내 소피는 내 손을 잡고 있었다. 조앤과 클레어가 재미있는 말을 하거나, 또 멍청한 말을 할 때마다 내 손을 꽉 움켜쥐었다. 소피는 조앤과 클레어나 다른 여자애들이 나를 따돌리지 못하게 했다. 매번 의도적으로 대화에 나를 끼워넣었다. 소피의 따뜻한 손은 내 마음속에서 때때로 피어오르는 의심을 잠재웠다. 다른 애들은 모르는 비밀을 소피와 공유한다고 생각하니 기대감과 환희가 차올랐다.

나는 강당으로 들어오는 문을 계속 힐끔거렸다. 수다를 떨고 웃고, 다른 여자애들이 입은 옷을 놀리는 와중에도 내내 그 문을 주시했다. 묵직한 기대감이 가슴을 짓눌러 숨쉬기조차 어려웠다.

8시가 다 되어 가는 시간이었다. 드디어 문에서 눈을 떼지 않은 보람이 있었다. 놀이공원에 간 날 톱숍 매장에서 나와 함께 본, 무릎까지 오는 암청색 드레스를 입고 머리를 풀어 내린 마리아가 강당으로 들어섰다. 마리아는 자기에게 팔짱을 낀 여자애에게 미소를 지었다. 처음에는 그 여자애가 누군지 바로 알아보지 못했다. 소피가 그랬듯 마리아도 에스더에게 마법을 부린 게 분명했다. 은색 치마와 암적색 랩오버 톱을 입고 화장을 한 에스더는 꽤 근사해 보였다. 마리아와 에스더의 뒤로 팀이 몇 발자국 떨어져 따라 들어왔다. 팀은 경호원처럼 눈을 부라리며 강당을 둘러보았다. 마리아와 에스더는 카운터로 걸어가 주변의 시선을 전혀 의식하지 않고 콜라 두 잔을 주문했다. 마리아가 팀에게 몸을 돌려 무언가를 물으니 팀이 고개를 저었다. 팀은 짜증 난 표정을 짓는 마리아와 잠시 말다툼을 하는가 싶더니 이내 어깨를 으쓱하고는 반대편으로 쿵쿵거리며 걸어갔다.

소피의 손가락이 내 손가락을 당기는 게 느껴졌다.

"화장실에 가자."

소피와 나는 좁은 칸막이 안에 비집고 들어갔다. 소피가 브라 안에 손을 넣어 비닐봉지를 꺼냈다. 봉지에서 알약 하나를 꺼내 또 다른 봉지에 넣은 뒤, 그 봉지를 닫혀 있는 변기 뚜껑 위에 놓았다. 그러고는 클러치백에서 꺼낸 묵직한 지포 라이터로 봉지 안에 든 알약을 쾅쾅 두드렸다. 알약은 곧 조각났고 몇 분 뒤 가루가 됐다.

"좋아, 이거면 될 거야." 소피가 비닐봉지를 건네며 말했다. 소피의 손은 전혀 떨리지 않았다. "준비됐어?"

준비됐나? 확신은 없었지만 봉지를 받았다.

"의심할지도 모르니 내가 먼저 나갈게." 소피가 말했다.

나는 눈을 감고 화장실 칸막이 문에 기대서서 잠시 기다렸다. 두려움과 흥분이 온몸에 미세한 파동을 일으켰다. 가루가 든 봉지를 이번에는 내 가슴 사이에 꽂은 채 복도를 따라 강당으로 걸어가는데, 맷과 샘이 내 쪽으로 걸어왔다. 나를 본 샘의 눈이 잠시 휘둥그레졌다. 가까이 다가올수록 샘의 감정이 진하게 느껴졌다. 샘은 자석처럼 나에게 끌려왔다. 순간 가루가 일으킨 흥분이 또다시 온몸을 덮쳤고, 소피로 살면 어떤 느낌일지 알 것 같았다.

"여기 있었네." 맷이 말했다. "안 해도 된다는 거 알지? 하기 싫으면, 몸이 안 좋다거나, 뭐 그렇게 말하고 그냥 집에 가."

나를 걱정하고 이해해주는 맷이 고마웠다. 그러나 맷은 이미 내가 이 일에서 발을 빼려면 소피에게 핑계를 대야 한다는 걸, 그냥 하기 싫어졌다고 말할 순 없다는 걸 알고 있었다.

"그래." 샘이 덧붙였다. "하기 싫으면 하지 마. 안 해도 아무도 너한테 뭐라고 안 할 거야."

소피는 뭐라고 할걸. 혀끝에 이 말이 맴돌았다. 입 밖에 내지는 않았지만 샘과 맷도 나와 같은 생각을 하고 있다는 걸, 나는 알았다. 그리고 샘과 맷이 뭐라고 하든 내 마음이 바뀌지 않으리라는 것도 알았다. 샘의 집에서 파티가 열린 날 밤, 엑스터시를 받아든 순간, 마리아와 관계를 끊은 순간, 나는 선택을 했다. 오늘 밤에도 실패하면 소피는 나를 떠날 것이다. 그럼 나에게는 아무것도 남지 않는다.

"뭐, 네가 괜찮다면야." 맷이 미심쩍다는 듯한 말투로 말했다. "화장실 갈 건데 갈래, 샘?"

"나는 이따 갈게."

시선을 나에게 고정한 채로 샘이 답했다.

복도를 따라 늘어선 교실 문이 모두 닫혀 있었다. 잠겨 있을 줄 알았지만, 샘이 제일 가까운 문의 손잡이를 돌리니 바로 열렸다.

"잠깐만 들어가자." 샘이 말했다.

나는 샘을 따라 들어갔다. 블라인드가 내려져 있었고, 키 높은 창문으로 복도의 불빛이 흘러들어왔지만 교실 안은 제법 어두웠다.

"너 오늘 진짜 예쁘다." 샘이 부드럽게 말했다.

작은 떨림이 파문처럼 온몸에 퍼졌다. 다른 사람이 된 기분이었다. 머릿속으로 수도 없이 그려봤지만 실제로 일어나리라고는 상상도 하지 못한 장면이 벌어지고 있었다. 샘이 나를 향해 다가왔다. 다리에 힘이 풀려 벽에 등을 기댔다. 샘이 한 손을 내 얼굴에 올렸다. 샘의 손가락이 볼을 타고 내려와 목 옆에 다다랐다. 온몸에 전율이 흘렀다. 샘이 몸을 기울였다. 그의 눈이 점점 가까이 다가왔다. 눈앞이 흐릿해졌다. 샘은 내 윗입술을 잠시 물고 있다가 잡아당기며 부드럽게 입을 맞췄다.

"괜찮아?" 샘이 물었다.

나는 말을 할 수 없어 고개만 끄덕였다.

샘이 다시 입을 맞췄다. 이번에는 더 강하게, 혀로 내 입속을 헤집으며 숨을 쉬기 힘들 정도로 몸을 바짝 밀착시켰다. 샘의 손이 매끄러운 새틴 드레스 위를 더듬자 온몸이 뜨거워지고 아랫도리가 축축해졌다. 샘의 손가락이 살 속을 파고들어 달콤한 통증을 일으켰다. 전기가 통한 듯 온몸이 찌릿했다. 그때 내 등을 더듬던 그의 손이 지퍼를 찾아 내리려 하는 게 느껴졌다.

"안 돼!"

나는 본능적으로 외쳤다. 숨이 턱 막히고 샘의 품속에 안긴 몸이 뻣뻣해졌다.

샘은 깨물리기라도 한 듯 뒤로 펄쩍 물러났다.

"미안해! 나는 네가 괜찮은 줄 알고…."

"괜찮아. 괜찮았어. 아니…, 지금도 괜찮아. 나는 그냥… 처음이라… 아니, 익숙하지가 않아서…."

샘이 미소를 지었다.

"괜찮아. 부담 주려던 건 아니야. 그냥 네가 오늘 너무 섹시해서 그랬어."

"고마워."

나는 고개를 숙인 채로 중얼거렸다. 스스로에 대한 부끄러움과 분노로 얼굴이 화끈거렸다.

"괜히 신경 쓰지 마. 나는 아무렇지도 않아. 오늘은 이 정도로 끝내자. 정말 괜찮아?"

"응." 내가 속삭이듯 답했다.

"됐어, 그럼. 이따 보자, 알았지?"

샘은 그 말을 끝으로 어둑한 교실에 나 혼자 남겨두고 나갔다. 나는 바르르 떨며 길게 숨을 내뱉었다. 그제야 등으로 스며드는 벽의 찬 기운이 느껴졌다. 나는 왜 이렇게 멍청할까? 그렇게 오랫동안 원하고 꿈꿔온 일인데 도대체 왜 그랬을까? 샘이 이 일을 맷에게 말해 소피까지 알게 될까 봐 무서웠다.

나는 비닐봉지가 브라 안에 잘 숨겨져 있는지 손으로 만져보
았다. 결심이 더욱 확고해졌다. 방금 샘과 있었던 일, 아니 일어
나지 않았던 일이 오늘 밤을 대표하는 사건이 되게 해서는 안
된다. 오늘 밤에는 다른 일은 떠올릴 수조차 없을 정도로 엄청
난 사건이 벌어질 것이다.

20장
2016년

밤이 깊어진다. 음악 소리가 점점 커지고, 웃음소리가 끊이지 않는다. 80년대 음악이 흐르고, 형편없는 춤이 난무한다. 내가 학창 시절에 알고 지냈던 동창이 꽤 있다는 사실을 뒤늦게 깨닫는다. 소피와 마리아, 샘과 맷이 마음속에 너무 크게 자리잡아, 소피를 만나기 전인 2학년 때까지 나에게 다른 친구들도 있었다는 사실을 잊어버렸었다. 샘은 친구들에게 휩쓸려 자취를 감췄다. 나는 내가 할 수 있는 한 최선을 다해 샘과 정중한 대화를 나눴다. 오늘은 더 이상 그와 마주치지 않기를 바랄 뿐이다.

불안과 흥분이 뒤섞인 강력한 감정에 취해 강당의 분위기가 고조된다. 혈중 알코올 수치가 높아지자, 다들 어른의 자아는 몸에 맞지 않는 듯 벗어버리고 십 대 시절의 자아를 다시 걸친다.

나도 슬슬 파티를 즐기기 시작한다. 로나 식스미스가 자신이 이혼한 이야기를 계속 하려면 술이 더 필요하다며 카운터로 갔을 때쯤에는 혼자 있어도 전혀 불편하지 않은 단계에 이른다. 취기가 오른 분위기 속에서 미소를 지으며 강당을 둘러본다. 또 어떤 동창을 만나게 될지 궁금하다. 파란색 리넨 드레스를 입고 짙은 색 머리를 한 여자가 저 멀리서 다정하게 눈인사를 하며 나에게 미소를 짓는다. 나도 손을 흔들어 화답한다. 오기를 정말 잘했다. 어쩌면 괴로운 생각을 몰아내는 데는 파티가 제격인지도 모른다.

그때 여자 두 명이 내 쪽으로 걸어왔다. 한 명은 키가 크고 짧은 금발 머리에 비싼 부분 염색을 했고, 다른 한 명은 키가 작고 머리가 짙은 색이다. 두 사람이 미소를 지으며 가까이 다가온 뒤에야 누군지 알아본다. 클레어 반스와 조앤 커비다.

"맙소사, 루이즈!" 클레어가 나를 껴안으며 외친다.

다음으로 조앤이 나를 끌어안으며 말한다.

"너, 진짜 예뻐졌다."

"고마워. 너희도 근사하네." 기계적으로 답한다.

"기분 이상하지 않아?" 클레어가 말한다. "나, 여기 오기 전에 긴장돼 죽는 줄 알았어."

"나도." 조앤이 질세라 말한다. "그게… 그렇잖아. 그 일이 있었던 여길 다시 오다니. 마리아 일 말이야."

오늘 밤 처음으로 마리아의 이름이 언급된다. 마리아의 메시지에 적힌 대로 범죄 현장에 다시 돌아왔을 때, 나는 동창들이 마리아를 생생히 기억할 줄 알았다. 그러나 기억력이 좋지 않은 것인지, 혹은 다른 이유 때문인 것인지 그 누구도 마리아를 입에 올리지 않았다. 그러나 두 사람은 달랐다.

"나는 그동안 마리아한테 늘 미안한 마음이었어. 그래서 여기 올 때도 많이 망설였어." 클레어가 말한다. "왠지 여기 오면 안 될 것 같았어. 넌 무슨 말인지 알지?"

나는 잠시 당황한다. 클레어와 조앤은 졸업 파티 때 내가 한 짓을 모른다. 아니, 어쩌면 이미 알고 있나?

그때 조앤이 덧붙인다. "알아. 진짜 못되게 굴었으니까. 우리 완전 나쁜 년들이었잖아."

다행히 그때의 '사건'이 아니라 일상적으로 마리아를 따돌린 일을 두고 하는 말이었다.

"나는 딸애들이 십 대라 특히 조심해." 클레어가 말한다. "혹시라도 나처럼 그런 짓을 할까 봐 늘 주시하지. 하도 잔소리를 하니까 애들이 이젠 지긋지긋하대. 친구에 대해 조금이라도 나쁜 말을 하면 찍소리도 못하게 혼쭐을 내."

내가 괴롭힘을 당하는 피비와 속상해하는 폴리의 사연을 들려주니, 클레어와 조앤이 안타까워한다. 피비를 비참하게 만드는 여자애를 피할 전략도 추가로 알려준다. 둘 다 짐작했던 것보다 친절하고 예의 바르게 자랐다. 어른이 된 후에 만났다면 두 사람과 친구가 됐을 것 같다. 계속 연락하며 지내자는 약속을 두 사람과 주고받고 헤어진다.

다음은 아까 나에게 눈인사를 한 파란색 드레스를 입은 여자에게 말을 걸어보기로 한다. 그때 갑자기 맷이 옆에서 불쑥 나타난다. 새삼스럽게 맷을 향한 애정이 피어오른다. 맷은 언제나 나에게 친절했다. 졸업 파티 때는 그 일을 실행에 옮기지 못하게 말리기까지 했다.

"어이, 친구." 내가 말한다.

취중이라 해도 너무 어색한 말이다. 나는 "어이, 친구"라는 말을 절대 하지 않는다. 사실 할리우드 영화의 등장인물이면 모를까 현실에서는 누구도 그런 말을 하지 않는다.

그런데 맷의 얼굴에 웃음기가 없다. 심각한 표정이다.

"소피한테 들었어. 페이스북 일. 대체 어떻게 된 거야?"

맷의 등장으로 방금 전까지 기분 좋게 타고 떠 있던 비눗방울이 펑 터진다.

"그게 무슨 말이야?"

"그때 있었던 일 또 누가 알아? 또 누구한테 말했어?"

음악 소리가 큰데도 맷이 작은 목소리로 말한다. 너무 바싹붙어 모공이 다 보이고 맷의 입에서 나는 시큼한 와인 냄새가고스란히 전해진다.

"누가 아는지는 나도 몰라…. 나는 아무한테도 얘기 안 했어. 예전에 소피가 말했을지도 모르지."

"우리 넷이 다 연루된 일을 누군가가 알고 있다는 거잖아. 잘생각해 봐. 정말 아무한테도 말 안 했어? 우리가 한 짓을 알 만한 사람, 진짜 없어?"

"정말이야. 그때 일, 나는 진짜 아무한테도 말하지 않았어. 그일이 밝혀지는 건 너보다 내가 더 싫어. 내가 했지, 너는 아무 짓도 안 했잖아…."

"소피가 약을 어디서 구했을 거 같아?" 맷이 작은 소리로 씩씩거린다.

"샘이 구한 거 아니야?"

"나한테 받은 거야! 다 내가 준 거라고!"

맷이 나를 때리기라도 할 것처럼 주먹을 쥔다. 그러나 곧 심호흡을 하고 주먹을 편다.

"최근까지만 해도 내 인생은 엉망진창이었어. 살면서 그르친일이 한둘이 아니었지. 하지만 이제는 새로운 짝을 만났고, 그녀의 아이들과도 같이 살고 있어. 새 삶을 살고 있다고. 이번에는 진짜 실패하고 싶지 않아. 알겠어? 나는 약만 조달한 게 아니야. 경찰에 거짓말까지 했어. 그건 작은 죄가 아니라고, 루이즈."

"거짓말은 나도 했어. 우리 다 했잖아."

씁쓸한 입맛이 씻겨 내려가길 빌며 와인을 쭉 들이켠다.

"맞아. 앞으로도 계속 거짓말해야 해. 우리 모두. 무슨 일이 있어도. 내 말 무슨 뜻인지 알지?"

"알아."

나오지 않는 목소리를 간신히 끌어낸다. 진실이 밝혀지길 바라지 않는 마음은 사실 내가 맷보다 훨씬 크다.

"그리고 또 메시지 오면 나한테 꼭 알려줘. 알았지? 이거 내 번호야."

맷이 종이쪽지에 제 연락처를 휘갈겨 내 손에 찔러 넣는다. 친구 요청을 받은 후에도 메시지가 여러 번 왔다는 사실을 맷에게 알려줄 생각은 전혀 없지만, 어쨌든 종이쪽지를 조심스럽게 핸드백에 넣는다. 그저 이 대화를 빨리 끝내고 싶은 마음뿐이다.

"좋아."

맷이 만족한 표정을 짓는다. 천만다행으로 로나가 양손에 와인이 가득 담긴 잔을 하나씩 들고 내 쪽으로 다가온다. 로나가 거의 다 왔을 때쯤 소피가 두 팔을 쭉 뻗어 나를 끌어안는다.

"루이즈!"

소피가 내 팔뚝을 꼭 잡으며 다정하게 속삭인다. 만취한 소피를 보니 찌릿한 공포가 엄습한다. 취해서 속내를 흘릴까 봐 두렵다. 로나가 나에게 와인을 건넨 뒤 소피를 보며 미소를 짓지만, 소피는 아는 척도 하지 않는다. 로나는 어깨를 으쓱하고는 나에게 이따 보자고 말하며 자리를 뜬다. 그러고는 소피의 등 뒤에서 눈알을 굴리며 소리 없이 입 모양으로 말한다. '하나도 안 변했네.'

"피트는?" 내가 묻는다.

생판 남이나 다름없는 남자친구를 아는 사람이 하나도 없는 곳에 데려와놓고 방치하다니, 역시 소피다운 행동이다.

"아, 몰라. 어디 있겠지."

"너, 맷한테 메시지 얘기 다 말했더라. 얘기하기 전에 나한테 먼저 물어봤어야 하는 거 아니야?"

소피에게 맞서다니 나도 취했나 보다.

"어떡해, 미안해. 맷 화 많이 났어?"

소피가 반성을 하다니, 놀랍다.

"조금. 걱정 마. 설마 또 다른 사람한테는 말 안 했지?"

소피가 찔리는 표정을 짓는다.

"샘한테는 했어."

"샘도 알아? 언제 말했는데? 오늘 밤?"

"응."

대답이 빠르다.

"아니, 실은 지난번에 네가 우리 집에 다녀가고 나서 전화했었어."

"전화를 했다고? 왜? 번호는 어떻게 알아서?"

해묵은 질투가 목구멍까지 차올라 숨이 막힌다.

소피가 답답한 듯 한숨을 쉰다.

"그게 중요해? 번호 알려달라고 페이스북으로 샘에게 메시지 보냈어."

"샘에게 그 이야기를 왜 하고 싶었는데?"

소피가 이상하다는 듯 나를 쳐다본다.

"샘도 공범이니까. 엑스터시를 구해줬잖아. 샘도 똑같은 메시지를 받았을 거라고 생각했어."

"그래서 받았대?"

머릿속이 어지럽다. 헨리를 데려다줬을 때 샘은 왜 이 이야기를 하지 않았을까? 그날 내가 괜찮은지 물어보며 이상하게 행동한 게 이제야 이해가 된다. 그럼 오늘 만났을 때는 왜 아무 말도 하지 않았을까?

"아니, 샘은 메시지 안 받았대. 우리 이제 어떡해? 도대체 누가 그런 짓을 하는 걸까?"

겁에 질려 어찌할 바를 모르는 소피의 모습이 낯설다.

"나도 모르지. 마리아가 보낸 메시지, 더 받은 적 있어? 친구 요청하는 메시지 받은 뒤로."

"두 번."

소피의 눈이 디즈니 만화 속의 공주처럼 둥그레진다.

"무슨 내용이었는데?"

"한 번은 친구 요청 받고 얼마 되지 않았을 때 '여전히 예쁘네, 소피.'라고 왔어. 두 번째 메시지는 오늘 아침에 왔고."

"뭐래?"

"그냥 '동창회에서 만나, 소피 해니건.', 이게 다야. 누구나 보낼 수 있는 메시지였어. 마리아가 보내지 않았다면 겹낼 이유가 전혀 없는, 그런 메시지." 소피가 공포가 잔뜩 서린 목소리로 속삭이듯 말한다. "아, 루이즈! 이제 어쩌지?"

"그날 네 집에 찾아갔을 때는 왜 이런 말 안 했어? 왜 아무렇지 않은 척했냐고."

순간 화가 치밀어 얼굴이 달아오른다. 그날 소피는 마리아에게 친구 요청을 받고 당황한 나를 바보 취급했다.

소피가 어깨를 으쓱하며 답한다.

"그냥 그 일은 잊어버리고 싶었어. 우리가… 나쁜 짓을 했다는 거 알아. 거짓말을 했다는 것도. 경찰을 속였지. 하지만 정말 우리 탓이기만 할까?" 소피의 말투가 애원조로 변한다. "진짜 누구의 잘못인지는 아무도 모르잖아. 그날 밤 그 일 말고도 별의별 일이 다 있었단 말이야."

"그게 무슨 말이야?"

그러나 소피는 고개를 저으며 "그냥 별의별 일"이라는 말만 반복한다.

더 물어보고 싶지만, 우리 쪽으로 다가오는 피트를 발견하고 그만둔다.

"아, 왔어요?"

소피가 피트와는 눈도 마주치지 않고 주위를 둘러보며 건성으로 말한다.

"네, 왔어요." 몹시 빈정대는 투로 피트가 말한다. "엄청 걱정했나 보네요."

"아, 제발 좀… 졸졸 따라다니지 말아요. 무슨 강아지도 아니고. 남자가 진짜 왜 이래."

하이힐을 신은 소피가 비틀거리며 강당 반대편에 있는 샘을 향해 곧장 가버렸고, 피트의 얼굴이 분노로 하얗게 질린다.

"참 좋은 친구를 두셨네요."

"누가 저런 애랑 데이트하래요?"

나도 지지 않고 받아친다. 잠시 침묵이 흐른다. 그러다 느닷없이 웃음이 터진다. 마치 저녁 내내 쌓인 긴장을 웃음으로 모두 풀어버리려는 듯 둘 다 배를 잡고 웃는다. 그렇게까지 웃을 농담이 아닌데도 웃음은 계속 이어진다. 한참 뒤에야 웃음이 잦아들고 헐떡이는 숨이 진정된다. 피트는 콧날을 매만지고, 나는 눈 밑에 번진 마스카라를 닦으며 숨을 고른다.

"그럼 네 번째 데이트는 없겠네요?"

겨우 호흡을 진정하고 내가 묻는다.

"아뇨, 다음에 만날 땐 결혼하자고 할 거예요. 부모님에게 인사도 시키고 친구들에게 소개도 하고요."

"그거 참 재미있겠네요. 술자리를 잡아 동료들에게 멋지게 소개하는 건 어때요?"

"오, 그것도 좋은데요? '패션'과 관련된 일을 하시는 대단한 분이니, 실컷 자랑해야죠."

'패션'이라는 단어를 말할 때 피트가 비꼬는 억양으로 말한다.

"무슨 뜻이에요? 소피가 패션 쪽에서 일하는 거 맞지 않아요?"

피트가 콧방귀를 뀐다.

"옷가게에서 점원으로 일하는 것도 패션 쪽 일이라면, 맞긴 하죠. 오해하지 말아요. 나는 직업에 편견 없어요. 단지 가식이 거슬릴 뿐이에요. 퇴근하고 언제 만날지 약속을 잡다가 본인이 먼저 말실수하지 않았으면, 아마 계속 숨겼을걸요."

"하지만 켄싱턴의 아파트는…. 옷가게에서 일하는데 어떻게 그런 데 살죠? 집세가 한두 푼이 아닐 텐데요."

피트가 나를 이상하다는 듯 본다.

"둘이 별로 안 친하군요?"

"당연하죠." 내가 톡 쏜다. "지난주에 만난 게 27년 만이었어요."

"아." 피트가 한숨을 내쉰다. "나한테는 그런 말 안 했어요. 계속 연락하고 지내는 오랜 친구라는 식으로 말했거든요."

"아뇨, 전혀 아니에요."

왜 소피는 피트에게 그런 식으로 말했을까?

"그럼 그 아파트는 어떻게 된 거예요?"

"간단해요. 자기 집이 아니에요. 잘나가는 친구의 집인데 그 친구가 홍콩에 출장을 자주 간대요. 그때마다 집을 봐주는 거예요."

"아…."

꺼림칙하게도, 내 목소리에 고소해 하는 기색이 묻어난다. 남의 불행에 쾌감을 느끼고 싶지는 않아 애써 내 감정을 외면하며 미지근한 와인을 한꺼번에 들이켠다. 소피의 세상은 겉보기와는 달랐다. 그 집에 혼자 사느냐는 질문에 소피가 왜 그렇게 불편해 보였는지 이제 알 것 같았다.

"그런데 왜 사실대로 다 말했을까요?"

"직업을 들키고 나니 그런 집에 산다는 거짓말을 계속 할 수 없었겠죠. 그리고 아마…."

피트가 얼굴을 붉히며 말끝을 흐린다.

"아마 뭐요?"

"나와 계속 만날 생각이었다면 사실대로 말할 수밖에 없었을 거예요. 친구가 홍콩에서 돌아오는 다음 주에는 크로이던의 침실 한 개짜리 아파트로 돌아가야 하니까요."

실소가 터져나온다. 크로이던이 문제라기보다는, 사우스 켄싱턴의 우아한 조지아풍 테라스 하우스와 너무 대조되기 때문이다. 피트와 대화를 더 이어 가려 하는데, 누가 내 팔꿈치를 건드리는 게 느껴진다. 돌아보니 샘이다. 얼굴의 웃음기가 싹 가신다. 샘의 손가락이 살에 닿는 순간, 지금껏 간신히 유지해온 평정심이 산산조각난다. 빨갛게 달궈진 부지깽이에 찔린 듯 얼른 뒤로 물러나 팔짱을 낀다.

샘이 피트에게 미소를 짓는다.

"정말 죄송한데요. 이 친구 좀 잠시 빌려도 될까요?"

샘의 매력적인 미소를 당해낼 사람은 그리 많지 않다.

"아, 그럼요. 그러세요."

피트가 내키지 않는 표정으로 소피가 있는 쪽으로 걸어간다.

샘이 다시 나를 바라본다. 취해서 무방비 상태나 다름없지만, 그가 여전히 나를 쥐락펴락한다는 사실을 들키기 싫어 필사적으로 무덤덤한 표정을 짓는다. 일부러 팔짱을 풀고 한쪽 팔을 옆으로 내린 채로 천천히 와인을 마신다. 주변의 북적이고 후끈한 분위기가 이질적으로 느껴진다. 마치 공간이 분리된 듯 샘과 나 사이에만 서늘한 침묵이 흐른다. 혀끝에 맴돌지만 차마 내뱉을 수는 없는 말이 샘과 나의 공간을 꽉 채운다.

"안다며?" 가까스로 담담한 말투를 유지하며 내가 먼저 입을 연다. "마리아 일."

"그래." 샘이 이해가 안 된다는 눈빛으로 나를 바라보며 말한다. "그때 왜 말 안 했어? 토요일에 헨리를 데려다줄 때 나한테 말할 수 있었잖아."

"그러는 너는 왜 말 안 했어? 너도 그때 이미 알고 있었다며? 소피한테 들었어. 소피가 너한테 전화했었다고."

"그래, 알고 있었지. 하지만 네가 말하고 싶지 않은 것 같아서 묻지 않았어. 얼마나 끔찍했을지 아니까." 샘이 말했다.

진심으로 나를 걱정하는 표정이다. 그 얼굴에 다정했던 샘의 모습이 저절로 떠올라 가슴 한구석이 찔린 듯 아프다. 샘이 떠나고 나서 나는 나조차도 놀랄 만큼, 더 강해지고 심지어 더 행복해졌다. 그러나 가끔은 모든 걸 책임지는 위치에서 벗어나고 싶다. 누가 나 대신 이 무거운 짐을 져주기만 한다면 그동안 이룬 걸 다 포기할 수도 있을 것 같다. 물론 내가 기억하는 샘의 모습이 진실이 아닐 수도 있다. 시간이 지나면서 기억이 왜곡되었을지도 모른다. 아니, 인간관계에 진실이라는 게 있기는 한 걸까?

"그 뒤로 메시지 온 거 더 있어?" 샘이 말한다. "마리아의 계정을 만든 사람에게서 말이야."

"아니."

더 이상 샘을 끌어들이기는 싫다. 샘이 이 일을 아는 것만으로도 충분히 불쾌하다. 샘이 또 다시 내 삶에 스며들 빌미를 주고 싶지 않다.

"그리고… 마리아가 친구 요청 메시지를 보낸 사람이 또 있어?" 샘이 묻는다.

"어, 한 명 더 있어. 네이선 드링크워터. 마리아의 페이지 친구 목록에 있는 유일한 이름이었어."

"그게 누군데? 아는 사람이야?" 샘이 묻는다.

"아니. 처음 듣는 이름이야. 동창은 아니겠지?"

"아마 아닐 거야. 나도 처음 듣는 이름이야. 저기, 루이즈. 이 일에 관해서는 내가 언제나 네 편이었다는 거 알지? 너를 돕고 이해하는 사람은 나뿐이었다는 것도."

맞는 말이다. 그간의 일을 겪고도 내가 여전히 그를 그리워하는 건 그 때문이다. 샘이 무언가를 더 말하려다, 강당 저편에서 피트와 소피가 다투는 소리에 고개를 돌린다. 소피는 웃고 있지만 피트는 소피의 농담이 하나도 재미있지 않은 표정이다. 아니, 화가 점점 더 치미는 얼굴이다. 샘이 흥미롭다는 듯 그 둘을 유심히 쳐다본다.

"아무튼 오늘 혹시라도 팀이 오면 페이스북 건은 말하지 않는 게 좋을 거 같아." 샘이 말한다. "안 좋은 기억일 테니까."

"나도 말할 생각 없었어, 샘. 내가 그렇게 멍청해 보여? 남의 마음도 헤아리지 못할 만큼?"

거짓말처럼 순식간에 다시 예민해진다. 잠시 잊고 있었지만 샘과의 대화는 늘 이런 식이다. 샘과 있으면 한없이 평화롭다가도 순식간에 경계 태세에 돌입한다. 권투 선수처럼 계속 주위를 빙빙 돌면서 다음 잽을 날릴 기회를 노린다.

"설마, 그런 거 아니야. 미안해. 내가 바보 같은 소리를 했네. 하긴, 네가 그런 짓을 할 리 없지." 샘이 잠시 말을 멈추고 무언가를 따져보는 듯한 표정을 짓는다. "아무튼 이렇게 만나니까 좋네. 요즘 어때? 잘 지내?"

그렇게 말하며 샘이 또 내 팔에 손을 올린다.

"응, 잘 지내."

샘의 손을 피하려고 뒤로 물러서다 와인이 넘쳐 손목으로 흐른다. 왜 샘 앞에서 흐트러진 모습을 보이느냐는 폴리의 잔소리가 귓전을 맴돈다. 와인잔을 다른 손으로 옮겨 잡고, 옷까지 흘러내리지 않도록 손목에 묻은 와인을 핥아 없애려고 혀를 내민다. 그러자 샘의 시선이 내 혀에 머문다. 얼른 혀를 집어넣고 차갑고 끈적한 와인이 아직 묻어 있는 손을 내린다. 샘이 한 걸음 다가와 무언가를 말하려는데, 강당 한쪽에서 소동이 벌어진다. 피트가 지긋지긋하다는 듯 허공에 손을 휘두르자, 소피는 마치 폭력이라도 당한 사람처럼 과장되게 몸을 움츠린다. 피트는 강당 밖으로 성큼성큼 걸어나가고, 소피는 분노와 수치심이 역력히 드러나는 표정으로 피트의 등을 노려본다.

"소피한테 가 봐야겠어."

또 이성을 잃고 휩쓸리기 전에 어서 이 대화를 끝내고 싶다.

놀란 눈의 샘도 약간 상처받은 표정을 짓는다.

"밀린 이야기나 하려고 했는데 아쉽네. 당신은 데이지나 캐서린 이야기 듣고 싶지 않겠지만…. 참, 헨리는 학교에서 잘 지내? 나한테는 통 말을 안 해서."

"잘 지내. 그렇게 걱정되면 담임 선생님이랑 약속 잡고 찾아가 봐. 또 보자."

도망치듯 자리를 떠 화장실로 가서 혼자 있을 수 있는 칸막이 안으로 들어가 문에 기대선다. 심장이 튀어나올 것 같고, 금방이라도 쓰러질 것처럼 다리에 힘이 풀려 두 팔로 벽을 짚는다. 샘의 손이 내 팔에 닿을 때의 그 열기와 내 혀에 고정된 샘의 시선이 아직도 생생히 느껴진다.

조금 전까지만 해도 평온했던 마음이 흔적도 없이 사라진다. 겨우 숨을 고르고 강당으로 돌아가니 샘이 소피의 팔에 손을 올린 채 대화에 열중하고 있다. 뱃속이 뒤틀린다. 학창 시절에도 나는 늘 농담 섞인 희롱을 주고받는 두 사람의 우정이 늘 거슬렸었다. 겉으로 티가 나지 않도록 조심하고는 있지만 내 마음속에는 언제나 둘 사이를 의심하는 추한 질투심이 끓어오른다. 소피의 팔에 겹쳐진 샘의 손이 몹시 신경 쓰인다. 대화를 나눌 사람을 찾아 주변을 둘러본다. 아직 10시밖에 되지 않았다. 벌써 패배를 인정하고 떠날 수는 없다.

어렴풋이 낯이 익은 여자 두 명과 활발하게 수다를 떨고 있는 에스더와 브렛에게 다가간다. 브렛은 내내 한 손으로는 에스더의 손을 잡고 다른 손은 에스더의 어깨에 두른 채 그녀의 곁에서 떨어지지 않는다. 에스더가 보기보다 많이 긴장한 모양이다.

나는 한 시간쯤 더 두 사람과 함께 시간을 보낸다. 눈이 마주치면 고개를 끄덕이며 미소를 짓고, 에스더와 브렛이 웃으면 같이 웃되 대화에는 거의 끼지 않는다. 제일 먼저 집에 가면 패배를 인정하는 것처럼 보일 터이다. 다행히 아이를 맡기고 왔다거나 내일 일찍 출근해야 한다는 이유로 사람들이 하나둘씩 일어나기 시작한다. 나도 에스더와 브렛에게 핑계를 대고 일어선다. 따로 작별 인사를 하고 싶은 사람도 없고, 샘과 또 마주치기 싫어 얼른 외투를 챙겨 몰래 강당을 빠져나온다. 강당을 나와서는 이름표를 입구의 탁자에 두고 주차장으로 향한다.

그리고 계획한 대로 콜택시 기사에게 최대한 빨리 와달라고 부탁하고는 담장에 걸터앉아 기다린다. 담배를 피우려는 사람들이 두세 명씩 무리지어 문을 열고 나올 때마다 강당의 음악 소리가 울려 퍼진다. 다들 교내에서 담배를 피우니 반항아가 된 것 같다는 뻔한 농담을 하며 키득거린다. 나는 어둠 속에 숨어 하얀 입김이 피어오르는 걸 보며 외투의 옷깃을 바짝 여민다.

"또 보네요."

갑자기 어둠 속에서 목소리가 튀어나온다.

"세상에, 놀랐잖아요!"

가슴을 움켜잡으며 벌떡 일어선다.

"미안해요." 피트다. "놀라게 할 생각은 없었어요. 갔을까 봐 걱정했는데 다행이네요."

"대체 왜 여기 숨어 있는 거예요?"

"더는 저 안에 못 있겠더라고요. 소피 안중에 난 이미 없고 온통 모르는 사람들뿐이라서요. 당신을 끌고 나올 수는 없어서 그냥 여기서 기다렸어요."

"얼마나요?"

"모르겠어요. 한 시간쯤?"

"그런데 왜 나를 기다렸어요? 나한테 할 말 있어요?"

"소피가 민박집을 예약했는데 갈 수 없게 돼서요."

"민박집요? 세 번째 데이트에요?"

"나도 알아요. 좀 이르다는 거…." 조금 부끄러운 눈치다. "어쨌든 나 좀 런던까지 태워줄 수 없을까요?"

"태워주라고요? 술을 그렇게 마셨는데 운전을 어떻게 해요. 차는 여기에 두고 호텔에서 묵을 거예요. 곧 택시가 올 거고요."

"아, 이런." 피트가 절망적인 표정을 짓는다. "그럼 어떻게 하죠? 노퍽에서 런던에 가는 기차, 10시에 끊기거든요. 벌써 출발했을 거예요."

피식 웃음이 새어 나온다.

"괜한 규칙을 세워서 고생하시네요. 내가 묵을 호텔에 가보는 건 어때요? 나도 오늘 예약했으니까 빈방이 있을 거예요. 차는 어디 있어요? 소피 차로 왔어요?"

"아뇨, 내 차로 왔어요. 소피는 차 없어요. 내 차도 저기에 세워 뒀어요."

피트가 학교 진입로 입구를 가리킨다.

"민박집에 들렀다가 몰고 왔어요. 아침에 와서 찾아갈 생각으로요."

"그럼 내일 같이 차 찾으러 오면 되겠네요."

그 말에 피트는 가만히 고개를 끄덕였다. 호텔로 가는 택시 안에서 우리는 말없이 생각에 잠겼다. 호텔에 도착해 내가 투숙 수속을 마치자, 피트가 방이 있는지 묻는다.

"죄송하지만 없습니다." 데스크의 젊은 여자가 무심하게 답한다.

"네? 하나도 없어요? 혹시… 청소가 아직 안 끝난 방 같은 것도 없나요? 비상사태에 대비해 따로 빼 둔 방이라든가."

"비상사태요?"

여자가 되묻는다. 마치 피트가 자신에게 변태적인 성행위를 제안하기라도 한 듯 기가 막힌 표정을 짓는다.

"어떤 비상사태요?" 내가 여자를 대신하여 피트에게 묻는다.

"아, 저야 모르죠."

피트가 애원하는 눈빛으로 나를 본다.

"이제 어쩌죠?"

다시 택시를 불러 타고 다니면서 방이 있을지 없을지도 모르는 근처의 호텔들을 하나씩 뒤지는 건 무리다. 해결책은 하나뿐이라는 걸 그도 알고 나도 안다. 그러나 피트는 차마 그 해결책을 입에 올리지 못한다. 내가 먼저 제안해주길 은근히 기대하고 있을 것이다. 그를 공원 벤치에서 재울 수는 없어, 데스크의 여자에게 내가 다시 묻는다.

"혹시 침대가 분리되나요? 1인용 침대 두 개로 나눌 수 있나해서요."

"아뇨."

여자가 호기심 어린 표정으로 나와 피트를 번갈아 본다.

"내가 바닥에서 잘게요." 피트가 재빨리 말한다. "아, 덕분에 살았네요. 정말 고마워요."

방에 들어가서는 둘 다 최대한 예의를 지키며 순서를 정해 씻는다. 괜찮은 잠옷을 가져오길 다행이다. 피트는 외투 말고는 아무것도 벗지 않는다.

"저기요. 굳이 바닥에서 잘 필요 없어요." 욕실에서 나온 피트에게 내가 말한다. "옆으로 돌아눕기만 해줘요. 그래도 괜찮죠?"

"그럼요. 나야 상관없어요. 그쪽만 괜찮으면요."

피트가 이불 속으로 들어가 가장자리에 바싹 붙어 눕는다. 나도 침대에 올라가 옆으로 누워 침대 등을 끈다.

"그럼 잘 자요." 경직된 목소리로 내가 먼저 말한다.

"잘 자요. 그리고 다시 한번 정말 고마워요."

내가 곧바로 잠든 척하자, 피트도 곧 숨소리가 고르고 느리게 바뀐다. 나처럼 잠든 척하고 있거나 정말 잠이 들었을 것이다. 흐릿하게 보이는 불쑥 솟은 그의 등을 응시한다. 아까는 피트를 재워주는 게 인간적 도리라고 생각했다. 여자를 고르는 취향이 조금 미심쩍기는 하지만 피트 정도면 예의가 바른 괜찮은 남자라고 생각했다. 그러나 어둠 속에 있으니 두려움이 엄습한다. 이 남자는 대체 누굴까? 불안한 마음에 삼십 분 단위로 졸다 깨기를 반복하다 새벽 네 시가 되어서야 깊은 잠에 빠진다.

다음날 아침, 텔레비전에서 흘러나오는 뉴스 소리에 천천히 잠에서 깨 몸을 뒤집는다. 커튼 사이로 들어온 햇빛이 방을 비춘다. 침대에는 나밖에 없었고, 욕실 문은 열려 있다.

"피트?"

답이 없다. 게슴츠레한 눈으로 주위를 둘러본다. 피트의 신발과 외투가 없다.

휴대전화로 시간을 확인하는 사이, 텔레비전에서 흘러나오는 아나운서의 목소리가 이른 아침의 흐릿한 정신을 꿰뚫고 서서히 뇌에 각인된다.

"오늘 아침, 개를 산책시키던 주민의 신고로 노픽의 샨 베이 고등학교 뒤편 숲속에서 여성의 시신이 발견됐습니다. 경찰은 신원을 밝히지 않았지만, 사망한 여성은 지난밤 해당 학교에서 열린 동창회에 참석했던 것으로 알려졌습니다. 사소한 내용이더라도 제보할 정보가 있으신 분은 속히 경찰에 연락해주시기 바랍니다."

21장
1989년

샘과 헤어지고 나서 나는 강당으로 돌아갔다. 바깥이 어두워지면서 전형적인 디스코텍의 분위기로 바뀌어 있었다. 강당 안은 후끈했다. 뚱뚱한 남자애가 댄스홀에서 나를 스치고 지나갔다. 남자애의 축축한 피부가 팔에 닿는 게 느껴졌고, 방금 흘린 땀과 싸구려 애프터셰이브 스킨로션이 뒤섞인 냄새가 코끝을 찔렀다.

소피는 맷의 얼굴에 시선을 고정한 채 어깨 너머로 머리를 넘기며 맷에게 뭔가를 말하고 있었다. 음악 소리가 커서 두 사람 사이의 간격이 점점 좁아졌다. 맷이 뜨겁게 달아오르는 게 강당 반대편에 서 있는 내 눈에도 훤히 보였다. 소피가 맷의 목 옆을 부드럽게 잡아끌어 귓속말을 하자, 맷이 소피에게 입을 맞추려고 몸을 숙였다. 그러나 소피는 키득거리며 뒤로 물러나 장난스럽게 맷을 밀쳤다. 그러고는 춤을 추며 맷의 곁을 떠나 클레어와 조앤에게 갔다. 가는 길에 소피가 어깨 너머로 맷을 보고 수줍은 듯 웃었지만, 맷은 웃지 않았다.

마리아와 에스더는 강당 맨 끝자리에 앉아 수다를 떨고 있었다. 가끔씩 서로의 귀에 대고 무언가를 소리쳤지만 못 알아듣는 눈치였다. 주위를 둘러봐도 팀은 보이지 않았다. 마리아가 주변을 휙 둘러보더니 드레스에서 보드카 미니어처 병을 꺼내 콜라가 든 잔에 가득 부었다. 다행이었다. 취하면 음료에 다른 것이 들어가도 맛을 잘 못 느낄 것이다.

에스더가 근처에 있는 문을 가리키자 마리아가 고개를 저었다. 에스더가 일어나는 걸 보니 화장실에 가려는 모양이었다. 마리아가 음료를 한 모금 마시고 오른쪽에 있는 빈 의자에 잔을 내려놓았다. 붐비는 곳에서 갑자기 혼자 남으면 누구나 그렇겠지만, 마리아도 뻘쭘해 보였다. 하지만 나에게는 다시 없을 좋은 기회였다.

나는 마리아에게서 눈을 떼지 않은 채 아이들 사이를 누비며 강당을 가로질렀다. 에스더는 강당 맨 끝과 가까운 화장실에 갔고, 시간이 많지 않았다. 나는 등을 반쯤 돌리고 앉아 댄스홀을 구경하고 있는 마리아에게 다가갔다. 내가 그녀의 옆에 있는 빈 의자에 앉자, 마리아는 화장실에서 돌아온 에스더인 줄 알고 미소를 지으며 고개를 돌렸다. 하지만 내 얼굴을 확인하고는 금세 얼어붙은 표정이 되었다.

"원하는 게 뭐야?"

목에 걸린 하트 모양의 펜던트를 잡아 꼬며 마리아가 물었다. 배배 꼬인 줄이 마리아의 손가락 살을 파고들었다.

나는 빠르게 머리를 굴렸다. 어떤 핑계를 대는 게 제일 좋을까?

"다시… 사과하고 싶어서."

"사과? 진심이야? 사과하기에는 좀 늦은 거 같지 않니?"

마리아가 쓸쓸하게 웃었다.

"알아. 미안해."

"제발 미안하다는 말 좀 그만해! 두 달 동안 학교에서 나 무시할 때도 미안했니? 그걸… 내 가방에 넣었을 때도 미안했어?"

"그건 내가 그런 게 아니지만, 그래도 정말 미안해…." 나는 마리아의 화를 돋우려고 일부러 말끝을 흐렸다.

"됐고 꺼져. 나 좀 내버려두라고, 루이즈." 마리아가 일어섰다. "꼴도 보기 싫으니까 다시는 내 앞에 나타나지 마."

마리아는 강당을 성큼성큼 가로질러 갔다. 그러나 에스더가 아직 돌아오지 않아 딱히 갈 데가 없었는지 아이들로 가득 찬 댄스홀 가장자리에서 머뭇거렸다.

아드레날린이 솟구치고 수백 개의 바늘이 몸에 꽂힌 듯 피부가 따끔거렸다. 은근한 기대감과 두려움이 가슴을 짓눌러 숨이 쉬어지질 않았다. 나는 브라 안으로 손을 밀어 넣어 얼른 봉지를 뺐다. 한 무리의 남자애들이 내 앞에서 서로를 떠밀며 거친 장난을 쳤다. 그러다 그중 한 명이 실수로 내 발을 밟았다. 잘생기지는 않지만 재미있어서 인기가 많은 조니 메이저스였다. 조니가 내 발을 내려다보며 미안하다는 제스처를 했다. 나는 비닐봉지를 손 안에 감추며 '괜찮아'라고 소리 없이 입 모양으로 말했다. 그러자 조니가 나에게 미소를 지었다. 5년 동안 같은 학교에 다니면서 나에게 눈길조차 주지 않던 아이가 내 몸의 굴곡과 붉게 물든 내 볼을 찬찬히 뜯어보았다. 내게서 전에 보지 못한 매력적이고 위험한 면을 보았기 때문일 것이다. 아주 잠깐이었지만 조니가 내 옆에 앉으려 하는 게 느껴졌다. 순간 설레는 표정으로 조니와 웃고 떠드는 내 모습이 그려졌다. 조니가 나에게 입을 맞추면 나는 정신이 혼미해져 위험한 물질이 담긴 이 작은 비닐봉지를 의자 뒤로 떨어뜨릴 것이다. 그리고 나중에 경비원이 그 봉지를 발견할 것이다.

조니의 웃는 얼굴에서 눈을 떼 돌아보니 강당 반대편에서 눈살을 찌푸리며 손을 휘두르는 소피가 보였다. 다시 고개를 돌려 바닥을 보니 조니의 운동화가 점점 멀어지고 있었다. 나는 주먹 쥔 손을 펴고 비닐봉지에 담긴 파란색 가루를 뚫어지게 바라보았다. 샘의 집에서 소피가 준 엑스터시를 복용했을 때의 느낌을 떠올렸다. 한없이 즐겁고 날아갈 듯한 기분이었다. 마리아도 그런 기분을 느끼게 해주는 게 그렇게 나쁜 일인가? 당연히 나쁘다고 외치는 내면의 목소리를 있는 힘껏 억눌렀다. 마리아의 기분을 좋게 해주려는 것이 아니라, 마리아가 약에 취해 멍청한 짓을 하게 만드는 것이 우리의 목적임을 알지만, 나는 그 사실을 애써 외면했다. 우리의 목적은 대담한 아이들로 학교 역사에 이름을 남기는 것이었다. 훔친 속옷을 깃대에 꽂아 깃발을 만드는, 그런 유치한 장난으로는 부족했다. 우리는 마리아가 이유도 모른 채 한없이 자유분방해지고, 쾌락과 욕정으로 충만해지는 모습을 두려움과 호기심 어린 눈빛으로 지켜보고 싶었다. 우리가 하려는 짓이 어떤 결과를 낳을지 몹시 궁금했고, 그 호기심은 우리의 양심을 앞서는 것이었다.

다시 고개를 돌리니 소피가 여전히 나를 노려보고 있었다. 표정만 봐도 소피가 어떤 말을 하고 싶어 하는지 알 수 있었다. 나는 나락으로 떨어지기 직전, 절벽 끝에 아슬아슬하게 매달린 기분으로 초조하게 비닐봉지를 열었다. 봉지의 내용물을 마리아의 콜라 잔에 쏟은 뒤 가루가 빨리 녹길 바라며 빨대를 미친 듯

이 휘저었다. 주변을 재빨리 둘러봤지만 나를 눈여겨보는 사람은 없었다. 누가 봤더라도 내 음료를 저었을 뿐이라고 둘러대면 그만이었다. 두 손이 미세하게 떨렸지만 자세히 보지 않으면 눈치채지 못할 정도였다. 잔 속을 들여다보니, 가루는 흔적도 없이 사라지고 이전과 똑같은 상태가 돼 있었다.

순간 아직 나락으로 떨어지지 않았다는 생각이 들었다. 이대로 음료수 잔을 화장실로 가져가 쏟아버리면 떨어지지 않을 수 있다. 그러나 잔을 잡으려고 머뭇거리며 손을 뺀다 고개를 돌리니, 엄지손가락 두 개를 하늘 높이 쳐들고 행복에 겨운 듯 활짝 웃고 있는 소피가 보였다. 결국 마음을 바꿀 기회를 놓친 나는 떨리는 다리를 가까스로 움직여 여전히 한편에서 어색하게 서 있는 마리아 쪽으로 걸어갔다.

"자리를 피해야 할 사람은 네가 아니라 나 같은데." 나는 요란하게 쿵쿵거리는 심장을 달래며, 마리아가 약을 탄 음료가 있는 자리로 다시 가도록 유도했다. "내가 갈 테니까 넌 아까 거기 있어도 돼."

그러자 마리아가 의아한 눈빛으로 나를 바라보았다.

나는 다시 말했다. "어서 가. 에스더가 돌아오면 너 찾을 거 아니야? 내가 저쪽으로 갈게."

나는 소피가 나를 보고 있는 강당 저편을 손으로 가리켰다.

"다시는 귀찮게 하지 않을게. 약속해."

마리아는 나를 다시 노려보고는 제자리로 성큼성큼 돌아갔다. 소피에게 향하며 뒤를 돌아보니, 초조한 얼굴로 하트 모양 펜던트를 잡아 배배 꼬고 있는 마리아가 보였다.

사건이 일어나고 반나절도 채 지나지 않은 지금, 마리아가 빨대를 물고 있던 모습이 문득 떠오른다. 내가 본 마리아의 마지막 모습이었다. 음료에 가루를 섞은 나는 소피에게 그 사실을 알렸고, 소피는 신이 나서 나를 잔뜩 치켜세웠다. 나는 이미 취해 약이 필요 없었지만, 소피의 설득에 넘어가 소피와 함께 엑스터시를 한 알씩 더 먹었다. 약효가 돌기 시작하자 소피는 나를 댄스홀로 끌고 갔고, 나는 남의 시선을 전혀 의식하지 않고 음악에 몸을 내맡겼다. 댄스홀은 우리처럼 몰래 들여온 술을 마시고 취한 아이들로 발 디딜 틈이 없었다. 정신없이 춤을 추다 보니 샘과 맷은 물론이고 소피까지 어디론가 가고 없었고, 평소에는 나를 거들떠보지도 않던 남자애들이 낯선 눈빛으로 나를 주시했다. 나는 예전의 나를 잊고 새로운 나로 다시 태어난 기분이었다.

잠시 후 소피가 나타나 물을 마시자며 카운터로 나를 데려갔다.

"어디 있었어?" 내가 물었다.

"그냥 여기저기."

소피가 은밀한 미소를 지으며 말했다. 소피의 미소를 보고 있자니 뱃속이 뒤틀렸다. 이제까지 샘과 함께 있었나? 샘과 머리를 맞댄 채 샘의 손길을 거부한 나를 비웃었을까?

"그런데 마리아는 어디 갔지?" 내가 물었다. "지금쯤 반응을 보여야 하는데."

그러고 보니 제일 중요한 문제를 잠시 잊고 있었다.

소피가 또 의미심장한 미소를 지었다.

"뭐가 그렇게 웃겨?" 내가 물었다. "마리아가 정신 나간 모습을 보고 싶은 거 아니었어? 그게 목적이었잖아."

소피가 어깨를 으쓱하며 주위를 둘러보았지만, 마리아는 어디에도 없었다. 그때 에스더가 강당을 가로질러 소피와 나에게 다가왔다.

"루이즈, 마리아 봤어?"

"아니, 못 본 지 좀 됐는데. 왜?"

불길한 예감이 들었지만, 나는 애써 침착하게 대꾸했다.

"아까 너랑 무슨 얘기를 하던데. 무슨 말 했어?"

"네가 상관할 바가 아닌 거 같은데." 나는 마리아가 에스더에게 무슨 말을 했을지 몰라 불안했다.

"어디 다른 데로 갔나? 몸이 안 좋다고 화장실에 갔는데 아무리 찾아도 없어."

"아마 어딘가에서 누구랑 얘기하고 있겠지."

"누구랑?" 에스더가 가소롭다는 듯 코웃음을 치며 말했다. "너와 네 사랑스러운 친구들이 그 누구도 마리아와 놀지 못하게 만들어놨잖아. 아무튼 마리아가 지금 같이 있을 만한 사람은 오빠뿐인데, 오빠도 안 보여."

약에 취해 댄스홀에서 망가지는 마리아의 모습을 볼 수 없다고 생각하자, 실망감이 뒤섞인 안도감이 밀려왔다.

"그럼 오빠랑 집에 갔겠지. 몸이 안 좋다고 했다며."

"갈 거였으면 미리 나한테 말했을 거야. 나 혼자 두고 갔을 리가 없다고."

"정말 그럴까? 네가 그렇게 마리아를 잘 알아?"

에스더는 내 말에 기분이 상한 것 같았다.

"됐어, 관둬. 보아 하니 신경 쓰기도 싫고 도울 생각도 없는 모양이니까. 나는 엄마한테 데리러 오라고 전화할 테니까, 혹시 마리아 보면 나 집에 갔다고 말 좀 해 줘."

나는 입꼬리를 한껏 위로 올리며 어깨를 으쓱했다.

그 뒤로 한동안은 춤과 웃음이 뒤섞인 흐릿한 기억뿐이다. 그러다 어느새 자정이 되었다. 신데렐라의 마차가 호박으로 변하듯 음악이 멈추고 눈을 찌를 듯 환한 불빛이 켜졌고, 댄스홀은 다시 평소의 학교 강당으로 되돌아갔다.

그리고 그 이후에도 기억이 흐릿하다. 마리아의 엄마 브리짓이 마리아를 데리러 왔지만, 딸이 보이지 않아 당황하기 시작했다. 브리짓이 선생님의 안내를 받아 에스더의 집에 전화하려고 교무실로 가려던 때, 우리 아빠의 차가 도착했다. 젠킨스 선생님이 에스더 말고도 전화해볼 만한 다른 친구가 없는지 브리짓에게 묻는 소리가 들렸다. 브리짓은 분노와 수치심이 역력히 드러난 표정으로 나를 돌아보고는, 고개를 저으며 아무도 없다고 답했다. 브리짓의 눈빛에 소름이 끼쳤다. 이윽고 경찰, 실종자, 24시간 내에 찾아야 한다는 말도 드문드문 들렸다.

거짓말처럼 억수 같은 여름비가 곧 쏟아졌다. 빗방울이 차 앞유리창을 요란하게 때렸고, 아빠는 나에게 무슨 일이 있었는지 물었다. 나는 술과 약에 전혀 취하지 않은 척하며 정상적인 대화를 이어 나갔다.

그 뒤로 기억나는 건 허공뿐이다. 나는 밤새 침실 바닥에 앉

아 허공을 응시했다. 허공에서 상상 속 장면이 펼쳐졌다. 마리아
가 미친 듯이 춤추며 아이들을 마구 껴안는다. 그 모습을 나와
소피가 킥킥거리며 보고 있다. 다음 날 아침 마리아가 영문도
모르고 찜찜한 기분으로 잠에서 깬다.

　그러나 마리아는 곧 허공에서 사라졌다. 경멸에 찬 웃음소리
와 금색 하트 펜던트가 달린 목걸이의 잔상만 남기고 마리아는
한 줄기 연기처럼 깜깜한 밤공기 속으로 사라졌다.

22장

　그날 밤은 모든 것의 끝이자 시작이었다. 그 순간에는 깨닫지 못하더라도, 사실 무언가의 끝은 언제나 다른 무언가의 시작이다.

　그녀는 그날 밤을 어떻게 기억하고 있을까? 저녁까지 이어진 한낮의 열기, 이후 줄기차게 내린 비, 발밑으로 느껴지던 단단한 땅이 기억난다. 충격으로 한순간 영혼이 몸 밖으로 빠져나와 멍해졌던 순간이 떠오른다.

　가끔 그녀는 자신의 진짜 모습이 무엇인지 궁금하다. 그녀가 아는 건, 원래의 그녀는 그날 밤 죽고 전혀 다른 그녀가 빈자리를 채웠다는 것뿐이다. 그날 이후, 그녀는 손톱이 빠지도록 암벽에 매달려 발 디딜 곳을 찾아 허우적댔다. 물속에서 숨을 쉬려고 발버둥치듯.

　그날 이후 예전의 그녀 모습을 아는 사람은 극히 드물다. 그래서 다행이다. 그녀는 사람들을 만날 때 제 진짜 모습이 드러날 것 같은 질문이 나오면 화제를 바꾼다. 사람들 앞에서 자신도 평범한 사람인 척 연기하지만, 그럴 때마다 그녀는 죄책감과 거짓말이 바퀴벌레처럼 피부 속을 기어다니는 느낌을 받는다.

　사람들은 무언가를 두고 떠날 때 그걸로 끝이라고 생각한다. 그것이 사라졌다고 생각한다. 그러나 본인 자신은 두고 떠날 수 없다. 자기 자신은 죽을 때까지 자기를 따라다니기 때문이다.

　그녀는 오랫동안 과거를 외면하며 살았다. 그러나 요즘 들어 잊고 있던 과거를 평생 외면할 수는 없으리라는 생각이 들기 시작한다. 과거는 종양이나 기생충처럼 여전히 그녀 안에 살아 있다. 이제는 어쩌면 숨겨 온 과거를 끄집어내 진실을 밝혀야 할 때가 되었는지도 모른다. 과거를 직시할 때가 온 것이다.

그녀가 앞으로 나아가려면 반드시 과거를 거슬러 올라가야 한다.

23장
2016년

호텔 방 침대에 앉아 텁텁한 우유가 들어간 첫내 나는 차를 홀짝이며 텔레비전을 뚫어져라 바라본다. 기자들도 아는 게 별로 없는 듯, 실속 없는 뉴스 멘트만 계속 이어진다. 경찰이 목격자의 취재를 막아, 기자들이 목격자 대신 다른 주민들을 인터뷰했다. 하지만 그 역시 같은 내용이 반복될 뿐이다. 이 동네에서 이런 일이 생긴 건 처음이라고 한다.

현재 상황을 조금이라도 더 잘 파악하기 위해 머리를 굴린다. 죽은 여자가 누구인지 먼저 알아야 한다. 제발 이름 모를 동창이길 빈다. 경찰은 분명 동창회에 참석한 사람들을 모두 조사할 것이다. 나는 경찰에 먼저 연락해 피해자가 누군지 알아보기로 하고, 휴대전화를 들어 뉴스에 나온 제보용 전화번호를 누른다.

그러나 전화로는 피해자가 누군지 알려주지 않는다. 담당자는 그 대신 동창회 참석자들을 모두 조사해야 한다며 학교 강당 임시 수사본부로 지금 바로 와줄 수 있는지 물었다.

서둘러 샤워하고 옷을 입는다. 시신이 제발 모르는 사람이길 바라는 마음이 계속 부풀어 올라 이내 곧 터질 것만 같았다.

택시를 타고 가면서 폴리에게 헨리의 안부를 묻는 문자를 보낸다. 그러자 곧 '괜찮아'라고만 답이 온다. 이모티콘 하나 없는 문자가 폴리답지 않지만 아침 준비로 바쁘겠거니 하고 넘긴다.

학교에 가까워지니 경찰차와 지역 방송국의 커다란 중계차가 보인다. 이른 일요일 아침이고, 차디찬 바닷바람이 부는데도 어느새 구경꾼들이 잔뜩 모여 있었다.

"어디쯤 내려드릴까요?" 택시 기사가 묻는다. "경찰이 길을 막아 학교까지는 못 갈 것 같네요. 뉴스 보셨어요?"

나머지는 걸어가겠다고 말한 뒤 택시비를 주고 내린다. 역시 바람이 차다. 도시에서 입고 온 외투는 샨 베이 해안가의 사나운 바닷바람을 막는 데 전혀 도움이 되지 않는다. 길을 건너니 경찰이 다가온다.

"어떻게 오셨나요?"

간밤에 동창회에 참석한 사람이고, 여기로 오라는 부탁을 받았다고 설명한다. 경찰이 심각한 표정으로 잠시 기다리라고 하고는 휴대용 무전기에 대고 뭐라고 중얼거린다. 귀를 쫑긋 세우지만, 거리가 멀어 무슨 말을 하는지는 모르겠다. 방금 전 텔레비전에서 본 여자 기자가 보인다. 곧 생중계를 할 예정인지, 바람에 휘날리는 머리카락을 어렵사리 정돈하고 있다. 그때 경찰이 돌아왔다.

"강당으로 오시랍니다. 가셔서 레이놀즈 경위님을 찾으시면 됩니다."

학교 진입로를 따라 간밤에 간 길을 되짚어 간다. 외투의 옷깃에 머리를 파묻고 호흡을 진정하려 애쓴다. 세찬 바람을 피해 실내로 들어가니 마음이 놓인다. 맑은 정신으로 보니 강당이 어젯밤과는 다르게 보인다. 간밤의 디스코텍 장비와 쓰레기, 현수막은 이미 모두 사라지고 없었다. 젠킨스 선생님이 수염이 거뭇하게 자란 창백한 얼굴로 탁자에 앉아 있다가, 여자 경찰이 건네는 차를 고마워하며 받는다. 문득 누가 동창회를 주최했는지 아직 모른다는 사실이 떠올랐다. 아마도 학교 측의 허락을 받아 페이스북 페이지를 만들고, 어젯밤에 쓰레기를 치우고 바닥을 쓴 사람이 분명 있을 것이다. 나는 젠킨스 선생님에게 다가간다.

"젠킨스 선생님?"

"네?"

선생님이 고개를 든다. 피로와 근심이 쌓여 눈 밑이 어둡다.

"안녕하세요. 저 루이즈 윌리엄스예요."

"아, 왔구나. 어젯밤에… 왔었지?"

자신 없는 말투다. 그는 아직도 내가 동창회에 참석한 것조차 기억하지 못하는 눈치다. 나는 아주 우수한 학생도, 특별히 버릇없는 학생도 아니었다. 얌전히 수업에 집중했고, 나쁘지 않은 성적을 유지했다. 말 그대로 눈에 띄지 않는 학생이었다.

"뜬금없는 질문인 거 알지만… 혹시 동창회를 누가 주최했는지 아세요? 학교에서 주최한 건가요?"

"아니." 젠킨스 선생님이 답한다. "전화가 왔었어. 이 학교 졸업생이라고 하더니 강당을 빌려도 되는지 물었어. 주류 판매 허가를 받고, 강당을 꾸밀 사람을 고용하고, 강당을 청소하는 일까지 다 그 여자가 처리했어. 그 여자는 참석자들을 맞이할 교직원 한 명만 섭외해 달라고 부탁했어. 괜찮은 생각 같아서 내가 나섰고."

"직접 만나셨어요? 주최한 여자요."

담담한 목소리를 유지하려 애쓰며 내가 묻는다.

"아니, 이메일만 주고받았어."

"그 여자… 이름이 뭐예요?"

힘겹게 입 밖으로 뱉어낸다.

경찰의 눈치를 살피던 젠킨스 선생님이 주위를 둘러보았다.

"아마… 말해도 되겠지." 선생님이 머뭇거리며 말한다. "나오미 스트로이야."

"아, '스트로Straw'요? '건초'를 뜻하는?"

"아니, 'e'가 붙어. S-t-r-a-w-e."

처음 듣는 이름이다. 심장 박동이 조금 느려진다.

"우리 학년이었대요?"

"그렇다고 했어. 너희 학년에 나오미라고 있지 않았나? 스트로이는 남편 성일 수도 있고. 솔직히 말하면 1989년 졸업생 중에 나오미가 있는지 확인해보지도 않았어." 선생님이 걱정스러운 표정을 지으며 말한다. "나는 당연히 같은 학년일 거라고 생각했어. 동창도 아닌데 동창회를 열겠다는 사람은 없잖아. 안 그래?"

"그래서 나오미라는 사람이 어제 왔었나요?"

"아니. 그게 사실 이상해. 참석자들의 이름표랑 자기 이름표를 다 만들어 보냈는데 안 왔어."

안 온 사람은 비단 그녀뿐만이 아니다. 팀 웨스턴의 이름표도 탁자 위에 남아 있었을 것이다. 선생님에게 더 묻고 싶은 것이 많았지만, 짙은 색 바지 정장 차림에 키와 몸집이 큰 여자가 오는 바람에 말이 끊긴다.

"루이즈 윌리엄스 씨?"

그렇다고 하자, 여자가 레이놀즈 경위라고 소개를 하고는 노트북이 있는 책상으로 나를 안내한다.

"와 주셔서 감사합니다. 윌리엄스 씨."

"루이즈라고 부르세요." 내가 기계적으로 말한다.

"네, 루이즈. …웰스 순경 말로는 어젯밤 학교 동창회에 참석하셨다고 하던데 맞나요?"

"네, 맞아요."

꿈을 꾸는 것 같다. 허공에 둥둥 떠 있는 기분이다. 도대체 무슨 일이 일어난 걸까? 나는 어쩌다 여기까지 오게 됐을까?

"무슨 일이 있었는지는 들으셨죠?"

"네, 뉴스로 봤어요."

"아시다시피 숲에서 여성의 시신이 발견됐습니다. 시신 옆에 피해자의 가방이 떨어져 있어서 잠정적으로 신원을 확인할 수 있었고요."

"그럼 누군지 말씀해 주실 수…."

제발, 제발 내가 모르는 사람이기를.

"말씀드리겠습니다."

그녀가 내 얼굴을 유심히 관찰하는 게 느껴진다.

"피해자의 이름은 소피 해니건입니다."

표정은 담담하게 유지하지만, 온몸의 피가 탄산수로 바뀐 듯 몸속이 부글부글 끓어오른다.

"아는 분이군요?"

내가 말없이 고개를 끄덕이자, 레이놀즈도 잠시 동안 말없이 앉아 있었다. 그녀는 아마 내가 충격을 받았을 거라고 생각하겠지만, 사실 나는 충격 받지 않았다. 그저 처음 뉴스를 보고 생긴 무지근한 위통이 심해졌을 뿐이다. 마치 누가 배 속을 움켜잡아 비트는 것 같았다. 어쩌면 오래전 그 사건이 일어났을 때부터, 나는 이런 순간을 예상했었는지 모르겠다.

"네, 알아요." 드디어 입을 연다. "지금은 아니지만 예전에는 친한 사이였어요. 졸업하고 내내 안 보다가 몇 주 전에 한 번 보게 되었었죠."

"무슨 일로요? 어디에서 보셨죠?"

레이놀즈의 눈에 호기심이 가득하다. 나는 재빨리 머리를 굴린다. 마리아의 친구 요청 건을 사실대로 말할 수는 없다. 그랬다가는 질문이 꼬리를 이을 것이고, 답하기 싫은 질문에 다다를 것이다. 누구도 내가 한 짓을 알아서는 안 된다.

"동창회가 열린다는 소식을 듣고 제가 연락했어요. 그전에 만나면 좋을 것 같아서요. 졸업한 뒤로 계속 연락하고 지내는 애들이 없어서 무작정 동창회에 가기가 좀 그랬거든요. 무슨 마음인지 아실지 모르겠지만. 그날 밤 소피랑 미리 만난 덕분에 동창회에서 덜 어색했어요."

"연락은 어떻게 하셨어요?"

"페이스북으로요."

"그날 밤 피해자의 상태가 어떻던가요?"

"나쁘지 않았어요. 동창회가 무척 기대되는 눈치였어요. 학교 다닐 때 보던 발랄한 모습과 거의 비슷했고요."

"동창회에서 특별히 보고 싶다고 하거나, 보기 싫은 사람이 있다고 하던가요?"

"특별히 누군가를 언급하지는 않았어요. 거리낌이나 두려움 같은 건 없어 보였어요. 소피는 학교 다닐 때도 그랬어요. 친구들에게 인기 있는 여자애였거든요. 무슨 뜻인지 아시죠?"

"으음."

애써 표정을 관리하지만 본인은 그런 부류에 속하지 않았고, 나도 역시 그런 부류가 아니라는 걸 아는 눈치다. 레이놀즈 경위가 학창 시절에 어떤 모습이었을지 상상해본다. 열여섯 살의 레이놀즈가 기름기 많은 긴 머리를 내려뜨리고, 키가 크고 뚱뚱한 몸을 이끌고 느릿느릿 교실로 들어간다. 자리에 앉으려다 발이 걸려 넘어지자 예쁜 여자애들이 키득거리며 웃는다. 레이놀즈는 모든 과목에서 우수한 성적을 받았을 것이다. 인기가 전부는 아니라고 스스로를 위로하며 버티다, 학교 역사상 최고의 성적으로 졸업했을 것이다. 그리고 대학에 가서 마음이 맞는 친구들을 만나 새로 태어났을 것이다.

"그렇군요. 다시 동창회 때로 돌아가죠. 마지막으로 소피를 본 게 언제인지 기억나세요?"

"아마 10시쯤이었을 거예요."

"그때 집에 가셨나요?"

"아뇨, 저는 11시쯤 일어났지만 10시 이후로는 소피를 보지 못했어요."

"피해자와 같이 보낸 시간이 길었나요?"

"길지는 않았어요. 잠시 수다를 떨고 서로 근황을 물은 게 다예요. 인사할 사람이 한둘이 아니었거든요."

"그때 피해자는 어때 보였나요?"

극심한 공포에 휩싸여 내 팔을 움켜잡았던 소피가 떠오른다. 소피는 겁에 질려 있었다.

"괜찮아 보였어요."

공포가 가라앉질 않는다. 하면 안 되는 말을 할지도 모른다는 두려움에 사로잡혀 점점 더 깊은 수렁에 빠져드는 기분이다.

"피해자가 특별히 오래 이야기한 사람이 있었나요?"

"클레어 반스와 샘 파커, 맷 루이스와 이야기하는 건 봤어요. 그 애들 말고도…," 소피가 야단스럽게 입을 맞추거나 웃으며 이야기한 사람들을 하나하나 떠올리고, 이름을 몇 개 더 댄다. 레이놀즈가 생각을 더듬는 나를 주의 깊게 살핀다.

"피해자가 동창회에 데려온 사람이 있나요?" 레이놀즈가 묻는다.

아주 잠깐 머뭇거렸는데도, 레이놀즈의 눈빛이 달라진다. 피트의 이름을 대려니 왠지 죄책감이 느껴진다.

"남자를 데려왔어요. 이름은 피트였고요."

"남자 친구였나요?" 공을 받기 직전의 개처럼, 레이놀즈의 귀가 쫑긋 선다. "그 남자의 성도 기억나세요?"

"아뇨. 남자 친구라고 할 정도는 아닌 것 같았어요. 두어 번 만난 사이라고 했거든요. 인터넷으로 만났다고 했어요."

"그런데 동창회에 데려왔다고요?"

레이놀즈가 의아한 표정을 짓는다.

"그래서 저도 물어봤어요. 그랬더니 다들 결혼해서 남편이나 아이들 자랑을 늘어놓을 텐데 혼자 오기 싫었다고 하더라고요."

순간 눈물이 차올라 목이 멘다. 불쌍한 소피. 어리석고 허영심 많은 소피. 나는 지금껏 나만 다른 사람들의 시선을 신경 쓰는 줄 알았고, 그러는 내가 스스로 부끄러웠다. 그러나 패션 쪽에서 일한다는 허세와 빌린 아파트, 피트의 일만 보더라도 소피는 나보다 더 다른 이들의 시선을 신경 썼다. 에스더 역시 남들에게 보여주기 좋은 남편을 제 옆에 꼭 붙어 있게 했고, 휴대전화에 저장된 아이들의 사진을 보여주느라 바빴다. 알고 보면 우리 모두 남의 시선을 무시하지 못한 것이다.

"천천히 말씀하셔도 됩니다." 날카로운 눈빛으로 나를 주시하며 레이놀즈가 말한다.

"동창회가 끝날 때쯤 둘이 싸우는 것 같았어요. 소피를 마지막으로 본 건 그러고 나서 얼마 지나지 않았을 때였어요."

"그 남자를 마지막으로 본 것도 그때였나요? 그 남자는 피해자를 두고 먼저 갔나요? 아니면 끝까지 있다가 없어진 피해자를 찾았나요?"

난데없이 나타난 장애물에 부딪친 기분이다. 손바닥에 땀이 차 축축했다. 그날 밤 피트와 함께 있었다고 말해야 한다. 하지만 그러면 나를 어떻게 생각할까? 피트는 소피의 남자 친구다. 호텔 방에서 아무 일도 없었다고 말한다면 누가 믿을까? 사실대로 말하면 질문이 꼬리를 이을 테고, 그러다 보면 마리아의 친구 요청 건까지 말해야 할지도 모른다. 레이놀즈는 조만간 소피의 페이스북 페이지를 뒤질 것이다. 물론 소피의 페이지에 있는 마리아의 메시지는 전혀 위험해 보이지 않는다. '여전히 예쁘네, 소피. 동창회에서 만나.' 의심을 살 만한 내용은 아니다.

그러나 소피가 살해된 날 밤 내가 소피의 남자 친구와 잤다는 것을 알게 된 순간, 레이놀즈는 나를 자세히 조사하고 싶어질 것이다. 그리고 내 페이스북 페이지를 뒤져 마리아의 메시지를 발견하고 질문을 할 것이다. 내가 답하고 싶지 않은 질문을 말이다.

내가 마리아에게 한 짓을 아는 사람이 더 늘어나게 해서는 안된다. 안 그래도 이미 졸업 파티 때 일어난 일을 아는 사람들이 있다. 맷과 샘뿐만이 아니다. 소피가 실수로 다른 누군가에게 그날의 일을 발설했을 수도 있다. 샘이 늘 강조했듯 그날의 일을 떠들고 다녀 굳이 위험을 자초할 필요는 없다. 나에게는 헨리가 있다. 헨리를 엄마 없는 아이로 만들 수는 없다. 헨리를 위해서라도 내가 마리아에게 한 짓을 무덤까지 가져가야 한다.

"모르겠어요." 극도의 공포로 온몸이 근질거린다. "그 뒤로는 보지 못해서요."

"정확히 어디에 사는지 들으셨어요?"

"아뇨. 이름만 들었어요. 런던에 산다고는 했어요."

"그렇군요." 레이놀즈가 몸을 뒤로 젖히며 말했다. "확인차 다시 묻겠습니다. 혹시 저희가 알아야 할 중요한 사항이 더 있나요?"

"아뇨, 없습니다."

"하나만 더 봐주시죠." 레이놀즈가 안주머니에서 갈색 봉투를 꺼낸다. "시신 옆에 있던 겁니다."

레이놀즈가 봉투 안에서 투명한 비닐봉지를 꺼낸다. 보자마자 나는 봉지 안의 물건이 뭔지 깨닫는다. 있는 힘을 다해 손의 긴장을 풀고 호흡을 고르게 유지한다.

"본 적이 있는 물건인가요?" 레이놀즈가 묻는다.

"아뇨."

너무 빠르지도, 너무 느리지도 않으면서 차분하게 답하려고 노력한다.

"피해자가 걸고 있던 게 아닌가요?"

"아뇨. 확실히 아니에요. 소피는 화려한 은색 장식이 달린 목걸이를 하고 있었어요."

레이놀즈가 비닐봉지를 다시 봉투에 넣는다. 봉지 안에는 작은 금색 하트 펜던트가 달린 얇은 목걸이가 들어 있었다. 오랜 시간이 흘렀지만 단박에 알아볼 수 있었다. 종종 내 꿈에 나오는 마리아 웨스턴의 목걸이였다. 마리아가 사라진 날 밤 그녀가 차고 있던 목걸이였다.

24장
2016년

벨을 누른 지 꽤 지나서야 폴리가 문을 연다. 얼마나 울었는지 얼굴이 엉망이다. 머리는 부스스하고 눈 밑에 다크서클이 잔뜩 내려와 있다.

"뭐야, 무슨 일 있어? 괜찮아?"

"괜찮아." 심드렁한 말투다. "들어와."

왠지 서운한 마음으로 폴리를 따라 복도를 걸어간다. 노퍽을 출발하기 전에 문자 메시지로 간략하게 그동안의 일을 알린 터라, 영웅의 귀환을 맞는 정도까지는 아니더라도 이보다는 더 극적인 반응을 기대했었다. 최소한 동정은 할 줄 알았다.

집 안에 들어온 나는 거실 안을 들여다본다. 헨리가 꼬질이 담요의 모서리를 빨면서 마야와 함께 소파에 앉아 있다.

"안녕, 헨리. 엄마 왔어. 안녕, 마야."

헨리는 텔레비전 화면에서 눈을 떼지 않고, 건성으로 말했다.

"안녕, 엄마. 이거 끝까지 봐도 돼?"

"그럼."

나는 부드럽게 말하고 폴리와 함께 주방으로 간다.

"어땠어? 헨리가 말썽은 안 부렸어?"

"응. 얌전했어. 아무 문제 없었어."

"다른 애들은?"

집이 무척 조용하다.

"에런과 피비는 아직 자. 차 마실래?"

주전자에 물을 채우며 폴리가 형식적으로 묻는다.

"응, 고마워."

물이 끓는 동안 폴리가 조금씩 원래 모습을 되찾는다. 지금의 우울한 상태에서 빨리 벗어나려 애쓰는 눈치다.

"자, 이제 말해봐. 죽은 여자가 정말 지난주에 만난 그 여자가 맞아?"

"맞아. 소피였어."

"그 여자와 이야기 많이 했어? 동창회에서 말이야."

"조금. 많이는 못 했어. 애들이 워낙 많이 와서."

또다시 얼버무려 말한다. 이제부터는 경찰에게 한 거짓말을 그대로 하면 되니 더 쉽다. 폴리 앞에서도 거짓말이 술술 나오다니, 나는 내가 두렵다. 폴리는 가장 친한 친구지만 나에 대해 너무 모른다.

"진짜 끔찍하다. 불쌍하네. 너는 누가 그랬을 거 같아? 혹시 그 여자 결혼은 했어?"

"아니. 왜?"

"왜, 그런 사건에서 99퍼센트는 남편이 범인이라잖아."

"확률이 그렇게 높은지는 모르겠지만…, 남자 친구와 같이 오긴 했어."

"오, 어떤 사람인데?"

내가 뜸을 들이자, 폴리가 오해한다.

"그 남자가 범인인 거 같아?"

폴리가 비스킷을 차에 적시며 묻는다.

"아니!"

나의 격한 반응에 폴리뿐 아니라 나도 조금 놀란다.

갑자기 폴리에게 거짓말을 하는 게 너무 힘겹게 느껴진다. 가슴을 짓누르는 이 끔찍한 짐을 계속 지고 있기가 너무 힘들다. 폴리라면 분명 이 짐의 무게를 견디도록 나에게 힘이 되어줄 것이다. 폴리는 나를 사랑하고, 그래서 이런 나를 이해해줄 것이다.

"이상하게 들리겠지만… 피트, 그러니까 소피의 남자 친구가 어제 내 호텔 방에서 잤어."

찻물에 반쯤 적신 비스킷이 폴리의 입 속으로 들어가려다 말고 찻잔에 퐁당 떨어진다.

"뭐?"

"네가 생각하는 그런 거 아니야. 소피랑 싸워서 먼저 나왔는데 런던행 기차가 끊겼어. 그래서 방을 구하려고 내가 묵을 호텔에 나랑 같이 갔었던 거야. 그런데 방이 없었어. 그래서… 내가 같이 쓰자고 했어. 아무 일도 없었어. 그냥 잠만 잤고, 아침에 일어나니 이미 가고 없었어."

"세상에, 말도 안 돼."

"알아."

폴리가 수저 서랍을 뒤져 찻잔에 빠진 축축한 비스킷을 건질 숟가락을 꺼낸다.

"도대체 어쩌다 그런 일이 생긴 거야?"

"아까도 말했지만, 소피랑 싸우고 먼저 나와서 주차장에서 나를 기다렸더라고."

"너를 기다렸다고? 그건 좀 섬뜩하지 않아?"

"그런 게 아니라… 동창회에서 소피 말고 아는 사람이 나밖에 없었어. 왜, 전에 소피네 집에서 남자 친구 만났다고 했잖아. 내가 런던에 바로 갈 줄 알고 기다렸대."

필사적으로 설명했지만, 마음속에서 한 가닥 의심이 고개를 든다. 피트는 내가 술을 얼마나 많이 마셨는지 알고 있었다. 그런데도 정말 내가 운전해서 돌아갈 거라고 생각했을까?

"그래도 그렇지. 살인자와 딱 붙어서 잤을 수도 있다는 거잖아!"

나 역시 잠시 그런 생각을 하긴 했지만, 지금은 그 문제를 고민한 겨를이 없다.

"딱 붙어서 자지 않았어. 그리고 그 남자 살인자 아니야. 좋은 사람이야."

나는 왜 그 남자를 변호할까?

"맙소사, 너 그 남자 좋아해? 맞구나! 살인자를 좋아하다니!"

"아니, 그런 거 아니야."

그 남자에 대한 감정이 무엇인지는 나도 잘 모르겠다. 어쩌면 다른 상황에서 만났다면 감정이 생겼을지도 모른다. 그러나 지금은 아니다. 암울하고 추잡한 사건에 피트가 연루되었을 뿐이다.

"샘은 만났어? 어땠어?"

"좋았어."

손목으로 흘러내린 와인과 내 혀에 머문 샘의 시선이 떠오른다.

"그냥 좋았어?"

폴리가 곧바로 의심스럽다는 표정을 짓는다.

"그래, 진짜야. 말도 거의 안 했어."

또 거짓말을 한다.

"다행이네. 피트라는 남자와 자게 된 거, 차라리 잘된 일인지
몰라."

"안 잤다니까! 그런 거 아니라고."

내 짜증에 폴리는 슬며시 미소를 지었다.

"알아. 아까 말했잖아. 그런데 그 남자와 함께 밤을 보냈다고
하니 경찰이 뭐래?"

또 거짓말을 할까 고민하다, 폴리에게만큼은 그냥 사실대로
말하기로 한다.

"말 안 했어."

"뭐? 대체 왜?"

아, 폴리에게 이 일을 어떻게 설명해야 할까?

"본능적으로 그랬어. 깊이 생각하지도 않고. 그냥 경찰이 모르
는 게 나을 것 같았어."

"루이즈, 너 미쳤어? 경찰을 속이면 어떡해! 당장 전화해서 실
수했다고 말해. 나중에 밝혀지는 것보다, 지금 네 입으로 말하
는 게 나아."

폴리를 이해시키려면 내가 마리아에게 한 짓을 말해야 한다.

"그게 좀 복잡해. 실은 학창 시절에 일어난 일 때문이야. 경
찰이 알면 안 되는 일이 있어. 내 입으로는… 차마 말하지 못할

일."

내가 목멘 소리로 말하자 폴리가 걱정스러운 표정을 짓는다.

"그게 도대체 무슨 뜻이야? 무슨 일인데 그래?"

폴리의 눈을 바로 볼 수 없어 양손에 얼굴을 묻고 고개를 젓는다.

"루이즈."

폴리가 손을 치우고 내 얼굴을 똑바로 바라본다.

"나한테는 뭐든 다 털어놔도 돼. 우리가 친구로 지낸 지, 보자…, 벌써 13년이나 됐어. 내가 네 곁을 그렇게 쉽게 떠날 거 같아?"

폴리에게 모든 것을 털어놓고 싶다. 이 지독한 외로움을 더는 견딜 자신이 없다. 소피가 죽기 전까지는 용케 버텼지만 이제는 상황이 걷잡을 수 없는 지경에 이르렀다. 폴리에게 모든 걸 털어놓는다고 생각하니, 포근한 침대에 푹 파묻히는 것처럼 아늑한 기분이 든다.

"마리아라는 여자애한테 소피 역시 친구 요청을 받았다고 했던 거 기억나? 실은… 그때 하지 않은 말이 있어."

떨리는 목소리를 진정하며 심호흡을 한다.

"무슨 말?"

"소피와 나는… 마리아에게 그렇게 친절하지 않았어."

폴리가 눈살을 찌푸린다.

"어떻게 친절하지 않았는데?"

눈을 마주칠 용기가 나지 않아 고개를 숙이고 말한다.

"마리아에게… 못되게 굴었어. 피비와 비슷한 일을 겪었다는 말…, 틀린 말은 아니지만 나는 피비와 입장이 달랐어."

침을 삼키고 계속 말을 잇는다.

"마리아가 처음 전학 왔을 때는 친하게 지냈는데 나중에는… 사이가 멀어졌어. 내가 마리아와 친하게 지내는 걸 소피가 아주 싫어했어. 그러다 졸업 파티가 열린 날 밤, 그러니까 마리아가 죽은 날 밤에 소피와 내가 끔찍한 짓을 저질렀어."

"무슨 짓?"

폴리를 힐끗 올려다본다. 당혹스러운 기색이 역력한 얼굴이다.

그래, 그냥 말하자. 눈을 질끈 감는다.

"마리아의 음료수에 몰래 엑스터시를 탔어. 그 뒤로 아무도 마리아를 보지 못했어. 아마 학교 주변을 배회하다 절벽에서 떨어진 것 같아."

눈을 뜨고 용기를 쥐어짜내 고개를 든다. 그리고 곧바로 내가 끔찍한 실수를 저질렀다는 걸 깨닫는다.

폴리가 하얗게 질린 얼굴로 나를 빤히 바라보고 있다.

"음료수에 약을 탔다고? 그러면서 내 딸한테 모른 척 조언을 했단 말이야? 어떻게 네가 그런 일을 할 수 있어?"

폴리가 내게서 멀어지려는 듯 뒷걸음질을 치다 조리대에 기대선다.

"지금 내 얼굴이 왜 이렇게 엉망인지 알아?" 비난이 잔뜩 서린 목소리다. "피비 때문에 잠을 설쳐서 그래. 어젯밤에 친구네 집에 자러 간다고 했지? 한밤중에 그 친구의 엄마에게 전화가 왔어. 걱정스러운 상황이 벌어졌다면서 피비를 데려가라고 했어. 피비 때문에 어떤 여자애가 화가 나 분위기가 안 좋아졌다나.

집에 와서 피비가 어땠는지 알아? 두 시간을 울었어. 두 시간 내
내. 자식이 그러는 걸 지켜보는 심정이 어떤지 네가 알아?"

나는 고개를 저었다.

"어젯밤에 있었던 일은 나도 안타깝게 생각해. 끔찍한 일이야.
하지만 오늘은 날을 잘못 잡았어, 루이즈. 네가 뭘 원하는지는
모르겠지만 지금은 너를 이해하고 용서할 기분이 아니야. 네가
했다는 짓도 그렇고, 친구에게 비열한 짓을 하는 망할 십 대 여
자애들, 나는 이해 못 하겠어."

폴리는 차가운 분노를 쏟아냈다. 어느 정도 예상했던 고함이
나 절규보다 훨씬 나쁜 반응이었다. 폴리가 내 편일 거라는 생
각은 틀렸다. 폴리는 엄마다. 엄마인 폴리의 입장에서 보면 나는
용서받을 수 없는 나쁜 여자일 뿐이다.

"그만 가주라. 오늘은 피비에게만 신경 쓰고 싶어. 네 일에 대
해 생각할 여유가 없어. 지금 당장은 감당을 못 하겠어. 나중에
내가 연락할게."

지금까지 그랬듯 내가 한 짓을 그 누구에게도 말하지 말았어
야 했다. 나는 소피의 죽음으로 상황이 달라졌다고 생각했다. 그
러나 달라진 건 없었다. 하나도.

조용히 흐르기 시작한 눈물이 멈추질 않는다. 헨리는 뒷자리
에서 저녁에 무엇을 먹었고, 피비가 무슨 책을 읽어줬는지 계속
재잘거린다. 헨리를 앞자리에 앉히지 않은 걸 다행이라 생각한
다. 손으로 아무리 닦아도 눈물이 멈추지 않는다. 신호등 앞에
서자 쇼핑 카트를 밀고 가는 할머니가 나를 의아한 눈빛으로 쳐
다본다.

다른 일에 정신을 집중하려 애쓴다. 집에 도착할 때쯤에는 눈물을 멈춰야 한다. 헨리에게 우는 모습을 보여서는 안 된다.

나오미 스트로이Naomi Strawe.

분명 우리 학년에 그런 이름을 가진 아이는 없었다. 특이한 이름이라 들었다면 기억이 났을 것이다. 젠킨스 선생님은 남편의 성일지 모른다고 했지만, 나오미라는 이름도 기억나지 않는다. 선생님이 철자를 댈 때 끝의 'w-e'를 강조했던 게 떠오른다. 웨스턴의 첫 두 글자다. 순간 두려움이 엄습하기 시작한다. 머릿속으로 글자를 뒤섞으며 작게 소리 내어 말해보니 점점 분명해진다. 나오미 스트로이는 마리아 웨스턴Maria Weston의 철자를 뒤섞은 이름이었다.

게다가 사우스 켄싱턴의 터널에서 누군가가 나를 쫓아왔다. 술집에서 오지 않을 데이트 상대를 기다리고 있을 때도 누군가가 나를 지켜보고 있었다. 그 사람은 동창회에 왔을까? 눈에 띄지 않게 주변을 맴돌며 사실이 드러나길 기다렸을까?

마리아가 아직 살아 있을 가능성을 이제는 인정해야 한다. 마리아가 살아 있지 않더라도, 소피를 죽인 자는 마리아의 죽음에 관한 일을 알고 있다. 이 말은 나도 위험하다는 뜻이다. 폴리가 진실을 알아 버린 지금, 나와 헨리가 기댈 수 있는 사람은 이 세상에 아무도 없다. 나는 아랫입술을 세게 깨물며 마음을 다잡았다.

25장
2016년

헨리를 침대에 눕히고 나와 와인을 한 잔 따른다. 간밤의 숙취가 남아 내키지는 않지만 곤두선 신경을 잠재우려면 억지로라도 한 잔 마실 수밖에 없다. 거실에 앉아 텔레비전을 켜고 뉴스 채널을 튼다. 소피는 여전히 주요 기사로 다뤄지고 있다. 신원 확인을 마쳤는지 소피의 이름이 공개되고, 뒤이어 제보를 부탁한다는 레이놀즈의 얼굴이 화면에 뜬다. 전에는 언급되지 않았던 사인(死因)도 공개된다. 교살이다. 누군가가 소피의 목을 조르고, 소피가 숨을 헐떡이다 의식을 잃는 장면이 자꾸 떠올라 속이 울렁거린다.

휴대전화의 진동이 울린다. 마리아의 메시지일 거라는 확신이 희미하게 든다. 그리고 내 예상은 역시 틀리지 않았다.

오, 저런. 불쌍한 소피. 너에게는 그런 일이 생기면 안 될 텐데. 안 그래?

느긋하게 소파에 앉아 있을 수가 없어 이 방 저 방을 돌아다닌다. 돌아다니다 힘들면 아무 곳에나 털썩 주저앉는다. 복도 벽에 등을 기대고 앉거나, 엉덩이가 배기는 딱딱한 욕조 가장자리에 앉기도 한다. 숲속에 널브러져 있는 소피의 시신이 눈앞에 자꾸 그려진다. 아름다운 캐러멜 색 머리를 땅바닥에 흐트러뜨린 채 누워 있는 소피의 창백한 얼굴과 파랗게 질린 입술, 목에 난 선명하고 짙은 멍 자국이 보인다. 그리고 똑같은 운명이 나에게 닥치는 장면도 떠오른다. 장례식장에서 진지한 표정을 짓고 있는 헨리의 모습도 보인다. 헨리는 샘의 손을 꼭 잡고 내가 금방이라도 나타날 것처럼 주변을 두리번거린다.

경찰은 분명 다시 나를 찾을 것이다. 경찰을 속일 생각을 하니 긴장감에 온몸이 뻣뻣해진다. 마리아에게 친구 요청을 받았고, 그 뒤로도 메시지를 받았으며, 피트와 호텔 방을 같이 쓴 사실을 숨겨야 한다. 어젯밤 소피에게 일어난 일과 1989년 6월의 어느 날 밤에 일어난 일의 관계를 레이놀즈가 눈치채게 해서는 안 된다. 소피의 죽음이 마리아의 실종 사건과 관련이 있다는 게 밝혀지면, 경찰은 결국 가루로 빻은 약이 든 비닐봉지를 가슴 사이에 숨긴 열여섯 살의 나를 수사 선상에 올릴 것이다. 그렇게 된다면 헨리는 엄마를 잃게 된다. 그 사실을 절대 잊어서는 안 된다. 샘과 행복했던 시절에 나눈 대화가 떠오른다. 샘과 나는 마리아의 죽음이 우리와 관련이 있다는 사실을 절대 이야기하면 안 된다고 다짐하곤 했었다. 어젯밤 공포와 분노가 뒤섞인 표정으로 씩씩거렸던 맷도 떠오른다. 맷의 다급하고 열띤 목소리가 귓전을 맴돈다.

불안이 어느 정도 가라앉자, 호텔 방에서 피트와 한 침대를 쓴 일을 숨긴다고 모든 일이 끝나는 게 아니라는 사실을 깨닫는다. 어차피 경찰은 피트를 찾아낼 것이다. 아니 어쩌면 이미 찾았을지도 모른다. 피트도 나와 함께 밤을 보냈다고 하면 오해받기 쉬우니 숨겨야 한다고 생각할까? 따지고 보면 피트는 유력한 용의자다. 동창회에서 소피를 두고 다른 여자와 밤을 보냈다고 하면 당연히 경찰의 의심을 살 것이다. 그러나 피트가 거짓말을 할 거라고 장담할 수는 없다. 경찰보다 먼저 그를 찾아가 확답을 받아야 한다.

한편으로는 모든 게 탄로 났으면 좋겠다. 열여섯 살 때부터 지고 살아온 이 무거운 짐을 내릴 수 있게 되면 차라리 후련할 것 같다. 물론 벌을 받겠지만, 어쩌면 용서를 받을지도 모른다. 그러다 폴리가 나의 진실에 어떻게 반응했는지 떠오른다. 그렇다. 나는 누구에게도 용서받지 못할 것이다. 마지막 남은 와인을 들이켜며 발그레한 얼굴로 잠든 헨리를 바라본다. 끝까지 감춰야 한다. 나의 죄가 밝혀진 다음 뒤따를 수치심은 감당할 수 있지만, 헨리를 잃는 건 견딜 수 없다. 헨리를 혼자 두고 감옥에 갈 가능성이 있는 한, 나는 입을 열지 않을 것이다.

불안한 마음에 이리저리 뒤척이느라 잠을 설친다. 새벽 2시, 땀에 흠뻑 젖은 채로 깜짝 놀라 눈을 뜬다. 무슨 소리를 들은 것 같다. 떨리는 손으로 침대 등을 켠다. 더 이상 아무 소리도 들리지 않지만, 방금 들은 소리의 정체가 계속 마음에 걸린다. 헨리의 안전을 위해서라도 확인해봐야 한다. 침대 옆 탁자에 놓인 유리컵의 미지근한 물을 단숨에 들이켠 뒤, 컵을 무기 삼아 들고 침대에서 조심스럽게 내려온다. 마룻바닥이 삐걱거릴 때마다 몸이 움츠러든다. 복도를 걸어가며 차례로 천장 등을 켜니 눈이 시리도록 밝은 빛의 길이 생긴다.

주방에 이르러 컵을 내려놓고 날이 잔뜩 선 칼을 집는다. 손끝으로 매끈하고 차가운 손잡이가 느껴진다. 방마다 돌아다니며 불을 켜 어둠을 쫓아낸다. 모두 아까 본 그대로다. 마지막으로 헨리의 방만 남는다. 나는 방문 앞에서 잠시 숨을 고른다. 이문을 열면 내 생애 가장 끔찍한 악몽이 실제로 벌어지고 있을지모른다는 두려움에 온몸이 얼어붙는다. 지금이 내 인생의 마지막 순간이고, 이 순간 이후로 모든 게 달라지리라는 섬뜩한 예감마저 든다.

손잡이를 잡고 문을 민다. 시선이 곧장 침대로 향한다. 비어있다. 쥐고 있던 칼이 파란색 양탄자에 툭 떨어진다. 나도 모르게 무릎을 꿇고 주저앉는다. 상처 입은 동물이 내는 낯선 신음소리가 입에서 터져 나온다. 극한의 공포가 해일처럼 나를 집어삼킨다. 숨이 멎을 것 같다. 낮게 울부짖는 소리와 헐떡이는 숨소리가 뒤섞여 잇새로 흘러나온다.

그때, 헨리가 보인다. 꼬질이 담요를 얼굴에 대고 침대 옆 양탄자 위에 곤히 잠들어 있다. 침대에서 떨어졌는데도 깨지 않은 모양이다. 방금 전 들은 소리는 헨리가 바닥에 떨어질 때 난 쿵 소리였다. 헨리 옆에 무릎을 꿇고 앉아 아이의 머리칼에 얼굴을 파묻는다. 아이의 몸에서 나는 달콤한 향을 들이마시며 고마움의 눈물을 흘린다.

다음 날 아침 일찍, 비틀거리며 잠에서 깬다. 피트의 주소는이미 찾아보았으니 최대한 빨리 준비를 해 집을 나서기만 하면된다. 유치원의 조식 클럽에 헨리를 내려준다. 우리가 제일 먼저왔다. 헨리는 공간을 독차지해 신이 났는지 기차 놀이 세트가있는 데로 얼른 달려간다.

역으로 걸어가는 길이 어둡다. 아직 불이 꺼져 있는 집도 있고, 창문 너머로 노란 불빛이 새어 나오는 집도 간간이 보인다.

진이 다 빠진 듯 얼굴이 창백하고 눈빛이 멍하다. 길가에 주차된 자동차를 지나가다 세워진 차에 갑자기 시동이 걸려 화들짝 놀란다. 그 옆집에서 현관문을 열고 나오는 키 큰 남자를 보고 간신히 비명을 삼킨다. 남자가 나를 이상하다는 듯 쳐다보고는 기차역을 향해 성큼성큼 걸어간다. 가로등을 붙잡고 숨을 고르며 잠시 그대로 서 있는다. 언제부터 이렇게 예민하고 잘 놀라는 사람이 됐을까? 마음을 다잡고 아까보다 더 느린 걸음으로 기차역을 향해 걸어간다.

포스터 앤 라임 근처에 도착하니 카페 하나가 건너편에 보인다. 카페에 들어가 커피를 주문한 뒤 창가 자리에 자리를 잡고 회사 출입구에 시선을 고정한다. 정장을 입은 사람들이 드나든다. 비밀번호를 입력해야 들어갈 수 있는 구조니, 피트가 보이자마자 뛰어나가면 안으로 들어가기 전에 잡을 수 있을 것이다.

어느새 두 번째 잔을 마시고 있는데 누가 어깨를 건드린다. 깜짝 놀란 나는 테이블에 커피를 쏟고 만다.

"여긴 웬일이에요?"

피트의 시선이 은연중에 길 건너로 향한다. 피트의 동료로 보이는 사람들이 카페에서 산 커피를 들고 인사를 나누고 있다.

"할 말이 있어서요." 나지막한 목소리로 내가 말한다. "회사 근처에서 이러는 건 미안하지만 달리 방법이 없었어요. 그쪽 성도 모르고요. 혹시 소식은… 들었어요?"

"그럼요. 들었죠." 피트가 맞은편 자리에 앉으며 말한다. "정말 끔찍해요. 유감이에요, 친구가 그렇게 돼서. 어제 종일 런던 시내를 돌아다니며 그 사건을 생각했어요. 경찰이 집에서 기다리고 있을까 봐 무서워서요. 아마 내가 제일 유력한 용의자일 테니까요."

"아직 경찰에 연락하지 않았어요?"

순간 희망이 샘솟는다.

"네. 해야 하는 건 알지만, 그냥 먼저 생각을 정리하고 싶었어요. 오늘 전화할 생각이에요."

"왜 이제야 연락했느냐고 하지 않을까요?"

"글쎄요. 어제 뉴스를 보지 못했다는 식으로 핑계를 대야죠. 경찰에 연락했어요?"

"네. 어제 아침에 학교에 갔었어요."

"우리가… 함께 밤을 보냈다는 것도 말했어요?"

피트의 눈을 볼 수 없어 고개를 숙인 채 테이블에 놓인 애꿎은 소금 통을 돌리고 또 돌린다.

"아뇨."

뜻밖에도, 피트의 얼굴에 분노가 아니라 당혹감과 안도감이 스친다.

"왜요?"

"잘… 모르겠어요. 당황했었나 봐요."

고민할 겨를도 없이 거짓말이 튀어나왔다고 말할 수는 없다. 내가 마리아에게 한 짓이 탄로 날까 두려워 마리아의 실종과 나를 연관시킬 가능성이 있는 건 무조건 감추는 버릇이 생겼다는 말을 어떻게 하겠는가. 그래도 말해야 한다. 내 행동을 납득시키려면 어쩔 수 없다.

"실은 복잡한 문제가 있어요." 테이블에 흘린 소금 가루를 손가락으로 문질러 무늬를 만든다. "학창 시절에 소피와 나는…, 같은 반이었던 어떤 여자애를 괴롭혔어요. 마리아라는 아이였죠."

"학창 시절에 친구 좀 괴롭힌 게 이 문제와 무슨 상관이 있죠? 어릴 때 부끄러운 짓 한 번 안 해본 사람이 어디 있겠어요."

그의 말처럼 그렇게 가벼운 일이었으면 좋겠다. 우리가 한 짓이 낳은 끔찍한 결과가 꿈이었으면 좋겠다. 그러나 모든 행동에는 결과가 따른다. 음료에 약을 타지 않아 마리아가 죽지 않았더라도, 우리의 못된 행동은 마리아에게 어떤 식으로든 평생 영향을 미쳤을 것이다. 그녀의 인간관계와 자신감에 영향을 미쳤을 것이다. 아니, 실제로 미쳤고 여전히 미치고 있을지도 모른다. 나는 어른이 된 마리아를 머릿속에 그려본다. 피부가 거칠어지고 주름이 좀 생겼지만 여전히 녹갈색 눈동자를 반짝이는 마리아가 컴퓨터 앞에 앉아 소피와 나에게 증오의 메시지를 보내고 있다.

"설명하기 어려운 문제예요. 그냥 나는 마리아의 일이 밝혀지지 않았으면 좋겠어요. 소피와의 관계도요. 경찰은 소피와 내가 동창회 전에 따로 만났다는 걸 알고 있어요. 그러니 내가 소피의 남자 친구와 하룻밤을 보낸 걸 알면, 분명 소피와 내 과거를 파헤칠 거예요. 맹세하는데 마리아의 일은 소피의 죽음과는 아무 상관이 없어요. 그냥…, 들추기 싫은 과거일 뿐이에요." 이 이상 과거를 들추는 건 위험한 일이다. "아, 모르겠어요. 그냥 말할까 봐요. 경찰에 전화해 그때는 당황해서 그랬다고 하고 사실대로 말하는 게 나을까요?"

"마음대로 해요." 피트가 확신이 없는 표정으로 말한다. "그게 최선이라고 생각하면 그렇게 해요."

"내가 말하지 않았으면 좋겠어요?"

누가 정답을 알려주고, 그대로만 따르면 아무 문제 없을 거라고 위로해주었으면 좋겠다.

피트가 창밖을 내다본다. 비가 내리기 시작한다. 지나가는 사람들이 외투를 바짝 여미며 걸음을 재촉한다.

"나는 말하고 싶지 않아요. 두려워요." 피트가 유리창을 따라 흘러내리는 빗방울을 보며 중얼거린다.

"뭐가 두려운데요?"

피트는 잠시 나를 힐끔 보고는 다시 창밖을 본다. 무언가를 곰곰이 되짚어 보는 표정이다.

"그게 그렇잖아요. 사실대로 말하면 경찰은 나를 요주의 인물로 점찍을 거예요. 제일 유력한 용의자가 되는 거죠. 여자가 살해되면 누가 제일 먼저 의심받을 거 같아요? 남자 친구예요. 게다가 내가 다른 여자, 그것도 잘 알지도 못하는 소피의 친구와 밤을 보냈다고 해 봐요. 경찰이 어떻게 생각하겠어요?"

"그건 그렇네요."

피트가 뭔가 숨기고 있다는 느낌도 받지만 충분히 그럴 수 있다. 그의 말이 맞다. 밤새 아무 일도 없었다는 말을 누가 믿겠는가? 동창회에서 우리가 웃고 떠드는 걸 봤다고 증언할 목격자도 있을 것이다. 물론 그렇다고 피트가 살인자가 된다는 말은 아니다. 그러나 이미 의심을 받고 있는 상황에서 그런 증언이 나온다면, 경찰들의 의심은 더욱 짙어질 것이다. 나를 기다리느라 한 시간 동안 주차장에 혼자 있었다고 했으니, 피트의 알리바이를 입증해줄 사람도 없다. 한 시간 동안 정말 나를 기다렸을까 하는 막연한 의심이 들지만, 애써 떨쳐내고 피트에게 묻는다.

"그래서 경찰에 말할 건가요?" 내가 물었다.

피트의 손에 내 미래가 달려 있다.

"모르겠어요. 당신이 이미 말한 줄 알았을 때는 당연히 하려고 했어요. 하지만 말하지 않았다고 하니…, 글쎄요. 이미 의심받고 있을 텐데 여기서 더 의심을 키우고 싶지는 않네요."

"그럼 뭐라고 할 거예요? 같이 밤을 보낸 사실을 숨길 거면요."

"소피와 싸우고 강당을 나와서 바로 차를 몰고 런던의 집에 돌아가 잤다고 해야죠."

경찰을 속이는 쪽으로 점점 기울어지는 눈치다.

"하지만 경찰이 교통 단속 카메라나 CCTV, 뭐 그런 걸 확인하면 어쩌죠? 런던으로 돌아가지 않았다는 걸 바로 알 텐데요."

"그렇겠네요. 그러면…." 피트가 테이블에서 종이 냅킨을 한 장 집어 더 이상 접히지 않을 때까지 반으로 접고 또 접는다. "차에서 그냥 잤다고 하면 돼요. 내가 차를 세운 곳에는 분명 CCTV가 없었어요. 우리는 그냥 평정심을 유지하기만 하면 돼요. 그럼 곧 잠잠해질 거예요. 우리가 잘못한 건 하나도 없어요. 호텔 방을 같이 쓴 것도 소피의 죽음과는 아무 관련이 없고요. 그러니 그 일을 말하지 않는다고 큰일이 나진 않아요. 나도 당신

도 원하는 건 하나 아닌가요? 이 모든 소란이 끝나는 거 말이에
요."

내 표정을 읽었는지 그가 얼굴을 붉힌다.

"아, 미안해요. 냉혈한처럼 보였다면 오해예요. 사람이 죽었고
그 사람이 당신 친구라는 거, 알아요."

소피가 친구였나? 나는 자신할 수 없었다.

"문제는," 피트가 말을 잇는다. "내가 소피를 잘 몰랐다는 거
예요. 그날 강당을 나온 뒤로 다시는 그녀를 볼 일도, 연락을 받
을 일도 없을 줄 알았어요. 슬픈 척 가식을 떨기는 싫어요. 차라
리 슬펐으면 좋겠어요. 이 끔찍한… 두려움에서 벗어날 수만 있
다면요. 경찰은 어떻게 해서든 나를 범인으로 지목할지도 몰라
요. 그럼 평생 감옥에서 썩겠죠."

"그런 일은 없을 거예요. 증거가 없을 테니까요."

마리아의 죽음에 내가 연루되어 있다는 증거도 없다. 그러나
피트와 달리 나는 실제로 죄를 지었다. 그리고 그걸 아는 사람
들이 있다.

"물리적 증거는 없죠. 하지만 그날 동창회에 가기 전에… 소피
와… 민박집에 들렀었어요." 뻔뻔한 성격은 못 되는지 피트가 부
끄러운 표정을 짓는다. "직원들이 우리가 다녀간 걸 증언할 거예
요. 나한테 유리한 증언은 아니죠. 그런 데다 동창회에서 싸우
는 모습까지 보였어요. 그것만으로도 의심스러운데 당신과 밤을
보냈다는 걸 알면…."

"주차장에서 우리를 본 사람이 아무도 없는 거, 확실해요?" 내
가 묻는다. "우리가 같이 떠나는 걸 본 사람이 정말 없느냐고요."

"내가 아는 한 확실해요. 나는 아무도 못 봤어요. 당신은 봤어요?"

"아뇨." 커피 잔 바닥에 남은 침전물을 숟가락으로 원을 그리듯 긁으며, 내가 답한다. 카페인과 공포가 뒤섞여 맥박이 빠르게 뛴다. "정말 괜찮겠어요? 강요하기는 싫어요. 내가 이미 거짓말을 했다는 이유만으로요."

"아뇨. 내가 원해서 하는 거예요. 우리 둘이 비밀을 지키기만 하면 아무 문제 없을 거예요. 다시 연락할 일이 있을지 모르니 연락처나 주고받죠."

피트가 냅킨의 뒷면에 휴대전화 번호를 갈겨쓰고 나에게도 냅킨을 한 장 건넨다.

"분명 이게 최선일 거예요."

피트가 설득하려는 대상이 나인지 본인 스스로인지는 모르겠지만, 애써 나를 설득할 필요는 없다고 생각했다. 경찰과 처음 대면한 뒤로 줄곧 나의 본능은 아무 말도 하지 말고 잠자코 있으라고 외쳤다. 어차피 나는 이미 누군가에게 늘 쫓기고 있다. 그런 상황에서 레이놀즈에게까지 쫓기고 싶지는 않다.

피트가 카페를 나가 길을 건너는 모습을 지켜본다. 회사의 출입문 앞에 서서 비밀번호를 누르려는 순간, 자동차 한 대가 회사 앞 도로의 주차 금지선 위에 멈춘다. 레이놀즈 경위와 짙은 색 정장 차림의 키 큰 남자가 차에서 내린다. 심장이 튀어나올 것 같다. 레이놀즈가 무언가를 말하자 피트가 무표정한 얼굴로 뒤를 돌아본다. 레이놀즈와 잠시 대화를 나눈 뒤 피트가 차에 올라탄다. 세 사람을 태운 차가 어디론가 사라진다.

26장
2016년

피트와 만난 지 이틀이 지났지만 피트에게서도, 경찰에게서도 연락이 없다. 오늘 아침에는 로즈메리를 만나러 가야 한다. 한동안 만남을 미뤘지만 더는 미룰 핑계가 없다. 어차피 가도 일에 집중하기 어려울 것이다. 온갖 잡념으로 머릿속이 뒤죽박죽돼 상상력과 창의력이 제 힘을 발휘하지 못한다. 최근에 로즈메리는 이즐링턴에 있는, 어마어마하게 비싼 조지아풍 연립 주택 한 동을 완전히 뜯어고치는 일을 나에게 맡겼다. 전 주인이 40년 동안 손을 대지 않은 집이다.

초인종을 누른다. 다소 늦게 로즈메리가 문을 열고 나온다. 늘 그랬듯 흠 잡을 데 없이 세련되게 차려 입었지만, 평소처럼 호들갑스럽게 인사하지는 않는다.

"왔어요, 루이즈?" 로즈메리가 신중한 표정으로 문간에 잠시 서 있다가 문을 당긴다. "들어와요."

천장이 높고 바람이 잘 통하는 꽤 근사한 집이지만 여기저기 낡아 관리가 절실해 보인다.

"와, 멋진 집이네요. 엄청 기대되시겠어요."

"맞아요, 기대돼요."

차가운 표정의 로즈메리는 하이힐을 신은 발로 타일 바닥을 또각또각 걸으며 거실로 나를 안내한다. 거실에 다다른 로즈메리는 나와 눈을 맞추기 싫은지 거대한 벽난로 옆에 서서 벽난로 위 선반의 벗겨진 페인트 조각을 만지작거린다.

"자, 어디부터 시작할까요?"

없는 열의를 끌어올리려 짐짓 경쾌한 목소리로 내가 묻는다.

"저기, 루이즈. 그전에 할 말이 있어요."

아, 이런. 아마도 현금 흐름에 문제가 생긴 모양이다. 큰일이다. 로즈메리의 일감을 맡지 못하면 내 사업은 심각한 위기에 빠질 것이다.

"뭔데요? 무슨 문제라도 있어요?"

"아뇨. 그런 건 아니고…."

이렇게 머뭇거리고 불안해하는 모습은 처음 본다. 아무래도 돈 문제가 확실하다. 잠시 망설이던 로즈메리가 드디어 용기를 냈는지 고개를 들고 나를 똑바로 바라본다.

"오늘 아침에 이상한 메일을 한 통 받았어요."

순간 심장이 바닥으로 곤두박질친다. 하느님, 제발. 그것만은 아니기를.

"마리아 웨스턴이라는 사람이 보냈더군요."

나는 입만 벙긋거릴 뿐 아무 말도 하지 못한다.

"사실이 아닌 거 알아요." 로즈메리가 재빨리 덧붙인다. "당신도 알아야 할 거 같아서 말하는 거예요."

"무슨 내용이던가요?"

당황하는 모습을 보이지 않으려 애쓰며, 내가 묻는다.

"당신한테 일을 맡긴 적이 있는데 일을 엉망으로 처리해 곤경에 빠졌다는 내용이었어요. 전문성도 떨어지고 믿을 만한 사람이 아니니 부디 다른 디자이너를 찾아보라면서요."

"그렇군요."

속삭이는 목소리로 간신히 답한다.

"나는 그럴 생각 없어요, 루이즈. 한두 해 일을 맡긴 것도 아니고 당신의 실력은 내가 알아요. 왜 이런 메일이 왔는지 모르겠지만 솔직히 알고 싶지 않아요. 무슨 일인지 몰라도 남의 사생활에 휘말리기 싫어요. 내 말 뜻 알죠? 당신과는 계속 공적인 관계를 유지하고 싶어요."

"당연히 그래야죠. 누가 보낸 건지 알 것 같아요." 거짓말을 한다. "다시는 이런 일 없게 하겠습니다."

그 뒤로 상담을 이어가지만 분위기가 내내 껄끄럽다. 상담을 마치고 나오니 안도감이 밀려든다. 마리아가 마수를 뻗치기 시작했다. 그녀의 차디찬 존재가 내 삶 구석구석으로 스며들고 있다. 이 상황을 당장 누군가에게 말해야 한다. 떠오르는 사람은 에스더뿐이다. 로즈메리의 집에서 나와 거리를 걸으며 에스더에게 전화를 건다.

"여보세요?"

바람 소리가 희미하게 울리는 걸 보니 밖에 있나 보다.

"안녕, 에스더. 잘 지내?"

"아니. 그냥 멍해. 믿기지가 않아."

왜 사람들은 이런 일이 생기면 믿지 못할까? 뉴스에서 흔히 보는 일인데 말이다.

"알아. 끔찍한 일이니까. 저기, 에스더. 나 좀 만나줄 수 있어? 하고 싶은 말이 있어… 그 일에 대해."

"그래?" 의아해하는 목소리다. "나한테 할 말이 있다고?"

"응. 이야기할 사람이 필요해. 부탁이야."

"뭐, 좋아. 나도 마침 오늘 런던에 왔어. 지금 누구 만나러 가는 길이야. 끝나고 사우스 뱅크에서 커피 한잔하자."

전화를 끊고 에인절역으로 간다. 붐비는 승강장의 벽에 기대서 있으니 먼지 섞인 후덥지근한 공기 냄새와 고무 탄 냄새가 코끝을 스친다. 승강장에 서 있으면 늘 불안하다. 조금만 움직여도 달려오는 전철 앞으로 몸을 던질 수 있기 때문이다. 사람들은 삶과 죽음이 아주 멀리 떨어져 있다고 생각하지만, 지하철 승강장에서는 겨우 한 발자국 차이다. 벽에 걸린 큼지막한 지하철 노선도에 등을 딱 붙이고 서서 초조하게 주위를 둘러본다. 이렇게 붐비는 날에는 누가 살짝 밀기만 해도 떨어질 것 같다.

지하철을 타고 임뱅크먼트역에 도착한다. 답답한 공기와 북적이는 사람들에게서 한시라도 빨리 벗어나고 싶어 서둘러 지상으로 올라간다. 빠른 속도로 흘러가는 구름이 다리 밑으로 흐르는 회녹색 템스강의 곳곳에 그림자를 드리운다. 다리와 강 역시 죽음을 떠올리게 한다. 나는 언제나 죽음과 가까웠다. 최근의 일들로 죽음의 칼날이 더욱 예리해지긴 했지만, 사실 칼날은 늘 나를 겨누고 있었다. 금방이라도 살을 뚫고 들어올 기세로 수년째 내 목 주변을 맴돌았다.

에스더가 로열 페스티벌 홀 밖에서 나를 기다리고 있다. 에스더의 진홍색 코트가 거대한 회색 건물과 대비돼 유난히 튀어 보인다. 우리는 잠시 머뭇거리다 포옹을 나눈다.

"커피 마실래, 아니면 좀 걸을래?" 에스더가 말한다.

"걷자."

얼굴을 보지 않고 말하는 편이 더 쉬울 것이다.

먼저 소피에 대한 이야기를 나눈다. 에스더는 충격을 받긴 했지만 그다지 슬픈 눈치는 아니다. 그저 부적절한 말을 하지 않으려고 애쓰는 게 보였다. 수십 년 전 누군가의 삶을 비참하게 만든 사람이 죽었을 때는 무슨 말을 해야 할까? 다음으로 경찰에 대한 얘기를 한다. 듣자 하니 에스더도 이미 경찰을 만났고, 조만간 다시 조사를 받아야 하는 모양이다. 레이놀즈 경위는 아니고 부하 경찰을 만난 것 같다. 에스더는 동창회에서 소피와 한번도 마주치지 않았으니 용의선상에 오르지 않았을 것이다. 내일 노팩에 가서 레이놀즈를 다시 만나야 한다고 생각하니, 체한 듯 배 속이 답답해진다.

잠시 말없이 템스강 남쪽 강변을 걷는다. 음산한 잿빛 하늘을 배경으로 강변에 줄지어 선 앙상한 나무들이 쓸쓸해 보인다.

"동창회 때 너 가고 나서 로나 식스미스한테 들었어. 샘 파커랑 네가 결혼했었다는 거."

에스더가 나를 돌아보며 말한다. 에스더의 머리카락이 바람에 마구 나부낀다.

"맞아."

나는 강에서 눈을 떼지 않고 답한다. 물거품이 일어 빈 병 하나가 조약돌이 깔린 강기슭 위로 밀려 올라가는 걸 지켜본다. 샘과 함께한 시절을 떠올리면 아직도 마음이 아프다. 벗어나려고 몸부림칠수록 더 아픈, 손목에 묶인 밧줄 같다.

"왜 말 안 했어?" 에스더가 묻는다.

"글쎄…. 네가 아는 줄 알았지. 일부러 말하고 다니지는 않으니까." 무뚝뚝하게 답한다.

"어쩌다 그랬어?"

자기 목소리에 놀라움과 호기심이 너무 많이 묻어났다고 생각했는지, 에스더가 곧바로 해명한다.

"내 말은, 너무 뜻밖이라서. 학교 다닐 때 네가 샘을 좋아하는 줄은 알았지만 그래도…."

"내가 감히 넘볼 상대가 아니었다고?"

상관없다. 나도 늘 그렇게 생각했으니까.

"그런 뜻이 아니야. 둘이 어떻게 만났는지 궁금해서 그래. 네가 대학에 가면서 부모님은 샨 베이에서 다른 곳으로 이사하셨잖아. 아니야?"

"맞아. 그 뒤로 나도 계속 못 봤어. 그러다 대학 졸업하고 몇 년 뒤에, 스물 대여섯 살쯤 됐을 때 우연히 런던에서 만났어."

그날을 생각하면 아직도 숨이 막힐 듯 떨린다. 클래펌의 어느 술집 카운터 앞에 서서 같이 간 친구에게 뭘 마실 건지 물어보려고 고개를 돌렸을 때였다. 졸업 파티에서 그랬던 것처럼, 익숙한 파란 눈동자가 코앞까지 다가와 있었다. 나는 당연히 바로 알아보았지만, 샘은 나를 알아보는 데 조금 더 시간이 걸렸다. 그러나 알아본 뒤에는 진심으로 반가워하며 나를 끌어안았다. 내 얼굴을 유심히 살피고는 놀라워하며 기쁨의 웃음을 터트렸다.

그날 저녁 내내 우리는 마법 같은 시간을 보냈다. 한낮의 온기가 채 사라지지 않은 따뜻한 저녁, 야외 테라스에 앉아 술을 마시며 이야기를 나눴다. 서로의 얼굴 말고는 아무것도 보이지 않았다. 오직 우리 둘뿐이었다. 내 친구와 샘의 친구들이 하나둘씩 자리를 뜨고, 레스토랑이 문을 닫을 시간이 될 때까지 우리는 서로에게 열중했다. 샘이 입을 맞출 때 나는 온몸이 녹아버릴 것 같은 기분으로 샘을 더 가까이 끌어당겼다. 나의 두 손은 그의 머리카락 속을 파고들었고, 샘의 두 팔은 숨이 막힐 정도로 내 몸을 감싸 안았다. 나는 다시 찾아온 기회를 놓치지 않았고, 샘과의 행복을 움켜잡았다. 그러나 그의 휴대전화에 있어서는 안 될 문자 메시지를 발견한 2년 전 어느 날, 그와의 행복은 손가락 사이 모래알처럼 빠져나갔다.

"그러다 결혼까지 했어?"

"응."

15년의 세월을 설명하기에는 터무니없이 짧은 말이지만, 달리 표현할 방법이 없다. 샘과 함께할 때의 숨 막힐 듯한 흥분, 샘이 나에게 한 격정적인 행동들, 헨리가 태어나기 전까지 샘이 나의 전부였던 나날들, 그리고 그가 나에게 준 고통을 어찌 말로 다 표현할 수 있겠는가.

"그럼 네 아들…, 샘이 아빠야?"

"맞아."

아이가 자지러지게 웃을 때까지 그네를 밀어주긴 하지만 아이가 마룻바닥에 토한 흔적은 치우기 싫어하는, 그런 아빠였다.

"그날 소피가 데려온 남자일까?" 더는 샘에 대해 말하기 싫은 내 마음을 눈치챘는지, 에스더가 화제를 바꾼다. "범인 말이야. 그날 너, 그 남자랑 얘기했잖아. 어땠어?"

"길게는 안 했어." 너무 두둔하는 것처럼 보이지 않게 말을 고른다. "좋은 사람 같았어. 그런 짓을 할 만한 사람으로는 안 보였어. 물론 그날 온 사람들, 다 그렇게 안 보였지만. 생각해 보면 뉴스나 신문에 나오는 일들, 다 우리처럼 평범한 사람들에게 일어나잖아. 특별할 것 없는 일상을 살다 어느 날 갑자기 일이 터져 삶이 엉망진창이 되는 거지."

"맷 루이스는 어때?" 에스더가 묻는다. "소피를 좋아하지 않았나?"

우리와 같이 어울리지 않았는데도 그런 것까지 알다니, 왠지 놀랍다.

"맞아. 좋아했어. 하지만 27년 전에 짝사랑 좀 했다고 소피를 죽인 범인으로 몰 수는 없잖아."

"그렇긴 하지. 그럼 설마…." 에스더가 망설이며 말한다. "페이스북으로 너에게 친구 요청을 하고 메시지를 보내는, 그 사람일까?"

"모르겠어. 안 그래도 그 이야기를 하고 싶었어. 실은 그 뒤로 메시지가 더 왔어."

"뭐라고 쓰여 있었는데?"

에스더에게 메시지의 내용을 알려주고, 에스더에게 묻는다. "마리아가 정말 살아 있을까? 살아 있다면 그동안 대체 어디에 있었을까?"

에스더가 걸음을 멈추고 난간에 기대서더니, 햇빛을 받아 반짝이는 강물을 바라보며 말한다. "글쎄. 시신을 찾지는 못했으니까 또 모르지. 하지만 살아 있다면 왜 하필 지금일까? 그리고 그게 가능한 일일까?"

"모르겠어. 하지만 팀이 마리아를 현재형으로 말한 걸 생각하면…. 팀을 봤어. 동창회 날 강당 밖에서. 전에 샨 베이에서 만났을 때 마리아 대신 동창회에 오겠다고 했었거든. 그런데 오지 않아 이상하다고 생각하고 있었는데 오긴 했더라고. 밖에서 누군가와 이야기하는 걸 봤어."

"팀이 왔었다고?"

에스더가 의아한 눈빛으로 나를 바라본다.

"그래. 동창회에는 참석하지 않았지만…. 담배 피우러 나갔을 때 학교 진입로 입구에 있는 걸 봤어."

"이상하네. 그럼 왜 들어오지 않았을까? 아마 마음이 바뀔 수도 있었겠지만, 그래도 좀 이상하잖아. 생각해 봐. 학교 동창회야. 정말 보고 싶은 친구가 있으면 몰라도, 친구도 없는 곳에 굳이 왜 오려고 했을까?"

"너도 왔잖아."

기분이 상해 내가 쏘아붙인다.

"맞아. 그래서 후회해. 만일 그곳에 안 갔다면 이 사건에도 휘말리지 않았겠지. 과거는 과거로 묻을 수 있었을 테고. 하지만 나는 그러지 못했어. 지금도 마찬가지고. 그냥 모두에게 보여주고 싶었어. 출세도 하고, 멋진 남편과 결혼했다고 자랑하고 싶었어. 한심하게 말이야. 차라리 남들처럼 페이스북에 자랑하는 게 낫지."

난간을 꽉 움켜잡으며 에스더가 강한 어조로 말했다.

"한심하지 않아, 에스더. 나도 동창회가 열린다는 거 공지되고 나서 몇 달 뒤에야 알았어. 아무도 나에게 알려주지 않아서 좌절했어. 정말 한심한 건 나야. 그게 뭐가 그렇게 중요하다고."

"중요하지 않지. 그러면서도 중요하다고 생각되는 걸 어쩌겠어." 에스더가 말한다. "나도 똑같아. 만약 마리아가 살아 있는데 나에게까지 그 사실을 숨겼다고 생각하면 좀 서운해. 알다시피 나랑 마리아 친하게 지냈잖아. 그렇게 많은 이야기를 했는데…. 마리아가 원래 다니던 학교에서 무슨 일이 있었는지 알아? 너한테도 그 얘기 한 적 있어?"

"하려다 만 적은 있어."

갈빗살 모양의 일광욕 나무 의자, 밤공기 속으로 흩어지던 하얀 입김이 떠오른다. 새끼손가락을 걸었던 손도.

"마리아에게 빠졌다는 그 남자애, 엄청 심각했나 봐. 지금으로 치면 스토커니까 접근 금지 명령이니 뭐니 다 동원했겠지만 그때는 할 수 있는 일이 별로 없었겠지. 그 남자애한테 맞기까지 했나 봐."

에스더가 다시 앞을 보고 말없이 강변을 걷는다.

"그런데 넌 원하는 게 뭐야, 루이즈? 왜 나를 보자고 했어?"

불안에 떨지 않고 밤잠을 자고 싶다. 과거를 바꾸고 싶다. 더는 지하철 승강장에서 주변을 힐끔거리고 싶지 않다. 더는 다리를 건널 때마다 뛰어내리거나 누군가에게 밀쳐지는 상상을 하고 싶지 않다.

"그냥 너무 겁이 났어. 마리아와 소피에게 정확히 무슨 일이 있었는지 알고 싶어."

두 사람의 죽음에 내가 얼마나 책임이 있는지 알고 싶다.

"그 문제는 경찰에 맡겨야 하는 거 아냐?"

내가 마리아의 친구 요청 건을 경찰에 말하지 않았다는 걸, 에스더는 모른다. 에스더가 모르는 게 너무 많다는 사실이 가슴을 짓누른다.

"그래, 그러는 게 맞을 거 같아. 저기, 나 그만 가볼게. 헨리 데리러 가야 해서."

"아. 그래, 그럼. 조만간 또 보는 거지?"

"그럼, 당연하지."

형식적으로 답하고, 태연하게 인사를 건넨다.

"잘 가."

머뭇거리는 모습을 보이기 싫어 단호한 걸음걸이로 길을 되돌아간다. 방향을 바꾸니 등 뒤에서 불던 바람이 얼굴로 파고들어 눈물이 난다.

학교 입구에 서 있었던 팀이 떠오른다. 팀은 여동생의 실종으로 삶이 완전히 바뀌었을 것이다. 집을 사고, 볼이 오동통한 아기를 낳고, 지금의 평범한 삶을 이루기까지 엄청난 노력을 기울였을 것이다. 팀은 동생의 죽음을 어떻게 극복했을까? 아니면 처음부터 극복할 필요가 없었던 건 아닐까? 동생이 멀쩡히 살아 있는데도 슬픈 척한 건 아닐까? 만약 아직까지 살아 있다면 마리아는 팀에게 뭐라고 말했을까? 팀은 진실을 얼마나 알고 있을까?

27장

한 번 구해줬다고 그가 그녀를 계속 구해줘야 할 의무는 없다. 그는 그녀에게 계속 조용히 있으라고, 풍파를 일으키지 말고 주어진 삶을 살라고 말한다. 그러나 그녀는 지금 사는 게 아니다. 그저 존재할 뿐이다. 하루하루를 버틸 뿐이다. 버티기만 하다 죽음을 맞으면 너무 허망하지 않을까?

그녀는 가끔 자기가 혼자서도 잘 살 수 있을지 궁금하다. 지금껏 입어온 어둡고 무거운 비밀의 망토를 벗어던진다면 원래의 삶을 되찾을 수 있을까?

그녀는 그가 아닌 다른 사람에게 마음을 열 수 있을까? 진실의 짐을 혼자가 아니라 그와 함께 지고 있다는 사실에 만족해야 할지도 모른다. 그가 없었다면 그녀는 진실의 무게를 감당하지 못했을 것이다. 그 정도는 그녀도 안다. 그는 그녀의 믿음직한 동반자이자, 모든 걸 바꿔놓은 그날 밤의 사건에 깊이 연루된 공범자다.

그녀는 지금껏 늘 도망치며 어둠 속에 살았다. 어른의 가면을 쓰고 살지만 그녀의 마음속에는 여전히 그날 밤의 그 소녀가 산다. 그녀는 누가 그녀의 진짜 모습을 눈치챌까 봐 두렵다. 그러나 심장이 오그라드는 두려움에도 불구하고 그녀는 자신의 진짜 모습을 드러내고 싶다.

그녀는 이제 빛 속으로 걸어 나가 잃어버린 삶을 되찾고 싶다. 비밀을 털어놓고, 본모습을 보여주고 싶다.

28장
2016년

오후 3시, 전업주부인 엄마들이 데리러 오는 시간에 맞춰 아이들이 교실 밖에 줄을 서 있다. 물론 헨리는 그 줄에 없다. 홉킨스 선생님이 예정보다 일찍 온 나를 보고 당황한다.

"오늘 일이 일찍 끝나서요."

거짓말이다. 헨리를 보지 않으면 못 견딜 것 같아 사우스 뱅크에서 곧장 학교로 왔다. 잠깐 들여다봐도 괜찮을지 교실을 가리키며 묻는다. 워킹맘을 두어 방과 후 수업까지 듣는 아이들을 보니 왠지 가슴이 찡해진다. 모두 외투를 입고 바른 자세로 앉아 선생님의 다음 지시를 기다리고 있다. 이렇게 어린 아이들이 벌써부터 순응하는 법을 배워야 하다니, 마음이 아프다. 헨리는 옆에 앉은 여자아이와 작은 목소리로 진지하게 대화를 나누고 있었고, 반대쪽 옆에 앉은 남자아이가 나를 먼저 알아본다. 헨리의 친구 재스퍼다. 흥분한 재스퍼가 헨리의 팔을 마구 두드린다.

"헨리. 헨리! 네 엄마 왔어."

고개를 돌려 나를 발견한 순간, 헨리의 표정이 순식간에 환하게 밝아진다.

"엄마! 왜 왔어?"

"오늘 일이 일찍 끝났어. 공원에 갈까?"

헨리가 허락을 구하려는 듯 보조 교사인 존슨 선생님을 돌아
보자 그가 미소를 짓는다.

"잘 가, 헨리. 내일 보자."

운동장을 가로질러 가는데 옆 반의 교사를 무섭게 내려다보
고 있는 덩치 큰 여자가 보인다. 제멋대로 구는 아이들을 여럿
키우는 거구의 여자로 언젠가 본 적이 있다. 이번에 문제를 일으
킨 아이는 남자아이인 모양이다. 그녀의 아이가 자기 옆에 내려
둔 가방을 발로 마구 차고 있다. 거구의 여자 눈에는 천사로만
보이는 아들이 나쁜 짓을 할 리 없다고 생각했는지, 여자가 교
사의 얼굴에 삿대질을 하고 있다.

공원에 도착해 그네를 점점 세게 밀어주니 헨리가 기쁨의 비
명을 마구 지른다. 헨리의 친구 딜런과 딜런의 엄마 올리비아가
함께 노란색 유치원 정문으로 걸어 나오는 걸 본 헨리가 한층
더 기뻐한다.

"딜러어어언! 나 그네 탄다!"

딜런이 달려온다.

"정글짐 타러 가자." 딜런이 명령조로 말한다.

"싫어, 난 그네 타고 싶어!" 헨리가 외친다.

"안 돼." 딜런이 단호하게 말한다. "정글짐 타."

"좋아. 엄마, 그네 멈춰 줘."

내가 그네를 멈추자 헨리와 딜런이 정글짐으로 뛰어간다.

"아, 귀여워라. 정말 사랑스럽지 않아요?"

올리비아가 두 아이를 애정 어린 눈빛으로 바라보며 말한다.
딜런의 명령조가 마음에 걸렸지만, 올리비아에게 굳이 싫은 내

색을 보이지 않는다.

"차나 한잔할까요?" 올리비아가 제안한다.

같이 근처에 있는 매점으로 가 커피를 주문한다. 나는 헨리에게서 눈을 떼지 않는다. 헨리가 모래밭을 뛰어다니다 한 번씩 뒤로 넘어진다. 무슨 일인가 했더니 딜런이 정글짐 꼭대기에 서서 헨리에게 손가락권총을 쏘고 있다.

"오늘 하교 시간에 운동장에서 무슨 일이 있었는지 들으셨어요? 안젤라 딕슨 말이에요."

"누구요?"

나는 다른 엄마들과 유치원 정문에서 마주칠 일이 거의 없어 누가 누군지 잘 모른다.

"안젤라 딕슨이라고 왜, 있잖아요. 그…," 올리비아가 목소리를 낮춘다. "뚱뚱한 여자요. 아이가 많은 엄마요."

"아, 네. 알아요."

고개를 끄덕였지만, 헨리가 보이지 않아 대화에 집중이 되지 않는다. 다행히 헨리가 유아용 미끄럼틀 뒤에서 나타나고, 나는 안도하며 헨리에게 시선을 고정한다.

"아까 나오면서 교사와 말다툼하는 거 봤어요."

"말다툼만 한 게 아니에요." 올리비아가 말한다. "스미슨 선생님을 주먹으로 때렸어요!"

"주먹으로 때려요?"

고개를 돌려 올리비아를 보고 묻는다.

"맙소사! 직접 봤어요?"

"똑똑히 봤어요. 홉킨스 선생님에게 드릴 말씀이 있어 남아 있었거든요. 정말 얼굴을 주먹으로 때리더라고요."

"경찰은 불렀대요?"

"그건 모르겠어요. 놀스 선생님이 오는 건 봤어요."

놀스 선생님은 학교에 몇 안 되는 남자 교사다.

"물론 안젤라 딕슨한테는 상대가 안 되겠지만요."

올리비아와의 대화에 열중하다, 다시 정글짐으로 급하게 눈길을 돌렸는데 헨리와 딜런이 보이지 않는다. 뒤로 돌아 요새가 있는 쪽을 내다봐도 없다. 놀이 시설이 많은 큰 공원이라 아이들이 어디에 있는지 알 수가 없다.

"아이들 보여요?" 올리비아에게 묻는다.

"아, 근처 어디에 있을 거예요. 우리 저 벤치에 가서 앉아요. 공원이 한눈에 보이는 자리거든요."

올리비아가 자리를 옮겨 앉았고, 나는 공원을 초조하게 훑어본다. 올리비아는 여전히 운동장에서 목격한 사건을 전달하느라 바쁘다.

"아이들이 안 보여요." 내가 올리비아의 말을 끊는다.

올리비아가 커피를 홀짝이며 아무렇지 않게 주위를 둘러본다.

"아마 요새에 있을 거예요. 진정해요, 루이즈. 봐요, 저기 있잖아요."

입으로 기관총 소리를 내며 나무 주위를 빙빙 돌고 있는 딜런이 보인다. 그러나 헨리는 보이지 않는다. 숨이 턱 막히지만 당황하지 않으려 애쓴다. 아마 나무 위에 올라갔을 것이다. 전에도 헨리가 나무에 높이 올라가 놀란 적이 있었다. 간신히 호흡을 진정하고 빠른 걸음으로 나무를 향해 걸어간다. 하지만 아무리 둘러봐도 나무 위에 아무도 없다는 게 확실해진다. 헨리가 사라졌다.

"딜런." 고함치듯 딜런을 부른다. "헨리는 어디 있니?"

"몰라요."

"방금 전까지 같이 있었던 거 아니야?"

"맞아요. 그런데 어떤 아줌마랑 이야기하러 갔어요."

아, 하느님. 머리를 세게 얻어맞은 기분이다. 아찔해지는 정신을 부여잡고 간신히 입을 벌린다.

"어떤 아줌마? 어디에서?"

내가 무릎을 꿇고 앉아 딜런의 두 팔을 붙잡는다.

"몰라요. 저쪽이었어요."

딜런이 요새가 있는 방향을 가리킨 뒤 내 팔을 뿌리치고는 다시 나무 주위를 빙빙 돈다.

헨리의 이름을 부르며 달리기 시작한다. 숨을 헐떡이며 요새에 다다른다. 몸을 숙여 입구 안쪽을 들여다보니 어린 여자애 둘이 나를 이상하다는 듯 쳐다본다. 뒤로 돌아 공원 안을 미친 듯 둘러본다.

"헨리!"

공원을 가로지르며 놀이 시설을 하나씩 뒤지자, 공원에 있는 다른 엄마들이 도와줘야 하는 상황인지 고민하며 주위를 둘러보기 시작한다. 올리비아가 자리에서 일어나 딜런을 부른다. 헨리를 마지막으로 본 곳이 어딘지 캐묻고 있을 것이다.

울음을 참으며 경찰에 신고하려고 휴대전화를 꺼내려던 순간, 헨리가 보인다. 저 멀리서 공원 출구를 등지고 서서 출입구 쪽을 내다보고 있다. 내 입에서 껵껵거리는 흐느낌 소리가 흘러나 온다. 하느님, 감사합니다. 숨을 고르며 헨리에게 천천히 걸어간 다.

"헨리."

내가 부르자 헨리가 돌아서며 미소를 짓는다.

"어디 있었어?" 애써 가벼운 목소리로 묻는다. "안 보이던데."

"공원에 있었어."

"딜런이 네가 어떤 아줌마랑 이야기했다던데?"

"맞아. 그 아줌마도 기차를 좋아한대. 나한테 토마스에 대해 물어봤어."

심장 박동이 느려진다. 손주들을 공원에 데려온 평범한 할머 니겠거니 생각한다.

"지금 어디 계셔?"

"집에 가야 한다면서 가셨어. 방금 그 아줌마한테 손 흔들고 있었어."

헨리가 가리키는 쪽을 내다본다. 저 멀리 검은색 코트를 입은 사람이 공원 출구 쪽으로 걸어가고 있다.

"같이 온 아이들은 없었어?"

"응, 혼자 오셨대."

"나이가 얼마나 돼 보였어?"

네 살배기에게 하기에는 무의미한 질문인 걸 알면서도 묻는 다.

"스무 살?"

십 대 소녀일 수도, 할머니일 수도 있다. 물론 내 나이 또래의 여자일 수도 있다.

　너무 큰 충격을 받은 뒤라 얼른 집에 가 쉬고 싶다. 코코아를 마시며 텔레비전을 보게 해주겠다는 약속으로 헨리를 설득한다. 헨리를 차에 태우고 안전벨트를 채우는데 주머니 속에서 휴대전화의 진동이 울린다. 스팸 메일이길 빌며 화면을 두드린다. 마리아다. 마리아의 메시지를 읽고 또 읽는다. 코코아를 마실 생각에 한껏 신이 난 헨리의 콧노래 소리가 날카로운 비수처럼 귓속을 파고든다.

　착한 아이 같더라. 그러게 헨리에게서 눈을 떼지 말았어야지. 아이를 잃는 건 한순간이야. 잠시만 등을 돌려도 사라지지.

29장
2016년

오늘은 헨리를 학교에 직접 데려다준다. 헨리가 교실로 뛰어들어가는 걸 확인한 뒤 교무실로 간다. 눈빛이 날카로운 하퍼 선생이 컴퓨터 앞에 앉아 화면을 보고 있다. 보조 교사인 윌리스 선생은 교무실의 커다란 캐비닛에서 쭈뼛거리며 서류를 정리해 넣고 있다. 내 기다림에도 아랑곳하지 않고 하퍼 선생은 자판만 맹렬히 두드린다. 그러다 드디어 그녀가 내 쪽으로 회전의자를 돌린다.

"무슨 일로 오셨나요?"

"루이즈예요. 헨리 파커의 엄마요."

교무실에 올 때마다 하는 말이다. 그녀는 정말 나를 알아보지 못하는 걸까? 내가 아이를 데리러 오는 시간이 일정하지 않다거나 아이와 성이 다르다거나 하는 이유로 나를 무시하고 있는지도 모른다.

"하교 시간의 안전 수칙을 다시 한번 확인하고 싶어 왔어요."

"네?"

하퍼 선생이 도도한 눈빛으로 나를 빤히 바라본다. 그녀와 나를 둘러싼 공기가 차갑게 식는다. 학교의 관리 능력을 의심하는, 해서는 안 될 말을 했기 때문이다.

"그게 아이의 안전을 걱정할 만한 이유가 생겼거든요. 수업이

끝난 다음 제 허락 없이는 그 누구도 아이를 데려가지 못하게
해주셨으면 해요."

"하지만 원래 직접 데려가지 않으시잖아요. 아닌가요?"

말투에 은근한 경멸이 깔려 있다.

"맞아요. 담당 선생님이 방과 후 수업 교실로 데려가시죠." 애
써 담담한 목소리를 유지하며 말한다. "하지만 그건 일반적인
경우고요, 혹시 다른 사람이 아이를 데려갈까 봐 말씀드리는 거
예요."

가정불화일 가능성을 감지했는지, 하퍼 선생의 눈이 번득인다.

"아이 아버지 말씀인가요?" 나를 배려했는지 목소리를 낮춘
다. "교장 선생님과 상의하실 수 있도록 약속을 잡아 드릴게요."

하퍼 선생이 컴퓨터 화면으로 눈을 돌려 일정표를 클릭한다.

"아니에요! 아빠는 괜찮아요. 아빠 말고 다른 사람이요."

내가 반박하자 하퍼 선생이 눈살을 찌푸리고는 한숨을 쉰다.

"파커 부인, 걱정하실 필요 없습니다. 저희는 절대…," 내 아이
가 누군지 곧바로 떠오르지 않았는지, 그녀가 잠시 말을 멈춘다.
"저희는 절대 아무에게나 헨리를 건네주지 않습니다. 어머님의
허락이 있지 않는 한, 부모나 주 양육자 이외의 사람은 헨리를
데려갈 수 없습니다."

그녀의 말을 믿는 것 말고는 달리 다른 방법이 없어 얌전히
학교를 나선다. 발걸음이 무겁고, 온몸을 바늘로 콕콕 찌르는 듯
한 불안감에 시달린다.

그러나 오늘은 노퍽에서 피할 수 없는 약속이 있다. 전면이 유
리로 된 건물 안에 들어가니 레이놀즈 경위가 나를 기다리고 있

다. 그녀는 지금 무슨 생각을 하고 있을까? 나를 의심하고 있는 걸까? 아니면 그저 수많은 참고인 중 한 명일 뿐이라고 생각할까? 어쩌면 모든 목격자는 중요한 단서가 될 정보를 알고 있다는 가정 하에 나를 관찰할 수도 있다. 게다가 첫 조사 때 머뭇거리고 조심스러워하는 내 태도에서 이미 수상한 점을 감지했을지도 모른다. 그래서 더더욱 허를 찌르는 질문으로 나를 몰아세울 것이다. 대비를 해야 한다. 레이놀즈가 쳐놓은 덫에 걸리지 않으려면 미리 준비한 거짓말을 머릿속으로 몇 번이고 연습해야 한다.

제복을 입은 여자가 조사실로 나를 안내하면서 무의미한 수다를 떤다. 영국의 날씨와 교통 체증 등에 대한 시시한 이야기들이다. 본격적인 조사가 시작되기 전에 내가 긴장을 풀고 방심하도록 의도적으로 그러는 건지, 아니면 그저 재미없는 사람인 건지 그건 잘 모르겠다.

조사실 탁자 위에는 종이컵이 하나 놓여 있다. 플라스틱 의자 가장자리에 걸터앉아 컵을 빙빙 돌린다. 드라마에서처럼 이중 거울이 숨겨져 있지 않나 조사실 내부를 둘러보지만, 벽에 걸린 CCTV 카메라 말고 특별한 건 찾을 수 없다.

레이놀즈 경위가 조사실에 들어와서는 나를 보며 미소를 짓는다. 조사실이 작아 그런지, 전에 봤을 때보다 덩치가 더 커 보인다. 한쪽 볼에 난 점과 눈꺼풀의 붉은 반점도 새롭게 보인다.

"루이즈. 잘 지내셨어요?"

"네. 그럭저럭요."

'잘 지냈어요'라는 답은 너무 과하다.

"이쪽은 스테빙스 경사예요."

레이놀즈가 뒤를 이어 따라 들어온 정장 차림의 오십 대 남자를 가리킨다. 키가 훤칠하게 큰 스테빙스 경사가 레이놀즈의 옆자리에 앉는다. 피트의 회사 앞에서 레이놀즈와 함께 피트를 차에 태워갔던 그 남자다.

레이놀즈는 곧장 본론으로 들어간다. 지난번과 비슷한 질문이 이어진다. 피트에 대한 질문이 나오자, 이번에는 준비된 답을 한다.

"네, 그날 저녁에 그 남자와 이야기한 적 있습니다. 그때는 기분이 좋아 보였어요. 소피와 싸우는 걸 본 뒤로는 그 남자를 보지 못했어요. 집에 간 것 같았어요."

레이놀즈는 피트를 용의선상에 놓고 질문을 이어가려 했지만, 소득이 없다고 생각했는지 포기하고 다음으로 넘어간다.

"그렇군요. 목격자들에 따르면 소피가 샘 파커와 맷 루이스와 오래 이야기를 나눴다고 하던데요. 맞습니까?"

"네. 학교 다닐 때 소피와 친했거든요."

"소피는 두 사람과 친구 이상의 관계는 아니었나요?"

"맷이 소피를 좋아하긴 했지만 둘 사이에 뭔가 있었는지는 모르겠어요. 서로 시시덕거리긴 했지만 소피는 그냥 장난으로 생각했어요."

"샘은요?"

"전혀요." 본능적으로 답이 튀어나온다. "샘과는 그런 관계가 아니었어요."

답이 너무 빨랐다. 레이놀즈가 호기심 어린 눈빛으로 나를 주시한다.

"왜 그렇게 생각하세요?"

"이미 알고 계실지도 모르지만, 샘은 저와 결혼했었어요. 2년 전에 헤어졌고요."

"그럼 두 분이… 서로 첫사랑이었나요?"

"아뇨."

'첫사랑'이라니…. 민망하다 못해 구역질이 나는 단어다. 내 표정을 읽은 그녀가 내 마음을 눈치챈 모양이다.

"졸업하고는 한 번도 연락하지 않았어요. 그러다 10년 뒤인 1999년에 런던에서 우연히 만났죠."

"소피가 샘과 연인 관계였던 적이 한 번도 없을 거라고 확신하는 이유가 있나요?"

"글쎄요, 저는…."

왜 나는 그렇게 확신했을까? 내가 샘을 좋아한다는 걸 소피가 알았기 때문에? 소피가 나를 위해 하고 싶은 걸 참을 아이였던가? 아니면 샘에게 그런 말을 들은 적이 없어서?

침묵이 충분한 답이 됐는지 레이놀즈가 다음 질문으로 넘어간다.

"졸업한 뒤에는 어땠나요? 소피가 맷이나 샘, 혹은 동창회에 왔던 사람들과 계속 연락을 하고 지냈나요?"

"몇 명과는 연락했던 거 같아요. 동창회가 열리기 전에 따로 만났을 때 들었어요. 클레어 반스와 맷 루이스는 계속 만난다고 했어요. 다른 아이들도요."

"혹시 졸업한 뒤로 맷과 성적인 관계를 맺은 적이 있다는 말을 소피가 했나요?"

"아뇨. 그런 말은 안 했어요. 가끔 본다고만 했어요."

"샘은요? 졸업한 뒤에 샘도 만났다고 하던가요?"

"제가 아는 한, 샘은 저와 만나고부터 이혼하기 전까지는 소피를 만나지 않았어요. 하지만 이혼한 뒤로는 어땠는지 모르겠어요. 지금은 아들 때문에 얼굴만 가끔 보는 사이라서요."

헨리가 언급되니, 가슴속에 맺힌 매듭이 더 꽉 조여온다. 헨리가 나 때문에 위험에 빠질지도 모른다고 생각하니, 그냥 다 놓아버리고만 싶다. 레이놀즈에게 다 털어놓고 아들을 보호해 달라고 빌고 싶다. 그러나 이내 다시 이성의 끈을 붙잡는다. 어제 이후로 나는 헨리에게서 눈을 떼지 않았다. 앞으로도 헨리를 내 눈앞에서 놓치는 일은 없을 것이다. 유치원에서는 안전하다. 오늘은 헨리가 샘의 집에 가는 날이라, 아침부터 샘에게 문자를 보내 외출할 계획이 있는지 확인했다. 샘은 방과 후 수업이 끝나는 대로 헨리를 바로 집으로 데려올 거라고 했다. 네 살밖에 안 된 아이가 혼자 있을 일은 없다. 그렇다면 헨리에게 위험한 일은 더 이상 없을 것이다.

레이놀즈가 여전히 호기심 어린 눈빛으로 나를 보고 있다.

"끝이 좋지 않았어요. 샘과 저요."

"어떻게 좋지 않았죠?"

"다른 여자 때문에 저를 떠났어요." 아직도 나는 이 말이 끔찍하게 싫다. 이 말이 뜻하는 엄연한 진실이 싫다. 내가 가진 모든 걸 주었는데도 그는 나를 배신했다. "물론 소피의 죽음과는 아무 관련이 없지만요."

레이놀즈가 그건 자기가 판단할 문제라는 듯 어깨를 으쓱한다.

"알겠습니다. 동창회에서는 소피가 어때 보였나요? 혹시 마음에 걸리는 부분이 있나요?"

"좋아 보였어요. 이유는 모르지만 피트와 싸울 때를 빼고는 즐거워 보였어요. 하지만 솔직히 평소 모습이었는지는 모르겠어요. 말씀드렸다시피 25년 넘게 안 보다 몇 주 전에 한 번 만난 게 다니까요."

"다른 동창들과도 전혀 연락하지 않고 지냈나요? 샘을 빼고요."

"네. 저는 학창 시절이 별로 행복하지 않았거든요."

"샘은요? 소피와는 연락하지 않았다고 하셨는데요. 샘은 연락하는 동창이 있었나요?"

"자주는 아니지만 맷 루이스와 가끔 밖에서 만났어요. 저는 안 나갔어요. 추억을 함께 떠올리고 싶은 마음이 별로 없었거든요."

사실이 아니다. 마음이 없었다기보다 샨 베이나 학창 시절과 관련된 건 뭐든 피하고 싶었다. 나는 샘이 동창들과 관계를 끊지 않는 게 이해되지 않았다. 나는 의식적으로 샘이 맷을 만난 이야기를 피하곤 했었다.

"동창회에 온 다른 사람들은 어땠나요? 주류 판매와 청소를 담당한 사람들의 말로는 교사도 왔었다고 하던데, 젠킨스 선생님 맞나요?"

"네, 맞아요."

"학교 다닐 때 그분에게 배웠다던데 맞나요?"

"네, 맞아요."

설마 선생님을 의심하는 걸까?

"그날 밤 그 선생님과 이야기를 했다거나 선생님을 본 적이 있나요?"

"젠킨스 선생님요? 학교에 도착했을 때만 뵀어요. 입구에서 참석자들을 맞으셨거든요. 저기, 누가 무슨 얘기를 하던가요?"

"무슨 뜻이죠?"

레이놀즈가 무표정한 얼굴로 묻는다.

"그게… 학교 다닐 때 그 선생님을 두고 소문이 좀 돌았어요. 선생님이 변태라는 소문이요. 여자애들이 옷 갈아입는 걸 몰래 훔쳐본다는, 뭐 그런 소문이었어요."

"그렇군요."

여전히 속을 알 수 없는 표정이다.

"하지만 그게 사실인지는 모르겠어요. 저한테는 아무 짓도 하지 않으셨고, 직접 그런 일을 겪은 애는 한 명도 없었어요. 전부다 전해들은 이야기뿐이었어요. 아시겠지만 십 대 애들은 헛소문을 잘 내잖아요. 그러니까 선생님이 그랬을 거라고는…."

"무슨 말씀인지 알겠습니다."

레이놀즈가 양손을 탁자에 올린 채로 나를 빤히 보며 말한다.

"만난 지 오래돼 소피가 졸업한 뒤에 어떻게 살았는지 잘 모르신다는 건 알겠습니다. 저희도 여러 가지 가능성을 염두에 두고 수사하고 있고요. 하지만 소피가 학교 동창회에서 살해됐다는 사실을 무시할 순 없습니다. 혹시 학창 시절에 일어난 일 중에 이 사건과 관련이 있을 만한 일이 있나요?"

노트북 화면 너머로 나를 노려보던 마리아의 얼굴이 떠오른다. 친구에게 빌린 화려한 집의 현관문에 기대서서 숨을 고르던 소피도 떠오른다. 학교 입구에서 검은색 코트를 입은 누군가에게 손을 휘두르던 팀의 모습 역시 떠오른다. 아주 오래전 열여섯 살 소녀가 손가락으로 배배 꼬던 금색 목걸이도 떠오른다.

"아뇨." 내가 답한다. "그런 일은 없습니다."

30장
2016년

너무 빠르지 않은 걸음으로 경찰서를 빠져나온다. 레이놀즈가 위층 창문으로 나를 지켜보고 있을지도 모른다. 근처 주차장에 차를 세워두었지만 주차장 입구를 그냥 지나친다. 쌩쌩 지나가는 자동차의 나른한 소음을 배경으로 상념에 빠진다.

어쩌다 나는 또다시 경찰을 속이게 됐을까? 27년 전 사건 때 만난 또 다른 경사가 기억난다. 친절한 남자였다. 마리아의 엄마 브리짓이 나에 대해 어떻게 말했는지는 모르지만, 그 경사는 살인을 의심하지 않았다. 마리아가 술을 마셨다는 에스더의 증언을 토대로, 브리짓은 마리아의 죽음이 비극적인 사고일 가능성이 가장 크다는 결론을 내렸다. 그날 밤 비가 밤새 억수같이 쏟아졌으니, 물증이 있었더라도 모두 떠내려갔을 것이다. 공식적으로 '사고'로 결론이 난 그 사건의 진실이 얼마나 왜곡되었는지 아는 사람은 소피와 샘, 맷과 나뿐이었다.

경찰서에서 꽤 멀어졌는데도 여전히 누가 나를 보고 있는 기분이 든다. 주위를 극도로 경계하며 걸음을 재촉한다. 노픽의 번화가에 들어서자 한 무리의 관광객 뒤로 얼른 몸을 숨긴 다음, 방향을 틀어 막스앤스펜서 매장으로 들어간다. 익숙한 냄새에 마음이 진정된다. 노픽의 매장도 런던의 매장과 똑같은 냄새가 난다는 게 신기하다. 푸드코트의 샌드위치 가게 앞에 서서 치킨

샐러드 샌드위치를 빤히 바라본다. 누가 나를 보고 있다는 의심이 점점 확신으로 굳어진다. 내 오른쪽 옆의 여자가 사탕을 사달라고 조르는 두 아이에게 시달리고 있다. 그 옆에 있는 머리가 희끗희끗한 양복 차림의 남자는 지친 눈빛으로 저지방 식품 코너를 훑어보고 있다. 그리고 그 남자 옆으로 낯익은 얼굴이 보인다. 팀 웨스턴이다. 팀이 미소를 띠고 가볍게 손을 흔들며 나에게 걸어온다.

"안녕, 루이즈. 여긴 웬일이야?"

"샌드위치 사려요."

불편한 감정을 애써 감추며 내가 희미하게 웃는다.

"설마. 샌드위치 사러 노픽까지 왔다고? 런던에 샌드위치 가게가 없는 것도 아니고."

농담 같지만 말에 뼈가 있다.

나는 팀에게 사실대로 털어놓기로 한다.

"실은 경찰서에 다녀왔어요. 소피 해니건에 대해 물어볼 게 있다고 해서요."

"아, 그렇겠네. 들었어." 팀의 안색이 어두워진다. "정말 끔찍한 일이야. 너는…, 왜 그런 일이 생겼는지 알아?"

"아뇨, 저도 잘 몰라요. 그냥 동창회에 간 사람들은 다 조사하는 모양이더라고요. 소피와 이야기한 사람들요."

나는 왜 팀에게 변명을 하고 있을까?

"그래, 그랬겠지. 그런 일이 벌어지다니 정말 끔찍해."

잠시 어색한 침묵이 흐른다.

"어떤 거 살 거야?" 팀이 먼저 입을 연다.

샌드위치 하나를 골라 팀과 함께 계산대로 걸어간다. 말없이 각자 샌드위치 값을 치르고 나와 인도를 걷는다.

"너는 어느 쪽으로 가?" 팀이 묻는다.

"차 타러 가려고요. 경찰서 근처에 주차했거든요."

베델가 쪽으로 대충 가리키며 말한다.

"괜찮으면 내가 데려다줄까?"

괜찮지 않다. 우리는 못다 한 말이 너무 많다. 내가 팀에 대해 아는 게 거의 없다는 불편한 사실을 새삼 깨닫는다. 팀도 나에 대해 아는 게 없길 바랄 뿐이다. 인도에 서서 차로를 건너려고 신호를 기다린다. 무심코 차로에 발을 내딛는 순간, 자동차 한 대가 내 쪽으로 쏜살같이 달려온다. 놀란 내가 어찌할 바를 모르고 멍하니 서 있자, 팀이 내 팔뚝을 잡아 인도로 홱 끌어당긴다.

"미안." 내가 팔을 문지르는 걸 보고 팀이 말한다. "아파?"

"아뇨, 괜찮아요." 어색하게 웃으며 답한다. "잡아주지 않았으면 큰일날 뻔했는걸요."

"이 근처에 저런 미친 운전자 많아. 자기가 레이서라도 되는 줄 아는 놈들."

조심히 길을 건너 말없이 가던 길을 간다. 팀을 만나니 학교 진입로 입구에 서 있었던 사람이 자꾸 떠오른다.

"그런데 결국 동창회는 오지 않았었죠?"

드디어 내가 묻는다. 검은색 코트를 걸친, 몸집이 작은 사람에게 소리치다가, 이내 그 사람과 함께 학교를 떠나던 팀의 모습이 생생히 떠오른다.

"그렇게 됐어. 가봤자 좋을 게 하나도 없겠더라고. 이제 나도 내 인생 살아야지. 괜히 긁어 부스럼 만들기도 싫고."

그럼 학교 앞까지는 왜 온 걸까? 그리고 같이 있던 사람은 누구였을까?

"다 페이스북 때문이야." 팀이 말을 잇는다. "과거에 알던 사람들한테 연락이 오면… 휩쓸리기 쉬우니까. 하지만 그게 무슨 의미가 있어? 진짜 삶에 집중할 시간도 모자란데. 알다시피 우리 가족은 마리아가 그렇게 된 뒤로 완전히 달라졌어."

"음."

나는 목소리에 감정이 묻어날까 두려워 차마 입을 열지 못한다.

"동창회에 가면 억울한 마음에 공연히 과거를 들췄을 거야. 넌 소피가 어쩌다 그렇게 됐는지 몰라?"

"네, 전혀 몰라요."

"동창회에 잘 알지도 못하는 남자를 데려왔다면서?"

"남자를 데려오긴 했어요. 소피가 그 남자를 얼마나 잘 알았는지는 모르겠고요."

팀의 호기심이 왠지 마음에 걸려 많은 정보를 알려주기가 꺼려진다.

"그 일을 가볍게 생각하는 것처럼 들렸다면 미안해." 내 표정을 읽었는지 팀이 해명한다. "네가 소피와 여전히 친한 줄 몰랐어."

"친하지 않아요. 아니, 않았어요. 졸업한 뒤로는 연락 안 했거든요."

"아, 그랬구나. 아무튼 기분이 이상해. 과거를 들추기 싫어 동
창회에 가지 않았는데, 이런 일이 생기다니. 과거에 뒤통수를 얻
어맞은 기분이야."

"그 기분 알아요."

팀의 마음이 어떤 것인지 진심으로 이해할 수 있었다. 나는
지금껏 과거를 짊어진 듯 살아왔다. 가끔 무겁거나 가볍게 느껴
질 때는 있었지만, 완전히 그 짐을 내려놓은 적은 한 번도 없었
고 앞으로도 그럴 일은 없을 것이다.

"우리 엄마 마음을 이해하지 못하는 건 아니야." 팀이 말한다.
"나는 마리아가 자살했다고 생각하지 않아. 마리아는 그렇게 약
한 애가 아니었어. 런던의 학교에서 그 일을 겪었을 때도 마리아
가 자살할지도 모른다는 생각은 한 번도 하지 않았어."

마리아의 죽음이 타살이었다는 뜻으로 들려 잠시 가슴이 철
렁했는데, 팀이 뒷말을 잇는다. "나는 경찰이 내린 결론이 맞다
고 생각해. 평소보다 술을 많이 마셔 어디가 어딘지 헷갈렸거나
혼자 있고 싶어 절벽 근처로 갔을 거야. 그러다 발을 헛디뎠겠
지. 이제 그 기억에서 벗어났다고 생각했는데 아니었나 봐. 소피
가 그렇게 된 뒤로 그 사건도 기억 속에서 다시 되살아났어."

"런던에서는 무슨 일이 있었던 거예요?"

나는 지금껏 한 번도 그 일의 진상을 알려고 하지 않았지만,
이제는 알 때가 되었다고 생각한다.

"마리아한테 들은 적 없어?"

"제대로 들은 적은 없어요."

마리아가 말하려고 하는 걸 내가 막았었다. 마리아와 너무 가

까워지면 필요할 때 발을 뺄 수 없을 것 같았기 때문이다.

"같은 학년에 마리아가 친하게 지낸 남자애가 있었어. 그러다 남자애가 마음이 깊어져 마리아에게 고백했어. 마리아는 친구로만 지내고 싶다고 했지. 그 뒤로 그 남자애와 있으면 불편해서 조금씩 피하기 시작했고. 그때부터 시작됐어."

"뭐가 시작됐는데요?"

"처음에는 마리아의 가방에 쪽지를 넣는 정도였어. '왜 이제는 나를 안 만나줘?', '우리는 함께할 운명이야', 뭐 이런 쪽지들. 그러다 아침마다 학교에 같이 가겠다고 우리 집 앞에서 기다리기 시작했어. 마리아가 같이 가기 싫다고 해도 몇 미터 떨어져 걸으며 우리를 따라왔어."

"부모님한테는 말 안 했어요?"

"처음에는 안 했어. 그냥 웃고 넘겼어. 사실 우리가 십 대였던 80년대에는 애들이 부모한테 말을 많이 안 했잖아. 요즘 애들과는 달라서 다 혼자 처리하려고 했지. 내 딸은 안 그랬으면 좋겠지만."

팀의 말이 무슨 뜻인지 나는 안다. 헨리는 아직 어려서 내게 뭐든 다 말한다. 펼쳐진 책처럼 속이 훤히 들여다보인다. 폴리의 두 딸도 십 대 시절의 나보다는 엄마에게 훨씬 솔직하다. 학창 시절 나는 부모님에게 내 진짜 삶을 보여주지 않았다. 폴리가 오늘 하루가 어땠는지 물어보면 피비와 마야는 순순히 말해준다. 친구들과의 의견 충돌부터 친구들이 베푼 작은 친절까지 모두 말한다. 그러나 나의 부모님은 나를 잘 몰랐고, 지금도 모른다. 어릴 때의 모습과 내가 보여주기로 마음먹은 모습만 겨우 알 뿐이다.

"그렇게 해도 소득이 없자," 팀이 말을 잇는다. "남자애는 수위를 높였어. 밤 늦은 시간에 우리 집 앞에서 마리아의 방 창문을 올려다봤지. 그래도 마리아는 엄마와 아빠에게 말하지 않았어. 그럴 여지를 줬다는 오해를 받을까 봐. 그러다 소문이 퍼지기 시작했어."

마리아가 말하려 했을 때 내가 외면했던 그 소문의 진실이 드디어 밝혀지려 한다.

"무슨 소문이요?"

팀의 표정이 조금 일그러진다.

"끔찍한 소문. 성적인 내용이었어. 단순히 마리아가 이런저런 남자애들과 잤다는 수준이 아니었어. 그 자식은 마리아가 여자애들과도 잔다고 말하고 다녔어. 요즘 십 대 여자애들 사이에서는 괜찮을지 모르겠지만, 그때만 해도 레즈비언은 영아 살해범과 같은 취급을 받았어. 여자애들이 마리아를 노골적으로 피하기 시작했어. 친하게 지냈던 애들까지. 그리고 전에는 눈길조차 주지 않았던 남자애들이 마리아에게 들이댔어. 나중에는 마리아가 남자 세 명과 동시에 잤다는 소문까지 돌았어. 구멍…" 팀이 잠시 말을 멈추고 아랫입술을 깨물며 떨리는 목소리를 진정한다. 그러고는 못다 한 말을 내뱉는다. "구멍마다 한 놈씩 끼고 했다고."

"사람들이 다 그 남자애 말을 믿었어요? 마리아의 친구들도요?"

"소문이라는 게 입에 오르내리기 시작하면 나중에는 저절로 불어나잖아. 사람들은 '아니 땐 굴뚝에 연기 나지 않는다'는 말이 틀린 말은 아니라고 생각해. 성폭행범으로 몰렸던 유명인들을 생각해 봐. 증거 불충분으로 소송이 기각되거나 혐의를 완전히 벗어도 소용없어. 텔레비전이나 라디오에서 그 사람의 얼굴을 보거나 목소리를 들으면 제일 먼저 무슨 생각이 들어? 운 좋게 처벌은 피했지만 진짜 성폭행을 저지르지는 않았을까, 그런 생각이 들잖아."

"그래서 이사를 하게 된 거예요? 결국 마리아가 말씀드려서?"

전학 온 첫날, 학교 식당에서 이사한 이유를 설명하던 마리아가 떠오른다. 더는 생각도 하기 싫다는 표정으로 이전 학교에서 '문제가 좀 있었다.'고 했었다.

"아니. 마리아가 아니라 그 남자애가 말했어. 부모님에게 익명으로 편지를 보냈지. '따님의 안위를 걱정하는 사람이'라고 서명해서. 마리아에 대한… 그 모든 루머를 다 고해바쳤지. 딸에 대해 그런 말을 들은 엄마의 심정이 어땠을지 상상이 가?"

그 엄청난 고통과 공포, 슬픔을 감히 어찌 알겠는가. 증오심에 가득 차 제 딸을 괴롭히는 여자애를 욕하던 폴리가 떠오른다. 마리아가 사라진 다음, 마치 내가 저지른 짓을 아는 듯 나를 빤히 노려보았던 브리짓의 모습도 떠오른다.

"그 남자애, 이름은 뭐였어요? 기억나요?"

"기억나느냐고? 당연하지. 네이선 드링크워터야."

나도 모르게 제자리에 우뚝 멈춰 선다. 그 바람에 뒤에서 오던 유모차가 내 다리에 부딪친다. 아이 엄마가 유모차를 돌려 지나가면서 못마땅하다는 듯 혀를 찬다.

"네이선 드링크워터요? 확실해요?"

분명 마리아의 페이스북 페이지의 친구 목록에 있던 이름이다.

"내가 그 이름을 어떻게 잊겠어? 그런데 왜?"

"그 이름을 아는 사람이 또 있어요? 샨 베이 고등학교 동창들 중에요."

"한둘이 아니지. 맷 루이스의 사촌이 나와 마리아가 다녔던 학교의 학생과 아는 사이였거든. 맷이 그 일에 대해 다 말하고 다녔을 때는 정말 화가 났었어. 기껏 도망쳐 왔는데 노픽까지 소문이 따라왔으니까."

"네이선은 어떻게 됐어요? 이사한 뒤로 그 남자애가 마리아에게 연락한 적이 있나요?"

"아니. 몇 년 전에 죽었다는 소식은 들었어. 그를 아는 사람의 친구가 전해줬지. 사실인지는 모르겠지만."

네이선 드링크워터가 죽었다고? 정말 그는 죽었을까? 만약 아직까지 살아 있다면 마리아를 포기했을 것 같지는 않다. 마리아의 페이스북 친구 목록에 등록된 사람이 정말 그자일까? 어쩌면 마리아가 이사한 뒤로도 마리아를 계속 따라다녔는지도 모른다. 만일 그가 죽지 않았다면 지금 어디에 있을까?

31장
2016년

그날 카페에서 만난 게 마지막이길 바랐다. 하지만 내 단골인 수 플럼프턴이 살고 있는 근사한 집에서 나설 때 피트에게서 전화가 온다. 휴대전화 화면에서 피트의 이름이 계속 깜빡이지만 무시하고 있다. 지금까지는 지극히 평범한 하루였다. 수 플럼프턴이 새로 일을 맡겨 집을 방문했다. 수는 이번에는 손님용 침실을 바꾸고 싶다고 했고, 수와 이야기를 나누는 동안 아이디어가 샘솟았다.

은행 간부인 남편과 이혼한 뒤로 수는 런던의 아름다운 동네에 살면서 테니스를 치고, 친구들과 라떼를 마시고, 치와와를 데리고 덜위치 공원에서 산책을 하고, 화려한 디너파티에 참석했다. 나는 수의 삶이 부러웠다. 수가 디너파티 얘기를 할 때는, 폴리가 마지막으로 우리 집에 왔던 날 함께 먹은 인스턴트 파이를 떠올리며 미소를 지었다. 습관처럼 폴리에게 문자를 보내 그것도 디너파티로 칠 수 있는지 농담처럼 물어보려다가, 그날 이후 폴리에게 아무런 연락이 없다는 사실이 떠올라 그만두었다. 가슴 한구석이 싸하게 아려왔다.

휴대전화 화면에 뜬 피트의 이름을 보니 불안함이 치솟는다. 그의 전화를 계속 무시할 수는 없다.

"여보세요?"

경계하는 목소리로 조심스레 전화를 받는다.

"안녕하세요. 잘 지내요?"

그의 목소리도 조심스럽다.

"그냥 그래요. 고객을 만나고 돌아가는 길이에요."

"지금 어디예요?"

"덜위치 칼리지를 지나가고 있어요." 내가 답했다.

"아, 그럼 내가 있는 곳과 멀지 않네요."

"그래요? 저기, 지금 잠깐 만날 수 있어요? 덜위치 공원 근처에서 만나면 어때요?"

얼른 집에 가서 침실 개조 아이디어를 구체화하고 싶지만, 피트의 전화를 받은 이상 집에 가도 집중할 수 없을 것이다. 나는 공원 근처의 카페 앞에서 만나기로 피트와 약속을 잡는다.

사우스 서큘러 로드를 따라 오른쪽으로 꺾어 5분쯤 걸으니 공원이 나온다. 사우스 이스트 런던 남동부의 부유한 엄마들이 모두 모인 듯 공원 안은 북적거리고, 킥보드를 탄 아이들이 사방에서 튀어나온다. 약속 시간이 될 때까지 공원을 거닌다.

카페 앞에 미리 가서 기다리는데 피트가 약속한 시간보다 조금 더 빨리 도착한다. 오가는 유모차를 피하며 나에게 다가오다, 아이의 세발자전거에 다리를 들이받힌다. 아이의 엄마가 거듭 사과하자 피트는 미소 띤 얼굴로 손사래를 친다.

"안녕하세요."

"안녕하세요."

어쩐지 그의 눈을 오래 보지 못하겠다.

"커피 마실래요? 아니면…"

"괜찮아요. 이미 많이 마셔서요. 커피 마시고 싶어요?"

"나도 괜찮아요. 그럼 그냥 걷죠."

우리는 길을 따라 함께 걷는다.

"경찰은 다시 만났어요?"

"네. 어제 다녀왔어요."

"그럼…."

"아, 우리의 비밀스러운 만남요?" 의도치 않게 비꼬는 말이 튀어나온다. "당연히 말 안 했죠. 그러기로 했잖아요. 당신도 말하지 않았죠?"

"그럼요. 안 그래도 날 의심했을 텐데 의심할 거리를 더 줄 필요는 없죠."

"당신을 의심하던가요?"

"글쎄요. 아마 할 거예요. 증거를 못 찾아 다른 용의자를 찾고 있길 바랄 뿐이에요."

"당신의 혐의를 벗겨줄 증거가 나오지 않을까요? 뭐라도 하나 나왔겠죠."

"그럼 다행이고요."

피트가 작게 한숨을 쉰다. 우리는 또 잠시 말없이 걷는다. 놀이터에서 멀어질수록 아이들의 소리가 점점 희미해진다.

"뭐 하나 물어봐도 돼요?" 피트가 묻는다.

"네."

두 손을 외투 주머니 속에 깊이 찔러넣고 주먹을 쥐며, 내가 답한다.

"왜 내가 범인이 아니라고 확신해요?"

"같이 밤을 보냈잖아요. 잊었어요?" 불안감에 또 비꼬는 말투가 나온다.

"그 전에 내가 소피를 죽였을 수도 있잖아요. 우리가 학교를 떠난 건 11시 이후였고, 경찰 말대로라면 10시 이후로 소피를 본 사람이 없어요. 그렇다면 시간이 충분하잖아요. 그러니까… 내가 소피를 숲 속으로 유인할 시간이요."

심각한 상황인데도 웃음이 나온다.

"방금 이유를 말하셨네요." 내가 말한다.

"뭐가요?"

"'숲 속으로 유인'한다는 설정이요. 정말 소피를 죽였다면 그렇게 허술하지 않았겠죠?"

"그럼 어떻게 해요?"

"글쎄요. 아무튼 숲 속으로 유인해서 누군가를 죽인다는 건 형편없는 영화에나 나오는 장면이잖아요."

"지금 내 말을 듣고 그렇게 생각한 건 그렇다 쳐요. …그러면 지금까지는 왜 나를 의심하지 않았어요?"

피트의 질문에 바로 답하지 않고 근처에 있는 벤치에 앉자고 제안한다. 피트가 벤치의 중간쯤에 앉는 걸 보고 나는 한쪽 끝에 앉으려 하니 널빤지 하나가 부러져 있다. 부러진 널빤지의 삐죽삐죽한 가장자리를 피하려고 피트의 바로 옆에 앉는다. 가까이 붙어 앉았는데도 피트는 옆으로 자리를 옮기지 않는다.

"루이즈?"

피트의 무릎과 내 무릎이 닿을락 말락 한다. 허벅지에 올려져 있는 피트의 손이 보인다. 손을 계속 뜯었는지 손톱 주변의 피부가 벗겨져 있다.

"당신을 의심하지 않는 건 누가 소피를 죽였는지 알기 때문이에요."

나도 모르게 말이 주르르 흘러나온다.

"뭐라고요?" 피트가 벌떡 일어나 나를 돌아본다. "그게 대체 무슨 소리예요? 누군지 알면 왜 경찰에 말하지 않았어요?"

"미안해요. 내가 말을 잘못 했네요. 범인이 누군지는 몰라요. 나와 소피에게 메시지를 보낸 사람과 소피를 죽인 범인이 같다는 걸 안다는 뜻이에요. 사실 이 사건은 소피와 내가 고등학교에 다닐 때 일어난 일과 관련이 있어요."

"친구를 괴롭혔다는 그 일요? 그리고 메시지라니, 무슨 메시지요?"

다소 진정되었는지 피트가 다시 자리에 앉는다. 그에게 모든 걸 다 털어놓을 생각을 하니 긴장이 풀리고 가슴속의 매듭이 조금 느슨해진다. 피트는 나 못지않게 잃을 게 많으니 비밀을 지켜줄 것이다.

"페이스북 안 하죠?"

"네. 그때 말했지만 SNS는 아예 안 해요."

"나는 해요."

그때부터 나는 나의 이야기를 털어놓았다. 졸업 파티 때 있었던 일을 말할 때는 말을 고르느라 더듬거렸다. 그리고 말하는 내내 초조하게 그의 표정을 살폈다. 그러나 피트는 별다른 내색을 보이지 않고 내 이야기를 끝까지 침착하게 들어주었다. 나는 피트에게 마리아의 메시지와 인터넷 데이트 사이트, 공원에서 헨리를 잃어버릴 뻔한 일까지 남김없이 모두 말했다.

"이제 알겠죠? 소피를 죽인 범인이 누군지는 모르겠지만, 아무튼 그가 나에게 메시지를 보냈어요. 졸업 파티 때 우리 주변에 있었던 사람일 수도 있고… 어쩌면 마리아일지도 몰라요. 이제 경찰이 나와 소피의 관계에 관심을 가지는 걸 내가 왜 그렇게 피하려 했는지 알겠어요? 소피의 남자 친구와 호텔 방에서 밤을 보낸 사실을 왜 그렇게 숨기려 했는지 알겠느냐고요."

"알 것 같아요. 하지만…."

"어때요? 이제 내가 끔찍하게 싫죠?"

눈물이 핑 돈다. 부끄럽지만 나는 철없는 아이처럼 피트에게 '아니'라는 답을 듣고 싶다.

"마리아에게 한 짓 때문에 싫으냐고요? 아뇨. 어릴 때였잖아요. 당신은 그저 잘못된 선택을 했을 뿐이에요. 물론 그 선택이 뜻하지 않게 비극적인 결과를 낳았지만, 누구나 살면서 잘못된 선택을 해요. 그리고 이미 그 대가를 충분히 치른 거 같은데, 아닌가요?" 피트가 다정한 눈빛으로 내 손을 잡는다. "루이즈, 아직 모르겠어요? 그거면 바로 내 혐의를 풀 수 있어요. 당신이 경찰에 그 사실을 말해주기만 하면…."

깨물리기라도 한 것처럼 소스라치게 놀라 잡힌 손을 얼른 빼낸다.

"안 돼요. 말했잖아요. 나는 못 해요."

"알아요. 이해해요. 하지만 마리아의 메시지에 대한 것만 말하면 되잖아요. 음료에 약을 탄 건 물론이고 마리아를 괴롭힌 이야기도 할 필요 없어요."

"경찰은 마리아가 왜 나를 찾아냈는지, 내가 무슨 짓을 했는지 물을 거예요. 답하기 곤란한 질문을 할 거라고요."

"하지만 마리아의 메시지에 엑스터시에 대한 말은 없었다면서요. 그냥 여자애들끼리 싸운 일 정도로 생각할 거예요. 경찰은 관심도 갖지 않을 거라고요."

"메시지의 내용이 뭘 뜻하는지 캐낼 거예요. 그러다 결국 마리아든 아니든 메시지를 보낸 사람을 찾아내겠죠. 그자는 내가 한 짓을 경찰에 말할 거고요…. 그것만은 안 돼요. 당신은 이해 못 해요."

그러나 샘은 이해했다. 나를 이해한 유일한 사람이었다. 내 안의 나는 여전히 그와 함께했던 시절로 돌아가길 갈망한다. 샘이 침묵으로 나를 보호해주었던 둘만의 세상으로 돌아가고 싶다.

피트가 두 손으로 얼굴을 감싸며 말한다.

"내가 그날 밤 일은 경찰에 말하지 말자고 했죠?"

"네."

"실은 나도 경찰을 피하고 싶은 이유가 따로 있어요. 대학 다닐 때 친하게 지낸 여자애가 있었어요. 뭐랄까… 좀 예민하고 특이한 친구였어요. 둘 다 기숙사에서 살았고 여자애가 내 방에서 자고 갈 때가 많았지만, 성적인 접촉은 전혀 없었어요. 여자애는 원했던 것 같지만요. 그러다 어느 날 누가 내 기숙사를 찾아왔어요. 경찰이었어요. 성폭행 신고를 받았다고 하더군요. 그녀였어요. 내가 자기를 강제로… 범하려 했다고 말했대요. 꼼짝 못하게 제압한 뒤에 응하지 않으면 해치겠다고 협박했다고…. 그러다 당하기 전에 간신히 도망쳤다고…." 내내 시선을 땅에 고정하고 있던 피트가 고개를 들고 나를 바라본다.

"그때는 혐의를 벗었어요. 아무 짓도 하지 않았기 때문에 증거가 없었으니까요. 하지만 경찰은 내 말이 아니라 그녀의 말을 믿었어요. 나를 쓰레기 취급했죠. 복도를 걸으면 수군대는 소리가 들리고 시선이 느껴졌어요. 여자 친구도 생기지 않았어요. 그 일이 있은 뒤로는 여자들이 내 근처에 얼씬도 하지 않았죠. 나는 요즘 그때의 악몽이 되살아나는 것 같아요. 사람들이 무슨 생각을 하는지 알아요. 소피와 싸운 뒤에 내가 사라졌으니 범인은 뻔하다고 생각할 거예요. 아니 땐 굴뚝에 연기 나지 않는다면서요. 제발 부탁이에요, 루이즈. 마리아의 메시지, 경찰에 말해줘요. 경찰이라면 추적할 수 있을 거예요. 이 사건의 진짜 범인이 누군지 알아낼 거라고요."

"안 돼요." 내가 조용히 답한다. "이제 와서 마리아의 메시지에 대해 말하면, 경찰은 내가 왜 그동안 거짓말을 했는지 알아내려고 할 거예요. 게다가 증거는 없을지 몰라도 졸업 파티 때 마리아에게 무슨 일이 있었는지 아는 사람은 나뿐이 아니에요. 메시지를 보낸 자가 누군지는 모르지만 그자는 내가 한 짓을 알고 있어요. 한번 문을 열면 다 쏟아져 나올 거예요. 그땐 멈출수 없어요. 감옥에 갇혀 아들을 잃을 수도 있다고요."

"감옥에 가는 일은 없어요, 루이즈. 이건 그렇게 확대 해석할 일이 아니라고요. 잘 생각해 봐요."

정말 피트의 말이 맞는 건 아닐까? 그날의 일을 숨겨야 한다는 생각으로 머릿속이 가득 차 상황을 객관적으로 보지 못하고 있는 건 아닐까? 진실을 감추고 산 세월이 너무 길어 이제는 무엇이 옳은지조차 모르겠다. 내가 한 짓의 비밀을 지켜야 한다는 믿음이 나만큼 확고했던 샘과 너무 오랜 시간을 함께한 탓에 내 판단력이 흐려진 걸까. 어쩌면 샘도 나처럼 생각이 한쪽으로 치우쳐 이성적인 사고가 불가능해졌는지도 모른다.

설사 그렇다 해도 나는 헨리를 위해 비밀을 지킬 것이다. 마리아의 죽음에 내가 법적으로 책임을 질 가능성이 거의 없더라도, 굳이 위험을 무릅쓸 수는 없다.

"아뇨." 내가 말한다. "우리는 계속 입을 다물어야 해요. 지금처럼요."

피트가 내게서 눈길을 거두며 괴롭다는 듯 고개를 절레절레 흔든다.

이제 내가 마지막 한 방을 날릴 차례다. 심호흡을 하고, 그날 밤 피트와 나 사이에 튀었던 불꽃을 완전히 꺼트릴 말을 내뱉는다. "우리가 호텔에서 함께 있었다는 사실을 잊지 말아요. 나도 당신의 비밀을 지켜주고 있다는 걸."

걸어가는 피트의 뒷모습을 보니 문득 궁금해진다. 나는 앞으로 정상적인 인간관계를 맺을 수 있을까? 과거의 오점이 나의 미래까지 더럽히는 건 아닐까? 피트를 좋아하는 마음이 더 생기기 전에 일이 이렇게 돼 차라리 다행이다. 어차피 언젠가는 벌어졌을 일이다.

내 마음속은 너무나 혼란스럽고 어둡다. 누군가와 함께하기에는 외로움이 너무 깊다.

32장
2016년

피트와 헤어진 뒤로 며칠째 우울한 날을 보냈다. 다행히 고객을 만날 일은 없었다. 헨리의 손을 꼭 잡고 등하교시킬 때를 빼고는 내내 집에 있었고, 헨리가 학교에 있는 동안에는 거의 침대에서 보냈다.

지난 주말에는 헨리가 샘의 집에 갈 예정이었지만, 무슨 일이 생겼는지 샘이 날짜를 바꾸자고 해 헨리와 더없이 행복한 시간을 보냈다.

일이 밀렸다는 건 안다. 몇 주 동안 처리한 일이 거의 없다는 걸 알면 로즈메리가 나와 관계를 영영 끊을지 모른다. 그래도 도통 일이 손에 잡히지 않는다. 계속 안절부절못하고 주변을 힐끔거린다. 소피의 시신이 숲속에 널브러져 있는 장면이 계속 떠오른다. 어딘지 모를 곳에 차가운 송장으로 누워 있는 내 모습이 머릿속에서 지워지질 않는다.

헨리를 학교에서 데려와 침대에 눕힐 때까지 태연한 척 연기하려면 낮 시간 동안 체력을 비축해야 한다. 학교에 다녀온 헨리가 피곤했는지 금세 잠이 든다. 오늘도 헨리는 공원에 가고 싶어 했지만 지난번 사건 이후로는 엄두가 나지 않아 가지 못했다. 찻잔에 물을 붓고 있는데 초인종이 울린다. 깜짝 놀라 움찔한 뒤, 손에 들린 찻숟가락을 멍하니 바라본다. 이 시간에 예고도 없이 누가 왔을까?

입고 있는 낡아빠진 운동복이 신경 쓰인다. 마지막으로 샤워를 한 게 언제인지조차 모르겠다. 혀로 치아를 훑으니 꺼끌꺼끌하다. 오늘 닦지 않은 건 확실하고 어제도 닦지 않은 것 같다. 누군지는 몰라도, 숨을 죽이고 있으면 그냥 돌아갈 것이다.

초인종이 다시, 이번에는 두 번 연속 울린다. 곧이어 요란하게 문을 두드리는 소리가 들린다. 레이놀즈일지도 모른다. 레이놀즈라면 어차피 찾아낼 테니 숨어봤자 소용없다. 찻숟가락을 내려놓다 보니, 조리대 위에 지난 며칠 동안 쓴 숟가락과 잔이 어지럽게 널려 있다. 내가 뭘 먹기는 했나? 내내 차만 마셨던 걸까? 기억이 나지 않는다.

천천히 복도를 따라 걸어간다. 반투명 유리 너머로 사람의 형체가 흐릿하게 보인다. 숨을 죽이고 현관으로 다가가 문을 홱 열어젖힌다.

"아, 당신이구나." 샘이 들어올지 말지 몰라 한 손을 손잡이에 올린 채로 있는 걸 보고 내가 말한다.

"너무하네." 꾀죄죄한 내 차림새를 위아래로 훑어보며 샘이 말한다. "그렇게 내가 안 반가워?"

"…웬일이야?"

"진짜 너무하네. 손님이 왔는데 음료수라도 권해야 하는 거 아니야?"

반박할 말이 없어 뒤로 물러선다. 늘 그렇듯 그가 들어서니 현관이 꽉 들어찬다. 이 집은 그에게 너무 작다. 그가 있는 곳은 어디든 좁아 보인다. 나 같은 독신 여자에게나 어울리는 집이다.

주방으로 가면서 샘이 거실을 가만히 들여다본다.

"와, 완전 달라졌는데?"

그가 우리 집에 발을 들인 건, 내가 외로움을 못 이기고 그를 다시 받아들일 뻔했던 18개월 전 그날 이후 처음이다. 그 뒤로 꽤 오랜 시간이 지났지만, 다 놓아버리고 싶을 정도로 강렬했던 그날의 감정이 아직도 생생하다. 그때 이후 나는 문간에서 헨리를 넘겨주거나 넘겨받을 때만 샘을 만나려고 애썼다. 가끔 헨리에 대한 문제를 의논해야 할 때는 집이 아닌 다른 장소에서 만났다.

"아, 기대에 못 미쳐 미안하네." 내가 생각한 것보다 더욱 냉담한 목소리가 튀어나온다. "왜, 당신을 위한 성지가 아니라 실망했어? 벽난로 위에 당신 사진이라도 크게 걸어놓을까?"

당황한 표정이다. "미안, 내 말은…, 좋아 보인다고. 그냥 달라 보인다는 뜻이었어."

씻지 않은 찻잔과 숟가락, 지저분한 바닥을 보고 샘이 애써 담담한 표정을 짓는다.

"평소에는 이렇지 않은데, 요 며칠 좀 힘들어서."

"괜찮아, 루이즈. 신경 쓰지 마." 말은 그렇게 하지만 샘이 걱정스러운 눈빛을 감추지 못한다.

"잠깐만 기다려줘." 양해를 구하고 얼른 욕실로 간다.

굳이 이럴 필요 없다는 마음의 소리를 애써 무시하며 이를 닦고 찬물로 대충 세수를 한다. 얼룩이 묻은 운동복 상의를 평범하지만 깔끔한 옷으로 갈아입고는, 아까보다 조금 더 사람다운 모습으로 다시 주방에 간다.

"차 마실래?" 다 쓴 그릇을 모으고 행주로 서둘러 조리대를 닦으며 내가 묻는다.

"그보다 센 걸 마시고 싶은데."

부스러기가 깔린 접시를 한쪽으로 밀면서 샘이 탁자에 앉는다. 나는 접시를 낚아채 식기세척기에 되는 대로 집어넣는다.

"냉장고에 와인 있는데 좀 꺼내줄래? 나 이거 하는 동안 그거라도…"

식기세척기를 가리키며 내가 부탁한다.

샘이 천천히 일어나 와인을 꺼낸 뒤 찬장 맨 위 칸에서 잔 두 개를 꺼낸다. 샘이 떠난 뒤에도 그릇 위치 등을 하나도 바꾸지 않은 바람에 샘은 여전히 어디에 뭐가 있는지 잘 안다. 샘이 와인을 두 잔 따라 한 잔을 내 쪽으로 민다.

"앉아, 루이즈. 나 때문이면 치울 필요 없어."

샘이 가고 나면 이 무기력을 털어내리라 다짐한다. 나는 샘의 맞은편에 조심스레 앉는다.

"자, 원하는 대로 들어오게 해줬고 술도 줬으니 말해. 왜 왔어? 헨리는 자는데…"

와인을 들이켜며 무뚝뚝하게 말한다. 지금은 샘과 심리 게임을 할 기분이 아니다. 나를 보는 그의 시선이 신경 쓰이지 않는다.

"헨리가 아니라 당신 보러 온 거야. 대화할 사람이 필요했어. 소피 일도 그렇고 이런저런 이야기를 하고 싶었어. 정말 끔찍한 일이 우리 주변에 생겼어."

진심으로 속상해하는 표정을 보니 마음이 누그러진다.

"알아. 나도 소름 끼쳐. 경찰 조사는 받았어?"

"응. 그날 소피와 오래 이야기한 걸 두고 나와 맷을 의심하는 눈치였어. 학교 다닐 때 제일 친한 친구였으니 당연한 일이었는데도 말이야."

"정말? 당신이 소피의 제일 친한 친구였어?"

나는 학창 시절 친구라는 범주에 남자애를 포함시킨 적이 없다. 친하게 지낸 남자애가 없지는 않았지만, 내가 열여섯 살 때는 이미 남자와는 친구가 될 수 없다고 생각했다. 내가 좋아하든 좋아하지 않든, 남자는 언제나 나와는 다른 존재이며 같이 있으면 늘 조금씩 긴장했었다.

"제일 친하지 않았을지 몰라도 같이 어울려 다녔으니까. 너도 알잖아."

정말 그것뿐일까? 나는 그 시절의 소피와 샘, 마리아를 떠올리면 늘 복잡한 감정에 휩싸인다. 마리아에게 친구 요청을 받고 소피가 죽은 뒤로 그 감정은 더욱 복잡해졌다. 마치 사방이 거울로 둘러싸여 내 모습이 온통 왜곡돼 보이는 방에 갇혀 길을 잃은 기분이다.

"혹시… 경찰에 페이스북 건도 말했어? 마리아의 메시지 말이야." 불안해 보이는 샘이 이어서 말한다. "아니, 내 말은 경찰이 알면 당신에게도 안 좋고, 또…"

"당신은 엑스터시를 구해줬지." 끝내지 못한 말을 내가 대신 완성한다.

샘이 어깨를 으쓱하고 와인 잔의 손잡이를 빙빙 돌리며 말한다.

"이번 일로 이런저런 생각이 들었어."

"무슨 생각?"

"과거에 대한 생각. 무슨 뜻인지 알지?"

바로 답해주기 싫어, 모르겠다는 듯 눈썹을 치켜세운다.

"너랑 나는 그 모든 일을 같이 겪었잖아. 그래서 함께 있으면 편했고. 안 그래?"

"그런가?"

지금은 전혀 편하지 않다. 못다 한 말들이 금방이라도 터져나올 듯 혀끝을 맴돈다.

"루이즈. 나한테 아직 화난 거 알아. 화내는 게 당연하다는 것도. 나 때문에 상처받았고 여러 가지로 실망했을 거야. 정말 미안하게 생각해. 진심이야. 그래도 나는 너랑 친구로 지냈으면 좋겠어. 특히 지금은… 너도 너를 이해해줄 친구가 필요할 거라고 생각해. 진실을 아는 친구 말이야. 나처럼."

맞는 말이다. 나는 그런 친구가 절실히 필요하다. 물론 그와 다시 얽혀서 내 삶에 그를 끌어들일 생각은 전혀 없다. 그러나 지금 나를 이해할 사람은 오직 샘뿐이다. 내 발밑에서 샘이 두 팔을 활짝 벌리고 서 있다. 그의 품속에 몸을 내던지고 싶다.

"페이스북으로 메시지 온 거 더 없어?" 샘이 묻는다.

샘은 내가 마리아에게 친구 요청을 받은 뒤로 메시지를 더 받았다는 걸 모른다. 헨리가 언급된 메시지는 말할 엄두가 나지 않는다. 왜 진작 말하지 않았느냐고 불같이 화를 낼 것이 뻔했기 때문이다. 그래서 샘의 질문에 답하는 대신 도리어 내가 질문을 던진다.

"샘, 마리아가 아직 살아 있는 게… 가능할까?" 갑자기 눈물이 울컥 차오른다. "정말 마리아가 친구 요청을 한 거면 어쩌지? 내가 약을 탄 걸 알아낸 게 분명해. 다른 사람이 알고 있거나."

샘이 내 손을 잡는다. 나도 모르게 손가락을 구부려 샘의 손을 감싼다.

"아니, 루이즈. 그건 불가능해. 그럼 왜 이때까지 그 긴 시간을 기다렸겠어? 누군지 몰라도 그냥 너를 겁주고 싶어 하는 미친놈일 거야."

"하지만 에스더도… 마리아가 사라진 뒤로 매년 생일마다 마리아에게 선물을 받고 있어."

"뭐?"

"우편으로 선물이 온대. 마리아의 이름으로."

샘이 얼굴을 찡그린다. 방금 들은 정보를 해석하려 애쓰며 머리를 굴리는 표정이다.

"미안, 누가 선물을 받았다고?"

"에스더 하코트. 우리랑 같은 학년이었잖아. 동창회에서 나랑 이야기 많이 한 애."

"기억 안 나."

샘이 어깨를 으쓱한다. 가진 자와 가지지 못한 자가 나뉘는 학창 시절의 비극을 압축해 보여주는 몸짓이다. 샘이 에스더를 기억하지 못하는 건 당연하다. 매력적이지도, 인기가 많지도 않았던 에스더가 샘의 눈에 띄었을 리가 없다. 나도 소피의 친구가 아니었다면 그의 눈에 들지 않았을 것이다. 순간 과거를 바꾸고 싶은 갈망이 또다시 엄습한다. 소피를 버리고 용감하게 에스더의 곁을 지켰다면 얼마나 좋았을까. 나에게 지금의 고통을 초래한 사람은 그 누구도 아닌, 인정과 인기를 갈구했던 비겁하고 소심한 나 자신이다.

"어쨌든 소피를 죽인 범인은 마리아의 이름으로 페이스북 페이지를 만든 자와 동일인일 거야." 샘이 말을 잇는다. "아까도 말했지만 웬 미친놈이겠지. 마리아로부터 그런 메시지가 온 거 경찰도 알아?"

"모르겠어. 나는 말 안 했지만 에스더는 했을지도 몰라. 마리아 이름으로 선물을 처음 받았을 때 경찰에 신고했지만 경찰이 별 관심을 안 보였다고 했어."

샘이 의자에 등을 기대며 내 손을 놓는다.

"다음에 또 경찰에서 연락이 오면 나한테 말해줄래?"

"그럼, 당연하지."

"마리아의 이름으로 메시지가 와도 말해주고."

그러겠다고 약속하지만 나는 그 약속을 지키지 않을 것이다. 이 문제에 있어 나는 늘 혼자다. 폴리는 내가 마리아에 대한 일을 털어놓은 뒤로 연락을 끊었다. 도움을 받겠다고 샘을 끌어들일 수는 없다. 샘이 다시 내 삶에 스며들 구실을 주고 싶지 않다. 잔이 비어 와인을 따르자 샘이 자기도 달라는 듯 잔을 내 쪽으로 민다. 나는 샘의 잔을 채워준다. 술을 더 마신다고 큰일이 벌어지지는 않을 것이다.

"그나저나 잘 지내?" 샘이 묻는다. "일은 어때?"

"좋아. 수 플럼프턴이 또 일을 맡겼어. 기억나?"

"아, 그 우아하신 플럼프턴 양? 아직도 그 시끄러운 개 키워?"

"롤라? 그럼. 여전히 팔팔해. 전에 거실을 개조할 때는 롤라의 전용 침대 디자인까지 짰어."

"설마!"

"진짜야. 재밌지?"

긴장이 풀리고 편안한 대화가 이어진다. 그 모든 일을 겪고도 나는 이 시간이 그리웠다. 헨리가 태어나기 전에는 저녁마다 샘과 함께 와인을 마시며 하루 동안 있었던 흥미로운 일을 이야기하곤 했었다. 그러다 헨리가 태어나고 몇 달이 지나면서 둘만의 시간은 점점 줄어들었다. 나는 잠을 못 자 몽롱한 상태로 울음을 그치지 않는 헨리를 안고 달래느라 집 안을 왔다 갔다 했고, 샘은 침실에 틀어박혀 고집스레 노트북만 들여다보았다. 몇 달 뒤 헨리가 아침까지 깨지 않고 자기 시작했지만, 둘만의 편안한 시간은 영영 되찾지 못했다. 우리에게 전적으로 의존하는 가족이 한 명 늘어나면서 샘과 나의 관계는 균형을 잃었다.

나는 샘과 대화를 계속 이어가고 싶어, 이혼한 뒤로 연락이 끊긴 샘의 친구들이나 하는 일에 대해 묻는다. 둘 다 아는 골치 아픈 문제는 절대 언급하지 않으려 했지만, 유감스럽게도 샘의 엄마가 화제에 오르자 샘이 내 신경을 건드리고 만다.

"데이지한테 아주 푹 빠지셨어. 헨리 때보다 훨씬 심해. 왜 그러지? 손녀딸이라 그런가…. 아무튼 애를 어찌나 예뻐하는지 애 버릇 다 망쳐 놔."

가슴이 아린다. 세상을 곧이곧대로 믿는 나의 아들, 헨리가 떠오른다. 샘의 엄마가 손녀인 데이지를 더 사랑하는 게 정말 단순히 여자애라서일까? 아닐지도 모른다. 아마 나 때문일 것이다.

그녀가 나를 좋아하지 않는다는 느낌은 늘 받았었다. 물어보지는 않았지만, 캐서린은 시어머니의 사랑을 받고 있는지 궁금하다. 샘이 데이지를 화제에 올리니 나도 별 수 없이 껄끄러운 주제를 건드린다.

"두 번째로 겪어보니 어때? 아빠가 되는 거 말이야."

"어, 아주 좋아. 애가 영리해. 뭐든 빨리 배우고."

더없이 적절한 답이지만 샘의 목소리에 왠지 날이 서 있다. 나는 어색한 분위기를 풀지 않고 잠자코 샘의 뒷말을 기다린다.

"좀 피곤하긴 해. 다른 건 할 시간이… 거의 없거든."

내 표정을 읽었는지 얼른 말을 잇는다.

"알아, 알아. 아내가 애한테만 관심을 쏟아 소외감을 느끼는 불쌍한 남자, 너무 진부하지?"

샘이 웃으며 말한다. 샘은 나도 웃을 줄 알았겠지만, 나에게는 너무 아픈 이야기라 웃는 시늉조차 하지 못한다.

"당신도 힘들겠지." 나는 애써 적당한 답을 고르지만, 뒷말을 막지는 못한다. "혼자 남아 두 살배기를 키운 나보다 힘들진 않겠지만…"

"이런. 내가 괜한 말을 했네." 샘이 민망하다는 듯 한 손으로 머리를 넘기고 목덜미를 문지른다. "미안해, 루이즈. 정말 미안해. 우리한테 아이가 생겼을 때 당신이 힘들었을 거란 거 알아."

힘들다는 말은 너무 가볍다. 헨리를 갖기까지 나는 이루 말할 수 없는 고통을 견뎌야 했다. 망할 주사와 진료가 끝도 없이 이어졌다. 아, 기다림의 고통은 더 심했다. 결과가 나올 때까지 다른 일에는 전혀 집중할 수 없었다. 게다가 너무 빨리 임신 테스트를 하면 양성인데도 음성으로 나올 수 있어 최대한 검사를 미뤄야 했다. 무엇 하나 쉬운 게 없었다. 다른 사람의 임신을 바라보는 고통은 또 어떤가. 30대 중반쯤에는 한동안 거의 매일 페이스북에 초음파 사진을 스캔한 사진이 올라오거나, '임신 소식을 알립니다!'라고 제목을 단 단체 메일이 왔다.

"나도 기뻐." 애써 진심을 담아 말한다. "헨리에게 여동생이 생겨서. 우리의 소원이었잖아."

"음. 소원은 함부로 빌면 안 되나 봐."

"아, 샘. 괜히 그럴 거 없어."

"아니, 농담 아니야. 물론 데이지가 너무나 사랑스럽기는 해. 하지만… 쉽지는 않아. 아기가 태어나니까 부부 관계를 유지하기가 힘들어. 당신과 살 때는 이 정도로 힘들지는 않았는데."

당연히 샘은 힘들지 않았을 것이다. 샘을 힘들지 않게 하려고 내가 무리했으니까. 나는 샘이 원하는 건 뭐든 들어주었다. 지나친 부탁을 해도 절대 거절하지 않았다. 그가 원래의 삶을 유지할 수 있도록 내 능력이 미치는 한 최선을 다했다. 샘은 내가 한 짓을 알고도 나를 사랑하는 유일한 사람이었다. 순간 늘 빚진 기분으로 부담을 느끼며 살아 왔던 내가 안쓰럽게 느껴진다. 나는 샘이 나를 선택하고 내 곁에 있어주는 것만으로도 고마워했다.

"아이가 클수록 편해질 거야."

나도 겪어보지 않은 세계지만 샘을 위로한다.

대화는 한 시간이 지나도록 이어진다. 두 번째로 딴 와인 병이 반쯤 비워져 있다. 와인과 지난날에 대한 향수, 샘을 향한 갈망에 취해 반쯤 제정신을 잃은 내 모습이 보인다. 나를 내려놓고 다시금 그에게 마음을 열고 싶은 생각이 든다. 그러나 지난 2년 동안 어렵게 이룬 평정을 유지하고 스스로를 지키려면 이 충동을 억눌러야 한다.

헨리가 화제에 오르자, 샘이 나를 떠날 때 느낀 또 하나의 엄청난 상실감이 떠오른다.

그때 샘이 손목시계를 흘깃 보고 움찔한다.

"이런, 시간이 벌써 이렇게 됐네. 가야겠다."

샘의 말이 떨어지자마자 나는 벌떡 일어나 잔과 술병을 옆으로 치운다.

"어, 그래. 얼른 가. 옷 줄게."

샘의 재킷을 가지러 서둘러 현관으로 가자 샘이 뒤따라온다.

"잠깐 헨리 좀 보고 가도 돼?"

아이를 매일 보지 못하는 아빠의 그리움이 목소리에 묻어나, 헨리의 방문을 열어준다. 꼬마 기관차 토마스가 그려진 야간 등이 푸르스름한 빛을 드리운다. 샘이 침대 맡에 무릎을 꿇고 앉아 헨리를 바라본다. 자다가 더웠는지 잠옷이 훌러덩 벗겨져 있고 땀에 젖은 머리카락이 이마에 들러붙어 있다. 샘이 헨리의 말랑말랑한 등을 쓰다듬자 헨리가 몸을 뒤척이며 꼬질이 담요를 얼굴 가까이 당긴다.

무표정한 얼굴로 다시 현관으로 향하지만, 나는 지금 샘의 마음이 어떨지 안다. 샘은 본인이 치르고 있는 대가가 얼마나 큰지 뼈저리게 느끼고 있을 것이다. 그는 매일 밤 이 기쁨을 누리지 못하는 대가를 치르고 있다. 그리고 나도 헨리가 샘의 집에 갈 때마다 같은 대가를 치른다. 샘에게 재킷을 건네던 내 손이 그의 손에 스친다. 순간 전기에 감전된 듯 온몸에 전율이 흐른다. 둘 사이에 뜨겁고 위협적인 침묵이 흐른다. 샘의 표정이 의미심장해지면서 무슨 말을 하려 한다. 그 말을 듣고 싶지만 그랬다가는 지난 2년간의 노력이 물거품이 될 것이다. 내가 잡아채듯 손을 거두자 재킷이 바닥에 떨어진다. 샘이 몸을 굽혀 재킷을 줍는 사이, 얼른 현관문을 열어 찬바람을 맞는다.

"만나서 반가웠어."

샘의 볼에 입을 맞추고 바로 뒤로 물러나 샘에게는 입을 맞출 틈을 주지 않는다. 내가 갑자기 서둘러 당황할 만도 한데 샘은 무표정한 얼굴이다.

"잘 있어, 루이즈. 그리고 알려 줘. 혹시…."

"알아. 그럴게. 잘 가."

문밖으로 샘을 밀다시피 하고는 굳게 문을 닫는다. 주방으로 돌아와 조리대에 기대서서 두 팔로 내 몸을 꼭 감싼다. 나를 지킬 사람은 오직 나 자신뿐이다. 앞으로는 샘으로부터 나를 더 잘 지키겠다고 다짐한다. 바람이 덜컹거리는 소리에 창문 너머를 내다보지만, 보이는 건 유리창에 비친 내 모습뿐이다.

33장
2016년

집이 예전 같지 않다. 나에게 집은 세상으로부터 도망칠 수 있는 유일한 피난처였다. 그러나 지금은 집에 있어도 불안하다. 전에는 늘 조용한 위층 여자, 마니가 고마웠다. 무슨 일을 하는지는 모르지만 오십 대로 보이는 마니는 출근했다가 퇴근해 집에서 잠만 잤다. 마니의 집에서는 아무 소리도 들리지 않았다. 몇 년 전 내 품에서 꼼지락대며 울어대는 헨리를 달래느라 마룻바닥을 서성일 때도 마니는 불평 한 번 하지 않았다. 이제는 삐걱거리는 발자국 소리, 요리하는 소리, 텔레비전 소리, 친구들과 한잔하는 소리가 위층에서 나면 안심이 될 것 같다. 그러나 늘 그랬듯 마니는 아무 소리도 내지 않는다.

어젯밤의 일이 머릿속에서 떠나질 않는다. 현관에서 그와 그렇게 야릇한 순간을 맞을 줄은 상상도 하지 못했다. 순간의 충동에 휩쓸리지 않아 다행이다. 그러나 익숙하고 편안한 그의 손길에 몸을 맡기고 안도감을 얻고 싶은 마음이 전혀 없다고 하면 거짓말일 것이다. 그간의 고통, 특히 샘과 헤어질 때 겪은 고통을 억지로 떠올리며 마음을 다잡는다. 나는 옳은 일을 했다. 결코 2년 전으로 되돌아갈 수는 없다.

아침부터 에스더에게 몇 차례 전화가 왔지만 받지 않았다. 음성 메시지를 남기지는 않았다. 레이놀즈 경위의 전화도 받지 않왔지만, 그녀는 최대한 빨리 전화해 달라는 메시지를 남겼다. 전화를 너무 미루면 집까지 찾아와 집요하고 빈틈없는 질문으로 공격을 퍼부을 것이다. 그래도 레이놀즈와 다시 마주하는 순간을 최대한 미루고 싶다.

식탁에 앉아 이메일을 건성으로 훑어보고 있는데 초인종이 울린다. 사람이 없는 척할까 잠시 고민하다가, 초인종이 다시 울리자 천천히 현관을 향해 걸어간다.

"아."

문 앞에서 에스더가 내 차림새를 훑어보며 말한다.

"갑자기 와서 미안."

"괜찮아." 레이놀즈가 아니라 마음이 조금 놓이지만, 왠지 모르게 불안한 마음은 여전하다. "웬일이야? 우리 집은 어떻게 알고?"

"세리나 쿡 기억나?"

유서를 작성하겠다고 약속을 잡을 때 댄 내 가짜 이름이다.

"진짜 주소를 댔을 거 같아서. 즉흥적으로 가짜 주소를 대기는 힘드니까."

"그렇네."

서로 눈치를 보며 둘 다 잠시 그대로 서 있다.

"저기… 들어올래?" 내가 말한다.

주방이 여전히 엉망이지만, 오늘은 치우기는커녕 예의상 사과할 마음도 들지 않는다.

"차 마실래?"

"좋지. 고마워."

에스더가 의자 뒤에 외투와 가방을 단정하게 걸고 앉는다. 물이 끓기를 기다리는 동안 어색한 침묵이 흐른다. 머그잔을 들고 자리에 앉아 에스더가 용건을 말하길 기다린다.

"경찰서에 다시 갔었어." 에스더가 입을 연다.

"너도?"

"응. 너한테도 보여줬어?"

"뭘?"

올 것이 왔다. 나는 그녀가 무슨 말을 할지 안다.

"목걸이. 마리아의 목걸이."

어떤 거짓말을 할지 머리를 굴린다. 경찰이 내게는 보여주지 않았다고 할지, 보여주었지만 마리아의 것인지 몰랐다고 할지 고민한다. 순간 내 안의 무언가가 툭 끊어진다. 얼굴이 일그러지고 뜨거운 눈물이 왈칵 쏟아진다.

에스더가 손을 내밀어 내 팔을 부드럽게 쓰다듬는다.

"미안해. 이러려고 물어본 말은 아니었는데. 아니면 혹시… 또 메시지를 받은 게 있어서 우는 거야? 그 뒤로 더 받았어?"

나는 의자에서 일어나 식탁 한쪽에 놓인 두루마리 휴지를 뜯어 코를 푼다.

"나한테 잘해주지 마. 안타까워하지도 마. 다 내 잘못이야. 경찰에… 말했어? 마리아의 목걸이 같다고?" 에스더에게 물었다.

"응." 에스더가 어리둥절한 표정으로 말한다. "너는 말 안 했어?"

"안 했어. 마리아의 일과 나와 소피를 연관 지을까 봐."

"하지만… 마리아의 페이스북 메시지에 대해 말했을 거 아니야. 그럼 너희가 다 연관돼 있다는 걸 알 텐데?"

"그 일도 말 안 했어." 에스더가 모르는 일들을 생각하니, 피가 거꾸로 솟는 듯 얼굴이 붉게 달아오른다. "너는… 말했어?"

"당연히 했지." 여전히 어리둥절한 표정이다.

이제 다 끝났다. 레이놀즈가 알았다. 경찰은 곧 팀을 조사할 것이고, 머지않아 우리 집 문을 두드릴 것이다. 곧 모든 게 무너지리라는 예감에 배 속이 싸늘해진다.

"나는 네가 이미 말한 줄 알았어." 에스더가 말을 잇는다. "그리고 경찰이 이미 마리아의 메시지를 찾지 않았을까? 소피의 컴퓨터에서 말이야."

"찾았어도 주목하지 않았을 거야. 모르고 보면 친구가 보낸 평범한 메시지로 보이니까. 마리아도 소피의 수많은 페이스북 친구 중 하나라고 생각했겠지. 누가 마리아에 대해 말해주지 않는 이상, 의심할 이유가 없으니까."

그런데 에스더가 다 말했다. 지금쯤 경찰은 단서를 조합해 1989년 어느 여름밤으로 거슬러 올라가는 연결고리를 만들고 있을 것이다.

"그런데 마리아가 보낸 친구 요청과 메시지, 왜 경찰에 말하지 않았어?" 에스더가 묻는다.

"1989년에 마리아에게 일어난 일과 나와 소피를 연관 지을까 봐." 아까 한 말을 반복한다.

"그러면 왜 안 되는데?"

전혀 모르겠다는 표정으로 에스더가 묻는다.

이제 상관없다. 경찰은 마리아, 아니 메시지를 보낸 사람을 찾을 것이고 내가 그날 밤 한 짓을 밝혀낼 것이다. 더는 거짓말을 할 필요가 없다. 차라리 잘됐다는 생각에 마음이 놓인다. 그럼에도 에스더를 똑바로 볼 용기는 나지 않아, 두 손에 얼굴을 묻는다.

"정확히 무슨 일이 일어났는지는 모르겠어. 하지만 그날 마리아에게 일어난 일, 나 때문이야." 들릴 듯 말 듯한 목소리로 힘겹게 입을 뗀다.

"아니야, 루이즈. 네가 마리아에게 모질게 굴긴 했지만 어릴 때는 누구나 후회할 짓을 해. 어른이 돼서 돌아보면 끔찍한 짓들."

이 말을 하기까지 에스더가 학창 시절 견뎠을 고통과 소외감, 그리고 그것들이 남긴 상처가 에스더의 목소리에 고스란히 묻어난다.

"너는 몰라. 네가 모르는 게 있어." 손을 내리고 억지로 그녀와 눈을 맞춘다. "졸업 파티 때 마리아가 없어져서 네가 나한테 물어보러 왔던 거 기억나? 네가 그때 마리아가 몸이 안 좋다며 나갔다고 했지?"

"그래. 기억나."

"나는 마리아가 왜 몸이 안 좋았는지 알아. 나랑 소피… 우리가…." 두 주먹을 꼭 쥐고 떨리는 숨을 삼킨다. 에스더는 조용히 내 다음 말을 기다린다. "마리아의 음료수에 몰래 엑스터시를 탔어."

에스더가 숨을 헉 들이쉰다. 손으로 입을 가린 채 고개를 돌려 조용히 창밖의 정원을 내다본다. 시간과 공간을 거슬러 올라가 머릿속으로 방금 들은 섬뜩한 정보에 맞춰 과거의 사건들을 재구성하고 있는 모습이다.

"그 뒤로 어떻게 됐어?" 에스더가 다시 나를 돌아보고 묻는다.

"몰라. 그 뒤로는 나도 마리아를 못 봤어. 정말이야."

에스더가 다시 입을 다문다. 나는 조리대에 기대서서 초조하게 나의 운명을 기다린다. 경찰이 모든 사실을 알고 난 뒤 나와 헨리에게 닥칠 일도 두렵지만, 지금은 겨우 다시 만난 에스더를 잃을지 모른다는 두려움이 무엇보다 크다.

"그럼 페이스북 메시지…, 그 일 때문인 거야?" 한참을 있다 에스더가 묻는다. "누군지는 모르지만, 그 일을 알고 복수하려고?"

"모르겠어. 메시지에 그 일이 언급된 적은 없어."

마리아의 이름으로 온 메시지가 소름 끼치는 건 구체적인 내용이 담겨 있지 않기 때문이기도 하다. 그저 정체를 숨긴 채 은근한 협박을 할 뿐이다.

"그 페이스북 계정…" 에스더가 잠시 말을 멈춘다. "진짜 마리아는 아니겠지? 생일마다 내게 선물이 와도 정말 마리아가 보냈을 거라는 생각은 한 번도 하지 않았어. 그럼 그 목걸이는…"

"가능성을 다 따져봤지만, 목걸이는 나도 이해가 안 돼. 그보다 에스더…, 우리가 한 짓… 너는…"

'나를 용서할 수 있어?'라고 묻고 싶지만 입이 떨어지지 않는다. 에스더가 어떤 대답을 할지 몰라 두렵다.

에스더가 머그잔에 시선을 고정한 채 손잡이에 난 이 빠진 자국을 손톱으로 긁는다.

"너, 마리아가 사라졌을 때 정말 지옥 같았겠다. 나는 상상조차 못할 고통을 겪었겠네."

"솔직히 지금도 그 시절의 내가 한 짓을 생각하면 소름이 끼쳐. 무리에서 언제 소외될지 몰라 불안해서 그랬지만 그건 변명이 안 돼. 우리 모두가 서열의 사다리에서 자유롭지 않았으니까. 불안하다고 모두 그런 짓을 저지르지는 않잖아. 모두 그렇게 나약하지도 않았고. 지금 내 아들을 보면 그런 생각이 들어. 내가 마리아에게 한 것처럼 누가 내 아들을 괴롭히면 갈가리 찢어죽이고 싶을 거라고. 지금의 나는 그때와 달라. 나는 그냥… 네가 그걸 알아줬으면 좋겠어."

숨을 죽이고 에스더의 맞은편 자리에 다시 앉는다.

"나는…" 에스더가 잠시 말을 멈추고 다시 창밖을 바라본다. "네가 이미 대가를 치렀다고 생각해." 그녀가 다시 나를 돌아본다. "네가 달라진 거 알겠어, 루이즈. 그때와 달라졌다는 거."

온몸을 옥죄던 긴장이 조금 풀리고 눈물이 차오른다. 이제 세 명이 내 비밀을 안다. 둘은 용서까지는 아니더라도 최소한 이해는 해주었다. 내 안의 내가 작게 외친다. 왜 더 빨리 털어놓지 않았느냐고. 진작에 짐을 내려놓았다면 얼마나 후련했겠느냐고.

"그 말…"

'피트도 했어'라고 하려다 말을 멈춘다. 설명하기는 어렵지만 피트를 만난 일은 왠지 에스더에게 알리고 싶지 않다. 공원에서 피트에게 했던 말을 생각하니 부끄러움이 밀려든다. 그런데 그때 신기하게도 에스더가 피트를 화제에 올린다.

"아, 참. 오는 길에 빅토리아 역에서 누굴 봤는지 알아?"

"누구?"

"소피가 동창회에 데려온 남자. 피트라고 했나? 그런데 이상한 게 있어. 여자랑 같이 있었는데 둘 사이에 애까지 있더라고. 피트가 유모차를 밀고 있었고. 소피는 유부남인 거 알고 만났을까? 알았대도 놀랍지는 않지만. 충분히 소피다운 행동이야."

나는 에스더의 용서를 받았는지 몰라도, 소피는 죽어서도 여전히 에스더에게 경멸의 대상인 모양이다.

"말도 안 돼. 동창회에서는 이혼했다고 했는데."

피트가 나에게 거짓말을 했나? 그렇다면 또 무슨 거짓말을 했을까?

"내 말이! 경찰에 말해야 할까? 하긴, 피트도 이미 조사했을 테니 결혼한 거 알고 있을지 모르겠네. 조사 받으러 갈 때 아내한테는 어떻게 설명했을지 궁금한데?"

피트에 대한 에스더의 소식에 짐짓 놀란 척하며 적절한 반응을 보인다. 머릿속이 어지럽다. 피트는 정말 유부남일까? 바람을 피울 사람으로는 보이지 않았다. 아니다. 겨우 두 번 만난 내가 뭘 알겠는가?

현관에서 에스더를 배웅한다. 작별의 포옹을 하러 몸을 기울였다가 멈칫하고 물러난다. 아주 잠깐이지만 에스더의 몸이 경직되고 주춤하는 게 보였기 때문이다. 에스더는 나를 이해해주었다. 그러나 내가 한 짓을 완전히 용서하고 나와 친구가 되는 건 또 다른 문제다.

에스더가 가자마자 온 집 안을 구석구석 청소한다. 진공청소기를 돌리고 바닥을 걸레질하고 침대보를 바꾼다. 청소를 완벽히 끝내고 샤워실에 들어가 물줄기를 한참 동안 맞고 서 있는다. 몸을 타고 흘러내리는 따뜻한 물줄기를 따라 공원에서 피트와 헤어진 뒤로 쌓인 때가 씻겨 내려간다. 그때는 그와 가까워졌다고 생각했지만, 지금 생각해보니 나는 그에 대해 아는 게 거의 없다. 그가 정말 누구인지는 아무도 모른다. 동창회 때 피트가 한 말 하나가 계속 마음에 걸렸었는데, 이제 그 이유를 알겠다. 그는 학창 시절의 자신을 외톨이로 묘사하며 동창회에는 절대 가지 않는다고 했다.

갑자기 마리아가 자기 방 커튼 사이로 창밖을 내다보는 과거의 장면이 문득 떠오른다. 네이선 드링크워터가 가로등 기둥에 기대서서 무표정한 얼굴로 마리아의 방 창문을 빤히 올려다보고 있다. 전에도 상상해본 장면이지만 이번에는 네이선의 얼굴이 낯이 익다. 내가 아는 얼굴이다.

34장

그녀는 그에게서 늘 어둠을 보았지만 무시했다. 어쩌면 그녀도 불꽃으로 뛰어드는 나방처럼 치명적인 어둠에 무모하게 뛰어들었는지 모른다.

처음에는 그의 행위가 섬뜩하고 무서웠지만, 게임이라는 그의 말을 믿고 따랐다. 그의 행위는 그녀의 몸에 흔적을 남겼고, 그녀는 아무도 보지 못하게 그 흔적을 옷으로 가렸다. 그는 그녀를 칭찬했고 특별하다고 치켜세웠다. 그의 말에 따르면 대학 때 만난 여자 친구는 그의 애정 행위를 견디지 못했고 그녀처럼 게임을 즐기지 않았다고 했다.

그러나 언제부터인가 그녀는 그의 행위가 게임으로 느껴지지 않았다. 처음에는 그에게 주도권을 내줄 때의 그 짜릿함과 달콤한 전율을 즐겼다. 두려운 마음이 들 때도 있었지만, 심각할 정도로 겁이 난 적은 없었다. 그러나 시간이 갈수록 그의 눈빛이 달라졌다. 사랑을 나눌 때 그는 그녀와 있지 않았다. 다른 곳에, 다른 누군가와 있었다. 그가 아프게 해도 상관없는 누군가와.

그녀는 늘 그가 과거의 무언가를 숨기고 있다는 느낌을 받았다. 그는 그녀가 상상하는 것 이상의 음습한 무언가를 숨겼다. 그는 그녀의 팔목을 잡아매거나 입을 두 손으로 틀어막고, 심지어 목을 조르는 게임을 즐겼다. 그 게임은 어느 순간부터 폭력의 경계를 넘었고, 그녀가 미리 알았다면 동의하지 않았을 행위를 하기 시작했다. 그

때마다 그녀는 숨이 막히고 멍이 들었다. 때로는 뼈가 부러지기도 했다.

어쩌면 타인을 진정으로 이해하는 건 불가능한 일인지도 모른다. 그래서 인간은 누구나 외롭다. 타인뿐만이 아니다. 때로는 나 스스로도 나를 알지 못한다.

35장
2016년

오늘은 헨리를 제 시간에 데리러 가겠다고 마음먹었지만, 모르는 사이에 시간이 훌쩍 지나갔다. 오전에 에스더가 다녀간 뒤로 머릿속이 복잡해 늑장을 부린 탓이다. 헐떡이며 모퉁이를 돌자, 방과 후 수업을 마친 아이들이 대기하고 있는 모습이 보인다. 벌써 많이들 집에 갔는지 담임 교사인 홉킨스와 새로 온 보조 교사 옆에 서 있는 아이들이 몇 명 되지 않는다. 대부분은 세 시에 엄마나 할머니가 데려간다. 방과 후 수업은 헨리처럼 부모가 다 일하거나 한쪽 부모밖에 없는 아이들이 듣는다. 하늘이 맑아 벌써부터 별이 드문드문 보이고, 장작불 타는 냄새가 코끝을 간질인다. 집에 가는 길에 헨리와 발로 낙엽을 헤치며 걸을 생각에 신이 난다. 그러다 헨리가 없다는 사실을 깨달은 건 유치원 정문에 거의 다 도착해서였다.

"헨리는요?"

두려움으로 목소리가 뾰족해진다.

"세 시에 데려가셨는데요." 홉킨스가 보조 교사 존스를 보고 묻는다. "그랬지?"

존스가 걱정스러운 표정을 짓지만 크게 걱정하는 눈치는 아니다.

"네, 할머니가 데려가셨어요."

잠깐이지만 처음에는 나도 큰일이 아니라고 생각한다. 엄마가 헨리를 깜짝 놀래주고 싶어 예고 없이 찾아왔으리라 생각한다. 방과 후 수업을 싫어하는 나와 헨리를 위해 하루쯤 헨리를 봐주려고 왔을 것이라 기대했다. 그러나 나는 곧 이 상황이 얼마나 심각한지 깨닫는다. 엄마가 자진해서 헨리를 돌봐준 적은 단한 번도 없었고, 나에게 미리 알리지 않고 그런 적은 더더욱 없었다.

"할머니요?"

불안이 잔뜩 서린 날카로운 목소리로 내가 묻는다. 혹시 샘의 엄마가 헨리를 데려갔나?

"네, 머리가 긴 노부인이셨어요."

존스가 자신 없는 눈빛으로 나와 홉킨스를 번갈아 본다. 샘의 엄마는 우아한 쇼트커트 머리다.

"진짜 할머니가 아니에요! 우리 집안에 머리 긴 할머니는 없다고요!"

다리가 휘청거려 학교 울타리를 움켜잡는다. 작은 나무 가시가 손바닥을 뚫고 들어갔지만, 조금도 아픔이 느껴지지 않는다.

"헨리가 할머니라고 했어요."

존스의 시선이 홉킨스를 향해 있다. 드디어 자신이 저지른 짓의 심각성을 깨달은 표정이다.

"네 살짜리 애예요! 그 여자가 헨리한테 자기가 할머니라고 말했을 수도 있잖아요!"

"아, 네…"

"네 살짜리가 뭘 알겠어요! 무슨 말이든 다 믿는 나이예요! 이가 빠지면 요정이 몰래 와 돈을 놓고 이를 가져간다고 하면 믿는 아이라고요! 이런 일이 있을까 봐 오늘 아침에 교무실에 가서 따로 말씀까지 드렸어요! 엄연히 절차가 있고 데리러 오는 양육자가 정해져 있는데, 네 살짜리 애가 하는 말만 믿고 덜컥 애를 건네주면 어떡해요. 제정신이에요?"

아예 존스의 얼굴에 대고 고함을 치자, 홉킨스가 우리 사이에 끼어든다.

"심각한 상황이라는 건 잘 알겠습니다, 파커 부인."

보통은 '윌리엄스예요'라고 정정하지만, 지금은 그럴 정신이 없다.

"유감스럽게도 아까 운동장에서 어떤 학부모가 폭력 사건을 일으켜 제가 존스 선생에게 맡기고 처리하러 갔었어요. 그 사이에 이런 일이 벌어졌네요."

"누군지 알 것 같네요. 못돼먹은 남자애와 소름 끼치는 애 엄마가 또 사고를 쳤군요."

내가 두려움에 막말을 내뱉자 홉킨스의 얼굴이 딱딱하게 굳어진다.

"실은 교무실에서… 메시지를 받았어요. 어머님이 점심시간에 저희쪽에 전화를 주셨다고, 윌리스 선생님이 제게 전달해 주셨어요." 존스가 공포에 질린 눈으로 나를 보며 간신히 말을 이어간다. "오늘은 헨리가 방과 후 수업을 안 듣고 할머니가 데리러 온다고 하셨어요. 헨리도 그분을 아는 것 같아서… 괜찮은 줄 알고… 죄송해요…"

급기야 그녀는 울음을 터뜨렸지만, 지금은 그녀를 동정할 마음의 여유가 없다.

"나는 오늘 교무실에 전화한 적이 없어요! 내가 오늘 안전 수칙을 확인하러 교무실에 들른 거, 월리스 선생님도 알고 있었을 텐데요! 게다가 신원 확인도 하지 않고 애를 넘겨주는 법이 어디 있어요. 당신, 선생 맞아요?"

홉킨스가 다시 끼어든다. "어머님 말이 맞습니다. 저희가 잘못한 게 확실하고 제가 다 책임지겠습니다. 다시는 이런 일이 일어나지 않도록 주의하겠습니다." 홉킨스가 존스를 흘끔 보며 말한다. "하지만 지금은 무엇보다도 헨리를 찾는 게 급선무라고 생각합니다. 그 여자가 누군지, 혹시 짐작 가는 데가 있나요?"

"아뇨, 모르겠어요. 아무것도 모르겠어요."

울타리를 더 꽉 움켜잡자 가시가 손바닥 속으로 더 깊이 파고든다.

우리는 서로의 말을 기다리며 멍하니 서 있다. 그때 가방 깊숙이 박혀 있던 휴대전화에서 알림음이 울린다. 떨리는 손으로 미친 듯 가방을 뒤져 휴대전화를 꺼낸다. 마리아 웨스턴의 메시지다.

역시 헨리는 착한 아이였어. 데려가고 싶으면 샨 베이 우드사이드가 29호 집으로 와. 혼자 오지 않으면 헨리가 대신 대가를 치를 거야. 기다릴게.

불에 덴 것처럼 놀라 전화기를 가방 속에 떨어뜨린다.

"이제 괜찮아요. 헨리가 어디 있는지 찾았어요." 웅얼거리며 둘러댄다. "저기… 그 노부인이 누군지 지금 막 생각났어요. 이제 괜찮아요. 헨리를 데려다 달라고 부탁드린 걸 제가 깜빡했네요."

홉킨스와 존스의 눈이 동시에 커진다. 그들이 내 말을 믿는 눈치는 아니었지만, 나는 가볍게 무시하기로 한다. 당혹감과 걱정이 뒤섞인 얼굴로 나를 보는 홉킨스를 뒤로하고 전화를 걸며 유치원 정문을 뛰쳐나간다. 벨이 세 번 울린 다음 샘이 전화를 받는다.

"안녕, 루이즈."

"헨리를 데려갔어."

"뭐?" 샘이 건성으로 묻는다. "누가?"

"마리아." 헐떡이며 답한다. 숨이 턱까지 차오르지만 달리는 속도를 늦추지는 않는다.

"잠깐만." 샘은 이제야 알아들은 목소리다. "그게 무슨 소리야?"

샘에게 자초지종을 설명한다.

"뭐가 어째? 도대체 누가! 지금 당장 경찰에 신고할게."

"안 돼! 나 혼자 오지 않으면 헨리가 대가를 치르게 한댔어. 경찰에 신고한 거 알면 마리아가 애를 해칠지도 몰라. 일단 헨리가 괜찮은지 가서 눈으로 봐야겠어. 경찰은 나중에 불러도 돼." 경찰을 부르는 건 최대한 피해야 한다.

"알았어. 그럼 내 차로 같이 가. 마침 오늘 집에서 일해서 집에 있어. 루이즈, 넌 어디야?"

15분 뒤 샘과 만나 차를 타고 메시지에 있는 주소로 향한다.

신호에 걸릴 때마다 초조함을 못 이겨 이를 갈았더니 턱이 욱신 거린다.

"제발 헨리를 지켜주세요. 샘, 마리아가 헨리를 해치면 어쩌지?"

"괜찮을 거야. 그냥 겁만 주고 말겠지."

자신만만한 말과는 달리 확신하는 목소리는 아니다. 기어를 바꾸는 샘의 손이 떨린다. 샘도 나 못지않게 겁이 나지만 일부러 강한 척하는 것뿐이다.

"그런데 루이즈…, 왜 자꾸 마리아라고 해? 마리아가 정말 살아 있다고 믿는 건 아니지?"

대답 대신 어깨를 으쓱하고는 손톱이 손바닥을 파고들 만큼 주먹을 꽉 쥔 채로 창밖을 내다본다.

"같이 들어가." 샘이 말한다.

"안 돼! 나 혼자 갈 거야."

안 그러면 무슨 일이 일어날지 모른다. 마리아는 이미 선을 넘었다. 상상도 할 수 없는 짓을 저질렀고 내 아이를 데려갔다. 헨리를 무사히 되찾기 위해서라면 그 어떤 두려움과 고통도 견딜수 있다.

"당신은 밖에서 기다려."

샘이 걱정스러운 표정으로 나를 바라본다.

"위험할 수 있어. 저 안에 누가 있는지도 모르잖아."

"상관없어. 헨리를 데리고 나오기만 하면 돼. 내가 다치는 건 상관없어. 내가 다친다고 걱정할 사람이 있는 것도 아니고."

"그런 말 하지 마. 나는 늘 네가 걱정돼."

나를 걱정한다면 애초에 나를 떠나지 말았어야 했다. 하지만 그 생각을 굳이 말로 내뱉지는 않았다.

"나뿐만이 아니야." 샘이 말을 잇는다. "당신을 아끼고 걱정하는 사람들이 많아."

"하지만 그 사람들은 진짜 내 모습을 모르잖아. 내 진짜 모습을 알면 내 곁을 떠나지 않을까?"

"당신은 사람들이 당신에게 마음을 열 기회를 주지 않았잖아. 나한테도 그랬고. 당신은 그 일에 가담한 나조차 멀리했어."

"멀리한 게 아니야." 눈물이 걷잡을 수 없이 흘러내리기 시작한다. "어쩔 수 없었어. 나는 늘 혼자였어. 마리아가 실종된 뒤로는 누구와도 가까워질 수 없었어. 당신과 있으면 좀 나았어. 덜 외로웠어. 당신은 내 진짜 모습을 아니까. 그래서 당신이 떠났을 때는…"

눈물이 주체할 수 없이 쏟아져 더는 말을 잇지 못한다. 샘이 핸들을 잡고 있던 손을 뻗어 내 손을 잡는다. 나는 샘에게 잡힌 손을 뺀 다음 눈물을 닦아낸다.

"건드리지 마."

샘의 손이 다시 핸들에 올라가고, 차 안에 침묵이 흐른다.

샘 말고 내 편이 한 명이라도 더 있다면 얼마나 좋았을까. 그런데 샘은 지금껏 내 편이기는 했을까? 늘 그렇듯 샘이 유일하게 아끼는 사람은 그 자신뿐일지도 모른다.

A11 도로에 들어서자 차창 너머로 노퍽의 풍경이 펼쳐진다. 이 길이 이렇게 길게 느껴지기는 처음이다. 초조한 마음에 가방에 들어 있던 오래된 기차표를 꺼내 찢고 또 찢는다. 우드사이

드가의 위치를 몰라, 샨 베이의 외곽에 들어설 때쯤 휴대전화로 지도를 다시 확인한다. 큰길에서 왼쪽으로 꺾자 상자 모양의 현대식 단층 주택이 늘어선 단지가 나온다. 어느 집이나 정원이 깔끔하게 손질되어 있고 SUV나 웨건 차량이 주차돼 있다. 오른쪽에서 세 번째 골목인 우드사이드가를 향해 천천히 차를 움직인다.

"너무 가까이 가지 마." 11호 집을 지나치자 불안한 마음에 내가 말한다. "여기에 세워줘."

샘이 차를 세우자마자 차에서 내려 우드사이드 길을 따라 뛴다.

"루이즈!"

등 뒤로 샘이 부르는 소리가 들린다.

"당신은 거기 있어."

불안한 눈빛으로 나를 보는 샘을 뒤로하고, 계속 달린다. 온몸에 전기가 흐르듯 힘이 넘친다. 지난 몇 주 동안 나는 숨고 도망치고 반응하기만 했다. 그러다 처음으로 능동적으로 움직이니, 빼앗긴 통제력을 조금이라도 되찾는 것 같아 해방감마저 든다. 집들이 빠르게 지나간다. 19호, 21호, 23호, 25호, 27호… 드디어 도착이다. 29호 집이 순진하게 나를 내려다본다. 다른 집들은 닫힌 커튼 사이로 불빛이 새어 나오는데, 29호 집은 커튼이 없고 새어 나오는 불빛도 없다. 녹슨 대문을 열고 정원 길을 따라 걷는다. 정원에 깔린 포장용 돌들 사이로 잡초 몇 가닥이 뚫고 나와 고개를 숙이고 있다. 정원의 둘레에는 한때 정성 어린 보살핌을 받았지만 최근에는 방치된 듯 보이는 좁고 기다란 화단이 늘

어서 있다.

파란색 현관문의 상반부에는 다이아몬드 패턴의 불투명한 판유리 두 장이 끼워져 있다. 손을 들어 초인종을 누르려다 문이 약간 열린 걸 보고는 얼른 마음을 바꾼다. 숨이 멎을 듯한 긴장감을 달래며 천천히 문을 연다. 문에서 삐걱거리는 소음이 난다. 먼지 쌓인 강화마루에 신발이 닿자 끼익 하는 소리가 좁은 복도에 울려퍼진다. 무료한 시간의 더께가 쌓인, 방치된 집 특유의 퀴퀴하고 눅눅한 냄새가 난다.

좌우 대칭형 구조라 복도 양쪽으로 방이 하나씩 보인다. 사방이 고요했지만 작은 소리 하나도 놓치지 않으려 귀를 쫑긋 세운다. 몇 발자국 안으로 더 들어가 왼쪽에 있는 방을 조심스럽게 들여다본다. 거실이다. 바깥에서 새어 들어온 가로등 불빛에 비친 모습을 보니, 낡은 녹색 소파 세트 세 점이 유리를 씌운 커피 테이블 주위에 놓여 있다. 소나무로 된 찬장에는 먼지투성이 트로피와 장식품이 여럿 전시되어 있고, 맨 위 칸에는 정교한 소용돌이 모양의 은색 액자 하나가 놓여 있다. 액자에는 지난 몇 주 동안 내가 컴퓨터 화면으로 질리도록 보았던 사진이 끼워져 있다. 마리아의 학창 시절 사진이었다. 나는 뒤로 돌아 오른쪽에 있는 방을 들여다본다. 손님용 침실 같은 그 방 역시 비어 있었다. 가구는 2인용 침대 하나뿐이고, 연분홍빛 주름 장식이 달린 이불이 깔려 있다.

나는 다시 복도로 나왔다. 헨리의 이름을 외치며 어딘가로 뛰어들어가고 싶은 충동이 치민다. 손님용 침실의 문틀을 움켜잡고 숨을 고르며 충동을 억누른다. 그때 복도의 맨 끝 정면에 달힌 문이 하나 보인다. 몇 미터 앞에는 방금 열어본 두 개의 방 문과 똑같은 문이 복도 양쪽에 하나씩 더 있다. 몇 걸음 내딛고 또 몇 걸음을 내딛는다. 그렇게 몇 걸음을 더 가니 두 개의 문 사이에 다다른다. 두 개의 문을 번갈아 본 뒤 왼쪽에 있는 문을 향해 조심스럽게 손을 뻗는다. 놋쇠로 된 손잡이를 천천히, 아 주 천천히 민다. 소리 없이 열린 문 뒤로 오래된 아보카도 색 욕 조와 세면대, 변기가 보인다. 배 속이 뒤틀리는 두려움을 달래며 한 걸음 다가가 안을 들여다본다. 비어 있다. 안도와 공포가 뒤 섞인, 억눌린 울음소리가 입에서 흘러나온다. 욕실 문을 닫고 오 른쪽에 있는 문을 향해 몸을 돌린다. 안방일 것이다. 밀려드는 극도의 공포와 금방이라도 터질 듯한 비명을 애써 억누르며 손 잡이에 손을 올린다. 문을 조금 밀자 문틈으로 빛이 새어 나온 다. 문을 열수록 점점 더 많은 빛이 쏟아져 나오더니 책상 옆에 서 빛을 발산하고 있는 키 큰 스탠드가 모습을 드러낸다.

내 쪽으로 등을 돌리고 책상에 앉아 있는 여자가 서서히 보인 다. 여자는 길고 숱이 적은 희끗희끗한 머리카락을 의자 등받이 너머로 늘어뜨리고 컴퓨터 화면을 보고 있다. 인기척을 느꼈을 텐데도 돌아보지 않는다. 여자가 나를 돌아보기 전에 최대한 많 은 정보를 얻으려 미친 듯 방 안을 둘러본다. 기차 놀이 세트로 만든 복잡한 기찻길이 바닥에 놓여 있다. 헨리가 즐겨 만드는 모 양이란 걸 깨닫자 심장이 거세게 요동친다. 여자의 앞쪽 벽 좌 측에 페이스북에 올린 내 독사진이 붙어 있다. 그 옆에는 내가 받은 디자인 상에 관한 내용의 샌 베이 신문 기사가 스크랩되 어 있고, 내 홈페이지에 로즈메리가 올린 후기를 인쇄한 종이도 붙어 있다. 그리고 오른쪽 벽에는 소피의 사진이 수도 없이 붙어 있다. 사진 속에서 소피가 입을 비쭉 내밀며 나를 향해 손 키스를 날린다. 소피의 사진이 실린 신문 기사도 스크랩되어 있다. 소피가 10킬로미터 마라톤을 완주한 뒤에도 지친 기색 하나 없이 눈부신 미모를 뽐내고 있는 사진이다. 여자가 보고 있는 컴퓨터 화면에는 마리아의 페이스북 페이지가 열려 있다.

"마리아?"

속삭이는 목소리로 그녀를 부른다. 여자가 의자를 밀치고 일어나 뒤돌아선다. 마리아의 맑고 서늘한 녹살색 눈동자가 보인다. 그러나 주름진 얼굴과, 마디가 울퉁불퉁하고 피부가 늘어진 손은 마리아의 것이 아니다. 어찌 된 일인지 이해하려고 머리를 쥐어짠다. 물론 열여섯 살의 마리아를 기대한 건 아니다. 살아 있다면 마흔 살이 넘었을 것이다. 그러나 내 앞에 서 있는 여자는 적어도 예순다섯 살은 돼 보인다. 이 여자는 마리아가 아니다.

마리아의 엄마, 브리짓이다.

36장
2016년

몸이 굳어 움직이질 않는다. 브리짓이다. 브리짓이 틀림없다. 순간 기억 속 장면들이 머릿속을 스쳐 간다. 희망이 담긴 눈빛으로 차와 쿠키를 들고 마리아의 방문 밖에서 서성이던 브리짓. 비 내리는 밤, 공포와 분노가 역력히 드러난 표정으로 교무실로 향하던 브리짓. 매년 에스더의 생일 선물을 신중히 골랐을 브리짓의 모습이 그려진다. 그동안 발신자를 마리아로 위장하며 조각난 심장을 힘겹게 이어 붙였을 것이다.

왜 진작 몰랐을까? 하긴, 어떻게 알았겠는가. 오랜 세월이 지나도 나는 브리짓이 겪은 엄청난 고통을 이해할 수 없을 것이다. 그러나 그녀의 고통이 시간을 먹고 자라 얼마나 커졌을지는 짐작이 간다. 브리짓은 지금껏 그 고통을 품고 보살피고 키웠다. 그리고 때가 되자 그 고통의 화살을 나에게 돌린 것이다.

"놀란 표정이네, 루이즈. 다른 사람을 기대했나 보지?"

"헨리는 어디 있어요?"

"정말 마리아가 아직도 살아 있을 거라고 생각했어? 그게 가능하다고 생각해?"

입이 바짝 말라 마른침을 삼킨다.

"헨리는 어디 있어요? 제발⋯."

"마리아는 죽었어, 루이즈. 네가 죽였잖아."

방금 들은 말을 이해하려고 안간힘을 쓰지만, 여전히 눈앞의 상황이 꿈만 같아 머리가 돌아가질 않는다. 브리짓이 어떻게 알았을까? 내가 마리아의 음료수에 약을 탔다는 걸, 도대체 누가 알려주었을까?

"아니에요, 나는…."

쉰 목소리로 간신히 입을 연다.

"아니, 네가 죽였어. 그래, 너는 사고라고 말하고 싶겠지. 그래야 네 마음이 편할 테니까. 하지만 나는 마리아의 엄마야. 누구보다 마리아를 잘 알지. 마리아가 절벽에서 떨어진 건 사고가 아니야. 마리아는 똑똑한 아이였어. 술을 마셨다고 실수로 절벽에서 떨어질 아이가 아니라고. 그 당시 마리아의 상태가 어땠는지 아는 사람은 나밖에 없어. 마리아는 밤마다 자기 방에서 울었어. 내가 몰랐을 줄 알았겠지만 나는 다 들었어. 하루는 너무 심하게 울어서 모른 척할 수가 없었어. 하지만 아무리 물어도 마리아는 말하지 않았어. 그냥 런던에서 있었던 일이 또 일어나고 있다고만 했지. 하지만 나는 알았어. 주범은 너라는 걸. 물론 소피 해니건도 책임이 있어. 하지만 마리아에게 진짜 큰 상처를 입힌 건 너야. 마리아가 너를 집에 데려왔던 날 기억나?"

브리짓의 형형하고 매서운 눈빛이 나를 꿰뚫는다. 입이 말라붙어 말이 나오지 않는다. 나를 다그치는 브리짓의 매서운 말이 계속 이어진다.

"그날 밤, 나는 마리아의 눈빛을 봤어. 내가 호들갑 떤다고 비웃을 줄 알면서도 차와 쿠키를 가져갔고, 그때 알았어. 마리아에게 진짜 친구가 생겼다는 걸. 마리아의 인생을, 인생의 방향을 바꿀 친구가 나타났다고 생각했어. 흠, 실제로 바꾸긴 했지. 안 그래? 마리아는 자살했어. 너와 소피 해니건 때문에. 너희 손으로 마리아를 절벽 밑으로 민 거야."

끔찍스럽게 이기적이게도, 브리짓의 이야기에 나는 안심한다. 브리짓은 완전히 착각하고 있다. 우리가 마리아의 음료수에 몰래 엑스터시를 탔다는 걸, 브리짓은 여전히 모른다. 지금껏 메시지를 보낸 사람이 누구든 나는 그가 모든 진실을 알고 있을 거라 확신했다. 브리짓이 그 끔찍한 사건의 진실을 모른다고 생각하자 안도감이 들었지만, 그 안도감은 금세 두려움으로 바뀐다. 브리짓의 생각이 틀린 게 아닐지도 모른다. 어쩌면 마리아는 브리짓의 말대로 자살했을 수도 있다. 에스더는 그럴 리 없다고 했지만, 엄마보다 딸을 잘 아는 사람은 없다.

"하지만… 경찰 말로는…" 탁한 목소리로 힘겹게 입을 연다. "사고사라고 했어요. 확실하다고…"

"경찰? 경찰이 뭘 알아! 증거가 나오기라도 했나? 내 딸의 죽음에 우연은 없어. 내 딸이 스스로 목숨을 끊은 건 바로 너 때문이야. 이제는 경찰도 증명할 길이 없지만 나는 알아. 그게 진실이라는 걸."

브리짓의 손이 떨리고 이마에 땀이 맺힌다.

"그날 이후 너와 소피는 멀쩡히 살아서 직업을 갖고, 가정을 꾸렸어. 아이도 낳았지. 네가 아이까지 낳다니… 내 딸에게 엄마가 될 기회를 빼앗은 네가. 너는 마리아에게 엄마가 될 기회를 빼앗았어. 마리아가 어른이 되어, 가정을 꾸리고 아이를 갖게 될 기회를 네가 빼앗은 거야. 너희가 마리아를 까맣게 잊고 사는 동안 내 딸은 차가운 바닷속에 누워 있었지."

브리짓의 거친 목소리가 낮게 울린다. 다리에 힘이 풀렸는지 그녀가 책상에 기대선다.

"나도 동창회에 가고 싶었어. 너희의 얼굴을, 살아남은 자들의 얼굴을 하나하나 보고 싶었어. 너희들에게 마리아의 죽음에 대하여 묻고, 그 대답도 듣고 싶었지."

"당신이 동창회를 주최했군요. 나오미 스트로이."

"그래. 너는 바보 같은 짓이라고 생각하겠지만."

브리짓이 이글거리는 눈빛으로 나를 쏘아본다.

"마리아 대신 가려고 했어. 마리아도 거기 있었어야 하니까."

"하지만 오지… 않았죠?"

"가려고 했어. 가고 싶었어. 그런데 팀이 말렸어. 학교 밖에서 나를 발견하고는 들어가지 못하게 했고, 결국 팀을 설득하지 못했어. 팀은 나를 이해 못 해. 누구도 못 해."

"학교 진입로 입구에서 팀과 같이 있던 사람이 당신이었군요."

"나를 봤어?"

브리짓이 놀란 얼굴로 물었다.

"네. 팀이 누군가와 실랑이를 벌이는 걸 목격했어요. 당신인지는 몰랐지만…."

"그럼 너는 그 사람이…?"

브리짓의 눈이 번득인다.

나는 정말 마리아가 살아 있다고 믿었던 것일까? 번쩍이는 브리짓의 눈빛을 피하며 나는 고개를 숙였다.

"자식에 대한 엄마의 사랑이 뭔지 너는 알테지. 안 그래?" 브리짓이 묻는다.

"알아요. 그러니 알려주세요. 헨리는 어디 있어요? 여기 있나요?"

브리짓이 고개를 젓는다. 여기에 없다는 뜻인지, 말해주지 않겠다는 뜻인지 모르겠다.

"내 아기, 내 예쁜 딸. 갓난아기 때 마리아는 밤이고 낮이고 내 품에서만 잤어. 피곤해서 당장이라도 쓰러질 것 같을 때도 나는 마리아를 내려놓지 않았어. 마리아에게 내 품이 필요했으니까. 내 살과 뼈를 받은 생명이 내 배 속에서 자란다는 게 놀라웠어. 걷고 말하기 시작하고, 나와는 공유하지 않는 마리아만의 삶이 생겼을 때도 마리아는 여전히 내 안에 있었어. 나는 마리아를 되살리고 싶고, 너에게 네 죄를 깨우치게 하고 싶어. 그게 잘못됐어?"

"아뇨. 그 마음 이해해요. 하지만 헨리는 아무 잘못도 없어요. 그저 어린아이일 뿐이라고요. 제발…."

"내가 네 아들을 데려갔다는 걸 알았을 때, 기분이 어땠어?" 내 애원에도 아랑곳하지 않고 브리짓이 내 말을 자른다. "순식간에 온몸의 피가 빠져나가는 것 같았지? 아이가 무사할 수만 있다면 무슨 짓이든 다 하겠다고 생각했지? 나도 그랬어, 루이즈. 나는 네가 1989년 그날 이후로 매일 내가 견뎌야 했던 고통을 아주 조금이라도 느끼길 바랐어. 사랑하는 사람을 잃는 건 팔다리를 하나 잃는 것과 같다고들 하지? 아니, 그렇지 않아. 팔 하나가 없거나 다리 하나가 없는 건 극복할 수 있어. 하지만 자식을 잃는 건 절대 극복하지 못해. 시간이 아무리 지나도 익숙해지지 않고, 조금도 편해지지 않지."

하수관이 오수를 쏟아내듯, 브리짓이 가슴속의 말을 쉼 없이 토해낸다.

"지난 몇 주 동안 나는 네가 주변을 흘끔거리길 바랐어. 아주 작은 소리에도 깜짝 놀라 밤마다 깨기를 빌었어. 매일 아침 가슴에 돌덩이가 얹힌 듯 답답한 기분으로 깨어나기를 바랐어. 매 순간 네가 한 짓을 후회하면서 평생 이렇게 살 수 있을지 벌벌 떨길 빌었어."

브리짓이 뼈마디가 하얗게 불거지도록 책상을 꽉 움켜잡는다.

"미안해요. 정말 미안해요." 내가 할 수 있는 말은 이것뿐이다. "죗값은 받을게요. 대신 제발 말해주세요. 아이는 어디 있어요?"

"사과해봤자 소용없어. 사과 따위를 바라는 게 아니야. 나는 네가 나처럼 고통스러웠으면 좋겠어. 메시지를 보낼 때마다 상상했어. 공포에 질리고 두려움에 사로잡힌 네 얼굴을. 너를 쫓아다니는 걸로는 성이 차지 않았어. 사우스 켄싱턴의 터널에서 도망치는 너를 보는 건 꽤 재미있었지만. 나는 네가 나와 똑같은 고통을 겪는 모습을 내 눈으로 직접 보고 싶어."

브리짓의 눈을 똑바로 바라본다. 원하는 걸 얻었으니 의기양양할 법도 한데, 끝이 없는 지독한 고통과 절망만 가득 찬 눈빛이다.

"왜 하필 지금이죠?"

"전에는 경찰이 신경 쓰였어. 스토킹이니 납치니, 경찰이 그냥 넘어갈 리 없으니까. 하지만 이제는 그런 거 신경 안 써. 병원에 다녀온 뒤로는. 의사가 아주 안타까운 표정으로 유감이라는 듯 말하더군. 내가 얼마나 더 살지 알 수 없다고. 그때 든 생각은 딱 하나였어. 루이즈 윌리엄스와 소피 해니건이 죗값을 치르게 할 날이 드디어 왔다고 생각했지."

브리짓이 죽는다니. 이 사실을 어떻게 받아들여야 할지 몰라 고민하다가, 브리짓이 소피의 이름을 언급한 순간 온몸의 피가 차갑게 식는다.

"넌 정말 조심성이 없더군. 인터넷에 너에 관한 이야기를 올릴 땐 조심하라는 말 못 들어봤어? 교복 입은 아들의 사진과 집 사진, 네가 올린 글에 언급된 거리 이름으로 너에 대하여 다 알 수 있었지. 아이가 방과 후 수업을 들어야 하는 현실을 한탄하는 글도 올렸더군. 덕분에 알았어. 오늘도 너는 다른 엄마들처럼 세 시에 애를 데리러 오지 않을 거란 걸."

가슴에 꽂힌 비수가 더 깊이 파고든다.

"인터넷 데이트 사이트도 속이기 쉬웠어. 나는 그냥 어느 카탈로그에 있는 남자 사진을 하나 복사해 붙이기만 했지. 메시지도 대충 작성해 보냈고. 남자가 엄청 그리웠나 봐? 그렇게 오래 오지도 않는 남자를 기다리다니! 30분씩이나! 그날 건너편에 앉아 계속 너를 지켜보고 있었어. 네가 하도 오래 기다려 술을 한 잔 더 주문해야 했지." 브리짓이 음침하게 웃는다. "헨리가 언제, 어디에 있을지도 인터넷을 통해 다 알 수 있었어. 그러게 애를 더 잘 챙기지 그랬어? 모르는 사람은 따라가면 안 된다는 것 정도는 가르쳤어야지. 내가 자기 친할머니라는 걸 철석같이 믿고 수다를 떨더군. 내가 주는 사탕을 받아먹고 오늘 학교에서 어떤 일이 있었는지, 토스트에 뭘 발라 먹고 싶은지 등등을 다 말해주면서 말이야."

토스트. 주방이다. 주방에 있는 게 틀림없다. 그 말을 듣자마자 복도 끝에 있는 문을 향해 달려간다. 뭔가에 끼인 듯 움직이지 않던 문이 이내 끽 소리를 내며 열린다.

"하느님, 감사합니다. 감사합니다."

헨리가 간이 식탁의 키 높은 의자에 앉아 잼이 발린 토스트를 먹고 있다.

"안녕, 엄마."

얼른 달려가 헨리를 품속에 꼭 끌어안고 헨리의 머리와 목에 얼굴을 묻는다. 틀림없는 헨리의 냄새다. 아이가 태어난 순간부터 환각제를 흡입하듯 매일 들이마신 그 달콤한 냄새가 맞다.

"왜 그래?"

헨리가 내 품에서 빠져나가려고 낑낑대며 짜증난 목소리로 칭얼거렸다.

"그만 가자." 애써 가벼운 어조를 유지하며 숨죽인 목소리로 말한다. "토스트는 가면서 먹고."

"기차 놀이 또 하고 싶어. 할머니가 해도 된다고 했어."

"그럴 시간 없어. 아빠가 차에서 기다리셔." 헨리의 손을 서둘러 잡아끈다. "가자, 헨리."

복도에서 소리가 난다. 현관문이 열리는 삐걱 소리와 강화마루를 밟는 발자국 소리다. 소리의 주인공이 샘일 거라는 생각에 안심하고 헨리를 복도로 끌고 나간다.

"엄마?"

누군가의 목소리가 들린다.

맙소사, 팀이다. 머릿속이 시끄럽다. 이대로 끝나는 건가? 소피의 마지막도 이랬을까? 사랑하는 여동생의 원수를 갚으려고 팀이 소피를 죽인 걸까? 브리짓에게는 소피를 죽일 만한 힘이 없다. 범인은 분명 팀일 것이다. 헨리에게 팀을 피해 최대한 빨리 도망치라고 말하고 싶지만, 헨리는 무슨 말인지 이해하지 못할 것이다. 헨리는 여기 있는 내내 즐거웠는지 우리가 위험에 처했다는 사실조차 모르는 눈치다.

"루이즈. 여긴 웬일이야?"

당황한 목소리다. 팀이 폭이 좁은 복도를 꽉 채운 채 유일한 퇴로를 막고 서 있다. 땀에 젖어 미끄러운 손으로 헨리의 손을 더 꽉 쥔다.

"내가 초대했어."

안방에 있던 브리짓이 걸어나오며 말한다. 팀이 현관에 서 있는 바람에 헨리와 내가 오도 가도 못하게 된다. 체스 게임에서 상대편 말들에 둘러싸여 꼼짝하지 못하게 된 킹처럼, 팀과 브리짓 사이에 갇힌다.

팀이 내 쪽으로 한 걸음 다가온다.

"엄마가 너한테 뭐래?"

헨리를 내 쪽으로 끌어당기니 헨리의 따뜻한 체온이 다리에 전해진다. 헨리가 동그랗고 순진한 눈망울로 나를 올려다본다.

"엄마, 무슨 짓을 한 거예요?" 팀이 다급한 목소리로 묻는다. "루이즈가 왜 여기 있느냐고요."

도망치는 시늉이라도 하고 싶은데 몸이 말을 듣지 않는다. 괴물에게 쫓기다 진흙탕에 빠져 도망칠 희망조차 사라지는 악몽을 꾸는 것 같다.

"말했잖아." 브리짓이 답한다. "내가 초대했다고."

"경찰서에서 오는 길이에요. 페이스북 얘기 들었어요. 엄마가 그런 거 맞죠?" 팀이 브리짓에게 묻는다.

나는 혼란스러운 눈빛으로 팀과 브리짓을 번갈아 본다. 만약 팀이 소피를 죽였다면 마리아의 페이스북 페이지를 모를 리가 없지 않은가.

브리짓이 코웃음을 세게 치며 어깨를 으쓱한다.

"경찰이 알아낼 거예요." 팀이 말한다. "그런 거 추적하는 게 일인 사람들이에요. 몇 시간 내로 엄마가 한 짓이라는 게 밝혀질 거라고요."

"내가 신경이나 쓸 거 같아?" 새된 목소리로 브리짓이 쏘아붙인다. "나는 어차피 죽을 몸이야. 마리아를 절벽 밑으로 떠민 여자애들은 지금이라도 죗값을 물어야 하고."

팀이 얼굴을 구기며 한 걸음 더 다가온다.

"그날의 진실은 아무도 몰라요, 엄마. 이제 그만 마리아를 놓아줘요."

"놓으라고? 어떻게? 과거가 나를 놓아주질 않는데 어떻게! 그리고 그날의 진실을 아는 사람이 있어. 그자가 동창회에서 말해주겠다고 했다고."

"네? 그자가 누군데요?"

팀이 한 손으로 머리를 긁자 머리카락 몇 가닥이 삐죽 선다. 나는 내 몸에 더 바싹 붙는 헨리를 두 팔로 감싸 안고 헨리의 머리를 쓰다듬으며 속으로 말한다. '괜찮아. 다 괜찮아.' 조용히 헨리를 안은 팔에 힘을 준다.

"네이선 드링크워터." 브리짓이 내뱉듯 말한다.

"그건 또 무슨 소리예요?" 팀이 혼란스러운 표정으로 묻는다.

"그자가 페이스북으로 나에게, 아니 마리아에게 친구 요청을 했어. 내가 마리아가 아니라는 걸 안다면서, 마리아가 사라진 날 밤의 진실을 알려주겠다고 했어. 자기가 네이선 드링크워터라는 증거로 자기가 갖고 있는 마리아의 소지품을 보여주겠다고 했어. 동창회에서 만나기로 약속했지만 네가 못 들어가게 하는 바람에 못 만나게 되었고."

"말도 안 돼요. 네이선 드링크워터는 죽었어요. 수년 전에요."

"뭐?" 분노의 기운이 잦아들고, 브리짓이 당황하고 나약한 모습을 드러낸다. "그럴 리가."

"진짜예요. 전에 집 앞에서 만났을 때 루이즈가 물어보길래 찾아봤어요. 런던에서 자동차 사고로 죽었어요. 뉴스에도 나왔어요. 책을 몇 권 썼는데 그게 꽤 팔린 모양이더라고요."

"그럼 누가…?"

브리짓이 사색이 된 얼굴로 팀과 나를 번갈아 본다.

"모르죠." 팀이 말한다. "어쨌든 네이선은 아니에요."

팀이 벽에 등을 기대고 눈을 문지른다.

지금이다. 잠시 무기력한 상태에 빠졌던 몸이 순식간에 활기를 띤다. 헨리를 단번에 들쳐 안고 복도를 뛰어 현관문을 박차고 뛰어나간다. 정원 길을 지나 대문 밖으로 달린다. 비교적 안전한 인도에 다다라서야 헨리를 내려놓는다. 헨리의 손을 잡고 뛰면서 팀이 쫓아오는 걸 확인하려 뒤를 돌아본다. 그 순간 무언가와 쿵 부딪친다. 샘이다. 나는 온몸을 부들부들 떨며 샘을 와락 움켜잡는다.

"아빠!"

헨리가 활짝 웃으며 샘을 부른다.

샘이 헨리를 번쩍 안아 올려 끌어안았고, 헨리는 팔다리로 샘의 몸을 꼭 감싸 안는다.

"아, 하느님, 감사합니다." 샘이 헨리의 목에 얼굴을 묻는다. "지금 막 집으로 들어가려고 했어. 더는 기다리고 있을 수가 없어서." 샘이 헨리의 어깨 너머로 나를 보며 말한다.

"얼른 가자."

"어떻게 된 거야? 도대체 누구야? 설마 마리아가…." 샘이 말끝을 흐린다.

"아니야. 브리짓이었어. 마리아의 엄마. 가면서 설명할게."

"브리짓?"

"빨리 가."

떨리는 손으로 헨리를 차 뒷좌석에 앉히고 안전벨트를 채운 뒤 조수석에 탄다. 두근거리는 심장을 달래며 눈을 감기 무섭게 샘이 큰 소리로 나를 부른다.

"루이즈! 헨리는 괜찮아? 다친 데는 없어?"

"없어. 괜찮은 거 같아."

"다행이다. 헨리가 많이 피곤할 거야. 우선 집에 데려가 재워. 브리짓을 어떻게 할지는 아침에 생각해보자."

시트에 머리를 기대자 그제야 심장 박동이 안정적으로 느려진다. 헨리를 찾고 나니 다른 일은 다 사소하게 느껴진다. 헨리는 샨 베이를 벗어나는 큰길에 들어서기도 전에 곯아떨어진다. 비가 내리기 시작한 깜깜한 창밖을 내다보며 생각에 잠긴다. 좌우로 부드럽게 움직이는 와이퍼의 규칙적인 소리만이 간간이 생각을 방해한다.

A11 도로에 들어설 때쯤 졸음이 와 머리를 창문에 기댄다. 빗방울이 여전히 차 앞 유리를 두드린다. 잠들기 직전 긴장이 완전히 풀리는 달콤한 가수면 상태에 빠진다. 그러다 샘의 목소리에 퍼뜩 정신이 든다.

"브리짓이었다니, 믿기지가 않아. 너한테 뭐라고 해?" 샘이 불안한 목소리로 묻는다.

"마리아의 죽음이 내 책임이라고 했어. 소피도 탓했지만 주로 나를 원망했어. 메시지는 마리아에게 못되게 군 우리를 겁주고 벌주려고 보낸 거였어."

"하지만 어떻게 알고…?"

"엑스터시? 그건 몰라. 브리짓은 마리아가 자살했다고 생각해. 그래서 나를 원망한 거고. 엑스터시 사건 때문이 아니었어."

"그날 어떤 일이 있었는지 여전히 정확히 모른다는 말이야? 그럼 너한테 이 고생을 시킨 게, 우리 애를 납치한 게 겨우 학창 시절의 괴롭힘 때문이라는 거야?" 화가 치미는지 핸들을 잡은 샘의 손마디가 하얗게 불거진다.

"자식을 잃었잖아, 샘." 내가 쏘아붙이듯 말한다. "브리짓은 우리가 절대 이해할 수 없는 고통을 겪었어."

처음 만났을 때 본 브리짓의 모습을 떠올리려 애쓴다. 브리짓은 차와 쿠키를 들고 미소를 짓고 있었다. 그러나 정작 떠오르는 건 오늘 본 모습이다. 날카로운 칼로 새겨넣은 듯 주름이 잔뜩 지고 볼이 움푹 패인, 고통이 선명하게 새겨진 브리짓의 얼굴이 눈앞에 아른거린다.

"알아, 알아. 미안해. 너무 속을 태워서 그래. 나는 정말 헨리가 어떻게 된 줄 알았어."

샘을 달래려 그의 무릎 위에 손을 올리자 샘이 내 손을 꼭 감싸 쥔다. 그때 뒷자리에서 헨리가 몸을 뒤척이며 보채는 소리를 낸다. 나는 샘의 손에 덮인 손을 빼내 헨리의 다리를 쓰다듬는다.

"괜찮아, 헨리. 다시 자."

창밖의 어둠을 내다보며 머릿속의 생각을 입 밖으로 낸다.

"문제는… 브리짓은 소피를 죽일 수 없었다는 거야. 동창회에 참석하지도 않았지만, 브리짓은 소피를 죽일 힘이 없어. 소피는 목이 졸려 죽었잖아."

"그럼 팀이겠지." 샘이 말한다.

"아니. 아까 팀도 왔었는데, 팀은 페이스북에 대한 일을 오늘에야 알았어. 경찰서에 조사받으러 갔다가 들었대. 팀은 몰랐어, 아무것도. 게다가 팀은 마리아의 목걸이를 갖고 있을 이유가 없잖아."

"목걸이는 어찌 된 건지 몰라도 페이스북에 대해 몰랐다는 건, 거짓말이지 않을까?"

"거짓말 같지는 않았어."

"뭐, 그럼… 네이선 드링크워터와 관련이 있겠지." 샘이 화물차를 추월하려고 핸들을 확 틀면서 말한다.

"뭐?"

"네이선 드링크워터. 네가 동창회에서 그랬잖아. 브리짓이 만든 페이스북 페이지의 친구 목록에 그 이름이 있었다고. 기억나? 그거, 마리아에게 집착했었다는 남자애의 이름이잖아. 마리아가 샨 베이로 이사 오기 전에 말이야. 그때 맷 루이스의 사촌이 우리한테 다 말해줬어. 이번 일, 그자와 연관이 있을지도 몰라."

"하지만 그자는⋯."

속의 말을 다 하면 안 될 것 같아 말끝을 흐린다. 머릿속이 빠르게 돌아간다. 동창회에서 내가 네이선 드링크워터라는 이름이 마리아의 친구 목록에 있었다고 말했을 때, 샘은 처음 듣는 이름이라고 했다. 그때는 몰랐던 이름을 어떻게 갑자기 알게 됐을까? 어쩌면 샘은 이미 네이선 드링크워터에 대해 알고 있었나?

다시 눈을 감지만 마음이 계속 불편하다. 직소 퍼즐을 맞추듯 머리를 쥐어짜내 단서들을 모아보지만 하나의 그림으로 맞춰지질 않는다. 브리짓이 페이스북으로 메시지를 보낸 이유는 명확하다. 자신이 겪은 말 못할 고통을 내가 조금이라도 느끼게 하기 위해서였다. 그녀는 그 고통을 30년 가까이 품고 살았다. 그 고통은 점점 커졌고 급기야는 촉수를 뻗어 그녀의 머릿속에 있는 다른 모든 생각을 질식시키고 홀로 살아남았다.

그러나 브리짓은 소피를 죽이지 않았고, 아마 팀도 소피를 죽이지 않았을 것이다. 나는 그날 밤 브리짓이 팀과 떠나는 걸 봤다. 네이선은 브리짓에게 죽은 딸에 대한 정보를 알려주고, 물증을 보여주겠다는 미끼를 던졌다. 그 물증이란 게 마리아의 목걸이였을까?

동창회에서 소피가 샘과 맷을 보고 웃으면서 자기는 다 알고 다 봤다고 했던 말이 떠오른다. 페이스북 메시지가 화제에 올랐을 때는 잔뜩 겁에 질려 졸업 파티 때 별의별 일이 다 있었다고 소피는 말했다. 소피는 무엇을 알았을까? 무엇을 보았을까?

나는 마리아의 친구 목록에 있던 네이선이 진짜 네이선이 아니며, 소피와 나를 찾은 것처럼 네이선도 브리짓이 먼저 찾아냈을 거라고 막연히 생각했다. 그러나 브리짓의 말대로라면, 네이선이 먼저 브리짓에게 연락했다. 그리고 네이선 드링크워터는 죽었다. 페이스북에서는 누구든 될 수 있다. 얼굴 없는 페이지 뒤에 아무렇지 않게 내 존재를 숨길 수 있다. 죽음을 앞둔 엄마가 죽은 딸의 인생을 망가뜨렸다고 생각하는 여자애들에게 복수하기 위해 딸인 척 연기할 수도 있다.

그러나 누군가가 브리짓의 연기를 역이용했다. 범인은 마리아 가족이 오랜 시간 일군 삶의 터전을 버리고 노폭의 작은 마을로 도망치게 만든 소년의 가면을 썼다. 범인은 마리아의 페이스북 페이지를 만든 사람이 네이선 드링크워터의 제안을 절대 거절하지 못하리라는 것도 이미 잘 알았다.

헨리가 가끔 뒤척이거나 웅얼거릴 때를 빼고는 차 안에 무서운 정적이 흐른다. 지금 하는 생각이 표정에 드러날까 봐 고개를 돌려 창밖을 내다본다. 차창에 비치는 내 얼굴 대신 그 너머의 밤 풍경을 보려 애쓰지만, 눈을 부릅뜨고 있는 내 얼굴이 자꾸 눈에 들어온다. 쿵쿵거리는 심장 소리가 샘의 귀에도 들릴 것만 같다.

나는 보이는 게 다 진실이 아니라는 걸 누구보다 잘 안다. 어떤 사건을 나와 똑같이 목격했는데도 나와는 전혀 다르게 기억하는 사람들이 있다. 사람은 각자 편한 대로 생각하고 기억하기 때문이다. 그들에게는 그게 진실인 것이다. 내가 기억하고 있는 것들이 정말 진실인지 확신할 수 없는 것도 그래서다.

나는 지금껏 헨리의 아빠라는 이유로 샘을 늘 좋은 사람이라고 생각했다. 그러나 샘은 이미 나를 속인 적이 있었다. 내가 샘의 휴대전화에서 캐서린의 문자를 발견했을 때도 샘은 계속 나를 속였다. 더는 속이는 게 불가능해져 결국 나를 버리고 캐서린에게 갈 때까지도 샘의 거짓말은 계속되었다. 그동안 샘이 한 거짓말과 배신, 나에게 입힌 수많은 상처가 한꺼번에 떠올라 숨이 막힌다. 샘이 나를 내리누르고 게임의 선을 넘은 행위를 하던 순간, 두 손으로 내 목을 조르던 순간들이 떠오른다.

차 안은 충분히 따뜻한데도 이상한 한기가 돌아 두 팔로 몸을 감싼다. 나는 너무 오랫동안 타인뿐 아니라 나 자신조차 속이며 어둠 속에 숨어 살았다. 그러나 이제부터 아주 조금이지만, 문이 열렸다. 그리고 그 작은 문틈으로 빛이 흘러들어온다.

37장
2016

샘이 집 밖의 좁은 공간에 주차하려고 차를 후진시킨다. 그에게서 도망치는 것 말고 다른 생각은 할 수가 없다. 생각이 마구 뒤섞여 대처할 방법은 전혀 떠오르지 않는다. 헨리의 방에 들어가 안전하게 헨리를 침대에 눕힌 뒤에야 겨우 이성적인 사고가 가능해질 것 같다.

샘이 핸드 브레이크를 올리자마자 안전벨트를 풀고 문을 연다.

"오늘 정말 고마웠어. 나는 그만 가서 헨리 눕힐게. 얘기는 나중에 하자, 알았지?" 평소와는 전혀 다른 쉿소리가 나온다.

"아니야, 내가 눕힐게. 잠들면 무겁잖아."

"아니, 괜찮아." 순간 목소리가 높아져 목청을 가다듬는다. "괜찮아." 낮고 차분한 목소리로 다시 말한다. "할 수 있어."

"할 수 있는 거 알아. 그냥 돕고 싶어서 그래."

내가 무어라 답하기도 전에, 샘이 차에서 내려 얼른 헨리를 안아 든다. 헨리의 눈이 반쯤 떠졌다 다시 감기고, 헨리의 머리가 샘의 어깨에 푹 파묻힌다. 샘이 헨리를 업고 말없이 정원 길을 걷는다. 나는 별 수 없이 열쇠를 찾아 가방을 뒤지며 샘을 뒤따라간다.

문을 열고 샘과 헨리가 들어가도록 옆으로 비켜선다. 도와달라고 소리치며 도망칠까, 잠시 고민한다. 그러나 미친 사람으로 보이는 건 둘째 치고, 알고 지내는 이웃이 하나도 없어 도망칠 데도 없다. 샘의 등에 기대 잠든 헨리의 얼굴을 보니 도망칠 마음이 사라진다. 내가 안다고 믿었던 세상이 이미 모르는 세상이 됐다. 무슨 짓을 할지 모르는 샘에게 헨리를 맡기고 도망칠 수는 없다. 나는 샘의 뒤를 따라 들어가 현관문을 닫는다.

샘이 곧장 헨리의 방으로 가 헨리를 침대에 눕힌다. 조심스럽게 헨리의 신발을 벗기고 교복 재킷과 셔츠를 벗긴 뒤 이불을 덮어준다. 샘의 다정한 행동을 보니, 순간 내가 샘을 오해하는 건 아닐까 하는 생각이 든다. 헨리의 다정한 아빠인 샘이 그런 짓을 저질렀을 리가 없다. 아니, 나는 아직 샘이 무슨 짓을 저질렀는지조차 솔직히 모르겠다.

샘이 늘 그렇듯 문을 조금 열어두고 헨리의 방을 나온다.

"힘든 일을 겪었는데 한잔해야지, 안 그래?"

내가 무어라 답하기도 전에 샘이 곧장 주방으로 가서 화이트 와인이 반쯤 든 병을 꺼낸다. 나도 뒤따라 주방으로 들어간다.

"저기, 샘. 나 피곤해. 다음에 마시면 안 될까?"

제발 가라. 제발.

샘이 찬장 맨 위 칸에서 와인잔 두 개를 꺼낸다. 내일은 무슨 일이 있어도 물건들의 위치를 바꾸겠다고 마음속으로 맹세한다. 지금 이 순간을 무사히 넘길 수만 있다면.

"지금은 마시고 싶지 않아. 제발, 샘. 그냥 자고 싶어. 다음에 하자."

대담하게 한 걸음 다가가 샘의 손에 들린 잔을 빼앗아 주방

조리대 위에 놓는다.

"늦었어. 피곤해 죽겠다고. 응?"

샘이 어깨를 으쓱한다.

"알았어. 네가 싫다면야."

하지만 여전히 이제 곧 무사해지리라는 희망, 그러니까 샘이 네이선을 언급한 실수를 샘 스스로 자각하지 못했을 거라는 희망은 감히 품지도 못한다.

나는 그저 현관으로 향하는 샘의 뒤를 무작정 따라간다. 복잡한 생각은 샘을 내보낸 다음 문을 잠그고 나서 해도 늦지 않다.

샘이 현관문을 열려는 듯 손잡이에 손을 올린다.

'어서.' 마음속으로 재촉한다. '제발 그 문을 열어.'

내 바람과는 다르게 샘의 손이 멈춘다.

"안 되겠어, 루이즈."

샘의 목소리가 갈라지고 손잡이를 잡은 손가락이 떨린다.

"뭐라고? 뭐가 안 되는데?"

숨 쉬어, 루이즈.

"못 가겠어. 지금은. 미안해."

"갈 수 있어."

애써 태연한 얼굴을 하고 목소리를 가다듬는다.

"아니, 못 가."

샘의 눈가에 눈물이 비친다. 그 모습에 놀랍게도 가슴이 아린다. 샘은 나와 함께한 17년 동안 내 앞에서 한 번도 우는 모습을 보인 적이 없다.

샘이 고개를 숙인다.

"너도 다 알았잖아. 차에서 내가 네이선 드링크워터에 대해 한 말 때문에."

나도 고개를 숙인다. 샘과 함께 고른 오크 나무 마룻바닥의 소용돌이 무늬와 옹이에 시선을 고정한다.

"나는 아무것도 몰라."

공기가 드나들 공간이 없어질 정도로 성대의 근육이 수축해 쇳소리가 난다.

"알잖아. 당신 눈빛이 그래. 동창회에서 내가 네이선 드링크워터를 모른다고 했던 거, 기억났잖아. 내가 거짓말을 했다는 거, 알았잖아. 그래서 지금 내가 무서운 거잖아."

화난 목소리는 아니다. 샘이 이토록 처절하게 슬픈 표정을 짓는 건 처음 본다. 슬픔과 절망이 뒤섞인 샘의 얼굴을 보니 심장이 더 바짝 죄어든다. 머리가 어지러워 비틀거리며 벽에 등을 기댄다.

샘이 손을 뻗어 내 팔을 잡으려 한다. 내가 팔을 홱 낚아채자 샘의 낯빛이 어두워진다.

"앉자." 샘이 말한다. "다 설명할게."

내 답을 기다리지 않고 무겁고 느린 걸음으로 샘은 다시 주방으로 간다. 나는 헨리의 방 밖에 잠시 서 있는다. 열어둔 문틈 사이로 야간 등의 불빛이 새어 나온다. 가만히 문을 당겨 닫고 움직이지 않는 다리를 억지로 끌고 샘을 뒤따라간다.

샘이 잔 두 개에 와인을 따르고 있다. 그러더니 제 옆에 앉으라고 나에게 손짓한다. 납이 꽉 들어찬 듯 무거운 몸을 이끌고 그의 옆자리에 앉는다.

"우리 처음 만났을 때 기억나, 루이즈?" 와인잔의 손잡이를 돌리며 샘이 말한다. "그때 참 행복했는데, 안 그래?"

샘이 무슨 말을 하든 맞장구쳐주기로 마음을 먹었지만, 이건 마음먹을 필요도 없다. 정말로 행복했으니까. 내가 한 짓을 알고도 나를 사랑하는 사람을 만난 건 그때가 처음이었다. 그래서 죄책감이 줄어드는 것 같았다. 술집 야외 테라스에서 샘이 나에게 입을 맞추었을 때 나는 어깨에 진 짐이 한결 가벼워진 기분을 느꼈다.

"당신과 있으면 마음이 정말 편했어. 당신은 나의 전부를 사랑했어. 너무나… 순진한 사랑이었지."

우리가 한 위험한 행위들을 생각하면 어울리지 않는 단어다.

내 표정을 읽었는지 샘이 다시 강조한다.

"순진한 사랑 맞아, 루이즈. 아니, 순수했다는 말이 더 맞겠네. 우리가 한 행위들은 사랑해서 한 거였으니까. 당신도 나만큼 원했잖아. 안 그래? 내가 한 번이라도 강제로 한 적 있어?" 샘이 애원하는 목소리로 묻는다.

나는 고개를 저었다. 맞다. 강요한 적은 없다. 아니, 더 정확히 말하면 내가 한 번도 거절하지 않았다. 욕망의 찌꺼기로 얼룩진 메스꺼운 혐오가 치밀어 온몸에 소름이 돋는다. 처음에는 이전 남자친구들과 하던 평범한 섹스가 아니라 짜릿했다. 샘에게 통제권을 내주고 나 자신을 놓아버리니, 미묘한 흥분감과 함께 해방감마저 느껴졌다. 그러나 가끔, 특히 헨리가 태어난 뒤로는 샘의 행위가 불편하게 느껴지기 시작했다. 나는 아이를 낳고 내가 달라져서 그렇다고 생각했다. 그러나 샘에게는 말하지 않았다.

이미 샘의 마음이 멀어지는 걸 느끼고 있었던 터라, 나를 떠날 빌미를 주고 싶지 않았다.

"소피를 해칠 생각은 없었어. 정말이야."

샘이 손에 든 와인잔을 빙글빙글 돌리자 와인이 넘칠 듯 출렁거린다.

"그럼. 그랬겠지."

구역질이 나는 걸 참으며 맞장구를 쳐준다. 도대체 샘은 무슨 짓을 한 걸까?

"나는 그저 소피가 그때 일을 말하고 다니지 않길 바랐을 뿐이야. 누가 우연히 들을지도 모르니까. 하지만 소피는 입을 다물지 않았어. 졸업 파티 때 내가 마리아와 같이 있는 걸 봤다면서, 나한테 무슨 일이 있었는지, 마리아가 뭐라고 했는지 계속 물었어. 아무 일도 없었다고, 아무리 말해도 소용없었어. 마리아를 숲에 두고 올 때만 해도 마리아는 괜찮았고, 그게 마리아를 본 마지막이었다고 계속 말했는데도."

"그게 무슨 말이야? 마리아를 숲에 두고 왔다니? 언제?"

샘은 내 말은 무시하고 와인잔만 더 세차게 돌린다.

"샘?"

진실을 듣고 싶은 욕구가 두려움을 억누른다. 열여섯 살 때부터 나를 괴롭힌 질문의 답을 드디어 알게 되는 걸까?

"혹시 맷이랑 관련 있어?"

동창회에서 나를 뚫어지게 쏘아보며 넷 다 입을 다물어야 한다고 강조하던 맷이 떠오른다. 샘은 그저 맷을 감싸주었을 뿐 죄가 없을지 모른다는 근거 없는 희망이 샘솟는다.

"맷? 아니, 맷은 아무 관련 없어. 자기가 엑스터시를 조달했다는 사실이 드러날까 봐 걱정하는 것뿐이야."

심장이 철렁 내려앉는다.

"힘들었어." 샘이 와인잔을 식탁 위에 조심스럽게 내려놓으며 말을 잇는다. "그렇게 오랜 세월이 지났는데도 당신이 여전히 그 일로 괴로워하는 걸 보니 힘들었어. 내가 몇 마디만 하면 당신의 죄책감과 수치심이 사라지리라는 걸 알았기 때문에 더더욱 그랬어. 하지만 말했다면 당신과 내 사이는 끝났을 거야. 더는 하나가 될 수 없었을 거야."

끝까지 듣고 싶은 마음 반, 듣기 싫은 마음 반으로 샘을 빤히 바라본다. 샘이 두 손으로 내 손을 감싸 쥐고는 엄지손가락으로 내 손바닥에 계속 원을 그린다. 그러고는 내 손에 얼굴을 묻고 뜨거운 입김과 함께 말을 쏟아낸다.

"당신은 마리아를 죽이지 않았어. 내가 죽였어."

38장

　루이즈는 샘과의 성생활을 남에게 털어놓은 적이 없다. 무력하게 지배당하고 속박당하는 걸 즐기는 자신이 너무 부끄럽기 때문이다. 헨리가 태어나고 샘이 선을 넘기 시작했을 때 폴리에게 조금 내비치긴 했지만 폴리도 자세한 상황은 모른다.

　루이즈가 십 대였을 때, 그리고 이십 대 초반까지도 여자 친구들 사이에는 서로의 성생활에 대한 이야기를 시시콜콜 주고받는 게 유행이었다. 기교나 기벽, 신음 소리, 실수에 이르기까지, 하지 못할 이야기는 아무것도 없었다. 그러다 어느 순간 상황이 달라졌다. 샘과 사귀기 시작했을 때쯤 루이즈의 친구들은 하나둘씩 결혼을 고민하거나 결혼을 했고, 그러면서 성생활에 관한 대화는 차츰 줄어들었다. 남자 친구일 때는 몰라도 남편의 단점을 대놓고 인정하기는 어려워서였을까? 사실 평생을 함께해야 하는 사람의 성적 기벽은 웃고 넘기기 힘들다. 그래서 더는 재미있는 이야깃거리가 될 수 없다.

　그렇게 점점 성생활을 터놓고 이야기할 기회가 줄어들면서, 루이즈는 먼저 그 주제를 화제에 올리지 않았다. 차라리 솔직하게 털어놓을 사람이 있었다면 좋았을 것이다. 걷잡을 수 없는 지경에 이른 지난 몇 년간의 잠자리가 정상에서 얼마나 벗어나는지 확인해볼 수 있었을 테니 말이다. 루이즈는 대신 BDSM(인간의 성적 기호 중 기학적 성향을 통틀어서 일컫는 것으로, Bondage, Discipline, Sadism, Masochism을 뜻한다.—옮긴이)이나 강간 판타지를 수시로 검색해본다. 샘과의 행위가 '정상 범위'에 속한다는 연구 결과를 보면 안심하고, 실제 성폭행과 관련이 있다는 보고서를 보면 경악한다.

샘이 두 번 연속 승진에서 미끄러졌을 때, 그리고 헨리가 태어난 뒤에 상황은 더 심각해졌다. 샘은 루이즈가 엄마가 되면 두 사람의 격차가 줄고, 본인이 루이즈에게 중요한 사람이 되리라 생각했다. 그러나 루이즈의 사업은 갈수록 번창했고 샘은 소외감을 느꼈다. 물론 루이즈는 샘을 소외시킬 의도가 전혀 없었다. 샘은 루이즈의 진짜 모습을 아는 유일한 사람이었기 때문이다. 샘이 저지른 짓을 루이즈가 진작에 알았더라면 지금까지와는 전혀 다른 삶을 살았을 것이다. 사방에 벽을 쌓아 아무도 들이지 않는 삶, 절벽 끝이나 다리 위에서 아래를 내려다볼 때마다 다 포기하고 뛰어내리고 싶은 충동에 사로잡히는 삶을 살지 않았을 것이다.

샘은 항상 본인이 루이즈의 인생에서 중요한 존재라는 걸 증명하고 싶어 했다. 그러나 샘은 루이즈에게 아무것도 증명할 필요가 없었다. 루이즈는 학교 식당에서 샘이 소피와 시시덕거리는 걸 지켜보던 학창 시절부터 줄곧 그를 사랑했다. 그때부터 항상 루이즈는 샘을 향한 자신의 사랑은 절대 변하지 않을 거라고 생각했다. 무슨 일이 있어도 절대로.

39장
2016년

몸이 뻣뻣하게 굳는다. 힘이 잔뜩 들어가 팽팽해진 배가 겨우 몸을 지탱해준다. 온몸이 딱딱하고 차가운 유리로 변한 기분이다. 조금만 움직여도 산산조각이 날 것 같다. 나는 의자에 앉은 채로 꼼짝하지 않았다. 헨리가 고작 몇 미터 떨어진 곳에 잠들어 있다는 사실을 명심하고 또 명심하면서.

"무슨 일이 있었던 거야?"

"그날 밤 기억나, 루이즈?"

당연히 기억난다. 샘도 내가 기억하고 있다는 걸 알고 있다.

"그날 밤 나, 꽤 잘했잖아. 안 그래?" 내 동의를 구하는 게 꼭 헨리 같다. "교실에 단둘이 있었을 때 더 밀어붙일 수도 있었지만 네가 겁을 먹은 것 같아 내가 멈췄잖아. 기억나지?"

"기억나."

에메랄드색 새틴 드레스를 다급하게 더듬는 샘의 손, 내 살을 점점 더 세게 파고드는 샘의 손가락, 내 입 속을 헤집는 샘의 혀. 모든 게 뜨겁고 몽롱했던 그때의 기억이 생생히 떠오른다. 교실에 혼자 남아 차가운 벽에 등을 기대고 미숙하고 순진한 자신을 저주하던 내 모습도 떠오른다.

"너는 나를 원했지만 겁을 먹었어. 나는 강제로 하고 싶지는 않았어. 나중에는 너도 나만큼 게임을 즐겼지만. 안 그래?"

다시 애원하는 말투로 말하는 샘에게 반사적으로 고개를 끄덕인다. 그의 비위를 맞추는 습관이 여전히 남아 있는 탓이다.

"하지만 그때는 네가 준비가 안 됐었지."

홀로 교실에 남겨졌을 때 느낀 엄청난 굴욕감이 떠오르자, 뜻밖에도 그 시절의 내가 안쓰럽게 느껴진다. 학창 시절의 나에게 연민을 느끼기는 처음이다. 지금까지는 늘 죄책감과 혐오감, 수치심밖에 느끼지 못했다.

"하지만 마리아는 달랐어. 소문이 돌아 다들 알고 있었어. 마리아가 어떤 아이인지. 그 애한테는 무슨 짓을 해도 죄책감을 느낄 필요가 없었어. 안 해본 짓이 없는 아이였으니까."

다 거짓말이라고, 마리아에게서 원하는 걸 얻어내려고 네이선이 지어낸 거짓말이라고 말하고 싶지만, 잠자코 듣기만 한다. 샘의 이야기를 다 들어주고 무슨 짓을 했든 네 탓이 아니라고 해주면, 샘은 순순히 그냥 갈지도 모른다.

"마리아가 강당을 나가는 걸 봤어. 비틀거리며 숲으로 이어지는 학교 뒷길로 가는 마리아를 쫓아갔어. 자기 몸에 도대체 무슨 일이 일어난 건지 몰라 당황한 눈치였어. 나는 마리아가 잘못될까 봐 걱정됐어. 마리아가 뭘 먹었는지 나는 알았지만 마리아는 몰랐으니까. 마리아를 보살펴주려고 했어."

샘이 고개를 들고 불안한 눈빛으로 나를 바라본다. 샘을 안심시키려 애써 이해한다는 듯한 표정을 짓는다.

그래, 보살펴주려고 했겠지.

"숲에 도착할 때쯤 마리아가 발을 헛디뎌 넘어지길래 내가 불렀어. 마리아가 유난히 더 창백해 보이는 얼굴을 돌려 나를 바라봤어. 달려가 붙잡으며 괜찮냐고 물었어. 소피가 본 건 그 장면이었어. 소피도 약효가 언제 나타날지 궁금해 마리아를 따라다니며 지켜보고 있었던 거야."

"소피도 마리아를 봤다고? 나한테는 그런 말 한 번도 안 했었어."

집에 찾아가 마리아의 친구 요청에 대해 말했을 때 웃어넘기던 소피가 떠오른다. 물에 빠져 죽은 애한테? 짐짓 태연한 척 연기했지만 소피도 나 못지않게 두려움과 죄책감을 느꼈던 게 분명하다.

"나도 몰랐어. 네가 다녀갔다면서 소피한테 전화가 오기 전까지는."

"소피는 왜 그때 경찰에 마리아를 봤다고 말하지 않았을까?"

"너와 같은 마음이었겠지." 샘이 말한다. "너와 한 짓을 들킬까 봐 두려웠을 거야. 아무 말도 하지 않는 게 낫다고 생각했겠지. 그리고 소피가 본 건 나와 마리아가 숲으로 걸어가는 모습, 그게 다야. 아무튼 소피에게 전화가 왔을 때 나는 별거 아니니 잊어버리라고 했어. 그때는 소피도 그렇게 납득한 줄 알았어. 하지만 소피는 동창회에서 계속 그 이야기만 했어. 페이스북 메시지 때문에 겁에 잔뜩 질려 나한테 계속 그 일을 추궁했어. 마리아가 정말 살아 있을 수도 있고, 내가 무언가를 알고 있다고 생각하는 것 같았어. 게다가 취하니까 소피의 목소리가 점점 커졌어. 무슨 얘기를 하는지 궁금했는지 사람들이 우리를 돌아보기 시작했어. 밖으로 데리고 나갈 수밖에 없었어."

"어디로…?" 목이 메어 말이 나오지 않는다. 심호흡을 하고 다시 묻는다. "어디로 데려갔는데?"

"졸업 파티 때 있었던 일이 기억났다고 말했어. 무슨 일인지 말해줄 테니까 나가서 잠깐 걷자고 했지. 소피는 궁금해서 안달이 난 상태라 곧바로 그러겠다고 했어. 그래서 나는…." 샘의 목소리가 흔들린다. "루이즈, 믿어줘. 내가 그런 짓을 한 건 가족을 지키기 위해서였어. 내 아이들에게 감옥에 갇힌 아빠 모습을 보여주고 싶지 않았어. 열여섯 살 때 저지른 잘못된 선택으로 아이들의 인생까지 망치고 싶지 않았어. 그런 일이 벌어지게 둘 순 없었어."

샘의 비위를 거스르지 않으려고 필사적으로 고개를 끄덕인다.

"엿듣는 사람이 없는 숲으로 가자고 했어." 샘이 목소리를 낮춘다. "날씨가 추워 둘 다 외투를 가지고 나왔어. 주머니에 장갑이 있기에 손이 시려 장갑을 끼었어."

아, 하느님. 이럴 수가! 불쌍한 소피.

"숲으로 같이 걸어갔어. 그때까지도 나는 소피가 그냥 넘어가주길 빌며 적당한 답변을 생각하고 있었어. 그런데 갑자기 소피가 경찰에 알려야 한다고 말했어. 그 순간… 나는 너무 무서웠어. 경찰을 끌어들이려고 하는 소피가 이해되지 않지. 소피를 그냥 두면 그날 밤 내가 마리아와 있는 걸 봤다고 경찰에 말할 게 틀림없었어. 나는 결심했지. 과거에 저지른 한 번의 실수로 내 남은 인생과 내 아이들의 인생을 망칠 수는 없다고 말이야."

"그래서 소피를…." 들릴 듯 말 듯한 목소리로 내가 중얼거린다.

샘이 두 손에 얼굴을 묻는다.

"그럴 생각은 없었어. 그러고 싶지도 않았고. 믿어줘, 루이즈."
샘의 희미한 목소리가 희미하게 새어 나온다.

"그런데도 당신은 그 오랜 시간 동안… 마리아의 죽음에 책임
이 있다고 믿는 나에게 아무 말도 하지 않았어. 오히려… 비밀을
계속 지키게 유도했지." 내가 말했다.

이제야 모든 것이 섬뜩하리만큼 확실해진다. 샘은 나의 죄책
감을 부추겼고, 죄를 지은 나를 이해하고 사랑하는 사람은 오
직 자기밖에 없다는 믿음을 교묘하게 주입시켰다. 그게 자신의
비밀을 숨기는 데 바람직했기 때문이다. 샘은 마리아의 일을 캐
고 다니는 사람이 없기를 나보다 더 간절히 바랐다. 그래서 나
를 제 곁에 뒀고, 내 입을 계속 봉인했다.

내가 오랫동안 사랑했고, 아직까지 여전히 사랑하는 남자이
자, 내 아이의 아빠인 샘을 가만히 바라본다. 지금껏 나는 헨리
가 태어난 뒤로 드러난 샘의 본성 위에 아주 조심스럽게 베일을
쳐 놓았었다. 그런데 그 베일이 한순간에 확 걷힌 기분이다. 그
동안은 온 힘을 다해 아무 문제 없는 척 연기하며 나 자신조차
속였지만, 이제는 억지로라도 진실을 마주해야 한다. 진실을 알
아야 한다. 나는 진실을 밝힐 의무가 있다. 나는 마리아와 끊을
수 없는 줄로 연결되어 있다. 누군가는 마리아에게 일어난 일의
진실을 밝혀야 한다.

"무슨 일이 있었던 거야, 샘? 졸업 파티에서 말이야." 호흡을
가라앉히고 최대한 무덤덤한 말투로 조용히 묻는다.

"당신한테는 말하고 싶었어, 루이즈. 말하려고 했던 적이 한두
번이 아니야. 정말이야. 하지만 당신과 헨리를 잃을까 봐 너무

두려웠어."

'하지만 당신은 우리를 버렸잖아'라고 말하고 싶다. 헨리와 나를 잃는 게 그렇게 두려웠다면 왜 떠났느냐고 묻고 싶다.

"마리아가 넘어지는 걸 보고 달려가 일으켜 세워줬어. 술도 깰 겸 조금 걷자고 했어. 마리아는 자기 몸의 변화가 낯설고 당혹스러워 나를 꽉 움켜잡았어. 나는 마리아와 함께 숲길을 걸었어. 숲 속은 달빛이 들지 않아 유난히 어두웠어. 무서웠는지 마리아가 나에게 더 꼭 매달렸어." 오랫동안 꿈틀대며 가슴속에 갇혀 있었을 말들이 샘의 입에서 쏟아져 나온다.

"다른 이야기를 해서 마리아의 관심을 돌렸어." 샘의 말이 이어진다. "기분이 이상한 걸 의식하지 않게 하려고. 그러면서 숲에서 나와 절벽 끝으로 걸어갔어. 바닷물이 부딪치는 소리를 들으며 우리는 나란히 절벽 끝에 앉았어. 내가 먼저 마리아의 머리카락을 부드럽게 쓰다듬었어. 마리아도 내 손길을 즐겼어. 우리가 먹인 약 때문에 온몸의 감각이 예민해졌을 테니까. 그 순간 마리아가 머리를 뒤로 젖혔어. 그 모습을 보고 그날 너에게 한 것처럼 마리아의 목 옆을 어루만졌어."

마치 그 순간으로 돌아간 듯, 별빛에 드러난 마리아의 하얀 목과 수면에 어른거리는 달빛이 보였다. 또 소금기를 머금은 바닷바람이 느껴졌다.

"그때 마리아가 동공이 크게 확장된 눈으로 나를 돌아보며 자기 기분이 왜 이런지 아느냐고 물었어. 자기는 술을 그렇게 많이 마시지도 않았다면서. 물론 나는 이유를 말할 수 없었지."

아, 마리아. 미안해. 정말 미안해.

"그때 내가 마리아에게 입을 맞췄어. 처음에는 마리아도 같이 입을 맞췄어. 정말이야, 루이즈. 그녀도 원했어. 믿어줘."

믿고 싶다. 샘을 믿고 싶다.

"그러다… 바닥에 누웠어. 내가 마리아의 위에 올라탄 자세로. 마리아는… 내 밑에서 빠져나오려고 발버둥 쳤어. 하지만 나는… 그 애도 즐기고 있다고 생각했어. 게임을 한다고 생각했지. 우리가 함께 살 때 내가 너랑 했던 것처럼. 그냥 연기라고 생각했어."

맞다. 나는 연기를 했다. 하지만 어느 순간부터는 어디서부터가 연기고, 어디서부터가 실제인지 분간이 가지 않았다.

"그래서 계속했어." 샘의 말에 다시 정신을 차리고 현실로 돌아온다. "나는 마리아도 나를 원한다고 확신했어. 마리아가 한 음탕한 짓들을 생각해봐. 너도 알고 있지? 마리아가 내 손을 뿌리치려 했지만 다 연기라고 생각했어. 결국에는 멈추고 나를 받아들인 걸 보면 마리아도 게임을 한 게 틀림없었지."

50킬로그램이 채 안 되는 작고 갸냘픈 마리아가 이미 키가 180센티미터에 달했던 열여섯 살 샘 밑에 깔려 있는 모습이 그려진다. 저항을 멈출 수밖에 없었을 것이다. 아무리 비명을 질러도 파도소리에 묻힐 게 뻔한 아무도 없는 절벽 끝에서, 마리아가 달리 무엇을 할 수 있었겠는가.

"황홀한 시간이었지. 다 끝나고 나서 나는 마리아가 숨을 돌리려고 잠시 누워 있을 줄 알았어. 하지만 마리아는 내가 자기 몸에서 떨어지자마자 비틀거리며 일어났어. 옷을 내리고 휘청거리며 학교 쪽으로 걸어갔어. 쫓아 달려가 어디 가느냐고 물었어.

마리아는 내가 자기한테 한 짓을 모두에게 말할 거라고 했어."

이 이야기가 얼마나 끔찍하게 끝날 것인지 결말을 알면서도, 나는 마리아의 반격이 내심 통쾌하다.

"내가 무슨 짓을 했는데? 내가 억지로 끌고 가기라도 했어? 그 애도 나만큼 원했어. 하지만 마리아는 제 손목과 입에 난 상처, 멍과 핏자국 따위가 증거가 될 거라며 계속 떠들어댔어. 물론 그 애를 아프게 할 생각은 전혀 없었어. 하지만 게임을 하다 보면 가끔 몸에 흔적이 남기도 하잖아. 당신도 그랬었고. 안 그래? 흔적이 남았다고 내가 억지로 했다는 뜻은 아니라고."

예전 회사 동료가 빨갛게 부어오른 내 손목을 보고 무슨 자국이냐고 물어본 적이 있었다. 당황한 내가 더듬거리며 오븐에 뎄다고 둘러대자, 그 여자는 나를 이상하다는 듯 쳐다보았고 그 이후로 나를 피했다.

"너처럼 평판이 나쁜 애 말을 누가 믿어줄 것 같으냐고 나는 반박했어. 하지만 마리아는 어깨를 으쓱하고 그냥 걸어갔어. 그러고는 '강간당했어요!'라고 목청껏 소리 지르기 시작했어. 숲길을 걸어가면서 그 말을 외치고 또 외쳤어. 다시 마리아를 뒤쫓아 가서, 마리아의 팔을 잡고 말했어. 강간이 아니니까 그만하라고. 하지만 마리아는 내 얼굴에 침을 뱉고 나를 '강간범'이라고 외치더니 내게 물었어. 강간범이 감옥에 갇히면 어떤 짓을 당하는지 아느냐고."

마리아의 배짱에 환호성을 지르고 싶다. 물론 그 끔찍한 결말은 알고 있지만.

"마리아가 진심이라는 걸 안 건 그때였어. 마리아는 사람들이 자기 말을 믿지 않아도 다 말할 작정이었어. 마리아가 다 말하게 됐으면 내가 어떻게 됐을 거 같아? 강간을 입증할 증거가 나오지 않아도 사람들은 나를 강간범으로 봤을 거야." 샘의 목소리가 갈라지고, 눈가에 눈물이 고인다. "강간 혐의를 받은 남자라는 꼬리표가 평생 따라다닐 게 분명했어. 그대로 당하고 있을 수만은 없었어. 마리아가 내 인생을 망치게 둘 순 없었어. 내 마음 이해하지?"

샘을 굳게 믿었었다.

나는 내가 아닌 샘의 입장을 더 이해하며 산 세월이 너무 길어, 그의 말에 또 홀리듯 넘어갈 뻔했다. 샘은 늘 그랬다. 억울한 누명을 쓰고 부당한 취급을 받은 피해자인 척했다. 그러나 이번에는 그 수에 넘어가지 않을 것이다. 바람을 피우기 전에, 그래서 나와 헨리를 버리기 전에, 그러니까 내가 여전히 그의 마법에 걸려 있을 때 샘이 모든 걸 털어놓았다면, 그의 말을 믿고 안타까워했을지도 모른다. 그러나 나는 브리짓의 말 못할 고통과 금색 하트 펜던트가 달린 가느다란 목걸이를 보았다. 눈가리개를 벗고 진실을 보았다.

"어쩔 수 없었어. 믿어줘. 마리아가 나에 대해 헛소리를 하고 다니게 둘 순 없었어. 마리아가 입을 닫게… 만들어야 했어."

아, 마리아. 날 용서해.

딸이 자살했을 거라 생각하고 고통스러워하던 브리짓의 얼굴이 떠오른다. 진실을 알면 브리짓은 무너질 것이다. 물론 샘이 내 옆에 있는 한 브리짓은 영영 진실을 모를 수도 있다. 죽음을 맞은 소피의 모습이 눈앞에 아른거린다. 샘에 대해 너무 많은 걸 알아버린 사람들이 어찌 되었는지, 나는 안다.

"생각보다 오래 걸렸어." 작은 목소리로 고백하는 샘을 보니, 문득 찬장에 있는 사탕을 훔쳐 먹었다며 죄를 자백하던 헨리가 떠오른다. "결국 마리아는 입을 다물게 되었어. 마리아를 그대로 두고 갈 수는 없어서 절벽 아래로 시신을 떨어뜨리기로 했어. 비가 와서 마리아의 몸이 자꾸 내 품에서 미끄러졌어. 무섭기도 했고, 너무 무겁기도 했어. 그래도 어찌어찌 마리아를 절벽 끝으로 옮겨 이끼 긴 석회암에 눕혔어. 흐느껴 울면서. 눈물이 앞을 가릴 정도로 울어서 하마터면 그걸 보지 못할 뻔했지."

샘이 잠시 말을 멈추고 와인을 벌컥벌컥 마신다. 땀에 젖은 샘의 얼굴이 번들거린다.

"바로 옆에 무릎을 꿇고 앉아 마리아를 들여다보니 뭔가가 보였어. 내 인생을 좌우할 무언가. 마리아의 눈꺼풀이 깜박거렸어. 마리아는 아직 살아 있었던 거야."

순간 온몸의 피가 차갑게 얼어붙는다. 마리아를 구할 두 번째 기회가 있었지만 샘은 잡지 않았다.

"바다를 바라보며 내 남은 인생에 대해 생각해봤어. 그때 바로 강당으로 달려가 구급차를 불렀다면 어떻게 됐을까? 처음에는 아무 일 없었을 거야. 쓰러져 있는 마리아를 발견했다고 하면 오히려 영웅 대접을 받았겠지. 아주 잠깐 동안은…. 하지만 곧 내게 침을 뱉던 마리아의 얼굴이 떠올랐어. 깨어나면 제일 먼저 거짓말을 할 게 분명했어. 내가 '강간범'이라는 거짓말을."

두 손으로 의자의 팔걸이를 꽉 움켜잡는다. 샘과 결혼식을 올리고, 체외 수정의 고통을 견디고, 출산의 기쁨을 누렸던 그 오랜 세월이 모두 떠내려간다. 나는 샘이 나를 떠난 게 그가 나에게 할 수 있는 최악의 나쁜 짓인 줄 알았다. 아, 나는 얼마나 어리석었던가.

"마리아의 목에 걸린 목걸이가 달빛을 받아 반짝거렸어. 나중에라도 마리아의 시신이 발견되고… 목걸이가 계속 걸려 있으면 마리아의 신원이 밝혀질 것 같았어." 샘의 목소리가 점점 작아진다. 그날의 기억을 없애려는 듯 샘이 주먹 쥔 손으로 눈을 비빈다.

"그래서 목걸이를 빼 주머니에 넣었어." 주먹으로 눈을 가린 채 샘이 말을 잇는다.

맙소사, 그때부터 계속 마리아의 목걸이를 갖고 있었다니. 그걸 어디에 보관했을까? 서랍을 정리하거나 옷장을 뒤질 때 마리아의 목걸이가 우연히 내 손에 스쳤을지도 모른다고 생각하니 온몸에 소름이 돋는다.

"그러고는 마리아를… 절벽 밑으로 밀었어. 잘 보이지는 않았지만 물속에 빠질 때 첨벙 소리가 들렸어. 마리아는 그렇게 영영 사라졌어."

그날 밤 조류마저 샘을 도왔는지, 마리아의 시신은 끝내 나타나지 않았다. 마리아는 여전히 바닷속에 있다. 뼈만 남은 채로, 아니 27년이 지났으니 뼈조차 남지 않았을지 모르지만…. 아, 나는 마리아에게 등을 돌리지 말았어야 했다.

샘이 고개를 들고 애원하는 눈빛으로 나를 바라본다.

"사람들이 나를 볼 때마다 그 일을 떠올리게 할 수는 없었어. 내 마음 이해하지, 루이즈? 만약 마리아를 그대로 살려 두었다면, 나에게는 지울 수 없는 꼬리표가 붙었을 거야. 평생 강간범의 오명을 쓰고 살았겠지. 그런 시선을 받으며 살 수는 없었어."

샘이 내 머리를 쓰다듬으며 손가락으로 머리카락 몇 가닥을 배배 꼰다. 익숙하고 친밀한 그의 몸짓에 소름이 끼친다. 나는 꼼짝하지 않고 앉아 필사적으로 생각을 정리한다.

"하지만… 네이선 드링크워터는… 왜…?"

"당신과 소피한테 페이스북 메시지를 보낸 사람이 누군지 알아내야 했어. 아까도 말했지만 당신이 소피네 집에 다녀간 다음 소피한테 전화가 왔었어. 그때 마리아의 친구 요청에 대해 처음 알았지. 왜 나한테는 말하지 않았어?"

잘 모르겠다는 듯 어깨를 으쓱했지만 사실 이유가 있었다. 나는 샘이 내 인생에 다시 끼어드는 게 싫었다. 마리아의 일을 털어놓고 고민을 상담하다 보면 내 인생을 다시 좌지우지할 게 틀림없었다. 나는 내 문제를 샘의 도움 없이 스스로 해결하고 싶었다.

덜위치 공원에서 피트를 만난 날이 떠오른다. 나는 피트가 어떤 여자와 아기와 같이 있는 걸 봤다는 에스더의 말을 듣고 피트를 의심했다. 결혼한 사실을 속였으니 다른 것도 속였을 것이라고 짐작했다. 그러나 피트는 네이선 드링크워터가 아니었다. 그 사실을 진작에 깨달았다면 얼마나 좋았을까.

"마리아의 페이스북을 만든 자가 누구든 분명 내가 한 짓을 알고 있을 거라고 생각했어." 자백할 기회만을 계속 기다렸다는 듯 샘이 잇따라 말을 쏟아낸다. "나는 그가 누군지 알아내야 했어. 가짜 페이스북 계정을 만들 정도로 마리아를 아끼는 사람이라면 네이선 드링크워터라는 이름에 바로 반응할 거라고 생각했어. 나는 맷의 사촌에게 들은 적이 있어서 네이선이 누군지 이미 알고 있었어. 예상대로 그 사람은 네이선의 메시지를 무시하지 못했어. 그 사람이 브리짓이라는 건 오늘 알았지만. 졸업 파티 때 있었던 일을 알고 있고 증거도 갖고 있다는 메시지를 네이선의 이름으로 보내니, 곧바로 만나자는 답이 왔어. 증거가 뭔지는 말하지 않았어. 그 사람의 정체를 내 눈으로 확인하기 전에는 목걸이를 직접 보여주지는 않을 작정이었지. 브리짓은 동창회 날 학교 근처에서 만나자고 했어. 그래서 기다렸지만 아무도 나타나지 않아 다시 강당으로 들어갔어. 숲에 목걸이를 떨어뜨린 건 실수였어. 어쩌다 그랬는지는 아직도 잘 모르겠어. 아마 소피와 몸싸움을 하다가 주머니에서 떨어진 것 같아. 뒤늦게 목걸이가 사라진 걸 알았지만, 목걸이를 찾자고 그곳을 다시 찾아가는 건 너무 위험했어."

나는 브리짓이 나타나지 않은 이유를 안다. 우연히 아들을 만났기 때문이다. 팀은 브리짓이 소란을 일으키러 동창회에 왔다고 생각했고, 죽은 딸의 친구들을 보면 엄마가 더 고통스러우리라 생각해 브리짓을 설득했다. 그리고 그들은 그 자리를 떠났다. 이 얼마나 다행인가. 샘이 브리짓에게 끔찍한 일을 저질렀을지도 모른다고 생각하니 몸서리가 쳐진다. 이게 나와 결혼하고 아이까지 낳은 샘의 본성이다. 지금까지는 내가 사랑한 남자가 사람을 죽였다는 사실만 끔찍했다. 그러나 끔찍한 건 그뿐만이 아니었다. 브리짓을 만날 계획을 세울 때, 샘은 제정신이었다. 브리짓을 죽이려 생각한 건 실수 때문도 아니었고, 순간적으로 정신이 이상해져 그런 것도 아니었다. 형형한 진실의 빛을 비추니 이제야 그의 본모습이 뚜렷하게 보인다. 나는 그의 본모습뿐 아니라 그가 한 짓이 두렵다. 이제 곧 그가 할 짓이 두렵다.

40장
2016년

시위에 메긴 화살처럼 신경이 바짝 곤두선다. 온몸의 세포 하나하나가 경계 태세에 들어간다. 다음 행동을 생각하는 동시에 헨리의 방에서 나는 소리에 귀를 바짝 기울인다. 혹시라도 헨리가 잠에서 깨 평생 잊히지 않을 장면을 보게 될까 봐 너무나 두렵다. 헨리가 영원히 잠들어 아무것도 보지 못할 수도 있지만, 그 가능성은 생각조차 하고 싶지 않다. 헨리가 제 방에 잠들어 있다는 걸 의식하니, 마치 의자에 쇠사슬로 묶인 듯 몸이 움직이질 않는다.

샘이 손가락에 감긴 머리카락을 풀고 내 볼을 쓱 쓰다듬는다. 그의 손길에 움찔하지 않으려고 안간힘을 쓴다.

"우리가 처음 만났을 때가 생각나. 한밤중에 잠에서 깨면 내 얼굴을 머릿속에 각인시키려는 듯 나를 가만히 바라보는 당신이 보였어. 당신과 있으면 정말 편안했어. 과거의 시간들을 생각하면 더더욱. 당신처럼 나를 돌봐주고 아끼는 사람은 없었으니까. 나는 당신에게 세상의 중심이었어. 참 행복했지. 그런데 헨리가 태어나면서 달라졌어. 나는 더 이상 당신에게 세상의 중심이 아니었어. 주변을 맴돌며 당신의 세상 속을 흘끔거리는 신세로 전락했지. 헨리가 태어나서 싫었다는 말은 아니야. 물론 나도 헨리를 사랑해. 하지만 헨리가 당신과 우리에게 가져온 변화는 싫었어."

눈물이 왈칵 쏟아진다. 헨리가 태어나고 샘과의 관계가 달라졌다는 건 나도 알았다. 6주간의 산욕기가 끝나자 샘은 나와 정상적인 잠자리를 할 수 있으리라 기대했다. 그러나 샘이 원하는 성관계는 아무리 생각해 봐도 정상은 아니었다. 머릿속에서 본능을 관장하는 스위치가 켜지기라도 한 듯 샘은 이전에 했던 게임으로 만족하지 못했다. 나를 해치는 척하는 연기는 더 이상 그의 성에 차지 않았다. 샘은 정말로 내 눈에서 공포를 보고 싶어 했다.

"헨리 탓은 하지 마." 간신히 목소리를 낸다.

"안 해." 샘이 짧게 답한다. "당신을 탓하는 거야."

떨림이 멈추질 않는다. 주체할 수 없이 떨리는 손을 엉덩이 밑에 깔고 앉는다. 소리를 지르면 헨리가 깰 것이다. 소리를 지르면 어떻게 될까? 누가 듣기는 할까? 위층에 사는 조용한 마니가 듣고 경찰에 신고할까? 아니면 그냥 리모컨으로 텔레비전 소리만 키울까?

샘이 의자를 뒤로 밀자 의자 다리가 바닥에 밀리며 끼익 소리를 낸다. 헨리의 방에서 나는 소리에 필사적으로 귀를 기울인다. 아무 소리도 들리지 않는다. 정적이 감돌고 샘이 창밖의 어둠을 내다본다.

"아, 도대체 왜! 왜!" 샘이 유리창에 가볍게 제 이마를 부딪친다. "왜 내가 네이선을 안다고 말했을까…"

잠자리에서 샘이 선을 넘었던 또 다른 순간이 떠오른다. 그때 샘은 나를 정말 아프게 했고, 본인도 그 사실을 알고 있었다. 그는 지금 서 있는 저 자리에서 나에게 용서를 빌었다. 물론 나는 용서했다. 그때는 샘이 없으면 내 존재가 무너질 것 같았다. 아니, 존재 자체가 무의미해질 것 같았다.

"그냥 말 안 했다고 생각해. 아무 말도 하지 않을게. 그냥 가줘, 제발. 헨리를 생각해서라도."

샘이 고개를 돌려 눈물이 그렁그렁한 눈으로 나를 바라본다.

"헨리는 내가 돌볼게. 당신만큼 나도 헨리를 사랑해. 내가 헨리를 해칠 거라고 생각하는 건 아니지?"

그런 생각은 하기도 싫지만 그 역시 모를 일이다. 이제는 아무것도 확신하지 못하겠다.

"헨리한테는 내가 필요해, 샘." 손을 엉덩이 밑에서 빼내 식탁 모서리를 움켜잡는다. "아이들에게는 엄마가 필요해."

"나처럼 헨리도 괜찮을 거야." 이제는 샘의 목소리에서 아무 감정도 느껴지지 않는다. 샘의 시선이 계속 어두컴컴한 창밖에 고정되어 있다. 오래전 담뱃불 자국이 난 포마이카 식탁에 앉아 나와 대화를 나눴던 샘은 이제 어디에서도 찾을 수 없다.

헨리가 매일 아침 나를 깨우는 방식이 생각난다. 제 얼굴을 내 얼굴에 찰싹 붙여 헨리의 초점 없는 눈동자밖에 보이지 않을 때, 헨리의 속눈썹이 내 속눈썹에 닿아 간지러울 때, 헨리의 더운 입김이 내 얼굴에 닿을 때의 그 느낌이 떠오른다. 나와 함께 잠자리에 드는 방식도 생각난다. 마치 태아였던 때로 돌아가려는 것처럼 내 몸속으로 파고드는 헨리의 작고 따뜻한 몸의 감촉이 떠오른다. 나와 헨리는 결코 떼놓을 수 없는 하나라고 샘에게 말하고 싶다.

샘이 식탁을 돌아 내 옆자리로 천천히 걸어온다. 의자를 돌려 그의 무릎과 내 무릎이 맞닿게 앉는다. 눈을 감고 두 팔을 뻗어 내 머리를 쓰다듬는다. 몸이 마구 떨리고 입 안에 침이 고인다.

"미안해. 정말 미안해."

샘이 여전히 눈을 감은 채로 속삭이듯 말한다. 머리카락에 입을 맞추며 내 몸의 냄새를 들이마신다.

나는 꼼짝할 수가 없다. 호흡이 빨라지고 몸 구석구석, 손끝까지 피가 도는 게 느껴진다. 나를 재울 때 늘 그랬듯, 샘이 두 손으로 내 머리카락을 부드럽게 쓰다듬는다. 도망치든 싸우든, 뭐든 해야 한다고 생각하는데 공포에 짓눌려 온몸의 근육이 움직이질 않는다. 눈앞의 상황이 너무나 충격적이고, 그의 손길이 소름 끼쳐 온몸이 뻣뻣하게 굳는다.

"소리 내지 마, 루이즈. 제발, 제발 조용히 해줘."

샘이 내 머리에 대고 소곤거린다. 우리 아들이 평화롭게 잠들어 있는 방을 샘이 초조하게 보는 게 느껴진다.

여전히 내 머리에 입술을 댄 채 샘이 두 손으로 내 목 주위를 부드럽게 감싼다. 마비된 몸이 풀리기 시작하지만 너무 늦었다. 샘의 손가락이 점점 더 내 목을 조여와 숨 쉬기가 힘들다. 헐떡거리는 나의 얕은 숨소리만이 그와 나를 단단히 에워싼 정적을 깬다. 무력하게 허우적거리며 샘의 손과 내 목 사이를 벌리려고 안간힘을 쓰지만 틈이 없다. 샘의 손가락이 더 조여 올 뿐이다.

"쉿," 샘이 내 머리에 대고 속삭인다. "헨리 깨겠다."

필사적으로 샘의 손가락을 당기지만 샘의 힘이 너무 세다. 내 존재가 점점 희미해지는 기분이다. 게임을 빙자해 샘의 손이 내 목을 감쌌던 순간들이 환영처럼 떠오른다. 하지만 그의 손이 내 목을 이렇게 꽉 조인 적은 없었고, 내가 어둠과 이렇게 가까워진 적도 없었다.

앉아 있는 의자의 단단한 질감이 느껴진다. 오늘 아침에 앉아 밥을 먹을 때와 같은 느낌이다. 식탁 한쪽에 아침 식사의 흔적이 남아 있다. 토스트 부스러기가 깔린 접시 두 개와 차가 조금 담긴 찻잔 한 개, 끈적거리는 헨리의 지문이 뒤덮인 유리컵 한 개가 놓여 있다. 죽기 전에 마지막으로 보는 장면이 겨우 이런 모습인 건가….

샘의 손을 떼어내는 건 포기하고, 무기가 될 것을 찾기 위해 팔다리를 마구 휘젓는다. 숨쉬기가 점점 더 어려워진다. 느낌이 온다. 이제 곧 나는 죽을 것이다. 눈언저리의 시야가 흐려진다. 식탁이 눈앞에서 빙빙 돌다가 고통과 공포가 가득한 희부연 안개 속으로 사라지려 한다. 아, 헨리. 손을 허우적대다 옆에 있는 조리대에 손을 부딪친다. 샘을 때리거나, 최소한 샘에게 충격을 줘서 손을 놓게 만들 무언가가 있길 바라며 조리대 위를 황급히 더듬지만 아무것도 없다. 허공만 움켜쥘 뿐이다.

"쉿." 샘이 다시 속삭이며 입술로 내 귀를 부드럽게 애무한다.

'제발'이라는 말을 하려고 입을 움직이지만 목소리가 나오지 않는다. 어차피 샘은 나를 보지 않고 있다. 자기가 지금 하는 짓이 우리가 늘 하던 게임에 지나지 않으며, 나에게 사랑을 표현하는 방식일 뿐이라는 믿음에 빠져 내가 아닌 다른 곳을 보고 있다.

"괜찮아, 루이즈. 그냥 조용히 있어, 쉿! 다 괜찮아질 거야."

그러나 나는 너무 오랫동안 조용히 있었다. 샘과의 결혼 생활에 관한 기억을 억지로 밝은 색으로 다시 칠하며, 너무 오랫동안 괜찮은 척 연기하며 살았다. 주방 찬장의 모서리와 천장의 경계가 흐릿해지고 눈앞이 점점 어두워진다. 이제 헨리가 깨도 상관없다. 살아남는 게 우선이다. 온몸의 힘을 모아 발길질을 하지만, 아무것도 발에 닿지 않는다. 다시 발을 차자 의자 다리가 닿는다. 한쪽 발을 의자 밑에 걸어 있는 힘껏 위로 끌어당긴다. 그러자 의자가 바닥에 우당탕 쓰러지면서 요란한 소리를 낸다.

샘의 손에서 힘이 빠지는 게 느껴지고 당황한 샘의 눈빛이 보인다. 시간이 멈춘 듯 샘도 나도 잠시 멍하니 서 있었다. 그때, 헨리의 방에서 작은 목소리가 들린다.

"엄마?"

마지막 남은 힘을 쥐어짜내 샘의 손을 밀치고 자리에서 벌떡 일어난다. 샘이 두 팔을 힘없이 늘어뜨리는 걸 보며 헨리의 방으로 뛰어간다. 들어가자마자 문을 쾅 닫아걸고 문에 등을 기댄 채로 바닥에 주저앉아 양 무릎을 끌어안는다.

"괜찮아, 헨리. 어서 자."

멀리서 가만히 속삭인다. 의자 소리에 잠깐 깼던 헨리는 다시 잠이 든다.

복도를 따라 조용히 걸어오는 샘의 발자국 소리가 들린다. 등 뒤로는 딱딱한 문의 윤곽이, 손가락 밑으로는 파란색 양탄자의 부드러운 질감이 느껴진다. 헨리의 방에서 나는 냄새를 들이마신다. 세제와 유아용 점토, 물감 냄새와 더불어 익숙한 헨리의 냄새가 난다. 헨리를 간신히 재우고 나서 아주 작은 소리도 나지 않도록 주의하며 천천히 이 방을 걸어나갔던 순간들이 떠오른다. 헨리의 등에 손을 얹고 헨리가 완전히 잠들 때까지 한참을 기다렸었다. 손을 치우면 헨리가 깨서 울까 봐 마음을 졸이던 그 시간들이 마치 다른 세상의 일처럼 느껴졌다. 아이를 재우고 침대로 돌아가 남편의 품속에 안겼던 여자도 내가 아닌 것 같다. 달려가 헨리를 끌어안고 싶지만 나는 여전히 문 앞을 떠나지 못한다. 온 힘을 다해 밀 각오를 하며 문에 기댄 등에 잔뜩 힘을 준다.

발자국 소리가 멈추고 샘이 문을 살짝 밀었다. 그러자 등 뒤로 미는 힘이 느껴진다. 눈을 감고 두 발을 바닥에 단단히 딛는다. 눈물이 볼을 타고 줄줄 흘러내려 입으로 들어간다. 헨리의 야간 등 불빛을 받아 샘의 발이 아래쪽 문틈 사이로 그림자를 드리운다.

"제발, 샘." 꽉 잠긴 내 목소리가 낯설다. 문을 미는 힘이 약해지지만 발 그림자는 사라지지 않는다.

"제발 이러지 마. 당신, 헨리 사랑하잖아." 침대에 누워 잠들어 있는 헨리에게 시선을 고정한 채로 마음을 졸이며 목소리를 낮춘다.

"헨리를 일주일만 못 봐도 힘들잖아. 그리고 헨리도 당신 사랑해. 내가 그랬던 것처럼. 게다가 엄마가 떠난 뒤에 당신이 어떻게 살았는지 생각해 봐." 절박하니 용기가 생긴다. 샘은 엄마의 소식조차 듣지 못했던 몇 년 동안 자기가 어떤 기분이었는지 한 번도 나에게 털어놓지 않았다. "헨리는 그렇게 살게 하지 마. 헨리가 나 없이 자라게 하지 마. 헨리는 당신을 믿어. 헨리가 당신을 어떤 눈빛으로 바라보는지, 당신이 헨리를 들어 올릴 때 헨리가 당신을 얼마나 꽉 감싸 안는지 떠올려 봐."

샘을 설득할 수만 있다면 무슨 말이든 다 해야 한다.

"데이지와 캐서린도 있어. 당신, 그 둘도 사랑하잖아. 데이지에게 이런 아빠가 되지 마. 제발, 샘. 제발…."

목소리가 가라앉아 쇳소리밖에 나오지 않는다. 목구멍이 타는 듯 뜨겁다.

나는 잠시 말없이 앉아 있다. 몇 분 뒤, 문틈으로 보이던 그림자가 사라지고 다시 발자국 소리가 들린다. 이번에는 어느 방향으로 가는지 모르겠다. 주방으로 다시 갔을까? 현관으로 갔을까? 문을 열어 확인할 용기는 나지 않는다. 금방이라도 샘이 돌아와 문을 밀까 봐 자세를 바꾸지 않는다. 몸이 떨리고 문에 기댄 등이 욱신거리지만 몇 시간이 지나도록 꼼짝하지 않고 바닥에 앉아 있다. 헨리가 아기일 때 헨리를 달래다 방바닥에서 잠든 적이 있다. 한 번에 두 시간 이상 잔 적이 없던 헨리가 그날 밤은 자정부터 깨지 않고 계속 잤다. 새벽 다섯 시쯤 되어서야 뻣뻣하고 차디찬 몸으로 깨어나 허둥지둥 가보니 처음으로 몸을 뒤집은 헨리가 침대에 엎어져 있었다. 사방이 어두워 담요 뭉치밖에 보이지 않아, 잠깐이었지만 나는 내가 잠든 사이에 헨리가 질식해 죽었다고 확신했었다.

오늘 밤에는 절대 잠들지 않을 것이다. 조용히 헨리를 지켜보며 문 앞을 지킨 지 몇 시간이 지났을까, 기차 모양의 무늬가 찍힌 커튼 아래로 어슴푸레한 새벽빛이 스며들어오기 시작한다. 계속 숨어 있을 수는 없어 자리에서 일어난다. 침대로 올라가 헨리의 옆에 누워 따뜻한 몸을 껴안는다.

"아침 먹을 시간이야?"

헨리가 한 팔을 내 목에 두르며 졸린 목소리로 묻는다.

"그래. 아침 먹을 시간이야. 잼 바른 토스트 먹을 거지?" 깨진 유리 조각을 삼키듯 목이 아프지만 최대한 무덤덤하게 말한다. "오늘은 특별히 침대로 갖다 줄까?"

헨리가 활짝 웃으며 내 목에 두른 팔을 풀고는 아침 식사 줄에 맞춰 인형들을 늘어놓기 시작한다. 나는 침대에서 내려와 문으로 걸어간다. 이 문을 열면 어떤 운명이 나를 기다릴까? 헨리의 인생이 영원히, 돌이키지 못할 정도로 망가지지는 않을까? 잠시 머뭇거리다 아주 천천히 문을 연다. 고개를 내밀어 어스름이 깔리고 정적이 감도는 복도를 유심히 살펴본다. 주방 문이 조금 열려 있다. 반대편으로 고개를 돌리니 닫힌 현관문이 보인다. 여느 때와 다름없는 집 안의 모습이지만 지금은 완전히 다르게 느껴진다. 더는 안전하고 안락한 집이 아니다. 집 안 구석구석, 어둠 속에 무언가가 숨어 있을 것만 같다.

복도를 걸어 거실 문에 다다른다. 머뭇거리다 심호흡을 한 번 하고는 문을 열고 들어간다. 어제 마지막으로 본 그 상태 그대로, 비어 있다. 침실도 똑같은 방식으로 확인해본다. 침대도 흔적 없이 깨끗이 정리되어 있다. 다음으로 확인한 욕실도 역시 비어 있다. 문간에 서서 욕실의 거울에 비친 내 얼굴을 잠시 본다. 혈색이 좋지 않고, 핏발이 선 눈 밑은 거무스름하다. 뒤에서 기척이 느껴져 휙 돌아보지만 아무것도 없다. 욕실의 블라인드 틈으로 들어온 햇빛이 뒷벽에 어른어른 비친 것뿐이었다.

발끝으로 살금살금 걸어 주방으로 간다. 호흡이 가빠지지만 숨소리를 최대한 죽이려 애쓴다. 주방이 얼마나 엉망이 되어 있을지 내심 궁금한 마음이 든다. 주방 문을 열려고 하는데 주방 안에서 무슨 소리가 들려 얼른 뒤로 물러선다. 그러나 곧 등나무 가지가 창문에 부딪치는 소리였다는 걸 깨닫는다. 용기를 내 문을 열어젖힌다. 와인병과 와인잔 두 개가 식탁 위에 놓여 있고, 내가 넘어뜨렸던 의자는 여전히 쓰러져 있다. 새벽빛에 주방이 온통 그림자로 가득하지만, 확실하다. 샘은 이 집에 없다.

떨리는 손으로 의자를 바로 세우고 잔에 남은 와인을 싱크대에 붓는다. 그때, 복도에서 무슨 소리가 들린다. 아, 제발. 안 돼. 온몸의 세포가 순식간에 전투태세를 취해 쏜살같이 튀어 나가려는데, 헨리가 방에서 나와 욕실로 가는 소리라는 걸 깨닫는다. 잠시 무거운 몸을 벽에 기대고 마음을 가라앉힌다. 그러고는 얼른 현관으로 가 이중 자물쇠를 채우고 안전 고리까지 건다.

다시 주방으로 돌아와 주전자에 물을 채우고 빵을 꺼내 토스터에 넣는다. 버터와 잼, 접시와 나이프를 준비하는 내내 다른 사람의 것인 양 내 손을 빤히 바라본다.

완성된 토스트와 차를 들고 휴대전화를 챙겨 헨리의 방으로 간다. 아침을 먹는 인형들을 건드리지 않도록 주의하며 헨리의 옆자리에 앉는다.

"감사합니다, 엄마."

헨리가 늘 그렇듯 진지한 말투로 인사한다.

"별말씀을요."

차를 마시며 헨리를 가까이 끌어당긴다. 헨리가 어젯밤의 일을 전혀 모른다는 사실이 더할 나위 없이 감사하다. 그러나 한편으로는 자기 삶이 행복하다고 굳게 믿는 헨리의 순진무구함이 비수처럼 가슴을 찌른다.

헨리가 정성스럽게 토스트를 잘게 찢어 곰 인형들에게 한 조각씩 주는 동안, 더듬거리며 휴대전화의 자판을 누른다. 몇 분 뒤 휴대전화의 진동이 울린다. 더는 브리짓이 메시지를 보내지 않으리라는 걸 알면서도 가슴이 저절로 요동친다. 20분쯤 뒤, 싱크대에서 플라스틱 접시의 빵 부스러기를 씻어내고 있을 때 초인종이 울린다. 행주에 손을 닦으며 천천히 현관으로 걸어간다.

"누구세요?" 쉰 목소리로 겨우 입을 연다.

"나야."

서툴게 안전 고리를 풀고 자꾸 미끄러지는 손가락으로 힘겹게 자물쇠를 연다. 문을 열자, 부스스한 머리를 하고 늘 입는 커다란 패딩 점퍼를 걸친 폴리가 서 있다. 폴리가 나의 창백한 얼굴과 충혈된 눈, 목 옆에 희미하게 난 멍 자국을 찬찬히 뜯어본다.

"이게 무슨 일이야?"

폴리가 나를 두 팔로 끌어안는다. 다리에 힘이 풀려 폴리의 품속으로 쓰러질 듯 안긴다. 드디어 긴장이 풀리고 안도의 눈물이 흐른다.

41장
2016년

헨리와 함께 겨울 햇빛이 내리쬐는 덜위치 공원을 걷는다. 서리를 맞은 잔디가 발밑에서 뽀드득거리며 부서진다. 소식을 들은 순간부터 헨리는 내 손을 꽉 잡고 놓지 않는다. 조금 전 나는 간신히 입을 떼 헨리에게 소식을 전했다. 아빠가 먼 곳에 가서 당분간 만나지 못할 거라고. 헨리는 다른 이유가 있다는 걸 직감했는지 자세한 내용은 묻지 않는다. 하지만 여동생의 소식은 묻는다. 엄두가 나지 않지만 용기를 내 조만간 캐서린을 만나야겠다고 생각한다. 캐서린과 나는 아마 많은 공통점이 있을 것이다.

샘이 사라진 걸 확인한 뒤로 2주가 흘렀다. 2주 전 그날 나는 경찰이 오길 기다리며 폴리와 함께 식탁에 앉아 차를 마셨다. 경직된 몸이 풀리면서 서서히 온기가 돌기 시작했다. 거실에서 헨리가 콧노래를 흥얼거리며 기차 놀이를 하는 동안, 나는 장난감 기차가 내는 익숙한 소음을 배경으로 폴리와 대화를 나누었다. 그날 나는 폴리에게 그동안 누구에게도 하지 않았던 이야기를 털어놓았다. 마리아의 이야기와 샘의 이야기, 샘이 나에게 한 짓과 내가 느낀 감정을 있는 그대로 말했다. 처음에는 폴리와 나 사이에 벽이 생긴 기분이었다. 그러나 대화가 계속될수록 오히려 그 반대라는 걸 깨달았다. 그동안 폴리를 만날 때마다 내가 세웠던 벽은 이제 사라졌다. 폴리에게 내 전부를, 진짜 내 모습을 보여주었기 때문이다.

우리 사이에 편안한 정적이 흐를 때 초인종이 울렸다. 레이놀즈 경위였다. 레이놀즈 경위는 여전히 침착했지만, 그날은 유난히 나를 세심하게 배려한다고 느껴졌다. 나는 이전과 달리 내가 아는 내용을 거침없이 쏟아냈다. 레이놀즈의 말에 따르면 시간이 많이 흘렀고, 샘이 마리아를 죽인 범인인 이상, 마리아의 음료에 약을 타고 페이스북 메시지에 관해 침묵했다는 사실만으로 내가 법적인 책임을 질 일은 없었다.

나는 1989년 그날 밤 내가 한 짓을 브리짓과 팀에게도 말할 것인지, 레이놀즈에게 묻지 않았다. 마리아의 페이스북 페이지는 사라졌다. 브리짓의 집에서 도망쳐 나온 그날 이후, 브리짓이나 팀에게서 연락이 온 적은 한 번도 없었다.

레이놀즈도 나에게 전할 소식이 있었다. 레이놀즈가 우리 집에 오기 한 시간 전쯤, 해안 길을 걷던 행인이 샨 베이의 절벽 근처에 버려진 샘의 차를 발견해 신고했다는 소식이었다. 차가 발견된 곳은 학교 뒤 숲을 가로질러 절벽으로 이어지는, 자동차로는 통행이 거의 불가능한 길의 끝자락이라고 했다. 운전자가 나무를 들이박고 차를 버린 듯, 앞 범퍼의 왼쪽이 나무에 밀착된 채 찌그러져 있었고 부서진 전조등 조각이 주변에 흩어져 있었다고 했다.

어둠 속에서 숲을 가로질러 질주하는 샘의 모습이 자꾸 머릿속을 맴돈다. 그 순간 샘은 소피와 마리아를 생각했을까? 아니면 헨리와 데이지를 생각했을까? 어쩌면 캐서린과 내가 떠올랐을지도 모른다. 마리아의 친구 요청을 받은 뒤로 나는 그날 밤의 진실을 알아내는 데 골몰했다. 이제 그 답을 알았지만 대신 끔찍한 대가를 치러야 했다. 물론 마땅히 치러야 할 대가였지만.

헨리가 놀이터로 가자고 내 손을 잡아당긴다. 피트가 놀이터에 왔을 때가 생각난다. 생각하지 않으려 해도 자꾸 피트와 나눈 대화가 떠오른다. 피트에게 전화를 걸려면 있는 용기를 모두 쥐어짜내야 한다. 하지만 새롭게 다시 시작하려면 먼저 그에게 그를 범인으로 의심한 사실부터 사과를 해야 했다. 나는 사과부터 하고 피트에게 아내와 아이의 안부를 물어 보기로 했다. 비난하려는 게 아니라 유부남이어도 괜찮다고 말해주고 싶었다. 무슨 거짓말을 했든 내가 한 짓에 비하면 아주 사소한 일이며, 나는 남을 비난할 자격이 없다고 말하고 싶었다.

하지만 피트는 어리둥절한 목소리로 자신은 미혼이라 했다. 에스더가 본 여자와 아이는 사실 피트의 여동생과 조카였다. 피트는 내가 자기를 그렇게 쉽게 오해했다는 사실이 화가 나면서도 재미있어 하는 눈치였다.

놀이터에 도착하자 헨리가 뱅뱅 도는 놀이기구에 폴짝 뛰어오른다. 기구를 계속 돌리니 헨리의 얼굴이 휙휙 지나간다. 제 아빠를 똑 닮은 헨리를 볼 때마다 내가 잃은 것이 자꾸 떠오른다. 지저분한 금발 머리가 눈까지 흘러내린, 너무나 아름다운 열여섯 살의 샘이 마리아의 시신을 끌어안고 힘겹게 숲길을 걸어가는 모습이 그려진다. 자신감과 인기가 넘치던 학창 시절의 샘의 모습 역시 떠오른다. 샘은 뒤도 돌아보지 않고 떠난 자신의 엄마와 자신을 거들떠보지 않던 아빠에게 얼마나 큰 상처를 받았을까? 우리 학교에도 아빠가 부재하거나 아빠가 누군지조차 모르는 아이들이 많았다. 이혼한 아빠는 늘 떠나지만 대부분 별로 신경 쓰지 않는다. 그러나 엄마의 사랑은 신성해야 하며 무너지면 안 된다. 엄마는 아이를 떠나면 안 되는 사람이다. 그래서 엄마가 떠난 아이들은 자신이 사랑받지 못하는 존재라고 느낀다. 엄마가 떠난 샘도 그렇게 느꼈을까?

마리아가 느꼈을 공포와 삶이 돌이킬 수 없이 망가진 브리짓이 떠오른다. 샘이 마리아를 죽였다고 나의 죄가 없어지는 것은 아니다. 나는 마리아에게 끔찍한 짓을 저질렀고, 나의 죄를 씻을 길은 영영 없을 것이다. 그러나 평생 어둠 속에 숨어 살 수는 없다. 나에게는 빛으로 나아가야 할 이유가 있다. 매서운 바람을 맞아 빨개진 얼굴로 내 앞에서 빙글빙글 돌고 있는 헨리가 그 이유다.

헨리가 놀이기구를 멈춰주길 바라며 두 손을 내민다.

"엄마."

"왜?"

"아빠는 어디 있어?"

"말했잖아. 일하러 잠시 멀리 가셨다고."

"어디로 갔는데?"

아빠가 어떤 사람인지 말해줘야 하는 어느 암울한 날이 점차 현실로 다가온다. 샘에 관한 기사가 신문과 인터넷에 도배되다시피 했다. 헨리에게 평생 숨기는 건 불가능하다. 하지만 당분간은 헨리가 순진무구한 믿음을 고수하도록 내버려둘 것이다.

"멀리 안 가셨어. 그냥 일 때문에 잠깐 가신 거야. 우리, 코코아 마실까?"

헨리가 기뻐하며 깡충깡충 뛴다. 지금은 헨리의 관심을 다른 데로 돌리기 쉽지만, 언제까지고 그럴 수는 없을 것이다. 그리고 헨리를 평생 내 곁에 둘 수도 없을 것이다. 혼자 학교에 가고, 친구들끼리 수영장에 가는 날이 헨리에게도 올 것이다.

내 목을 조르던 샘의 손이 여전히 느껴진다. 샘이 내 마음 깊숙한 곳 어딘가에, 가장 어둡고 사악한 곳에 기생충처럼 도사리고 있는 기분이다. 샘은 바다 밑바닥에 있을 수도 있고, 공원에서 우리를 지켜보고 있을 수도 있다. 내가 마리아에게 저지른 죄에 대한 진짜 벌은 브리짓의 메시지도, 샘과 사투를 벌인 그날 밤도 아니다. 평생 샘의 행방을 궁금해하며 주변을 흘끔거리는 일일 것이다.

주머니에 있는 휴대전화의 진동이 울리자 반사적으로 불안감이 엄습한다. 페이스북 계정을 휴대전화뿐 아니라 모든 전자 기기에서 완전히 삭제했는데도 불안감은 여전하다. 곧 딸아이들과 함께 약속장소에 도착할 거라는 폴리의 문자 메시지다. 요즘에는 화면 뒤에 숨지 않고 사람들과 직접 만나 소통하려고 노력한다. 내 삶의 중심으로 들어가 무너진 삶을 다시 일으켜 세우고 있다.

샘이 사라지고 부모님이 며칠 동안 우리 집에 머물렀다. 극적으로 우리들의 관계가 회복되지는 않았지만, 부모님은 조용히 나에게 힘이 되어주었다. 아빠는 바닥에 앉아 헨리와 함께 기차놀이를 했고, 엄마는 내게 따뜻한 차를 타주고 욕실을 청소했다. 나는 그 어느 때보다 부모님이 가깝게 느껴졌다.

고객들도 내 상황을 이해해주었다. 로즈메리는 내가 이즐링턴의 집에 찾아갔을 때 냉담하게 대했던 일을 사과했고 계속 나에게 일을 맡길 거라고 약속했다.

카페에 도착하자 습관적으로 실내를 살펴본다. 공공장소에서 샘을 찾지 않는 날이 오긴 할까? 김이 자욱한 카페에 가족끼리 온 손님들이 가득 차 있다. 아이들은 케이크를 달라고 아우성이고, 부모들은 아이를 돌보며 주변을 정리하느라 바쁘다. 헨리의 손을 꼭 잡은 채로 카운터로 가서 코코아 두 잔을 주문한다. 실내에는 빈자리가 없어 코코아를 들고 야외 테라스로 나간다.

헨리가 걱정스러운 표정으로 나를 올려다본다.

"엄마, 무슨 생각 해?"

작은 구름 한 조각이 흘러가다 태양을 가리자 잔디에 어두운 그림자가 드리워진다. 선택해야 한다. 평생 어둠 속에서 벌벌 떨며 이도 저도 아닌 삶을 살 수도, 과거를 털고 일어나 앞으로 나아갈 수도 있다. 내가 한 짓과 샘이 나에게 한 짓을 곱씹으며 평생 우울하게 살 수도 있고, 교훈을 얻어 더 나은 삶을 살 수도 있다.

구름이 지나가고 태양이 다시 모습을 드러낸다. 의자에 앉으며 헨리의 코코아 잔을 조심스럽게 내 맞은편에 놓는다. 헨리도 웃음을 터뜨리며 자리에 앉는다. 지금 누가 우리를 지켜보고 있다면, 햇빛을 받으며 마주 보고 환하게 미소 짓는 모습을 볼 것이다.

옮긴이 백지선

이화여자대학교 영어영문학과를 졸업하였다. KBS, EBS, 케이블 채널에서 다큐, 애니메이션, 외화를 번역하다 글밥 아카데미 수료 후 현재 바른번역 소속 번역가로 활동 중이다. 옮긴 책으로는《온 파이어》,《시간을 내 편으로 만들어라》,《내 아이를 위한 완벽한 교육법》,《이기적인 아이 항복하는 부모》,《곁에 없어도 함께 할 거야》,《무엇이 평범한 그들을 최고로 만들었을까》 등이 있다.

friend request
죽은 친구의 초대

초판 2019년 1월 10일 2쇄
저자 로라 마샬
옮긴이 백지선
ISBN 978-89-98274-97-9   03840

출판사 도서출판 복플라자
주소 경기도 파주시 파주출판단지 문발동 638-5
전화 070-7433-7637
팩스 02-6280-7635
홈페이지 www.book-plaza.co.kr

영화 판권, 오탈자 제보 등 기타 문의사항은 book.plaza@hanmail.net으로 보내주세요. 잘못된 책은 구입하신 서점에서 교환해 드립니다.